且把时光煮成茶

达文梅 著

QIEBA SHIGUANG
ZHUCHENGCHA

敦煌文艺出版社

图书在版编目（CIP）数据

且把时光煮成茶 / 达文梅著. -- 兰州 ：敦煌文艺出版社，2020.4（2024.1重印）

ISBN 978-7-5468-1877-1

Ⅰ. ①且… Ⅱ. ①达… Ⅲ. ①散文集－中国－当代 Ⅳ. ①I267

中国版本图书馆CIP数据核字(2020)第040980号

且把时光煮成茶

达文梅 著

责任编辑：侯君莉
装帧设计：马吉庆

敦煌文艺出版社出版、发行
地址：（730030）兰州市城关区曹家巷1号新闻出版大厦
邮箱：dunhuangwenyi1958@126.com
0931-8152307（编辑部）
0931-8120135（发行部）

三河市嵩川印刷有限公司印刷
开本 720 毫米 ×1020 毫米 1/16　印张 19.75　字数 400 千
2020 年 7 月第 1 版　2024 年 1 月第 2 次印刷

ISBN 978-7-5468-1877-1
定价：75.00 元

如发现印装质量问题，影响阅读，请与印刷厂联系调换。
本书所有内容经作者同意授权，并可使用。
未经同意，不得以任何形式复制转载。

序 言

邓 明

2019年盛夏，参与西固教育展览馆布展论证会，得识布展人员小达，她名叫达文梅，任教于西固，为文学青年，作品多见于《兰州日报》《金城》及新华网、今日头条等网站，多篇作品获奖。不意通过微信讨论科举考试制度及甘肃贡院的历史时，发现她知识渊博，文史兼备，是筹办教育展览馆的不二人选，由此可知西固区领导有慧眼识英才的本领。经过全区教育界通力奋进，于国庆70周年之际，终使这所展览馆诞生在西固南山文庙庄严肃穆的殿庑内，为西固区乃至兰州市增添了一所内容充实的文化场所，富有底蕴的旅游景点。

小达教学、工作之暇，勤奋笔耕，经营自己的文化家园，本着"向暖绽放，不问花期"的人生信条，积少成多，终成一本40万字的书稿。向我问序，由于书稿多涉及兰州事物，遂愉快答应。她传来书稿电子版，阅读一过，觉得很有特色。

首先是着意经营书名篇名，耐人寻味。书名是一本书的门面，好的书名自能引人入胜。小达的书叫《且把时光煮成茶》，富有诗意，流露几许沧桑感。打开书页，但见本书分为5辑，分别是：清泉解渴、晨露凝霜、松涛煮雪、净水洗尘和茗碗沉香。这些题目也具诗情画意，蕴含一份仙风道骨，似有出世之想。

第一辑清泉解渴，写的是兰州历史与民俗，但侧重于西固。第二辑晨露凝霜，笔调一转，从刚劲转向柔情，抒写血浓于水的亲情。第三辑松涛煮雪，为读万卷书、行千里路，知行合一，对名山大川的赏会。第四辑净水洗尘，是作者的心语低诉，情感抒发。第五辑茗碗沉香，是书评、影评，追求雅意生活，开阔视野，丰富阅历，益于人生。

其次是文章厚重，有历史感。小达综合应用史志、家谱、碑碣资料，加上实地考察所得，用优美的文字，诉说西固春秋以及民俗风情，使读者深度感知这块神奇土地的前世今生。但见大沟湾驿道的驼影，河口张氏的传奇，关山的神话，四时八节的绚烂，达氏史馆的乡愁，纷来沓至，有如山阴道上，应接不暇。

其中，达氏史馆用系统的史料，展示蒙古族后裔达氏家史，娓娓道来，可知达氏为西北边陲民族融合的个案，进而感知中华民族是由多民族构成的。史馆的核心人物是明代名将达云，史称"云为将，先登陷阵，所至未尝挫衄，名震西陲，为西边名将。卒，赠太子太保"。（张维《甘肃人物志》）然后寻根溯源，达云系成吉思汗次子察合台后裔，达云后人散居河湟地区，今西固达川、达家台皆为达氏居地。这些达氏先祖胼手胝足，披荆斩棘，将荒山平川建成美丽家园，世代耕耘，代有俊彦。

小达作为西固语文教员，能讲能写，自能现身说法，提升学生的语文阅读与写作水平。这与小达博览群书，喜欢旅游是分不开的。

旅游是当今最受人喜爱的文化活动之一，通过旅游可以拉近知识与自然，人与历史，文化与科学的距离，感知世界之大，品类之繁与奇风异俗，自有一番愉悦在心间。小达旅游侧重驱车行走西部，西游河西走廊，南登青藏高原，饱览雄山胜水，感受民族风情，写有多篇情文并茂的游记，让我等难涉世界第三极者，感受卧游之乐，如同身临其境，精神不觉为之一振。从中可知，旅游不仅仅是进商城购物、跑景点拍照，还可以仔细观察品味异乡生活，经过思考，行诸美文、诗词，辅以拍照，全方位予以记录，这可能就是旅游的真谛吧。

窥一点而知全豹，小达的书稿还有许多美妙之文，读者自会阅读欣赏。

希望小达继续写作，更上层楼。

2019 年 11 月 9 日于梦梨花山馆

目录
CONTENTS

第一辑　清泉解渴

金城怀古	001
穿越千年的大沟湾驿道	005
千年沧桑话河口	008
甘肃贡院，那些前尘往事	013
仁寿山怀古	018
追寻一代天骄的背影	022
悠悠福利路，浓浓西固情	032
元峁之春花如海	035
关山印象	038
达氏史馆侧记	041
三江口，何其有幸	044
故乡·老人	049
闲话达川	052
消失的"幸福村"	056
家乡小院	060
流淌着幸福的冬天	062
在希望中行走的西固军傩	065
羊皮筏子划过的岁月	068
桃园，那一树丁香	075
被遗忘的老街	079

082　马家山的阳光

085　古老的家乡习俗——撞姓

第二辑　晨露凝霜

089　窗外，刺玫花开

092　幸福的柴门

095　梨花落

098　怀念母亲

101　那些坐火车的日子

104　麦事

107　父亲·母亲

110　那个春天

112　遥远的中秋

115　流年里的腊八粥

117　匣子里的秘密

122　最后一抹温馨

127　清明祭祖感怀

131　母亲，我又想你了

134　年味

第三辑　松涛煮雪

141　马蹄寺寻古

145　邂逅胡杨

149　春访杏花村

152　临夏风情

永靖之殇　　155
景泰情缘　　158
漫步顾家善　　163
土司衙门岁月长　　166
渭河源之韵　　171
风姿绰约腾格里　　178
初识可可西里　　185
我们要去纳木错　　189
触摸天堂——拉萨　　192
琼结，文成公主散忆　　196
藏寨，邂逅格桑拉姆　　201
寻找丹巴美人　　205
成都的味道　　209
竹海散章　　213
古城阆中　　219
落魄的文人　　222
走过的，便是一路繁华　　225
触摸古镇青木川　　228

第四辑　净水洗尘

探亲　　233
生日　　237
一夕梦魇　　240
迎春花开情愈浓　　244
与谁共赴结局　　246
远方　　248

250　砖缝里的春天

252　平等的鞋子

254　路灯下的老阿婆

257　光阴

259　烟火幸福

262　放下，刹那花开

266　海棠情

269　走过生命的冬天

第五辑　茗碗沉香

277　永远的春秋月——再读孔子

281　江山美人

286　民国世界里的一片云——小记徐志摩

289　寂寞开无主，唯有香如故——民国佳人张幼仪

294　我们再也回不去了——也谈《半生缘》

298　乾隆与那拉皇后

303　人去春休，来生莫负

306　活出干净的自己——《如懿传》之如懿

309　自强才能自救——《如懿传》之海兰

312　你向上爬的样子可真丑——《如懿传》之炩妃

314　深宫香陨有谁怜——《如懿传》之意欢

316　年年花落无人见——《如懿传》之群芳叹

319　命中解不开的劫——解读《茉莉花开》

324　从三妻四妾谈起

327　有多少亲情，败给了金钱？

后记

第一辑 清泉解渴

时光易老
足迹渐远
斟一杯乡音入喉
宛若清泉漫过心田

QINGQUAN
JIEKE

金城怀古

> 一座城的历史，就是那些有了年岁的城墙，用无数个日月堆砌而成。城墙里的一砖一瓦、一梁一柱，上面雕刻着远古的记忆，因为叱咤风云，因为壮怀激烈，因为凄清孤冷而充满神秘。
>
> ——题记

2013年，在兰州雁滩黄河岸边，一组霍去病跃马扬鞭率军西征的群雕，出现在人们的视野里，那飒爽威武、气宇轩昂的姿态，吸引了无数游人驻足观看。两年后，在兰州市西固区金城公园，一座李息将军依马而待的巨幅雕像矗立在中心广场，成为人们关注的焦点。两千多年了，那段波澜壮阔的铁血岁月早已落下了帷幕，但这两位英雄仍让人们铭记于心，念念不忘，因为他们是这座城市最初的缔造者。

翻开这座城市古老的一页，尘封的记忆如同洪水开闸，从历史的河道喷涌而出。古老的黄河从青藏高原倾泻而下，在古城西固与湟水河、庄浪河相汇，它们滋养着这片土地，成为孕育生命的摇篮。远古时代，这里气候温和，土质肥沃，植被茂盛，适宜人类繁衍生息。夏、商、周时期，这里为羌戎游牧民族的活动区域。推开汉帝国关闭的重门，这里演绎着无数英雄金戈铁马、碧血黄沙的故事。

公元前141年，汉武帝刘彻登上了皇位，汉帝国的中央集权得到了进一步的加强，经济上休养生息，国富民强。但外交和军事上的羸弱，却使国家被北方的匈奴王朝袭扰了几十年。匈奴始终是萦绕在汉武帝心头的噩梦。他们疯狂地劫掠富庶安定的农耕国家，每年侵扰汉朝边境，杀戮汉朝的官员和百姓。面对匈奴的一再挑衅，汉武帝终于下定了全面反击的决心。

公元前121年，汉武帝为打通西域商路，控制河西走廊，派骠骑大将军霍去病西征。那是一个凄冷肃杀的春天，壮志凌云的霍去病率领一万多名骑兵，快马加鞭来到黄河古渡口边（今西固一带），手中握着张骞提供的河西走廊地图，要从这里渡河，完成他的历史使命。于是，惊心动魄的河西之战就此拉开了序幕。寂寞荒凉的戈壁滩上，骤然间战马嘶鸣，杀声震天。

与此同时，被晋升为关内侯的李息，也与他的部下来到了蜿蜒曲折的黄河边。他此行有一个艰巨任务，就是为霍去病的百万精锐骑兵，寻找可以通行的渡口，并在此地建立一座攻守兼备的军事要塞。历经戎马征战的李息，时年已过五旬，满头华发。他不辞劳苦，辗转奔波于黄河沿岸，最终选择了一片宁静的河谷作为理想的渡口。从此，黄河岸边这个原本平凡的渡口不再平凡。

公元前121年即将结束的时候，历经三次河西之战的霍去病和他的精锐部队纵横驰骋，终于全线打通了河西走廊，被击败的匈奴，唱着悲凉的歌退出了那片肥沃的土地。而此刻，在李息和他的部下日夜筑垒的号子声中，荒凉的黄河岸边，奇迹般地诞生了一座高原之城：北城门朝向滚滚东流的黄河，南依巍巍南山，城东数里处有蜿蜒梁泉（金沟）自南山向北注入黄河。这座高原之城就是当时的"金城"，驻地就是今天的西固，是兰州历史上第一座城池。李息希望它"固若金汤，城池永固"，称它为"金城"。《史记·大宛列传》载：自此，"金城河西西并南山（今祁连山）至盐泽（今新疆罗布泊），空无匈奴"。这是历史上最早出现的金城地名。

岁月如梭，40年后，到了公元前81年，这座城池在汉帝国统治下，与周边地区共同组成"金城郡"，一片繁荣。

又经过了60多年的悠悠岁月，至汉宣帝神爵元年（公元前61年），平静的河水突然变得暴躁起来，湟水河畔弥漫着剑拔弩张的气氛。为平定湟水流域羌人造反，70多岁的赵充国不顾年迈，率一万骑兵至金城，渡过黄河，征讨叛羌。征战期间，赵充国三上屯田奏，得到了汉帝国的空前重视。他的屯田政策也得到了士兵们的拥护。曾经他们是塞外呜咽的苍狼，如今山河依旧，更改的只是一代王朝。多年征战已使他们疲惫不堪，于是他们脱下战袍放马南山，铸剑为犁辛勤劳作，过起了丰衣足食的生活。屯田范围在今青海省湟源县东南到今兰州市永登县河桥镇之间。

历史的风云依然动荡不安。东晋孝武帝太元十年（385年），陇西鲜卑族乞伏国仁聚部落10余万人，趁前秦苻坚淝水之战新败，脱离前秦，自立为王，在今兰州榆中县筑勇士城，史称西秦。太元十三年（388年），乞伏国仁死，其弟乞伏乾归继位，迁都金城，称大单于、河南王。他整合胡汉各种势力，击败来犯金城的后凉部队，使西秦势力达到极盛。寂静的金城又一次喧闹起来。不过，西秦国都在金城存在了仅仅8年，便复迁都苑川勇士城。

时光流转，金城县城池经历两汉、魏晋、十六国的争战岁月，于西魏时因县废而城湮。此后，金城逐渐向东转移，从西固川转到了皋兰山下，于公元581年置"兰州"。

朝代几更迭，山河依旧在。黄河岸边的西固川，就像一个装载了无数记忆的老人，深邃而沉默，在金城县城池繁华落尽后的几百年里，再次见证了无数英雄在这块土地上披荆斩棘、策马扬鞭的豪情，见证了这里一次次战火纷飞，朝代更迭的沧桑巨变。

北宋时，兰州是以军事为主的州。宋元丰五年（1082年），为防御西夏侵犯，沿河修筑了东关堡、皋兰堡、阿甘堡、西关堡等10多个城堡。西关堡就在今西固城一带。金哀宗正大三年（1226年），今兰州市黄河以北被西夏占据，西关堡成为党项人的屯兵据点。8年后，到金哀宗天兴三年（1234年），强大的蒙古族势如破竹，占领了兰州。他们骑着宝马，手持长缨利剑，似流沙般奔泻而来。饮血的刀剑斩断河流，劈开山峦，矗立在西固川的西关堡如吹弹可破的薄纸，经不起一张弯弓，瞬间便成为断壁残垣。

春秋数载，乱云飞渡。明弘治十二年（1499年），兰州卫指挥使周伦匆匆上任，来到今西固一带，眼前的古城令他大为震惊，战乱多年，这里一片荒凉。为遏制漠北鞑靼进犯，周伦即刻令将士、民众在西关堡废墟上修建城堡。经过4年的昼夜奋战，一座恢宏的城堡拔地而起，史称"西古城"，意为兰州西部古城之意。

西古城建立后，又过了300多年，到清同治二年（1863年），绅士廖登选号召民众加固重修西古城。经过多年战乱洗礼的古城，又恢复了昔日的繁荣景象。城外有护城河，城门之外有瓮城，四周高墙围护，如若敌人攻入瓮城，就会立即陷入包围之中，成为瓮中之鳖。古城正南方为三官殿，正北方为祖师殿，东南角为魁星阁，西南角为火神阁。城内有三街十八巷，遍布亭台楼阁，假山水榭。古城城楼巍峨，四方角楼稳峙。钟鼓楼、魁星阁、火神阁装点城郭，金瓦琉璃，非常壮观。

只是命运之神虽然可以预测生死，占卜未来，却挡不住阳光下寸草的滋生，挡不住漫漫山河的浮沉起落。清同治五年（1866年），西古城又被卷入了战乱的漩涡之中。城外各村百姓流离失所，饥饿和杀戮时刻威胁着人的生命，大量难民到处乞食，纷纷涌进城内避难。西古城"城峻池深，固若磐石"，就像一位伟大的母亲，护佑着这块土地上的子民，让民众躲过了洗劫之难。灾难过后，百姓虔诚跪地，焚香祷告，感激不尽，以同音异字，改称"西固城"。从此，西固——这个承载着祖先感恩的名字，就这样诞生了，一直沿用至今。

"王谢堂前燕犹在，帝王将相已作古"。两千多年了，多么遥远的岁月，足以让沧海变成桑田。两千年日出日落，岁月轮回。黄河依旧，涛声依旧，似乎在静静诉说着古城的兴衰成败。在苍苍茫茫的历史洪流中，西固始终没有辜负金城这个名字所赋予的殷切期望。这座因河而生的城市，在经历了无数次腥风血雨的洗礼之后，蓬勃成长为今日的西北工业明珠，正在向世人诉说着这块土地上永不停息的创造。

寒来暑往，金城公园的大门前，摩肩接踵的游人络绎不绝。这里，春暖之际，有燕子在金城楼顶衔泥筑巢；炎热的夏季，有美丽的小鱼在湖水中嬉戏玩耍；深秋的黄昏，有许多红叶赶赴李息将军的盛邀；凛冽的寒冬，有大片大片的白雪覆盖着西秦宫的瓦楞。

此刻，阳光正好。进入园内，所有的草木都争先恐后地赶赴一场春的盛宴。枝头朵朵花似锦，园中层层草如茵。念及石碑上谭嗣同的诗句"金城置郡几星霜，汉代穷兵拓战场。岂料一时雄武略，遂令千载重边防"，心中自有一种无言的美丽。

穿越千年的大沟湾驿道

秋意弥漫，穿越大沟湾的风，带着古朴、陈旧的气息，荒凉中似乎隐含着丝丝阴郁，无情地掠过我的脸颊，有种麻麻的疼痛。我踏着漫漫黄沙铺就的古道，从残垣断瓦中寻觅着它远去的历史背影。

大沟湾驿道位于兰州市西固区河口镇东端。据史料记载：此道开通于元明时期，由兰州经沙井驿，至大滩的老爷庙，过小川儿，翻青土坡与大路沟驿道相接。为了保障驿道的通畅和过往行者住宿打尖，明代初期在现河口大滩村老爷庙筑有城堡，史称"沙柳城"。至清代，此道成为进入河西走廊的主道。清光绪年间，陕甘总督左宗棠率军西征，为了供给军需，又下令加固拓宽了此道，后因虎头崖道打通，此道逐渐废弃。

太阳穿过山峰，把点点金光洒在摇曳的蒿草及矗立的山崖上。红色的崖壁如刀切斧劈，高数十丈，形成了一道道巨大而色彩斑斓的山墙。秋风在我扑朔迷离的疑惑中引路，我在荒草间迂回、穿行，从不同角度拍摄着这里独特的丹霞景观。瑟瑟秋风带走了往昔驿道上先行者的背影，那些风尘仆仆的驼队，那些金发碧眼的商贾，那些肩负使命的将军，那些跃马扬鞭的信使，曾在这里留下了他们的足迹。

蓝天下，远远可见对面山上的古烽燧，那是古代用烟和火传递军情的一种建筑。当烽火从高大的墩台上升起时，狼烟滚滚，战争便拉开了它沉重的大幕。大沟湾驿道，从上苍赐予它矗立在河口这片土地上起，就注定充满了纷争和硝烟。作为金城的西大门，河口因独特的战略地位，成为兵戈扰攘、战马嘶鸣的军事要塞。秦汉时期，河湟地区的优越气候和肥美牧场，成为游牧民族的争夺之地。西汉初期，匈奴与羌人联合，在河口地区集结军队，进犯秦陇。汉武帝元狩二年，名垂青史的霍去病率领万千铁骑平定了河西，于是，昔日匈奴的牧场变成了农业的平川，河口地区也成为扼守河西走廊的前哨与咽喉，成为汉王朝长期经营河西的剑柄。

古道旁的荒草深处时而可见或白或黑的石碑，走近方可分辨出这里曾筑有万里长城。长城在大沟湾驿道的痕迹，乱石嶙峋，只有一堆堆难以分辨墙形的残垣。千百年来，风沙的侵蚀，时间的印记，使得长城遗址如同破败书卷，一种历史的沧桑感油然而生。

历史的天空里，汉帝国在河西设四郡、修长城、筑墩台、加屏障，运用坚固的防御体系，为这里的人们带来过安定与祥和。据说，汉武帝设四郡断匈奴右臂后，匈奴并不甘心失败，每每秋高马肥之际便越界侵扰。于是，汉帝国在太初三年从皋兰沿黄河修筑了一道边墙，这道边墙一直穿过河西，延伸至西域。沧海桑田，物换星移，这片土地上的征伐和夯筑并没有停止。明初，为了抵抗鞑靼的骚扰和防止东北女真的崛起，从朱元璋当皇帝起，就开始修筑长城，历经100多年，先后18次大兴土木，终于筑起了西起嘉峪关，东至山海关的长城。此后的清朝也从没有放松过对长城的巩固和防务。以战争为催化剂，摧毁与重建，一样的风起云涌，一样的波澜壮阔。大沟湾驿道的长城，让我们看到了古代这里的战争史与和平史。

眺望从远方蜿蜒走来又逶迤远去的古道，它承载了历代王朝统一中国的梦想，也承受了爱国将士血洒疆土的豪情与悲壮。史载，清穆宗同治十二年（1873年）七月，陕甘总督左宗棠率领大军，沿此道进入肃州。清德宗光绪二十二年（1896年），两广总督林则徐，被流放新疆时沿此道而上，路过河口大滩的沙柳城，在老爷庙打尖歇晌，其间兴笔给友人姚春木回信一封，信中提出了"器良、技熟、胆壮、心齐"的八字抗敌方针。

漫步古道，用心拂去岁月的尘埃，静听历史远去的足音。当年的马蹄声、车轮声，虽然已经遥远得使我无法听到，但路旁山包上雕梁画栋的老爷庙，仍散发着古老凝重的历史气息，直入我的心底。

五代时期（907—960年），战乱频繁，致使丝绸之路河口段商贾往来受阻，客商驼队便改道大沟湾驿道，于是便修建了沙柳城（老爷庙），成为苦水驿与沙井驿驼队及客商歇脚补给的理想之地。后因此地较为重要，引起朝廷的重视，开始逐年筑城，加固，整修。至清代中期，城池已具规模，并派兵驻守，取名"沙柳城"。一时间，沙柳城成为当时打通姑臧南道和唐蕃古道的重要驿站，也是东西交流的重要驿站。

老爷庙地处两个驿站中间，因此，走马上任的官员，充军发配新疆的罪臣，上京赶考的举人经过这里时，都要在老爷庙打尖喂马，稍事歇息，有的还进庙焚香，祷告许愿。若考中，返回时还要在这里还愿。一时间庙宇香火兴盛，十分壮观。庙内有许多名人书写的匾额，还有一把108斤重的青龙偃月刀。每年农历五月十三日，传说是关公磨刀的日子。这一天大滩村举行庙会，宰羊献牲。小伙子们在庙院进行举刀比赛，将青龙偃月刀举起次数多者为胜，场面十分热闹。据说，庙的附近盖有一院很大的歇马店，为过往行人落脚歇息提供了方便。如今，这里的热闹和繁华都早已消失在茫茫苍苍的历史洪流中。老爷庙大门紧锁，空旷的庙前无人问津，只有门口的两尊石狮伫立如斯，忠贞不渝地守护着这片土地。

穿越千年的大沟湾驿道，被深厚的历史和文化笼罩，被巍峨的高山拥裹，被茂密的草木滋养。这里的民风淳朴，无论是乡间的偶然相遇，还是随便敲开某一扇木门，主人都会热情相迎。夕阳下，蜿蜒的古道一片纯净，一地悠然，像一幅风景画。庄严的长城，则是这幅画中的图腾，是这片土地永远的守卫者。

千年沧桑话河口

由于工作需要,曾每天往返于河口古镇,从未打算写些什么,只想让心灵毫无负载地行走在那条温暖的老街。之后的日子里,忙忙碌碌地开始了新的工作,以为彻底忘记了河口古镇。突然有一天,发觉自己常常不经意地会跟朋友提起河口,恍然间明白,原来河口古镇在我心里留下的痕迹竟然如此清晰。有些相遇,注定一眼万年。

一

汽车沿兰新公路向西疾驰,城市的记忆开始慢慢消失,稀少的人流和变窄的街道,提醒我们正在靠近淳朴的乡村。小时候经常吟唱"摇啊摇,摇到外婆桥",摇篮就像一条小船,它的目标就是桥,而慈祥的外婆就在桥边。果真,过了新城黄河大铁桥,河口便在眼前了。

河口因庄浪河、咸水河在此汇入黄河而得名。又因地处兰州市西部黄河北岸,是进入青藏、连通河西的重要门户,故有"金城西大门"之称。特殊的地理位置,使得这里曾经商贾往来云集,驼铃声声不断,茶马互市,一派繁荣景象。

过了庄浪河桥,我们从西门进入古镇,呈现在眼前的是一个初具规模的巷子,两旁都是古民宅,青砖灰瓦,有着浓厚的历史沧桑感。那些精雕细琢的牛角翘梁、砖雕、木雕,精良的工艺无处不在。

巷子里没有想象中的人潮如织，只有三三两两写着"庄河堡"的旗幡时隐时现。陌生的观望中潜伏着许多熟识的思绪，原来河口街也叫庄河堡，在明朝中期后的400年间，这里曾是西出兰州最大的码头和商埠。透过这些门廊、窗棂、房梁，能想象到这里曾经"驼铃声声响，客商昼夜忙"的繁荣景象。既然带着无数期待的梦而来，又怎能带着黑白斑驳的梦离开呢？

在与村民的攀谈中得知，著名画家张大千与这里竟有一面之缘。民国三十一年（1942年），他带领学生前往敦煌临摹壁画，途经河口时，庄浪河上游下起了暴雨，河水猛涨，冲坏了公路。张大千一行便留驻岗镇。滞留期间，张大千曾在郭家饭馆门前作画义卖，其动人故事在河口广为流传。历经千年岁月的冲刷，丝绸重镇早已不复当年景象，可是其文化底蕴依然在民间口传相授，不知在时间的洪流中，古镇的传说还遗存多少！

像多数古镇一样，河口古镇也需要浅斟细品才有味道。街道两侧的古民宅，仍保留了明清"前店后院"式的格局。驻足在一家肉铺子里，探头向里院张望，正在踟蹰，一位大姐笑容满面地迎了出来。在她的指引下，我们参观了这座古民宅。保存完整的四合院里，后墙及左右山墙还保留着原土坯墙的模样，房子正面则是全木结构，房梁图案精美，门饰古朴雅致，偌大的花格窗户传递着丝丝温暖。进入堂屋，古色古香的八仙桌和太师椅规规矩矩地陈列正中，墙上还悬挂着中堂。右边是一个大炕，顺墙放着炕柜、木箱和炕桌。最稀罕的古物当属木制枕盒，虽年代久远，却依然泛着亮光。动荡不安的年代里，那些大户人家枕着全部家财，不知度过了多少个提心吊胆的夜晚。我似乎看到了这所宁静的小院里，曾经那段热血涌动的岁月。

这里的一切写满了历史，我再次感觉到了语言的贫乏。纵深的巷子里有一群慕名而来的游客，大概是领略到了古民居的魅力，不停地在屋前拍照。我怀着紧张的心情继续寻找那些历史印记，果然不虚此行，这里竟然藏着一个海关标识。

锈迹斑斑的图案充满古朴而苍凉的味道，将我的思绪带入了大清同治年间。鸦片战争后，闭塞的甘肃并没有幸免于难。侵略者在甘肃大量倾销毛纺织品、布匹、火柴、烟糖等，并大肆掠夺原料。为此，清政府在甘肃设置了"嘉峪关税务司"，至民国，为了加强海关事务，在酒泉、河口等地设置了13个海关支关（所），对络绎不绝的客商进行了有序管理。直到民国三十五年，河口海关在慌乱了一阵后，陷入了永久的沉默。

在古镇随意走走，很容易见到一些特别的建筑。老街中央，矗立着一座正方形阁楼，下层四面设拱形洞门，正门两旁各有两个威武的石狮子，像站得笔直的标准军人。前后楼门为木质红漆雕花，两侧都是镂空雕花红木窗，原来这就是钟鼓楼。河口钟鼓楼始建于清康熙五十二年，后经两次修缮。鼓楼两侧青砖凿刻的楹联，道尽了此地的魅力所在。我想如果沿梯而上，便可俯瞰整个河口古镇。当敲击铜钟的袅袅余音回荡在古镇上空时，那绵长悠远的韵味便是千年丝绸古道奏响的传唱，绵延至今绕梁不绝。

二

不登高山，不知天之高也；不临深溪，不知地之厚也。

漫步古镇，轻叩木门上的铜环，静静地欣赏传说中的神秘。这里世世代代居住的是金城望族——张氏。有诗曰：黄河之滨，河口重镇，古汉金城，锁钥西门。丝绸古道，水陆驿站，张氏望族，山东徙兰。

900多年前，即宋仁宗十九年（1041年），三国蜀汉张飞后裔张高沂自山东济南府石桥村贸易来兰，定居黄河北庙滩子，逐渐形成兰州地区的名门望族。元太祖五年（1210年），其后裔张傅、张朋押站迁居于张家河湾、张家台等地，子孙繁衍，亦农亦贾。至明太祖洪武二年（1369年），由于户大丁繁，张氏家族开始大分家。当时张氏三大支户，每户有两个儿子，孙辈人数不等。分地时，将与官府押站的所有田地分为100份，每一人丁分田相同，分完97份，剩余3份分给了3个出嫁的姑娘。这就是当地有名的"百份张氏"。

河口古镇历来就藏龙卧虎，这里还流传着"肃王后裔易姓张"的故事。

相传，明崇祯十六年（1643年）冬，李自成部将贺锦率兵24万破兰州，末代肃王知不可敌，密令世子速离王府，藏匿民间。世子与王妃、仆人一路向西奔逃，眼见追兵将至，仆人为救世子，便与世子互换衣帽分路而逃，引开追兵，结果仆人被杀。妃子因一路奔波早已筋疲力尽，被追兵将头颅割去请功。世子跑到青石关，过黄河冰桥，躲到八盘村一张姓村民家，说明身世，跪地求救。村民见世子可怜，收为义子。从此，世子改名为张献龙。世子想安葬王妃，由于头颅被割，只好用面团塑了个头来代替，用河卵石堆成坟。这就是河口"洪武张"的来历。

话说肃王后裔张献龙避难定居八盘村后，娶了达姓女子为妻，人丁兴旺。有一天，他看上了河口村这块风水宝地，便有了徙居之意。他去找张氏族正商量，族正问他要买多少土地，他说，一块牛皮大的地皮即可。族正听后欣然应允。不料一切商定之后，张献龙吩咐家人把牛皮裁成细细的绳条，围了一大片田园。族正虽知上当，却无可奈何。后来，张献龙在这块"牛皮之地"上盖了12座院落，这12座院落与老街衔接处有个总门，只要关了总门，这里就非常安全，河口人都叫"大庄子"。

就这样，一场贸易和一场战乱无意间开启了河口张家近千年历史的开端。而张家，也一定无法预料到在接下来的岁月中，这个依山傍水的小镇会演绎出怎样的繁华。千百年来，河口地区相继有刘、马、鲁、徐等一户户人家扎根于此，渐渐地热闹了起来。而张家被视为当地正宗，至今仍占主要成分。

三

时间点点滴滴地流走，正如庄浪河水点点滴滴地流淌。

走出大庄子，我们来到了"阳畅湾子"古码头。千百年前，这里作为水路咽喉之地，一度被誉为"黄金水道"。码头的作用在这里彰显无遗，民用的小船、羊皮筏子，各路商船、客船甚至军用船只都曾在这里往来不绝。那聚了又散，散了又聚的运输队伍，也曾繁衍过一段辉煌的丝路绝唱。

随着岁月流转，大队的商船、客船以及军用轮船再没出现在阳畅湾子，这里繁华的码头也早已不见。民间曾流传着一首古朴而悲凉的民歌：万里金荡万里远，九曲黄河金城关。大轱辘车到西固，丝路重镇早不见。炕上铺的烂毡片，炕洞里烧的洋芋蛋。旱砂西瓜比蜜甜,羊皮筏子赛兵舰……其实,羊皮筏子是这里最古老的交通工具,也是老百姓生活艰辛的见证。晚清至民国时期,西固境内就有400多家羊皮筏户。河口一带,大多数的百姓只能"靠河吃水",跑羊皮筏子维持生计。

过往的丝绸之路,曾经的茶马古道,在马帮凝重的脚步声中渐行渐远。今天的河口古镇,依旧在锲而不舍地讲述着曾经的辉煌。作为名迹荟萃的历史文化之乡,凭借周围秀丽的山水风光,壮观的古民居群,独特的人文景观,质朴的民俗风情,吸引无数游人流连驻足。我想:古镇的美远不仅仅在于它自身,而更在于无数旅行者心中的描绘。

临别古镇的刹那,我频频回头,难舍那青砖黛瓦,高山流水。那些记忆的波纹,在古镇定格为永恒,那些古老的历史,在深深的巷子里延伸……

甘肃贡院，那些前尘往事

如同一辆负重的老牛车，100多年的光阴碾过了崎岖坎坷的沟壑。当我查阅史料发现"甘肃贡院"的名字时，怎么也没想到它的单体建筑保留到了今天。我想，除了研究历史的学者外，绝大多数人都不记得它了吧，更别说对它有什么了解。我的判断果然没错。深秋的一天，当我跟同事在西关什字踏访这块遗址时，怀旧的梦瞬时被摊贩的吆喝和车辆的喧嚣彻底淹没。询问了许多人，他们的脸上皆一片茫然，不知"贡院"为何物？

何为贡院？贡院是清代举行乡试、会试的场所。各省乡试在省城贡院举行。据《甘肃通史》记载："甘肃贡院是陕甘总督左宗棠为解决甘肃乡试，经批准陕甘分闱而于光绪元年（1875 年）建成。"我对甘肃贡院最初的了解，仅限于此。

穿行在兰州城钢筋水泥的楼林里，突然感到这个城市与那段历史是如此遥远，一种陌生的感觉涌上心头。兰医二院的保安告诉我们，甘肃贡院就在医院后院的停车场。穿过医院内熙熙攘攘的人群，终于看到了两座翻新的古建筑，心中不由豁然一亮。我环顾四周，与毗邻的豪华大厦相比，这里布列着三轮车、杂货摊、小卖部，头顶杂乱无章地笼罩着黑色的电线，显得那样逼仄和简陋。

眼前的甘肃贡院仍残存着历史的骨架，至公堂、观成堂像两位历史老人静静地守候着这里。在深秋冷峻的阳光下，门前饱经沧桑的古槐，消瘦虬曲的枝条与至公堂相映于瓦蓝的天宇，别有一番滋味。听说，现存的这两座建筑，是兰医二院花巨资对原建筑整体抬升一米维修而成。我抬头望去，维修后的至公堂早已看不到那些古旧的瓦片和发黄的椽梢，但雕梁画栋的雄姿不减当年，翘起的翼角如雄鹰展翅，繁复而恢宏。迎面门楣上"至公堂"三个烫金大字，格外醒目。据说，这是全国仅存的两座至公堂之一。"至公堂"由左文襄公亲自题写，门楣两侧对联亦是文襄公手书。上联书"共赏万余卷奇文，远撷紫芝，近掌朱草"，下联书"重寻五十年旧事，一攀丹桂，三趁黄槐"。抚摸着朱红色的梁柱，我怀着崇敬的心情走至门前，可惜门是上了锁的。踮脚窥探，室内空空如也。

至公堂东面便是观成堂，建筑与至公堂相似，我们依旧一无所获。院子里没有游人，但正是这种静谧，反而滋生了我的无限遐想，心里满是这座城市的背影。100多年前的那个深秋，兰州城里一定书声琅琅，那些梳着长辫子穿着长袍马褂的书生，正摇头晃脑，捧书苦读。院子里不时传来马嘶驴叫声，它们也许刚刚从遥远的新疆驮主人来此乡试，旅途劳顿，饥渴难耐……一切真是往事如烟啊。

光绪前，陕甘合闱，两省士子均需去设在西安的陕西贡院参加乡试。由于路途遥远，给甘肃士子造成了很大的困难。当时的甘肃省辖今宁夏地区、青海河湟地区、新疆乌鲁木齐、哈密一带以及今甘肃全省。士子们去西安参加乡试，少则一两个月，多则三四个月。费用少则数10两银子，多则上百两银子。交通和经济的制约，千辛万苦到达考场的士子寥寥无几，绝大多数士子因无法乡试而饮恨寒窗。此情此景，让时任陕甘总督的左宗棠一筹莫展。光绪元年（1875年），左宗棠奏准陕甘分闱。

此时的兰州战事平稳，地处黄河之滨的海家滩，突然变得热闹起来。这块地方是明代至清前期，黄河冲积形成的淤积地，滩与南岸连为一体，有滩之名，无滩之实。这里原来住着几百户人家。清同治年间战乱，滩上的居民担惊受怕，逃避一空。于是，陕甘总督左宗棠在这里建起了甘肃贡院。从此，这里成为邻近四省学子的圆梦之地。

实际上，兰州城里当时有两个贡院，兰州最早的贡院在今天的贡元巷，也叫贡院巷,因巷内旧有兰州府贡院而得名。为了有所区别,通常将这里叫甘肃举院。

甘肃贡院的修建,与时任兰山书院的院长吴可读有着难解之缘。陕甘分闱后,面临修建贡院的问题。但令左宗棠一筹莫展的是,当时甘肃因长期战乱,民生凋敝,地方财力枯竭,修建贡院举步维艰。于是,他只好求助吴可读。吴可读欣然从命,多方奔走,呼吁甘肃各界募集资金,经历了常人无法想象的艰辛过程,终于劝捐了白银50万两。史载:"伐石于皋兰北山,采木于平番、碾伯、河洮各州厅县。同时,各郡人士征匠送徒,鸠资庀材,络绎载道。砖瓦木石不足,则各罄私储,或撤祠屋,散材入公,不计价值。"可见,当时修建贡院的艰难。

光绪元年(1875年),甘肃贡院建成。光绪十一年,陕甘总督谭钟麟增修。贡院的建筑风格也有很多可圈可点之处。其地盘纵140丈,横90丈,外筑城墙,内建棘闱,以防枪手等作弊者翻越。贡院内自西向东依次排列:大门、龙门、明远楼、至公堂、观成堂、内帘门、衡鉴堂、雍门。大门南北有点名厅、搜检厅。明远楼到至公堂南北两侧建四千间号舍,称南文场、北文场,可同时供4000名士子考试。贡院西南角开城门,题额"为国求贤",人称举院门。贡院的建成,使众多的甘肃寒士能够就近赴试,从而促使甘肃各地的书院蓬勃发展,甘肃的文风也逐渐兴盛了起来。

清宣统二年(1910年),澳大利亚人莫理循到兰州游览贡院,拍下了甘肃贡院的最高建筑明远楼的全貌。三层全木结构的阁式建筑,层层飞檐翘角,气势恢宏。楼门的东面,隐约可见至公堂的局部;楼的南北两侧,是密密麻麻的号舍,两棵落尽残叶的老树兀然挺立,透出几许萧瑟。邓明先生在《明远楼与甘肃贡院》一文中描述:"明远楼有鹤立鸡群之势。在考试时,监临、监试、巡查等官员登楼瞭望,整个考场内外形势尽收眼底,以监视考场秩序……"

1919年,刘尔炘先生修建五泉山时,将甘肃贡院内的明远楼搬迁于此,更名"万渊阁",意为"万本之源"。明远楼成为五泉山中轴线上的一座重要建筑。举人杨巨川赋诗曰:"若问当年明远楼,飞从平地上山头。五泉高矗万源阁,依旧文光射斗牛。"

甘肃贡院建成后的那个秋天，兰州城沸腾了。数以万计的考生及各地州县调上来的阅卷官和他们的仆役，纷纷涌进城内，充斥在各个街巷。兰州城内车水马龙，热闹非凡。尤其是凉州会馆和秦州会馆内一时人满为患。而街头的考具店、书房店更是生意火爆。

由于8月开考，乡试俗称"秋试""秋闱"。陕甘分闱后的第一次乡试，如期在甘肃贡院举行。与试者达3000人，比较以往在陕西多出两三倍。左宗棠以陕甘总督的资格，入闱临监。

金榜第一名解元是兰山书院安维峻（秦安人）。安维峻平日就被左公所赏识，后来他成为清代著名的谏官，被誉为"陇上铁汉"。他是甘肃贡院建成后的第一个"解元"，人称甘肃贡院"第一科第一人"。后任翰林院庶吉士，因上书《请诛李鸿章疏》，弹劾当朝权臣李鸿章和李莲英而震惊朝野，却因言获罪，被革职。身逢乱世的他几年后又回到甘肃，主持编写《甘肃新通志》，现已成为研究甘肃历史的珍贵参考文献。

甘肃贡院的建成，对甘肃文化教育所产生的影响是划时代的。陕甘合闱时共取62名举人，但绝大多数录取的是陕西士子，因为他们尽得天时地利之便，这对甘肃士子极不公平。分闱后，左宗棠奏请甘肃取40名，朝廷只批准30名。光绪二年，左宗棠奏准再加10名。自此每科乡试，甘肃可考取四十名举人，其中特设回族举人1名，这样每科至少可录取回族举人1名。

"金榜题名"是人生三大喜事之一，在甘肃贡院里考取的人才也不胜枚举。自光绪元年始，至光绪三十年科举废，甘肃共选取举人681名，考中进士116名，这是陇原大地上从未有过的辉煌。一大批饱学之士从甘肃贡院迈出，踏上了报效国家、实现自身价值的人生之旅。其中除了"陇上铁汉"安维峻外，还有编纂《重修皋兰县志》的张国常，求古书院山长刘光祖，重修五泉书院的刘尔炘，"公车上书"李于锴，政界名流杨思，"光明使者"邓隆，翰林办厂哈锐，书画名家范振绪……他们都为后世留下了宝贵的精神遗产，为甘肃文化教育的进步产生了难以估量的影响。

甘肃贡院是清代第17座贡院，也是最后一座。它不仅是甘肃科举制度的见证，也是甘肃诸多历史大事件的见证。如今，虽然甘肃贡院只剩下至公堂和观成堂两座建筑了，但它所承载的文化血脉，仍是我们砥砺前行的根基。

历史的烟云久积愈厚，我们仅能从史料里了解甘肃贡院的前尘往事。临走时，在贡院西侧一条青砖墁就的甬路上，我发现一块特别的石头，石上刻着"萃英"二字，沿着字迹，回溯一段时光，甘肃贡院真不愧为人才荟萃之地，甘肃人民也一定会感念左文襄公的丰功伟绩。

仁寿山怀古

曾几何时，兰州的秋天竟摒弃了原有的粗犷悍然，如江南般烟雨迷蒙起来。带着些许微雨润湿的气息，我与好友登临仁寿山，寻幽探胜，览景怀古。

汽车驶入北滨河路，道路两旁的花草葳蕤葱郁，高楼鳞次栉比，新建楼盘的巨型条幅上赫然写着"繁花似锦觅安宁，淡云流水度此生"。安宁——这个寄予了人们美好愿望的名字，我于偶然间查阅史料才得知它源自明代修筑的"安宁堡"。

据原安宁堡真武庙《安宁堡神庙记》石碑碑文记载："弘治乙丑，石涂杨公总制军务，以兰为西北要冲，张掖诸镇，赖此地为吭。去郡逾河三十里置安宁堡。城高二丈，地深一丈二尺，周围六百四十步，东南有门……"此堡建于明孝宗弘治十八年（1505年），立碑时间为明世宗嘉靖元年（1522年）。可见，这就是安宁得名之始了。

明孝宗朱佑樘为人宽厚仁慈，躬行节俭，朱国桢曾评价说："三代以下，称贤主者，汉文帝、宋仁宗与我明孝宗皇帝。"可见，仁厚的明孝宗期望安宁堡的建立，能带来国泰民安。回首历史，恍然间感受到了那种遥远的期望，那种一国之君对边疆能永远安宁的渴盼。然而作为西北要冲的兰州，依然注定要经历"沙场秋点兵"的悲壮！

兰州，作为古丝绸之路的重镇，早在15000年前，人类就在这里繁衍生息。西汉设立县治，取"金城汤池"之意而称金城。隋初改置兰州总管府，始称兰州。自汉至唐、宋时期，兰州逐渐成为丝绸之路重要的交通要道和商埠重镇，是联系西域少数民族的重要纽带。那时，风尘仆仆的人们，到达金城兰州后，渡过黄河，然后沿着庄浪河谷进入河西走廊，开始漫长而艰辛的西行之旅。两汉时期的安宁是中原通往西域唯一的交通要道，纷乱颠簸的岁月，在阵阵驼铃声中将文明的种子引到了这里。

穿越 2000 多年的时空，我依然相信这个荒凉偏僻的小镇，曾带给漫漫岁月一抹亮色，回荡在历史深处的神奇传说，依旧会震撼我们的心灵。

相传，张骞备尝艰辛出使西域归来后，立下了"凿空"之功。他向汉武帝讲述了自己起伏跌宕的人生经历，并详细介绍了大宛等国日行千里的汗血宝马。汉武帝眼前豁然一亮，"工欲善其事，必先利其器"，于是他两次下令李广利为贰师将军，率数十万大军西征大宛。旷野之上，帝国的骑兵和马队整装待发。寂寞荒凉的戈壁滩上，骤然间战马嘶鸣，杀声震天。4 年后，李广利获天马 3000 多匹凯旋，只是出关时的数十万大军只剩下两万。尽管如此，朝思暮想天马的汉武帝还是喜不自胜，赋《天马之歌》："天马来兮历无草，迳千里兮循东道。"并下令沿途各地修建候马亭，接待天马。安宁的白家铺子附近曾设立了"候马亭"接转马匹到长安，沿途百姓无不夹道欢迎，争相观看天马英姿。

只是，世事无常。西北的黎明风声鹤唳，干燥寒冷，通向长安的道路一片荒芜。这些远道而来的天马，离开了天然肥沃的草场，思念故土，终日嘶鸣不已。终于有一天，它们纷纷挣脱缰绳向北奔驰，"晨发京城，夕至敦煌北塞外"。有些天马进入安宁以北荒芜干燥的大沙沟里，饥渴难耐，跪卧沙石，凄惨死去。后经历数载风吹雨淋，竟变成了众多的神奇化石。天马一夜之间脱缰而去，汉武帝自然心痛不已，那可是数十万将士用生命换来的啊！于是他严令天马东来时的沿途各郡县官吏迅速查找天马西遁踪迹。清人马世焘有诗云："汉武望马如望贤，贰师求马去天边。如何神骏化龙去，空留佳话遗千年。"

想到这里，我心潮澎湃，感慨万千。遥想当年，为夺取天马，10 万将士魂归大漠。

岂料天马西去，只落得人马两空，怎不令人扼腕叹息？

弹指间，沧海桑田。一刹那，转身千年。

从仁寿山逶迤上行，一路鸟语花香。蒹葭苍苍，白露为霜。所谓伊人，何处寻芳？本想一睹"天斧沙宫"的风采，可由于不熟悉地形，未能找到。直到站在仁寿山上，看到远处鬼斧神工的奇山异峰时，才知道走错了路。天斧沙宫原来在仁寿山东面的龙凤峡。阳光下的红沙山与低洼处的茵茵芳草，相映生辉，雄浑壮美。

我们沿山绕行，路遇水泥做的拱形门，门呈树根状，像盘曲的虬龙，敲一敲，空空作响。穿过去，竟然就来到了"世外桃源"。这一片桃林，设计成八卦图的样子，中间有表演用的平台，呈太极图形，每年有桃花会在这里举行，场面颇为壮观。桃林茂盛，蓬勃清新，每一株桃树在微风中枝条摇曳，妩媚含情。此刻，虽然早已过了"桃之夭夭，灼灼其华"的季节，可我依然能想象出这里"桃花依旧笑春风"的美景。置身桃源，满眼都是毛茸茸的山桃，我和好友忍不住摘了两个，咬了几口，清脆微甜。据说安宁种桃的历史始于汉代，曾经是中国古代农业种植的奇迹，"世外桃源"的说法也绝不是空穴来风，一年一度举办的桃花会也有其历史渊源！

西汉至唐朝年间，安宁作为通往西域的交通要津，由于偏僻荒凉的地理环境，使得它在这段长达900多年的历史当中远离战乱，农业生产得到了突飞猛进的发展，成就了"世外桃源"的美誉。唐穆宗长庆二年（822年），大理寺正卿刘元鼎出使逻些（拉萨）路过安宁，看到这里桃红柳绿，花果飘香，人民安居乐业，呈现出一派祥和的景象。刘元鼎感慨万千，吟诗作赋。此时，安宁盛产的桃子已经沿着丝绸之路进入了西域。清康乾时期，安宁桃已是皇家指定供奉的御品。相传乾隆二十五年，乾隆皇帝为母亲孝圣宪皇太后举办60大寿时，曾点名让当时的陕甘总督进献安宁的鲜桃作为寿礼。

穿行于桃林间，我脑中勾勒着当年鲜桃贸易的盛景。踏上山顶，一尊高大的老寿星石雕巍然屹立，手捧寿桃，手拄拐杖，笑眯眯地欢迎远道而来的游人。仁者爱人，仁者寿。拥有了仁爱之心的人，才能宽容大度、乐善好施，当然就能长寿了！

从老寿星的雕像往下看去，万亩桃园的景色一览无余。青砖灰瓦的四合院，古色古香的园林建筑，宛若江南的小桥流水，好有诗情画意啊！曲折蜿蜒的母亲河把古老又年轻的边塞古镇点缀得美丽丰腴，古老的文明和中国农耕文化的魅力在这片土地上熠熠生辉。

中午的时候，雨停了，太阳露出了笑脸。头顶的天，瓦蓝瓦蓝，清新的空气迎面扑来。我们一路跳着、笑着，沿着柏油大道飞奔下山。虽然天气有点闷热，却抑制不住满心的喜悦堆积。

山路转过一道弯，远远望见红底白字的"文公祠"。心里猜想是哪位，好像是朱熹吧！鲁迅先生在《从百草园到三味书屋》一文里说过：现在是早已并屋子一起卖给朱文公的子孙了。不多时，果然看到"朱文公祠"的字样。这里为什么会有"朱文公祠"呢？

话说朱元璋统一天下后，此时的江山因战乱频仍和天灾连连而遍地疮痍，中原等地人口减少，土地荒芜。明洪武年间，为了恢复农业生产、发展经济，使人口均衡、天下太平，朱元璋推行了大规模的移民垦荒政策。500多年前，随着明代移民的浪潮，南宋理学家朱熹的后裔从江苏南京出发，扶老携幼千里辗转来到了这里。此时的安宁，随着王朝势力的西扩，已恢复了往昔的繁荣。朱熹的后裔，因一路奔波早已人困马乏。就在他们筋疲力尽的时候，眼前的景象令他们惊喜不已：只见此地高山环绕，水土肥美，山川秀丽，一片祥和之景。"陶令不知何处去，桃花源里可耕田。"正是这一方桃源美景，才使朱氏后裔下决心在此安家落户，繁衍生息。

沿着五层台阶逶迤而上，只可惜门是上了锁的，上面朱红色大字"理学正宗"格外醒目，我们只好满怀遗憾地下山。

回望仁寿山，绿树掩映，亭台楼阁偶露其角，于烟雨迷蒙中竟疑似"江南四百八十寺"之一。那千年的历史沧桑，金戈铁马的烽烟岁月，丝绸古道的辉煌与壮美，都深深浸入"仁者寿"的安宁与祥和中了！

追寻一代天骄的背影

> 他是大漠的王者,他是草原的雄鹰,他的蒙古铁骑横扫千军,他的上帝之鞭四夷臣服。公元13世纪,当他的马队席卷欧亚大陆的时候,一个帝国便从世界历史的地平线上站起来了。他就是一代天骄——成吉思汗!
>
> ——题记

一

也许,很多人不相信,兰州市西固区达川镇的达姓人,可能是成吉思汗的次子察合台的后裔。2017年,《兰州晚报》刊登了武威文史专家李林山先生的最新研究成果,"达云家族系成吉思汗后裔,达云即成吉思汗第十五世孙",这一论断,犹如一石激起千层浪,平地一声惊雷起,令每位达氏后裔惊叹不已。

成吉思汗,孛尔只斤氏,名铁木真,蒙古人,1162年生于蒙古部一个贵族世家。铁木真长大后继承父业,能征善战,武功卓著。1206年,他统一了蒙古各部,在斡难河(今鄂嫩河)源头召开库里尔台大会,结束了蒙古草原长期混战的局面,建立了蒙古帝国,尊号成吉思汗,意为"像大海一样伟大的领袖"。他一生60多场战役,除十三翼之战因实力悬殊主动撤退外,全是战无不胜。成吉思汗及其后继者在50多年的时间里,几乎踏遍了整个东亚,横跨了欧亚两洲。以总数不到40万人的军队，先后灭亡40多个国家，征服了720多个民族，建立了人类历史上版图最大的国家。其版图最大时面积超过4500万平方千米，相当于如今4倍的国土面积。

为了走近这位历史伟人，探寻他的英雄足迹，缅怀这位世界上影响最大的风云人物，我对遥远的蒙古有了莫名的牵挂。但路途漫漫，杂务缠身，始终未能成行。偶然的机会，拜读了蔡桂林的《成吉思汗灵榇西迁纪实》，方才了解成吉思汗与兰州榆中兴隆山竟有着很深的缘分，他的灵榇曾在兴隆山停厝十年，兴隆山如今仍保留着他的衣冠冢。于是，去兴隆山拜谒大汗的心愿便在心里潜滋暗长。

今年仲夏，我与友人登临兴隆山，只为寻根问祖。

兴隆山，甘肃风景胜地，因清代高道刘一明的《栖云笔记》而闻名天下，素有"陇右第一名山"之美誉。在兵戈烽起、戎马征战的悠悠岁月里，这里是游牧民族拼死相争的天然牧场。

跨过云龙桥，拾级而上，山风习习，令人神清气爽。一进山门便让人置身于香烟缭绕、经声佛号的氛围中。这里层峦叠翠，庙宇林立，是修身养性之佳地。环顾四周，整个兴隆山就像缺席者的宝座，被寂寞的苍穹拥抱着。我是特意来拜谒成吉思汗的，他曾在这里睡了10年。像一种神性的昭示，我不由得蹑手蹑脚，每一步的挪动，似乎都承载了太多的顾盼，生怕稍一疏忽，便惊扰了大汗的圣灵。

不多时，转弯处便看到福兴门，有对联"焚香圣地大佛殿事事随心，步入仙境兴隆山烦恼全无"，高大肃穆的"成吉思汗文物陈列馆"在一片葱茏中与我相遇了。

没有其他参观者，朝拜仪式显得安静又纯粹。大佛殿主体建筑为5间，正殿3间，两边各有陪殿1间，建筑雄伟，雕梁画栋。正殿内，释迦牟尼佛像前，是大汗威武的塑像，目视前方，坚定而威严，塑像前是大汗的银棺。正殿庄严肃穆，我未敢深入，虔诚地在阶前进行叩拜。随后我们进入侧殿，殿内供奉着大汗的御用马鞍、雕弓及宝剑。正中间置大汗画像，画像周围高高矗立着象征大汗至高权力的苏鲁锭。苏鲁锭是蒙语，即"大旗上的铁矛头"，是胜利的标志。这是当年英雄建立旷世功勋的武器，如今它静静地守护着圣灵，仿佛在回忆那段血雨腥风刀光剑影的岁月。

大殿左旁安放着成妃的银棺，其形状和装饰与成陵相近。在成妃灵柩前陈一朱漆小箱，上置红木雕花为底座的方镜一面，据说这是成吉思汗西征欧洲时所得，凯旋后赠予爱妃。旁边悬挂着"四大汗国"疆图，标示着近800年前大汗统率大军南进中原，西进中亚和欧洲的显赫战绩。殿内还用蒙汉文书写了大汗临终遗嘱："广土众民，欲御辱，必合众心为一。"可见，大汗在临终前还谨记阿兰圣母"折箭"的训诫。

旧物尚在，往事已老。虽然这里只是成吉思汗的遗物复制品陈列馆，真正的成吉思汗衣冠冢，在遥远的鄂尔多斯草原。即便如此，这里所有的一切，依然有着无可替代的崇高地位，是人们心中的圣地和心灵的丰碑。我一一瞻仰大汗的遗物，耳边仿佛战鼓喧天、战马嘶鸣。的确，大汗的一生都在抗争，与天挣命，与地夺食，与人征战。恶劣的环境中崛起的英雄，留给后人无限的敬仰与追思。

二

为什么兰州兴隆山供奉着成吉思汗的遗物呢？

1218年，成吉思汗派往花剌子模的蒙古族商队，跨过亚欧大陆桥，想蹚出一条新的丝路，为遥远的西方带去一种真诚的东方文明。然而他的真诚却被无耻亵渎，花剌子模的守将背信弃义，贪婪地抢劫了蒙古商队，并杀死了那些无辜的商人。他是草原的英雄，对此怎能袖手旁观，视而不见？于是，西征的序幕缓缓拉开。西征，是为了一个民族的尊严。

1222年，成吉思汗西征途经兰州兴隆山。当时戎马征战的大汗，已年逾60，他派哲别等北逾套和岭（高加索岭），入阿兰部和钦察草原。此时的大汗战事紧急，并未能领略兴隆山的美景，仅仅是途经而已。

自宋仁宗景祐三年（1036年）始，西夏与金便长期争夺兰州。宋高宗绍兴元年（1131年），金将宗弼占领兰州。1226年，西夏再次占领兰州。这年秋天，65岁的成吉思汗率兵亲征，大举攻克了甘州、肃州。当他与部将逐马取乐庆祝胜利时，不慎落马受伤。相传,了解榆中的部下提出建议:"此去不远,有兴隆山。这是一座可求取药草、祛除百病的神山。那里还有药王殿,能起死回生。"就这样,成吉思汗第二次来到了兴隆山。

秋天的兴隆山是最美的,满山红黄交错,黛橙相间,五彩缤纷,呈现出迷离纷乱的奇观。山谷中弥漫着沁人心脾的秋叶清香,更使人感到山林幽谷的飘逸之美,大汗倍感欣慰。苦涩的童年,艰难的青年,年近古稀仍戎马倥偬,征战沙场,难得歇息。这次意外受伤,才得以领略人间美景。沐浴在清风幽谷中,他的伤势也日见好转。

1227年春天,宁夏,六盘山。东方渐渐亮出熹微的曙色,一簇簇淡淡的朝霞像箭一般不断穿透混沌的空间,成吉思汗策马登上一处高坡,俯瞰着自己的故乡。一边是远山含黛,翠树亭亭;一边却是金戈铁马,硝烟四起。长年的征战,马背上的金戈交锋,让这个已近古稀之年的老人略显疲惫,但是为了民族大业,他必须精神矍铄,凌厉如鹰。次日,成吉思汗再次跨上战马,率领二十万大军,以横扫千军之势,节节西进。西夏兵一触即溃,四处败逃。就是在这场征战中,带有剧毒的箭头射伤了他的膝部。雄鹰毕竟是老了,中了毒箭的雄鹰失去了雷霆的力量,66岁的大汗终于一病不起。

大汗的病如巨石压在众部将的心头,他们决定再次送大汗去离新营不远的兰州兴隆山,祈祷山神保佑大汗平安。就这样,成吉思汗第三次来到了兴隆山。然而,这次兴隆山甘甜的泉水再也无法洗去大汗的疾病,众部将殷切期望的奇迹再也没有出现。几天后,大汗病危,紧急送往六盘山的清水行宫。

1227年7月12日,山崩地裂,一代天骄溘然长逝,蒙古大草原永远失去了主人。雄鹰老了,是要回到天上去的。伟大的成吉思汗,金山一样的身躯倒下了,留给后世国土万里,铁血金戈……

根据大汗临终时"秘不发丧"的嘱咐,遗体秘密运往漠北,万千铁骑卷过的草原,只留下白云清风,芳草萋萋。而兰州兴隆山,云在青天水在瓶,松涛阵阵送英魂!

大汗第四次降临兴隆山,就是中国近代有名的成陵西迁,兴隆山迎来的只是大汗的灵柩,却没有望见英雄伟岸的身姿。此次成陵西迁,举国震动,并激发了全民的同仇敌忾之心。

成陵在兴隆山停留10年后又迁至青海塔尔寺。兰州市人民政府为了纪念成陵在兴隆山暂厝10年的历史,于1987年在大佛殿重建了成吉思汗文物陈列馆,并将在伊金霍洛安放的成吉思汗、忽兰哈敦的灵柩及其遗物进行了复制,一代天骄的遗物终于在兴隆山得以再现。戎马一生的大汗,很少能在一个地方停留,几乎没有游山玩水的机会,可是生前三次到兴隆山,去世后还能再次迁陵到兴隆山,可见,大汗与兴隆山的缘分真是不浅。

三

为了纪念成吉思汗,美丽的伊金霍洛草原上建起了一座陵园。成吉思汗陵,像一座丰碑,记载着沧桑变迁的蒙古族历史与文化,记载着成吉思汗的丰功伟绩,记载着八白宫的变迁历史。近似一部蒙古史,令达尔扈特人世代相传、生生不息。酥油灯近800年长明不灭,香火近800年长燃不停……

是成吉思汗选择了伊金霍洛,还是伊金霍洛选择了成吉思汗?为什么要把成陵建于此地呢?后人的记载,多少让成陵充满了神秘色彩,也给英雄的一生增添了更加丰富的传奇。

史书记载,当年成吉思汗亲率10万大军征讨西夏,路经鄂尔多斯草原,被这里的美景吸引,留恋之际,忘情失手,将马鞭坠落在地。随从正要拾起马鞭时,被成吉思汗制止。大汗有感而发:"花脚金鹿栖身之所,戴胜鸟儿育雏之乡。衰落王朝振兴之地,白发老翁享乐之邦……我死后可葬于此地。"大汗的话,竟一语成偈。谁能想到,当日扬鞭催马的英雄,日后真的只有灵柩归来。遥祭天骄,英雄也有末路的痛惜,让人感慨良多。

成吉思汗在军中病亡后,其灵柩送回途中,灵车行至鄂尔多斯失落马鞭的地方时,车轮突然深陷沼泽,人架马拉纹丝不动。这时,随从忽然想起了大汗几个月前路过此地时的嘱托。于是，蒙古民族为了永恒纪念这位伟人，便在这里建立了永世坚固的八白宫。八白宫里，安放着象征成吉思汗的"金身"灵匣、画像和部分遗物，世代进行供奉和祭祀。

但是，历来许多专家认为伊金霍洛只是成吉思汗的衣冠冢。相传蒙古贵族有密葬的习俗。成吉思汗下葬时，为了保密起见，曾经以上万匹战马在下葬处踏实土地，并以一棵独立的树作为墓碑。此外，为了便于日后能够找到墓地祭祀，又在成吉思汗的下葬处，当着一峰母骆驼的面，杀死其亲生的一峰小骆驼，并将鲜血洒于墓地之上。等到第二年春天绿草发芽后，墓地已经与其他地方无任何异样。后人在祭祀成吉思汗时，便牵着那峰母骆驼前往，母骆驼来到墓地后便会哀鸣不已，祭祀者便在母骆驼哀鸣处进行隆重的祭奠。可是，等到那峰母骆驼死后，就再也没人找到成吉思汗的墓地了。因此成吉思汗死后葬于何处，至今成为不解之谜。

成吉思汗，一个古老民族的领头羊，没有择风选水，只是在鄂尔多斯的旷野上，选一处清雅之地，让生命在古老的高地上延续着，繁衍着……虽然没有留下墓碑，但整个蒙古大草原都是他的陵园。蒙古族把他的名字供奉在内心的殿堂，怀揣着精神火种四处流浪。一个人，使一座草原成为传奇。

我突然明白为什么蒙古大军毁灭了西夏文明，要让西夏国破家亡，血流成河？因为成吉思汗在蒙古人心中是神，是天，是他们的信仰，是整个草原流动的精神。当大汗被西夏的毒箭射伤那刻起，西夏的命运便早已注定。

四

历史的车轮滚滚向前，转眼间，一代天骄灵前的那盏酥油灯燃烧了 700 多年。而守护圣灵的达尔扈特人一直都没有忘记自己肩负的神圣使命，他们是记忆的卫士，生了根一样固执地用血肉之躯维护着草原最辉煌的一段往事。但是，安详和宁静只是暂时的，肥美的草原总会有饿狼的闯入。

1938 年，侵华日军密谋要把成吉思汗的灵榇迁移到东京去，其野心是想通过控制圣灵，以达到征服满蒙的目的。在这十分严峻、万分危急的时刻，以伊克昭盟盟长沙克都尔扎布郡王为首的抗日爱国人士，向时在重庆的国民政府提出迁陵的要求，蒋介石在《成陵危在旦夕，呈请最高当局谋计保护》的报告上写下"成陵关乎民族之精神，不可等闲视之"的批示。最后，经国防最高会议批准，决定将成陵暂移甘肃榆中县兴隆山。

静立在兴隆山巅，遥想当年举国危难，成陵也被纳入日寇的觊觎视线，不禁让人慨然长叹，一代天骄，竟无法安然长眠！

1939年6月8日，一场声势浩大的迁陵仪式拉开了序幕。6月9日，成陵在庄严肃穆的宗教仪式下从伊金霍洛开始启灵。成陵西迁途中，蒙汉民众均从遥远村庄踏沙而来，顶礼膜拜，虔诚敬信。6月16日灵队抵榆林，各界代表及民众两万余人齐集北郊恭迎大汗灵车。21日当灵柩经过延安时，陕甘宁边区政府在延安以东5公里处的十里铺搭设灵堂，举行祭奠。中国共产党领导人毛泽东、朱德、周恩来、王稼祥、王若飞等及延安各界人民热烈迎送和祭奠，声势浩大、庄严肃穆。24日灵车抵咸阳城外，陕西省政府主席蒋鼎文郊迎10里之外，设坛路祭，沿途迎灵之军民10余里。灵车转赴西安，全市旗帜飘扬，市民焚香秉烛，虔诚祭拜。

1939年6月29日，成灵西迁车队到达定西时，为了躲避敌机的轰炸，没有继续前行，在华家岭的坡地里躲避了一夜。而那天，当时中国抗战的大后方、西北重镇兰州，清冽甘美的五泉蓄满的是兰州百姓凄惨的眼泪，穿城而过的黄河发出的是惊天动地的怒吼！兰州遭到了日机的狂轰滥炸。

我们无法得知敌机的目标是不是成灵西迁车队。就在这次日寇的轰炸中，有一枚炸弹落在了兰州白塔山上的白塔寺附近，万幸这枚炸弹没有爆炸，使白塔寺幸免于难。事后人们才知道，白塔山上的这座白塔与成吉思汗有着深厚的渊源。

相传700多年前，成吉思汗曾致书西藏喇嘛教的萨迦派法王，希望他支持统一的蒙古国。法王收到来书后，即派出一位很著名的喇嘛去蒙古，谒见成吉思汗。然而，不幸的是，这位喇嘛途经兰州时病逝了，没有到达蒙古国。元朝建立后，下令在这位著名喇嘛病逝的兰州修塔，以示纪念，这就是白塔山上的这座白塔。也许是大汗显灵,也许只是阴差阳错,只是成灵的西迁,让天骄的神秘色彩更加浓厚,民族的凝聚力更加久远。

1939年7月1日,成灵终于抵达兰州。甘肃省政府主席朱绍良率军政官员、社会各界代表、群众郊迎10余里,举行了盛大的迎祭仪式。祭后即驱车向目的地兴隆山举行安灵仪式。兴隆山何其有幸,可以盛放英雄的墓塚,而天骄的英灵,也青睐此地的安宁。

成吉思汗灵棺在兰州兴隆山安放10年,1949年8月马步芳在兰州战役前夕又将成陵灵棺迁往青海塔尔寺。1954年4月1日,由内蒙古自治区人民政府迎回,安放在伊克昭盟伊金霍洛旗新建的成吉思汗陵寝室。圣灵回归故里,战魂永久安息。

成灵西迁,让日本人的阴谋无法得逞,让天骄的英灵免遭劫难,也让民族凝聚力更加稳固。追寻着天骄的足迹,仰望着英雄的背影,愈发觉得自己的渺小,那种倾慕之情油然而生。

五

此刻,我站在兴隆山上,驻足于成吉思汗文物陈列馆,思绪被满眼的大汗遗物牵引。不敢大声说话,生怕惊扰了大汗的苏鲁锭,那不仅是不敬,而是一种罪过。我知道,它曾经矗立在这里,仰望大汗和蓝天,枕着几株牧草小憩,随时待命,冲锋陷阵。我仿佛听到大汗掷地有声的话语,穿越历史的时空隧道,悠然传来。

"要让青草覆盖的地方都成为我的牧马之地。"大汗说。

也许是为了夺回自己的马匹,也许是为了夺回自己的新娘,也许是为了报一箭之仇,也许是被羞辱后的复仇……不知从何时起,莫名其妙的仇恨和厮杀,就在草原上生长,代代相传。马蹄所到之处,牛羊惊慌失措,牧民四处逃散……这就是草原的历史。成吉思汗来了!他轻轻地挥了挥手中的神鞭,坚定而深情地说:"这是上帝赐给我的神鞭,专门抽打邪恶与野蛮。我们大蒙古本来就是一家人,今后谁要是恃强凌弱,神鞭绝不留情。"于是,从此以后,草原上绿草如茵,鲜花盛开;胡笳悠扬,牧歌嘹亮!伟大的成吉思汗统一了蒙古各部落,结束了纷争与杀戮,才使得草原如此宁静和谐。

"你的心胸有多宽广，你的战马就能驰骋多远。我一旦得到贤士和能人，就让他们紧随我，不让远去。"大汗如是说。

在艰苦环境中长大的成吉思汗，宽厚又真诚，胸怀博大。王汗之前背信弃义，抛弃了他的求援，但其处于危险中进退维谷时，成吉思汗却接待了王汗派来的使者，派出四杰去驰援。

成吉思汗用人不拘一格，任人唯贤。他说，除了生命，他最爱的就是人才。他的名臣里，既有汉人，也有契丹人、畏兀儿人、唐兀次人等。对金国降臣耶律楚材的重用，更显示出他的宽广胸怀。自从听了耶律楚材的谏言，三分文明便灭了七分野蛮，懂得了"马背上可以取天下，不可以治天下"。于是，他请塔塔统阿造了文字，立《青册》，从此，一部《成吉思汗法典》诞生了。

"战胜了敌人，我们共同分配获得的财物。"大汗说。

成吉思汗虽然贵为皇帝，却保持着极度的谦恭，从未因位高权重而飞扬跋扈。他对部下体贴入微，对功臣及时封赏，对战利品的处理方式，提升了团队的士气和凝聚力。他的部将与子民万分拥护爱戴他，愿与大汗共生死，与草原共存亡。

"没有铁的纪律，战车就开得不远。"大汗说。

与蒙古帝国强大的武力相比，帝国成立时颁布的法典尤为低调。《成吉思汗法典》是世界上第一部具有宪法意义，包含宪政内容的成文法典，蒙语叫"大扎撒"。这是一部由成吉思汗颁布、实施的具有社会规范性、普遍约束力的训言和命令的总称，800多年来依然深深影响着蒙古族人的言行。法典强调要爱惜战马。蒙古族迁徙、征战均依赖于马匹，马匹在他们的生活中有重要地位，大汗爱马如爱己。在速不台攻打篾儿乞之前，成吉思汗就叮嘱"要爱惜乘马，平时行军，要摘掉马辔。战争一停止，不得骑马，打马的头和眼部者，处死"。法典还强调要保护草原，草绿后挖坑或失火毁坏草原者，处死刑。

成吉思汗军纪严明、亲疏一致，深得部下拥戴。对违反军令的人严加惩罚，即使家族成员也不例外。弟弟别勒古台无意中将军事机密泄露给敌人，受到停止参加贵族会议的处分。作为全军最高统帅，他终生没有枉杀过一名将士和功臣，甚至没有冤枉过一个部下。正因他待人真诚，交之以心，将士们才能勇往直前而无后顾之忧。

生于铁血，没于黄土。成吉思汗，一个让世人无法忘记的英雄名字，穿透几个世纪的风雨，完全彻底地征服了我的心灵。他所说过的每一句话，都是那么简洁明了而又发人深省。

伫立在兴隆山的大佛殿前，任阳光的蛮横无理，肆虐着我的肌肤；任松涛阵阵，冲刷着染尽俗尘的凡身；任佛音禅唱袅袅，洗涤着我疲惫不堪的身心。一时间，只想躬身匍匐在地，虔诚地祭拜，让天骄的精神入体，给我坚强勇敢的力量，从容面对未来的风雨。

悠悠福利路，浓浓西固情

行走在熟悉的西固城，四通八达的道路就像这座城市的毛细血管，遍布整个小城的角角落落。主干道在午间与傍晚呼吸急促，像个心肺功能极强的健将，而伏在四周的小巷，却气息均匀。其实，一直想写一写西固福利路，有时觉得它太普通，不是本地人吃饭购物的首选；有时又觉得这条路不凡，区区文字表达不出它的韵味。

去年春天，我从西固五一菜市场出来，正赶上下午乘车高峰期，一群身着校服的中学生挤在站台前准备上车。隔着玻璃窗，我悻悻地望向车里，只见人头攒动，水泄不通。就在我转身的刹那，发现一条美丽的街心花园一直向西延伸，园内绿意盎然，百花争艳。那一刻，我才突然发现，福利路有着独特的迷人景致。

福利路的美，在于它是西固区历届大型灯展的所在地，在于它所营造的节日氛围。

节日的西固，繁华热闹之处以福利路和公园路为最。盛世奏欢歌，百灯来祝贺。福利路上彩灯缤纷，人如潮涌，沸沸扬扬，几乎无插足之地。老年人边看边讲，抚今追昔；青年人说说笑笑，边走边拍；小孩子蹦蹦跳跳，左顾右盼。金城公园在彩灯的装扮下更加婀娜多姿，顾盼生辉。人在穿梭，灯在交织，一盏盏花灯寄托着人们对新年的美好憧憬。风土人情、梦幻仙境、丝路文化……徜徉在灯的海洋，让人感到一种鲜活蓬勃的生命力，仿佛看到西固不断发展的进程。节日景色家家乐，箫鼓喧天处处春，上下楼台火照火，往来车马人看人，福利路给人们送上了一道丰盛的节日大餐。

福利路的美，在于它的历史，它是西固唯一的花园路。

说起这条路，还有一段来历呢！在西固区最核心的区域里，东起深沟桥，西至寺儿沟的福利路，也叫规划42号路，全长5.7公里。穿过西固城繁华的商业街，从虹盛购物广场出来，向南行走，就能看到马路中央的街心花园里有一座展翅高飞的天鹅雕塑，下面的基座上用篆字雕刻着"天鹅湖"三个字，这里便是福利路的地标建筑"天鹅湖"。"天鹅湖"雕塑建成于1984年，在时光的洗刷下，两只高飞的天鹅显得油光锃亮。据说，此地原来叫"天鹅池"，人们认为"天鹅湖"读起来更加顺口贴切。从此，热情的西固人接受了这个美丽的名称，"天鹅湖"成为大家熟知的地名。

福利路的历史比这座雕塑要久一些，一直可以追溯到20世纪50年代，至今已经历了60多年的沧桑岁月。1955年，当西固工业在荒芜沉睡的黄河之滨崛起的时候，这条路便诞生了，只是那个时候，它的名字叫"永登路"。1969年搞备战，将街心和两旁的树木砍伐，变成了"刮风满天土，下雨一街泥"的"阎王路"，人们苦不堪言。1979年，西固区委、区政府贯彻"人民城市人民建"的方针，发动兰化、兰炼、兰铝、电厂、自来水公司、四公司等企业单位投资百万元以上，按照"统一管理、各厂包干、划片治理、谁建谁管、开放社会"的原则，建成了长达两公里的街心花园，造福人民。并在街心花园内种植了松树等观赏树，使之成为兰州市著名的花园街。人们习惯将这条路称为"福利路"，1982年正式命名，直到现在。

福利路的美，在于它是西固工业标签的最佳诠释。

伴随着历史文化的传承发展，西固从20世纪50年代开始，历经大规模的投资建设，拔地而起的兰炼、兰化为新中国的工业化进程做出了巨大贡献。1954年2月12日，国家正式批准兰州炼油厂、兰州肥料厂、兰州合成橡胶厂及西固热电厂建于兰州市第五区的实施方案。1959年，兰州化工厂肥料一期工程竣工。1960年1月20日，兰州炼油厂第一期工程16套装置竣工、验收投产。经过改革开放以来的调整优化，如今的西固已发展成为西部地区生产要素最密集，工业优势最突出，科技优势最明显的地区之一，形成了以石油化工、能源、装备制造为支柱的工业体系，成为中国西部最大的石油化工产业基地。

兰州石化的居民楼，主要集中在福利路。夜晚，福利路灯火通明，与远处工厂的灯塔融汇成了一幅璀璨夺目的立体夜景，犹如镶嵌在母亲河畔的一颗明珠，映衬着满天繁星。石化工业城正以其永不停息的灯火，向世人诉说着它在西固这块充满活力的土地上，孜孜不倦的创造。

福利路的美，在于它是一条学府路，是人们眼中的西固品质。

这条路被称为西固教育的后花园。兰炼一中、兰炼二中、兰化一中、兰化三中、二十八中等企业名校聚集在此，率先将优质教育资源引进西固，成功实施"政府 + 名校"的办学模式。早在20世纪50年代，在党中央支援大西北的号召下，全国各地的建设者移民来到西固，随着西固工业的崛起，这些学校如雨后春笋般在这片土地上茁壮成长。从企业办学模式到移交地方政府管理，这些省级示范性学校以高考成绩突出，培养出一批批精英而备受家长赞誉，吸引了城关区、安宁区、七里河区、红古区等地的学子来此就读，踏上了实现理想的人生之旅。

漫步福利路，和萍水相逢的人们擦肩而过，看着"火树银花不夜天"的美景，看着街道两旁高高低低的霓虹灯和橱窗里的商品，看着美食一条街上让人垂涎三尺的小吃，会有一种不忍离开的情结。春节前后，政府对福利路进行了交通管制。在这些美好的背后，总有一群人奋战在工作岗位，守望着大家的安全。有着厚重历史的福利路，千姿百态地演绎着几代人的念想。无论本地人还是他乡人，愿你穿过这条折射西固昨天、今天和明天的福利路，能把心中的西固带回家。

元峁之春花如海

午后的阳光暖暖铺洒，漫步街头，天鹅湖的街心花园沐浴着春日的光辉，在浓浓春色中散发着蓬勃朝气。也许是在这座小城住得久了，这里一草一木的变化，都会让我莫名欣喜。避开喧嚣的人流、车流，我与友人不知不觉来到了元峁山脚下。

虽说已到 4 月，可元峁山的春天似乎来得格外迟，道路两旁的树枝丝毫没有抽芽的迹象，灰色的枝条直愣愣地伸向天空，像列队的卫兵严密地防守冬季的流逝。放眼望去，荒草蔓延，哪里有春的影子？萧条的景象，使我对此行产生置疑：元峁山上真的有春天吗？有了这样的想法，顿觉阳光刺眼，脚步沉重，发酸的两腿也开始强烈抗议，四处搜寻可以乘凉歇脚的地方。踟蹰间，只见两位 70 多岁的阿姨戴着遮阳帽边走边聊，这让我无比惭愧，只好打起精神，咬紧牙关继续前行。

不多时便来到了山门口，"元峁山"三个大字遒劲有力。登上台阶，小路两旁与山下似乎没有两样，只是多了一些松柏，干枯的枝条中偶尔有几朵白色的小花探出脑袋。友人叹口气说："啥都没有，来后悔了！"我心有不甘："人间四月芳菲尽，西固桃花始盛开。爬上去看看吧！"

我们沿着土砖铺就的小路缓缓攀爬，小山包层层叠叠，遍布松柏，有清晰的纵深层次感，起伏的线条柔美地蜿蜒其间。猛然间，山路旁一枝怒放的山桃花跃入了我的眼帘，粉白粉白的花瓣惹人怜爱。只见它舒展开身躯,似乎把积攒了一冬的热情都喷发了出来。山给了它生命,它给了山灵动。在春天的呼唤中,它从沉睡中醒来,朝着春天微笑,也向我们微笑,就像一位美丽的迎宾,第一个欢迎我们的到来。"残红尚有三千树,不及初开一朵鲜"。我欣喜若狂,频频拍照,只怕错过了此时就错过了整个春天。

  我哪能想到,元峁山就像一位妩媚的女子,她的多情风骨岂是一眼就能看穿的!山路一转弯,扑面而来的山桃花让人目不暇接,白的似雪,粉的如面,胭脂红的正含苞待放,漫山遍野,令人惊艳。置身花海,我不住惊叹,全身的血液都鼓起了红色的浪花。沿着小径边走边赏,一步一景,路随花转,花映人脸,小路和行人时时被隐匿在花海中,只闻其声不见其人。悉数山道旁伸展的叶片,吐蕊的花苞,抽青的草芽,我完全陶醉在前仆后继的姹紫嫣红里⋯⋯

  山包最高处有一飞檐亭阁,登上亭子俯瞰,粉色的花海在山坡上蔓延,我无法用相机拍出那种壮观,也无法用语言描绘那种心灵的震撼。元峁山的美,是不经人工雕琢的自然之美!

  沿着铺满春天的山路,我沉浸在桃花的芬芳中。春风拂面,一股香气弥散开来,顿觉脚步轻盈,浮想联翩。有一个故事,在春天诉说;有一种韵律,在春天响起;有一种生活,在春天扎根。古今中外,文人墨客不惜笔墨吟咏桃花,在人类文化的滋养与洗礼中,它不仅成了美丽的化身,也寄托了人们的美好情感。诗经曰:"桃之夭夭,灼灼其华;子之于归,宜其室家。"千百年前的古人,就是在这样一个惠风和畅的春日,写下了一个美丽女子出嫁的故事。古诗云:"去年今日此门中,人面桃花相映红。人面不知何处去,桃花依旧笑春风。"斗转星移,千年逝去,是谁还在浅吟低唱那令人心动的故事?"有花堪折直须折,莫待花落空折枝",光阴如梭,不要让人生留下太多的遗憾!"千门万户曈曈日,总把新桃换旧符",桃是辟邪之物,枕一袋桃核,心灵便不再奔波,在安然中酿一席好梦⋯⋯

  一座山有一座山的风骨,一座山有一座山的风韵。元峁山,因为这漫山遍野的山桃花,山色里多了一份优美的情思,静谧里多了一份灵动和生机。

走在元峁山的春天里，我的思维空灵而生动。曾无数次沉浸在文字里的鸟雀啁啾，文字里的芬芳飘溢，文字里的朵朵花开，今天终于体会了人间四月春色满山的舒心和快意！一年一年燕语莺歌，一季一季鸟语花香。人生在世，数度寒暑，谁不曾春来心动，花开欣喜！

走在元峁山的春天里，心底的噪音和尘埃突然在一瞬间消逝，美好的生活自心底萌芽，蓬勃生长……我的心里盛开着一树永恒的山桃花，即使两鬓如霜，满脸沟壑，它依旧会笑傲在我生命的春天里。

走在元峁山的春天里，掬一捧花瓣，揽一缕幽香，我便拥有了春天的体温。

关山印象

总是习惯于把寻梦的目光投向远方,以为最美的风景都在千里之外;总是在人群中寻觅人间真情,蓦然回首,才发现最珍贵的情谊就在身旁。我们比汉元帝幸运,当他发现自家宫苑里的国色天香时,只能追悔莫及,因为昭君已远嫁匈奴。我们是何其幸运,可以走进关山,尽情地欣赏她,拥抱她,与她同呼吸。

关山位于西固南山,距市区约十公里,是全区的最高点。这里林木茂盛,成为与榆中兴隆山、永登吐鲁沟并列的三大天然森林公园。

清新的晨光,夹着雨水的丝丝凉意击打着我内心的涟漪,车子满载着浓浓的快乐穿过闹市,越过田野,继而入了山。车窗外掠过片片梯田,云雾缭绕的半山腰里点缀着几户人家,给这里蒙上了世外桃源的神秘色彩。沿着山路蜿蜒而上,两边的山势虽没有那样陡峭险峻,却也令人望而生畏。举目远眺,对面的山坳竟寸草不生,目之所及,满眼荒芜,与关山形成鲜明对比。莫非真是神灵感应,才使关山如此秀美吗?想到金花娘娘的神奇传说,这真是大自然对西固人民的丰厚馈赠啊!

当我正在满目苍翠的美景中遨游时,随行的小杨突然关掉了车载音乐,车内方才的嬉笑声也戛然而止。原来此处叫"摸石湾"。只见路边三座高大的殿堂一字儿排开,并列在道旁的石台上,正中门额的牌匾上书"坐仙亭"。相传,金花仙姑抗婚出逃,来到龙虎燕子山，夜宿泉神庙，日饮神泉水，辗转数日，欲寻一清幽风水宝地羽化成仙，不料遭遇一砍柴小和尚非礼追赶。金花仙姑逃到何家岘一山湾里，路边突然窜出两条大蛇，吓退了和尚。于是仙姑在此处休息片刻，后来便将此山湾叫"摸石湾"。

犹记得，几年前我在此练车时，何教练曾讲过的故事。据说，1996年开辟通往关山的旅游公路，屡修屡断。施工时，突然从"仙迹石"旁爬出两条小蛇，相依相伴横卧于路中，像是有意拦截去路，一连数月，反复如此。民间传说这是守护仙迹的灵物，于是在此处修建"坐仙亭"，两条小蛇从此不见，这条路也畅通无阻。何教练老家在金沟熊子湾，对于这个神奇故事，我自然是深信不疑。

山路逐渐平缓，车子停稳，"关山森林公园"几个大字映入眼帘。沿着山路缓缓登临，蓝天纯净，云朵洁白，草色青青……眼中的一切没有半点杂色，平和而亲切。身在其中，一山一草一木仿佛是奇妙的净化剂，让平日里浮躁的心顷刻间静了下来。

站在朱红色的回廊里眺望，满眼绿色尽收眼底。耳旁不时有清风拂过，间或还传来鸟雀的啁啾。我闭上眼睛恣意享受着这份难得的宁静和诗意，瞬间忘记了生活中的烦恼，思绪也飘出很远。

回廊旁堆砌着许多木雕，两位木匠师傅正在施工，重修泉神庙。攀谈中得知，乾隆皇帝御笔亲题的"敕赐广润祠"蟠龙牌匾，依然留存。不曾想木匠师傅居然是本地人，在林涛沙沙的声响里，向我们细细述说了"圣母施善献神泉""神泉受封广润侯"的故事。

据说，西汉时期，梁晖遭遇劫匪，困于荒野。危难时刻，求助于神灵。遂以青羊祭山，祈求神灵护佑。果真灵验，涌出神泉，救其一家老小性命。这眼泉根连江河，气通湖海，冬不涸，夏不溢，非常神奇。每当青海湖和拉萨的牛奶湖刮起风浪，这眼泉就喷涌翻腾，云雾罩顶，大雨降临。为了保护神泉的灵气与脉气，当地人建造了一座圣母祠，请来九天圣母守护神泉。

清乾隆后期，西北地区少雨，天干地燥。兰州一带，十年九旱，灾患连绵。陕甘总督福康安亲赴泉边祭祀祈祷，果然下了大雨，当年获得丰收。事后福康安进京朝见，面奏此事。乾隆皇帝立即降旨敕封该泉为"广润侯"，并亲笔书写了"昭灵绥佑"的匾额。想来，关山的秀美也绝非空穴来风。辞别两位师傅，我们顺着山径向上走，浓雾悄然开散，露出关山清秀的容颜。这份清秀带着山村姑娘的俊丽，带着山村父老的浓浓深情，我们迫不及待地用小小相机把这份美丽装进记忆。

"山不在高，有仙则名"。来到关山，"金花仙姑"的故事几乎家喻户晓。传说金花仙姑曾被陕甘总督封为"带雨菩萨"，有求必应，极其灵验。于是，我们怀着无比虔诚的心去祭拜她。

车停何家岘，顿觉一身清爽，山风、鸟鸣和漫山遍野植根于松杉之中的野花，让人目不暇接，心旷神怡。忽见一油松，高约20余米，庄重雄伟，巍然挺拔，矗立于石丘之上。裸露的树根，形若龙爪，盘曲于青石缝间。树冠随枝错落，自然迭宕，风韵不凡。同行的小杨告诉我们，这里有一个神奇而美丽的故事，这棵古松是当年金花仙姑的火棍所化。

传说当年仙姑临婚出逃，来到此处，坐在一块大青石上，双手合十，闭目诵经，正欲飞升羽化，她的哥哥追赶上来，劝其回家。金花执意不从，万般无奈，只好道破天机。哥哥不信，金花便将手中拨火棍插于石头上，瞬时，火棍长出了绿叶，松叶青青，在一片轻舒曼舞的云气中变成了一棵松树。哥哥惊诧万分，只好与金花挥泪道别。

神奇的故事更使我对金花仙姑心存敬意，再细细观察这棵油松，枝叶与旁边的松树果然大不相同，上面挂满了善男信女祈福的丝绸和经幡。听说金花仙姑有求必应，非常灵验。每年农历三月三，前来祈福还愿的人群络绎不绝，一度使这里交通受阻，水泄不通。既然带着无比虔诚的心来到这里，又岂能悄然离开？于是，我们轻轻地走进庙里，闭上双眼，上香叩头，祈祷金花娘娘福佑。

半天时间飞闪而过，启动的车子载着大家踏上归途，欢声笑语再次洒满大地。身边是望不尽的山川、鸟语花香，大自然的一切都印满人的足迹，太阳照过的地方都是心向往的地方。沿途经过的山崖、人家、乡民，一切在内心深处再次被梳理。回望沐浴在夕阳余晖中的关山，我明白，关山已经把她通灵的魂魄和魅力永远留在我的脑海中了。

达氏史馆侧记

"九州明月祖陵在，万方裔子觅同宗"。时值戊戌清明节，怀着对祖先的无比敬慕之情，我与哥哥姐姐踏上了祭祖的旅程。

暖暖的春意早已弥漫在山间田野，通往达家台的公路上，祭祖的长龙竟使道路有点阻塞。"巍巍达家台，千古文史馆"，当我们穿过一片片还未长草的田地，眼前便闪出一座飞檐翘角的馆门，门楣处蓝底金字"达氏史馆"格外醒目。红色大理石门柱前的石狮，威风凛凛地矗立在左右两边。踩着水泥台阶，我们进入史馆，只见里面祭旗垂挽，鼓乐齐鸣，人潮涌动。

迎面有一尊石碑，正中书："皇封达氏历代先祖之灵位。"两侧书："上继蒙古先祖，下开达氏孤忠，浩气长存天地间，树西陲彝伦师表；东承御封忠顺，西接边关故里，英风宛在青史中，宕百代贤门人杰。"

来自新疆哈密、青海互助、青海民和、青海湟源及甘肃武威、景泰、临洮等地的达氏后裔，满怀对先祖的崇敬之情，与达川的父老乡亲一起叩拜先祖。高悬的彩球，猎猎的祭旗，静穆的哀伤，无不倾诉着大家追忆先祖的情怀。史馆内外，达氏宗亲络绎不绝，气宇轩昂的祭亭前，烛火不断，香烟袅袅。

抬眼望去，史馆主殿坐落在高筑的九层台阶之上，屋顶飞脊兽角，雄伟壮观，为典型的古典建筑。步入堂内，里面陈列着达氏历代功勋卓著的15位先祖画像及先祖南征北战的壁画。先祖驰骋疆场、戎马倥偬、鞠躬尽瘁的历史，让人心生敬意。世祖达云挂平羌将军印，镇守甘肃等地，建达公府。达寄勋（达云次子）挂平虏将军印，镇守昌平居庸关。达先，初任峨边守备，继任浙江绍兴、台州总兵。整个史馆庄严肃穆，让人恍若回到了那段旌旗浩荡、金戈铁马的烽烟岁月，不由得为先祖的英雄气概油然而生无限敬意。

达氏史馆的建成，凝聚着达川族众老人的一腔热血。据族中老人回忆，史馆首建于1993年，所有资金及木料都是族众老人们发动族众募捐而来，可谓历经艰辛，一波三折。

1991年，年近古稀的伯父达毓相老人和达宪文等人，不辞劳苦，多次奔赴古浪、武威等地走访，终于从武威达腾汉处寻得历经兵燹浩劫、遗存400年的达氏族谱。古老的达氏文化及历代先祖的战争史和光荣史，就反映在这部氏族谱牒中。就在大家为先祖彪炳史册的丰功伟绩感慨不已时，在达家台二房墓地，挖掘出了记录先祖哈那亚和恰那亚二公的石碑，系清乾隆四十五年二房孙众所奉。文物的发掘，为研究达氏文化提供了有力证据。于是族众追根溯源重修宗谱，并做出了修谱与建馆并举的决定。

令人遗憾的是，1993年建成的达氏史馆存在安全隐患，不过十来年的光景，主殿就出现裂缝，亭子倒塌。2009年，以伯父为首的族众前辈组成了一支23人的史馆管委会，大家再次发动群众，群策群力、捐资捐物重修史馆。现达氏史馆落成于2010年金秋，建筑面积约400平方米。

据达氏族谱记载，我祖哈那大于明初移居外蒙古，哈那亚为庄浪试百户，恰那亚落籍凉州（武威）。恰那亚之子达里麻答思自小在卫学读书，接受了系统的汉族儒学思想，生活方式完全汉化。宣德年间，他正式取名字中第一个字"达"为姓氏，"达"姓由此诞生。

明嘉靖年间，恰那亚之孙达震兄弟三人从武威达家寨因公来兰，住在兰州西关村，后移居盐池沟。隆庆年间（1567—1572年），恰那亚七世孙达敬复插旗于金城西八十里古台。这座古台元代为张氏押站，是当时还未开化的蛮荒之地，人烟稀少。早在宋仁宗时期（1023—1063年），河口张姓先祖便于山东济南府石桥村因贸易来兰，起初居住在今城关区河北庙摊子，后于元世祖五年分居于八盘山，并将此山改名为张家台。达氏先祖插旗后，将居住的地方称为达家台。由于达家台居中，东西均早有张氏先祖居住，所以达氏一族被戏称为"达楔子"。

从此，达氏先祖便在达家台耕耘劳作，世代繁衍。在那遥远、漫长的历史长河中，我祖披荆斩棘，艰辛劳作，用自己的智慧和汗水创造了达家川的今天。我不知道先祖在这黄土高原的沟峁纵横间是如何一步步走到今天的，但我敢肯定，艰难的历程中即使遭遇何等的不幸仍然固守黄土，必定有其固守的理由。

由于那时政治天空风起云涌，连年征战动荡不安，先祖恪那亚为使后代有安定的生存环境，不敢暴露身份，也不敢详细记载前代历史，只模糊相传祖先来自哈密畏兀城，是威武王之后。直到2013年，家人达朝良在百度以孛儿只斤氏的网名首次披露，"我甘肃达氏乃成吉思汗次子察合台后裔"。2015年，在京的家人达忠典根据这一线索在北京国家历史档案馆查证，论据属实，无可争议。到2017年8月，武威文史专家李林山先生通过研究肃南博物馆的石碑《重修文殊寺碑》，再一次证实了"达云家族系成吉思汗后代"的说法。这些重大发现，犹如平地一声惊雷，使达氏一族在唏嘘惊叹的同时，感受到了先祖给我辈带来的无限荣耀。

树有根而根深叶茂，水有源而源远流长，山有脉而雄伟绵延，人有祖而血脉相连。在达氏史馆里，我们能找到自己的根，能看到自己的胎记；这里供奉着我们先祖的牌位，供奉着天地人的大道理；这里有达氏族规，有良好家风；这里血脉绵延，传承赓续，生生不息。达氏史馆，就像一根纽带，将同根同源的血脉宗亲联系到一起；达氏史馆，就像一位母亲，虽历尽沧桑，却总是达氏儿女向往的地方；达氏史馆，是存放达氏后裔乡愁的陈列馆，是安放我们灵魂的栖息地。

历史的长河悠悠流淌，兰州市西固区达川镇达姓与武威达姓同出一门，其达氏后裔已分居青海、甘肃张掖、兰州红古、兰州永登、兰州皋兰、白银景泰、定西临洮等地。尽管今天的我们抛开了先祖那份荣耀的浮光，构筑了各自的天地，但先祖身后的文化根脉却从未湮灭，依然在传承与创新的路上延伸。

三江口，何其有幸

一

不知从何时起，家乡达川的任何风吹草动都会突入我的神经末梢，抵达善于想象的大脑，在那里掀起一场骚动。三江口，这个"鸡鸣闻三县"的地方，只这么低低地呢喃，多少有关它的记忆便纷至沓来。原来，一个地方竟能让人如此刻骨铭心。

据说，三江口当初的得名，是因湟水河与大通河在此汇入黄河。发源于青海省海晏县包呼图山的湟水河，是中国西北神秘的一条水系，史称金城河。它一路狂奔，浩浩荡荡，当它走到达川三江口时，一改往日的狂傲不羁，突然变得温柔起来。晴空下，水的色泽也由黄变绿。终于，湟水河抛弃了固有的狂野个性，把自己的一生托付给了黄河，让一条河的爱成为永恒。托付，是所有河流的命运——百川归海。而黄河就像望眼欲穿的母亲，用博大的胸怀接纳了这个远道而来的流浪儿。

翻开地图，我不禁为湟水河的伟大而动容。并且，这种感动随着对地图上湟水河水系分布线条的抚摸而愈发加重。这些线条呈羽状颤动着，发育成陡峭绝壁的峡谷和水草丰美的盆地形态，也催生出沿途一大堆土气浓郁的地名：巴燕峡、扎马隆峡、小峡、老鸦峡，西宁盆地、大通盆地、乐都盆地、民和盆地……

湟水河是高原人生命代代延续和繁衍的摇篮，当地百姓称之为母亲河。早在四五千年前，高原人民的先祖就在这里繁衍、生息，创造了灿烂的河湟文化。西汉时，赵充国屯田，引湟灌溉，湟水滋润着河谷大地，孕育和发展了湟水流域的农业文明。1949年前，红古平安、西固达川一带十年九旱，千里荒漠无良田，湟水河又一次发挥了它在历史舞台上举足轻重的作用。湟惠渠的修建，使这里呈现出"瘦田无人耕，耕开万人争"的局面。在湟水的哺育下，贫瘠的平安、达川一带草木丛生，沃野千里。有诗赞曰："湟流一带绕长川，河上垂杨拂翠烟。把钓人来春涨满，溶溶分润几多田？"

除此之外，藏匿于大山深处的大通河也寻寻觅觅，先是风尘仆仆地赶到了青海民和，与湟水河结伴，然后又峰回路转地跑到了达川，最终也把自己托付给了黄河。海纳百川，九九归一，谁又能阻挡这样的自然规律？隐秘于大西北崇山峻岭间的湟水河与大通河，百转千回后依然回到了黄河母亲的怀抱。三江口，何其有幸？

二

三江口沿岸湿地遍布芦苇，《诗经》中有个动听的名字叫"蒹葭"。但小时候家乡人都习惯称这块湿地为羊荒滩，这真叫人有点哭笑不得，所谓的"荒滩"与美丽的"蒹葭"相差可谓十万八千里呢。但民间的说法必有原因，在那个衣不蔽体食不果腹的年代，生存为第一要义，谁还有心思去欣赏芦苇的美呢？生长不出食物的贫瘠土地，叫它荒滩也不为过。然而，名称的贵贱，都无损于这种植物自在生长的浓郁之美。它的命硬，根状茎具有很强的生命力，能较长时间埋在地下，一米甚至一米以上的根状茎，一旦条件适宜，仍可发育成新枝。也能以种子繁殖，随风传播，不出几个月便蔚然成林。一旦成林，便华丽转身，芦苇荡的盛大气势总能独领风骚。

三江口的芦苇很适合隔水相望。深秋时节，站在河岸，透过烟雨朦胧去看彼岸的芦苇荡，它的身姿影影绰绰倒映水中，呈现出呼之欲出的立体效果。芦花已至盛期，那洁白无瑕的花絮，翩翩起舞，与河滩、碧水浑然一体，成了这个季节最美的写照。当然，芦花也绝非天生丽质：立水滨，并无亭亭玉立之姿。它永远带着叫人怜爱的女子风情，花开，影弄波光；花谢，白拂水面。

我去三江口，一次正值初春，枯黄的芦苇下，嫩绿的新芽在疯长，生命交替的感动，满载一船的荡漾。一次正值深秋，一弯芦苇荡秋风，几片流霞相映红。无论是哪个季节，三江口河岸的芦苇都像是种植在历史的深处，那芦苇并不在岸上，花也不在枝头，早与河水融为了一体。那水邂逅了芦苇，便被俘虏了一般，收拾起粗暴而变得丝绸般温柔起来，即使有波浪的追逐，也如一朵朵芦花灿然开放。三江口因而更像个温文尔雅的女子，时而天真烂漫，时而静水流深。

从来没有一个地方让我产生过如许幻觉，"蒹葭苍苍，白露为霜。所谓伊人，在水一方。溯洄从之，道阻且长。溯游从之，宛在水中央"。那个痴情男子，情系伊人，然而窈窕女子在水一方，于是涉水去寻，历经艰辛，最终却"两处茫茫皆不见"，所谓佳人，不过幻影云雾，水月镜花，终不可得。痴情男子从初见时的朝思暮想到热烈追求时的忐忑不安，再至求而不得的落寞感伤，个中滋味又有谁能解？"昨夜西风凋碧树，独上高楼，望尽天涯路"，满腹惆怅又与何人说？而诗中的芦苇，虽没有芬芳，却像妖而不艳的女子，成全了文学的美丽。

"夹岸复连沙，枝枝摇浪花"，诗中有画，画中有人，心中有梦，梦中有情。一片芦苇荡，将深秋的三江口晕染得景致摇曳，情思漫漫。三江口，何其有幸？

三

秋冬时节，三江口雾霭茫茫。那雾像是从历史深处走来的，江湖大侠神出鬼没，让三江口变得扑朔迷离，弥漫着情不自禁的感伤。远远地，一团红影飘忽而来，是戴着斗笠的渔翁泛舟而上吗？近了，原来是三江水韵荡漾着野鸭的安详，更增添了一份诗情画意。

三江口雾重，尤其在9月，只要有雨，雾便卷土重来。别说是芦花了，所有的山影屋舍顷刻间不见了踪影，像是上天突然发了脾气，将花草树木一扫而去……云雾烟雨，这些从天上落下的东西，它们在三江口的河道上飘逸、升腾或消散……

我逐渐明白古人为何要用浩如烟海比喻历史了，因为历史总是如烟似雾，神秘莫测。最早来此定居的是达氏后裔。明嘉靖十六年（1537年），明肃靖王在小西湖一带修建园林，迫使达氏重迁别居。明隆庆年间（1567—1572年）达氏后裔达敬复插旗于古台，改名达家台。巍巍古台万亩荒芜，十年九旱寸草不生，举足悬崖峭壁，起炊缺柴少粮，人居高台，望河兴叹。妇女们从台下沿着羊肠小道抬水上山，炎炎夏日常常大汗淋漓，寒冬腊月往往手脚僵硬。不仅如此，强盗土匪时有劫掠，甚至向着悬崖峭壁扶梯开凿，更令达氏一族雪上加霜。待时局稍缓，一些大胆的台户便陆续搬迁至台下离水源较近的地方，寂寞的三江口，逐渐变得热闹起来。

晴空丽日下，三江口河面如此开阔，水流随心所欲地盘旋，还有那闪闪烁烁的芦花，乍绿乍白。历经千难万险，饱受饥渴折磨的达氏后裔，必定是喜欢上了这里，他们长长地舒了口气，对自己说，这里水草丰美，是安身立命的理想之地。他们是三江口最初的居民，却顶着风口浪尖的危险，好景不长，甘甜的河水便迎来了他们凄惨的眼泪。

那是清同治年间，正值匪乱。居住在三江口附近的一家母子，种地为生，相依为命。一个寒冬的深夜，母亲正在为儿子缝补衣服，突然看见一只白鼠跑进屋子。母亲觉得蹊跷，便唤醒儿子出门去看。儿子走出屋子，只见黄河对岸火光冲天，土匪浩浩荡荡踏着冰桥飞奔而来。儿子大惊失色，连夜背起母亲直奔达家台，在山洞里躲避了三天三夜。待第四天母子下山，只见河岸附近房屋尽毁，尸横遍野，那十几户人家无一幸免。

伫立河岸，浓雾中的三江口有些许悲凉，重重迷雾像是在掩盖真相，又像在诉说这块土地上的悲欢离合。转身望去，千亩枣林，红枣珍珠玛瑙般挂满枝头，树下的农人正躬身劳作……这是一处多么厚道又美丽的地方！三江口，何其有幸！

四

几只飞鸟在三江口水面上嬉戏玩耍，漾起的水波斑驳了春花秋月的往事。一望无垠的芦苇荡前，一群少女在河岸的大船上拍照，眼波荡漾，似有千万朵的芦花在眼眸中次第开放。身旁有游客正兴致勃勃地寻找湟水河与黄河交汇的印迹，听着听着，我便忽然想起小时候跟着姐姐去河边砸冰取水，记忆中恍若真的看到过那种奇观……初春时节,河面上一边水流潺潺,一边却坚冰笼罩,在我幼小的心灵深处,一直并不明白这一现象是怎么形成的,可是那种奇异的景观却给我留下了很深的印象。

三江口啊三江口! 何曾顾流光飞逝,何曾惧露冷霜寒? 晨晖中送过雁影,晚霞中静待人还。它无怨无悔地养育着这方水土,成全着这里的草木峥嵘,鸟语花香,见证着这里祖祖辈辈的似水流年。那生生世世依恋母亲的湟水,那河滩水畔摇曳生姿的芦苇,还有那袅袅升起的尘世烟火,无不诉说着它们对三江口的殷殷深情。我为自己能生在这片热土而幸福荡漾,也为这片热土即将迎来的明天而满怀期望。

故乡·老人

庄稼成熟的季节，我再次抵达故乡。清晨，呼吸着泥土的清香，我把田野的风一丝丝装进心里。枝头上珍珠玛瑙般的枣子，繁衍着一个游子对故乡的眷恋。田野里叫不出名字的植物，如同故乡的老人，在阳光下白发苍苍。

当我来到三江口时，他已经在通往河边的小路上了。坐在一个帆布小马扎上，手里拿着羊鞭，沉浸在自己的世界里，是那样的安静和悠然。一个褪色的红布袋，静静地躺在脚下，里面或许装着干粮。前方的大树下，一群羊儿正在悠闲地吃草。他全神贯注地看着这些生灵，头顶燕雀的啁啾，也没能转移他的视线，那神态像极了我的父亲。

果然，我的到来，并没有让他转头，微微佝偻的身体似乎一动不动。他像一只苍老的鹰，经历沧海桑田后，已经收敛了自己的翅膀，尘世的喧哗早已与他无关。就在这一瞬间，我似乎看见了老人的一生。他在达川这块贫瘠的土地上生活，如同田野里的老枣树，从出生到衰老，这里便是他的整个世界。

从他身边悄悄走过，曲径通幽处，别有一片天。这里的水草、绿树、百亩枣林，守护着生我养我的故乡。茂密的芦苇深处，一片宽阔的河床呈现在眼前，晨曦中的水面金光闪闪。因大通河、湟水河、黄河在此交汇，且水面最宽处可达三公里，被称为三江口。清晨的薄雾如轻纱般笼罩着三江口，河水宁静，紧倚河床深沉地流淌，虽不是水平如镜，亦可谓波澜不惊，似乎连轻舟也难以荡起浪花的涟漪。

偶尔有几只水鸟在河心嬉戏，瞬间给它的宁静增添了无限生机，人的心也开始悸动起来。

就在我兴致勃勃拍摄三江口的美景时，洁白的羊群来到了河边。他显然是累了，坐在河边开始休息。他摸出一张报纸裁剪的小纸条，从口袋里抓住一撮烟丝，开始细心地包卷，然后吐口唾沫粘贴好，一根细长的喇叭状烟卷便做好了。接着，他慢吞吞地从上衣左边的小口袋里拿出打火机，随着长长的一声叹息，一口乳白色的烟雾飘散在空中，瞬间便不见了踪影。他一口一口吸着，不时传来咳嗽声，那神情分明是我的父亲啊！

带着对父亲的怀念，我漫步在熟悉的枣林里，记忆如打捞岁月的手，重拾远逝的童年和童年的童话，这里不知流走了多少青葱岁月和时光。

半小时后，突然从林中冒出一个人来，半弓着身子，背上的树叶遮住了整个头部。那捆树枝是那样巨大，从背部到肩部，再升到头顶，人显得那样渺小。我恍惚觉得自己来到了童年的时空里，这分明是童年时最熟悉的场景啊。我看到他站立喘息，大口呼吸着清新的植物芳香以及湿漉漉的泥土气息，身旁欢快奔跑的羊儿，仿佛安抚着他的疲惫。

原来还是那位老人！这让我有些震惊，揉揉眼睛，以为自己看花了眼。这时，我才发现他两鬓的头发花白，黧黑的脸上充满了慈祥。他直起身子，看了我一眼，没有说话。顷刻间，我感到了大地的疼痛。

他的脚步踏着平凡日子的韵律，却勾起了我无尽的回忆。我又想到了父亲，怀想晨起的父亲，挥鞭划出闪电的脆响传至耳畔；怀想黄昏归来的父亲，总是给他的羊儿背负沉重的树叶；怀想父亲那如大山一样坚实的脊梁，站成了一座雕像；怀想父亲的时光就是土地的时光，将晨曦缩短，又把落日拉长。

踏过悸动的小路，我又回到了河边。岸边晒太阳的帆船上，有几个游人正在拍照，不时传来银铃般的笑声。船后一望无际的芦苇丛竟是一道绝美的风景：一层层枯黄的芦苇下，嫩绿的新芽正在疯长！生命交替的感动，满载一船的荡漾……

当缭绕的炊烟散去，野性的鸣虫登上舞台时，我踏上了归途。沉寂的乡村，蔓延着无边山色。苍茫的原野里，老人挥舞的羊鞭声还在旷野中回荡。充满感恩的路上，我收获的不仅仅是文字、土地和庄稼，还有对家乡深层次的理解和无限眷恋。

闲话达川

家乡是一曲悠扬的清笛，无论经历多少风雨，悠悠的韵律总是回荡在心灵深处；家乡是一弯皎皎的银月，无论时光怎么飞逝，明镜一般的清辉总能映照出童年的印迹。我的家乡——达川，就是这样一个让人魂牵梦萦的地方。

一

听闻家乡拆迁的消息，我突然心生不舍，放下手头的一切事务，约了几位同事，急不可待地驱车前往，希望还能留住一丝过往的模样。车子出了西固城，沿黄河而上，沿途除了星星点点的村落外，便只有枯瘦萧条的枝丫了。远处是新城黄河大铁桥，桥下水流湍急，桥北的山石呈红色，形成了独特的丹霞地貌。公路逶迤而上，道路两旁一排排青砖灰瓦的古建筑群让人眼前一亮，建设中的河口古镇呈现出一派生机盎然的景象，继而车子驶上了张家台。

张家台原名八盘山，元代为张氏押站。宋仁宗时期（1023—1063年），河口张姓自山东济南府因贸易来兰，后迁居八盘山，遂将此山改名张家台。在兰永公路通行之前，张家台是去达川的必经之路。

车窗外阳光明媚，掠过几座青砖红瓦的房屋之后，我们便来到了达家台。小时候，经常听邻村的人骂我们"达楔子"，我误以为是"蝎子"，直到有幸查阅《达氏族谱》，才明白了其中缘由。明隆庆年间（1567—1572年），达氏先祖达敬复插旗于金城西80里古台，改名为达家台。由于达家台东西均属张家地盘，故落得"达楔子"之名。

我的思绪随着车子跳跃在山路上。那瓜棚里嬉笑怒骂的童趣，那滚动在喉咙里的乡音，那黄河水浇灌的田地，那母亲反复揉搓的手擀面，那父辈胡须上打秋千的汗珠子……还有那里的暖阳、草木、点点滴滴的过往，总是从心里悠悠涌出，历历在目。经过一冬的蛰伏，车窗外的树枝僵硬地摇摆着，我不由自主地跟同事聊起儿时的情形，这里曾是我童年的乐园。

在我记忆的天空里，达家川可供种植浇灌的田地是极少的，大部分的农田都在达家台。小时候，父母在达家台上种了很多蔬菜，菜地一眼望不到头。为了给田间劳作的父母送水送饭，我每天上山下山，一路小跑，竟然不费吹灰之力。西瓜快要成熟的时候，各家瓜地边都搭了简易的小瓜棚，以待瓜熟蒂落，儿时的我就是那茅棚中的看瓜人。站在山巅看湛蓝的天空上绵软的云彩，与伙伴们齐声放歌，那种欢快响彻山谷；站在山腰极目远眺，那房如小盒，路似长带的微缩村落，令人遐想无数；在山上采野花、摘果子的时光，更是其乐无穷。岁月飞逝，身居钢筋水泥的建筑已有多年，但达家台始终在梦里，在心上。

二

达家台上有家乡人民祖祖辈辈赖以生存的大片土地，而人口却集中居住在达家川。听父辈讲，自明隆庆年间，达氏先祖在达家台落户安家之后，巍巍古台，万亩荒芜，十年九旱，寸草不生。举足悬崖峭壁，起炊缺柴少粮，达氏先祖望河兴叹。人住在距离黄河一华里的高台上，悬崖峭壁上只有盘桓羊肠小道，人畜饮水十分艰难，更别说浇灌田地了。妇女们从台下抬水上山，炎炎夏日常常大汗淋漓，寒冬腊月往往手脚僵硬。不仅如此，当时青红帮、大刀队时有劫掠，甚至向着悬崖峭壁扶梯开凿，达氏先祖只能躲在山洞之中。清同治年间闹匪患，达氏先祖横遭刀兵杀伤掳掠之灾，死伤者不计其数。民国九年，达家川发生7级左右大地震，房倒屋塌，天昏地暗，余震长达7天之久。民众扶老携幼，寻食索衣，夜宿土坑。灾难迫使部分达氏先祖从台上搬迁到台下，重建家园。历史不容忘记，祖先不知历经了多少劫难，才在这里生存繁衍。

下了山，汽车驶进了熟悉的乡间小路，达家川静静地坐落在达家台脚下。一条不宽的水泥路蜿蜒前行，就像达川的脊梁，联络着吊庄村、河嘴村、幸福村、岔路村和上车村5个村落。站在村子里看那高耸的达家台，山顶上的小神庙浓缩成一个个小黑点，单调而又不乏神秘。

达家川有一条河流，因黄河、湟水河、大通河交汇而得名三江口。近年来，兴盛田园之风，山水之趣，在喧嚣的城市待久了，越来越多的人开始向往宁静的田园生活，纷纷涌入故乡，宁静的小村庄顿时沸腾起来。每到夏天，三江口沿岸大片湿地芦苇丛生，满目苍绿；河心鸟岛水鸟嬉戏觅食，怡然自得；岸上千亩枣园，枣花馨香扑鼻。还有那五颜六色的小野花，金黄的油菜花，葱绿的麦田，和谐成故乡特有的风景。

三江口的水是甘甜的，它默默地滋润着达川的土地，养育着我们的祖祖辈辈。它是一条生命的河流，穿梭在故乡的土地上，也流淌在我们的血液里。记忆中，父亲每天都很早起床，去河边挑水，直到把家里的两个大缸装满。春天，河岸的田间地头，母亲挥汗如雨，种下一年的希望；夏天，三江口流动着童年的歌谣，嬉水的顽童尽在河边荡起层层涟漪；秋天，父亲手舞镰刀，收获着对儿女的惦念；冬天，三江口铺就了小伙伴们天然的冰场，溜冰的孩子们一个抱一个舞成一条长龙，奔驰而下……

一路走来，我的思维始终游离在那熟悉而遥远的童年时代，直到路村街道两旁的大红灯笼把我拉回了现实。快过年了，整座村庄都沉浸在喜庆之中，大街上穿梭的人们红光满面、行色匆匆。妇女们徘徊在岔路村丁字路口采购年货，大包小裹如远行的旅人，完全忘记了奔波的劳顿。我不由得被这繁忙的景象感染，一年又一年，年年花相似，岁岁人不同。

三

回到家乡，最重要的便是去探望我的伯父。走进农家小院，质朴的砖瓦房留下了沧桑，书写着厚重，小屋里透着浓浓的书香气息。伯父今年虽然已有90高龄，可他精神矍铄，思维敏捷，话匣子一打开便滔滔不绝。从上私塾、从事教育工作谈到为达氏一族追根溯源，浓缩的达氏文化从他的嘴里缓缓流淌。

早在1991年，年近古稀的伯父便不辞劳苦，多次奔赴古浪、武威等地走访，寻到了历经兵燹浩劫的达氏族谱。之后，伯父与族人查阅史料重修家谱，并号召大家集资募捐，建成了达氏史馆。达氏文化是伯父晚年辛勤耕耘的事业，是植根在伯父心里的一本书，他几乎能倒背如流。伯父说得起劲，长长的胡子一颤一颤地抖动着，在阳光下格外耀眼，我的心也开始波涛汹涌。一个雪鬓霜鬟的老人，为了自己的子孙后代，为了家乡的父老乡亲，无怨无悔地贡献着自己微薄的力量。此刻的我，似乎才真正读懂了伯父。我一度以为，有了城市这棵高枝，我们就可以无视家乡的贫穷、落后。直至今天，才发觉繁华深处，家乡仍以谦卑的姿势含泪守望。正是有了伯父这样的人，才让这种守望变成了现实。

说起家乡，我总是感慨万千。近年来，曾经富饶美丽的村子，由于河湾碳素厂和兰铝厂的污染，万亩枣园里又大又甜的枣子生虫、变苦了；曾经肥沃的土地已经无法种植蔬菜；当地村民变成非农非工，东奔西走打工养家。看到曾经养育我的家乡所处的窘境，我的心里隐隐作痛。这一切我怎能视而不见，相安于心！

达川，那里有我生命中最朴素的牵念与感动，时不时地萦绕在我的梦境。踏上归途，慈愿顿生：希望家乡早日走出污染，让青山绿水重新回到当年，让父老乡亲重新看到蓝天，让肥沃的土地上菜香果鲜……这也许就是游子在与家乡的依恋中，生发的不变初心吧！

消失的"幸福村"

一条长长的泥土路,曲曲折折地向前延伸。小路两旁绿树成荫,几幢砖瓦房错落有致地依山而建。我提着一个彩色尼龙织成的网兜,奔跑在那条小路上。网兜里装着两个铝饭盒,还有四五个热花卷,那花卷的香味不时随风飘散,刺激着我的味蕾。突然,从巷子深处传来一两声狗吠,我不由得加快了前行的脚步……

这是我多年来重复做的一个梦,梦中的那条土路通往达家台,通往乡民赖以生存的田地。小时候我经常提着饭菜经过那条小路,去给山上劳作的父母送饭。而梦里的那座村庄,就是达川的"幸福村"。

"幸福村"消失一年多了,一直有这个村子留在脑海中的印记,无奈笨拙的笔不知从何写起。每次看到因棚户区改造而形成的荒凉的废墟,看着丛丛荒草在废墟上摇曳着伤痛,看着吊车的长手臂肆无忌惮地挖掘着村庄,我的心里便五味杂陈。

达川,这个西固边缘的小乡镇,自古以来就是移民地。明嘉靖十六年(1537年),明肃靖王在小西湖一带修建园林,使金城达氏一脉重迁别居。明隆庆年间(1567—1572年)达氏先祖达敬复定居达家台,世代繁衍,后子孙迁至山下。1955年,随着党中央开发大西北的号角吹响,兰州化学工业公司、兰州炼油化工厂在西固瞿家营、钟家河建厂征地,于是,这里的人们便迁至达川定居,分别在河嘴村、岔路村和上车村安家落户。1958年,国家在西固柴川乡修建甘肃省机械制造厂，柴川人便先迁到河口乡张家台，1964年又迁至达川，在兰青铁路达川段以北定居，称"幸福村"。"幸福村"姓氏以柴姓为主，张姓次之。

棚户区改造最先消失的村子就是"幸福村"。随着时代的发展，城市的膨胀迫切需要现代化建设，需要发展周边经济，村庄的消失是历史发展的必然趋势。虽然当时我未临拆迁现场，来自家乡的消息还是通过朋友圈铺天盖地地击痛了我。视频中，也许是出于对家的眷顾和留恋，也许是对祖祖辈辈生活的这块热土的依依深情，村民们都静静地站在拆迁现场，沉痛而无奈地看着自己家的房子应声倒塌。这一幕，让隔着屏幕的我也心酸不已。

"幸福村"就这样消失了！深深的巷子不见了，整洁有序的房屋不见了，爬满院子的青藤不见了，村口香气馥郁的槐花不见了，走街串巷的阿猫阿狗不见了，蹲在墙根晒太阳的老人不见了，飘起的袅袅炊烟不见了……一切的一切消失在一片废墟中。

后来去家乡，每每经过"幸福村"，跃入眼帘的不再是清风与花香的麦田，而是拔地而起的楼盘，热气腾腾的建筑工地。那些横七竖八的钢筋、砖瓦和水泥制品，再也没有了村庄的温馨感觉，幸福村已被永远地封存在了钢筋水泥之下，成为高楼之下的历史，它终会被岁月的长河冲淡，慢慢地被人们彻底遗忘。

从小就很羡慕城里人的生活，然而当我真正生活在城市的时候，却对乡村有着深深的眷恋。在钢筋水泥包裹的光阴里，故乡的脸庞日益生疏，以至于刻在我脑海里的依旧是儿时故乡的模样：宁静祥和的村落里，绿树成荫，炊烟袅袅，鸡鸣狗跳，笑语喧哗。那些质朴的农人扛着沉重的农具在田野劳作，贴着大地，过着安稳而单调的日子。岁月流年，一代又一代人就这样熬着日子，繁衍着、生息着，直到走完属于自己的生命旅程。

我的父母是普通的农民，为了增加家里的经济收入，在达家台上种了很多蔬菜和瓜果。忙于生计的父母经常起早贪黑，顾不上吃饭。送饭伴随了我整个的童年时代。那条送饭的路执着地经过"幸福村"，路上时常有叼着烟袋、扛着锄头的农人，因此这条小路并不寂寞，纵是雨天，小路上的脚印也能踩痛脚印。

一条沟渠满怀好奇，七拐八拐便拐进了"幸福村"，小村依偎着它，田地也依偎着它。据说，陡坡处的大码头，最初修建于 1958 年，历经 3 年，是用人力背、扛、抬才修成的。后因资金不足而搁置，直到 1967 年第二次工程才得以启动，1970 年正式使用。而"上幸福村"的泵房，由于湟水水量不足，严重影响灌溉。后经有关部门联合考察，于 1986 年修成提水工程，保证了达家台几千亩塬地的灌溉。从此，达家台结束了"大旱之年无收成，有雨亩产几十斤"的命运。

"幸福村"沟渠旁遍植树木。有一次，去给山上的父母送饭，竟被这里的树木吸引了。那时正值初春，沟渠旁高高的白杨树，灰白枯裂的枝干上所有枝丫正拱出浅绿的叶芽，仿佛春天正结队而来。而村子的房前屋后，也有很多柳树。杨柳依依，我时常在送饭路上，剪下一串串垂柳，用它串项链、编帽子或编辫子。榆钱树也是我的钟情之树，圆圆的叶子密密地挤在枝上，味道甘甜，是我最喜爱的"水果"之一。30 多年后的今天，当我再次摘下榆钱放入口中时，却再也没有了儿时的甘甜味道。

每当"幸福村"的炊烟袅袅升起时，劳碌了一天的农人便准备荷锄回家。站在达家台俯瞰，无风时是又高又直的烟柱浩浩荡荡地冉冉升起，躲进了云层。有风时，那烟便歪歪斜斜，柔弱无力地犹如大飘带，随风而散了。那日复一日的人间烟火，疏疏淡淡之间，陪伴着我们慢慢长大。

"幸福村"山脚下的一块大石头，总在我脑海里挥之不去。那块石头高约一米，虽然方正，但凹凸的部分像极了人的眉眼。那时我读了小学课本上的课文《猎人海力布》，讲的是海力布能听懂鸟语，得知了村庄要发生大地震的消息，劝人们赶快逃走。村民们不相信他说的话，于是他讲述了事情的来龙去脉，泄露了天机，结果自己就变成了一块大石头。不知为什么，我总是固执地认为那块石头就是海力布变的。后来，我仔细观察达家台的沟沟壑壑，很多年前地震的痕迹依然存在，那个大宽沟也许就是地震形成的，这更坚定了我的奇思异想。现在想来，真是令人啼笑皆非。

我对"幸福村"的好奇，还因"幸福村"人说的是纯正的兰州话，而我们的方言则是永登河口语系。比如普通话说:"他们做得真好!"幸福村人说:"那们组地嘻嘛攒劲老!"而土生土长的本地人则说"家门组之好之瓜"。也许,正因如此,在我幼小的心灵深处,总把幸福村人当成有别于当地的城里人。当他们使用着惯用的兰州话跟你交谈时,态度谦和又诚恳,勇敢又淡定,一个干干净净、吐气如兰的"幸福村"便浮现眼前。

  再次返乡,踏着平整的水泥路,寻找岁月的步痕。我想起一位台湾诗人的诗句:午夜,什么才能解渴呢,最好回家乡去……我想,回家乡就是一种解渴。虽然"幸福村"消失了,那些清瘦的时光也渐行渐远,但家乡仍是午夜要回的地方,一个叫永远的地方,一个想起就觉得幸福的地方。

家乡小院

在城市里待得久了，便自然地想念起家乡的小院，想念那浓浓的果香，想念小院里绿色的味道……

我的故乡在西固达川，是黄河水畔的一座小村庄。那里的人们家家都有自己的小院，无论院子大小都收拾得井井有条。小小院落，砖墙菜圃，园内百花争奇斗艳，果蔬长势喜人。葫芦藤顺着竹竿，攀附于堂屋瓦檐，爬山虎挨着墙面，葱郁了一段时光。家乡的小院虽不及江南的精致华丽，却有着远离浮世的朴素宁静。

当春天的第一缕阳光暖暖地普照大地时，小院里便多了忙碌的身影。一株株花儿正开得绚烂，粉的桃花，白的梨花，紫的豆花，还有那叫不出名字的五颜六色的小花，吸引着无数蜂蝶流连其间。茄子、辣椒、西红柿、番瓜、豆角和西瓜，只要适合当地气候的蔬菜，农人都会种上。生活便在一天天的期盼中，在瓜果菜蔬的长势中，孕育着年年岁岁的企盼与惊喜。

当夏季的知了扯着嗓子开始高歌的时候，小院里已是一片葱茏。果树粗壮的枝干盘根错节，密密层层的枝叶遮住了似火的骄阳，绿荫掩映的小院，是乘凉的好地方。牵牛花也不甘示弱，互相缠绕着爬满了院墙，一个个五颜六色的小喇叭，争先恐后地张望外面的世界。辣椒、茄子和豆角也迎来了盛大节日，纷纷崭露头角，供人们采摘。即便是藏于藤蔓深处的西瓜，也难逃我们这群淘气鬼的法眼，纷纷被抱上堂屋台子，成为解渴的宠物，那清香甜润的滋味沁人心脾。月光下，辛劳了一天的人们，喝着清茶，手摇蒲扇，聆听着满院笑声，绽放着一脸的灿烂。

秋天，丰收的锣鼓敲响了小院的角角落落，艳丽的色彩是流动的秋味。枣树的叶子愈发油亮，珍珠玛瑙般的红枣装点着家乡的小院；黄叶在秋风中翩翩起舞，金黄的梨子晃晃悠悠，摇摇欲坠；晚熟的西红柿饱尝了艳阳的照射，耷拉着脑袋，迫不及待地想成为餐桌上的美食；不甘寂寞的辣椒也缀满了枝头，洋溢着红艳艳的笑脸。夕阳下，阳光吻着汗珠孕育的成熟，小院像一幅五彩缤纷的画，生机勃勃地展示着秋天的色彩，给农人的笑脸抹上了玫瑰般的红晕，也滋润着他们舒心的日子。

冬天悄无声息地来了，忙碌了一年的农人，终于可以歇息了。一场大雪过后，小院的瓦楞、果树都穿上了银色的盛装，在阳光下熠熠生辉。男人们围炉而坐，喝着罐罐茶，天南地北地神聊。女人们坐在炕上，绣花、做鞋垫、剪窗花，眉间眼角里洋溢着生活的惬意。顽皮的孩子们有的在院中堆雪人，有的扫出一片空地，用木棍支起筛子，下面撒上粮食，专等贪嘴的鸟雀束手就擒。静谧的家乡小院，笼罩着浓浓的烟火幸福。

大浪淘沙，岁月流年。时代给了家乡人民更多的发展空间，他们纷纷走出小院，挤进了梦寐以求的城市，住进了钢筋水泥的建筑。漂泊多年，蓦然回首，让人念念不忘的还是那家乡的小院。无论在外面如何奔波辛劳，只要回到自家小院，心中便多了份踏实和安宁，尘世的烦忧便被挡在了院墙之外。

如今，城市的繁华毫不迟疑地向乡村蔓延。小院里，春风秋雨的节奏中似乎少了些什么，布谷鸟的和鸣正在远去，美丽的田园风光正在等待着时光的收割。不久的将来，强大的现代化改造工程，将如潮水般涌向充满诗情画意的小院，小院的鸟语花香也将成为历史，成为家乡人民心里永远的记忆。那一片土地的清宁，那一畦瓜果的芬芳，也只能在梦中滋养我们粗糙的灵魂。

流淌着幸福的冬天

海子说："从明天起，喂马、劈柴、周游世界……"突然怀念起那个冬天，那个用柴火、炉子取暖的冬天，记忆就这样被叫醒了，幸福也被叫醒了。

那个冬天，有一种幸福叫找温暖。一场雨夹雪，冬便热烈起来。树抖落下一身的叶子，赤裸裸地迎接寒冬。每天放学后，家家户户的孩子们便穿着臃肿的棉衣，一手捂着冻疼的耳朵，一手提着柳筐，浩浩荡荡地去寻找一冬的温暖。田野里的庄稼秸秆、树枝木柴，被我们拾捡得干干净净，甚至连满身是裂纹的枣树皮，也被我们用刀刮得光秃秃的。那些年，家里墙角的捆捆柴总是摆得整整齐齐，像一堵墙，谁抽走一根都能看得出来。许多个冬天，那些柴火都被埋在院子墙角的深雪里，母亲舍不得动它们，因为心里需要它，它让我们放心地度过一个个寒冬。那时候，最开心的还有学校搞值日，因为有机会把扫到的落叶装袋子里拿回家，为家做贡献，还会意外得到母亲的奖赏。有时老师也让我们把扫好的落叶点成火堆，红红的火苗升起来，夹杂浓浓的白烟弥漫开来，我们把手伸向火堆，不停地揉搓着手掌，不一会儿，温暖便传遍了全身。

那个冬天，有一种幸福叫挤暖暖。上小学三年级的时候，我就读的学校教室还是土木结构的房子，窗户没有安装玻璃，仅糊了一层白纸，教室里面四处漏风。每到冬天，凛冽的北风吹得窗户纸哗啦啦地响，冷风从窗户缝里钻进来，偌大的教室冷得像冰窖。小伙伴们的脸、手、耳朵像冬天的树皮一样,皱皱干裂,有的双手肿得像馒头,深深的口子还时常渗出血来。我们经常冻得瑟瑟发抖,缩着脖子,脚丫子也冻得又疼又痒,上课的时候,总是忍不住跺脚,你一下他一下,老师又生气又无奈,就喊"一二三",于是大家一起跺脚。每逢此时,教室里便尘土飞扬。好不容易下课了,我们如离巢的蜜蜂,争先恐后地飞离教室,不约而同地涌至一面薄薄的阳光可以晒到的土墙。为了抵御寒冷,最有趣的游戏便是挤暖暖,男女同学全员参与,两边的同学用力向中间挤,挤得猛了,坚持不住的同学便被挤出来淘汰出局。大家边挤边喊:"挤,挤,挤加油,挤出粑粑换糖球……"在一阵阵欢呼嬉笑声中,寒冷被抛到了九霄云外。

那个冬天,有一种幸福叫生炉子。熬了一天又一天,终于盼来了生炉子的日子。一个寒风凛冽的下午,老师带着几个高年级的哥哥搬来了一个圆形的铁炉子,炉口里面还能看到草泥糊过的痕迹。炉子放在教室中央,炉筒拐了一个弯,一直通到窗外。那个下午,我们欢呼雀跃,快乐的因子弥漫在教室的每个角落。放学前,老师吩咐我们回家准备一袋碎木块或玉米秆。老师还安排,每天轮到谁值日,谁早晨提前到校负责生炉子。记得第一次轮到我值日,几个小伙伴来叫我的时候,白白的月光照得大地如白昼一般。我们来到学校,便分头忙活起来。先把木柴用斧子敲碎,填进炉子里用牛毛纸引着,然后再挖几铲子煤填进去。不一会儿,滚滚浓烟弥漫教室,熏呛得大家满眼是泪。忙活了半天,炉子也没生着,我心里着急,生怕不能完成老师安排的任务,便鼓着腮帮子呼呼地朝炉子吹气,这下可好,双手沾满了煤灰,成了花猫脸。手足无措时,哥哥如救星般驾临。哥哥先拿引火的苞米芯放在最底下,上方压上小段的干树枝,最上面叠上大条的柴瓣。待火熊熊燃烧起来了,放入小煤块烧一会儿,然后填上一铲子煤,用火钳子捅上几个眼,再搜搜炉底,炉火就慢慢旺盛起来。我们坐在炉子周围烤火的时候,才听到隔壁教室里有响动。教室里生了炉子,暖和多了。老师安排把桌子向炉子靠拢,并且每个星期调换座位,让每个同学都能靠近炉子几天,轮流享受最高待遇。

那个冬天,有一种幸福叫赶冬天。一场大雪,寂静的冬日便生动起来。空山旷远,天地萧瑟，大朵大朵如棉絮般的雪花从天空中扯下来，鲜有车和人经过的地面片刻便被白茫茫覆盖，我们奔跑在雪地里，以一种欢天喜地的形式驱赶冬天，直到大汗淋漓。有时，我们还躲着大人，在树上、田野里，取干净的雪，大口大口地嚼，从口里冷到心里，却是开心至极。口渴了，便掰几根冰凌，咬得咯吱咯吱响，手早已冻成通红的了。最喜欢玩的游戏是打游击战，通常分成两个队伍，隐藏在树后只待一声令下，便将雪球拼命砸向对方，砸到谁的衣服，就算输了。冬天里流淌着欢快的笑声，这笑声唤醒了春天，唤醒了温暖，也唤醒了幸福。

那个冬天，我们很快乐；那个冬天，是流淌着幸福的冬天。突然怀念起那些日子，那些用柴火取暖的日子。教室里的炉子，是我们的冬日暖阳，同学们挤在炉子周围，铁皮炉面上放着从家里带的土豆、锅盔，多么温馨的记忆啊！

在希望中行走的西固军傩

> 傩，古代在腊月举行的一种驱疫逐鬼的仪式，是原始巫舞之一，后演变为一种舞蹈形式。
>
> ——题记

无法用语言表达彼时的心境，激动、震惊、焦虑……各种矛盾的情绪紧扣着我的心弦，想要表达又无从表达的尴尬充溢着整个大脑。神秘的东方民间文化，让人惊叹不已。2015年4月19日，在西固区运动会开幕式的彩排现场，我和伙伴们有幸目睹了陇上远古的神秘文化——军傩舞，那刻进灵魂的震撼，定格脑海，久久不能散去。

咚锵、咚咚锵、咚锵、咚咚锵，未见其人先闻其声，在雄浑悠扬的鼓乐声中，一支80多人组成的表演方队从人群中踏步而出。他们手举猎猎彩旗，头戴神秘面具，身穿红色铠甲，腾挪跳跃，神气十足。正在我目瞪口呆、满脸疑惑时，一位远古的"英雄"在舞者的簇拥下闪亮登场，"霍"字旗帜迎风招展。此时，领舞者开始解说："西固军傩，名扬天下……"原来今天的军傩表演，再现的是汉代霍去病大将军西征途经西固时，800精兵抢渡黄河的场面。在激昂的音乐声中，黄河水滚滚而来，身着战袍，手舞大刀和盾牌的军队在惊涛骇浪中摇动划板，霍将军踏波逐浪，所向披靡。渐渐地，音乐变得舒缓,霍将军凯旋,身着霓裳的宫女们开始翩翩起舞,轻纱曼曼,环佩叮当,舞姿婀娜,让人目不暇接。接着,万国使臣来贺,绫罗绸缎、奇珍异宝纷纷呈上,阵阵鼓声回荡在体育馆上空,将我们带入2000多年前的宫廷中。

傩,原本是中国古人驱鬼除疫的一种巫术礼仪,商周时期就已出现,一般在祭祀、出征、狩猎时举行,因其表演时发出"傩,傩"的叫声而得名。西周时风行乡人傩;汉代宫廷中举行大傩,并有了国傩、军傩、乡傩、零傩之分;唐代时,其功能由单一的宗教仪式变为娱神、娱人的活动,内容上也融入了历史传统、民间故事;宋代以后,从傩舞演化出的傩戏开始流行。军傩舞源于原始狩猎,是原始"巫舞"的一种演化。在古代,主要用于将士出征、祭祀先祖、祈求苍天、酬神纳吉等非常神圣的场合。

早闻西固军傩登上了央视《非常6+1》的舞台,在《星光大道》也留下了足迹。嘉峪关国际旅游节请军傩去助阵,东方红广场大型演出也请西固军傩开路。欣喜之余,为西固自豪。

邂逅军傩便邂逅了一位坚守文化的老人。带着对军傩舞的强烈好奇,我们拜访了西固军傩舞的掌门人。提起陈尚德,在西固可谓家喻户晓,他创办的金城军傩艺术团,以其鲜明的乡土特色在甘肃农民文艺界独树一帜、大放异彩,成为兰州城市文化的一张名片。在西固陈官营绕绕弯弯的巷子里,几经周折,我们来到了一座草木葱郁,充满鸟语花香的院子,见到了60多岁精神矍铄的陈老师。据陈老师介绍:作为原始傩文化的表现形式之一,军傩在中国已有4000多年的历史,是一种集宗教、娱乐于一身的古老民俗表演。公元前121年,霍去病率部挥师河西,为防匈奴进犯中原,返途中武将李息筑金城。西固古军傩舞就是骠骑将军带来的神舞。人们表演傩舞的目的,是为了祈求军队胜利、鼓舞士气。

"听说您大病一场,您是如何坚持到今天的呢?"我望着眼前这个军傩舞的泰山北斗,充满无限敬意。"嗯……"陈老师沉思了一会儿,然后坚定地说:"执着吧。很多人拼命工作为名为利为眼前,人生失去了探索,内心失去了宁静。只有不断学习和思考,有自己的精神追求,才能丰满人生。"老人的眼里燃烧着幸福。在大多数专业演出团体生存异常艰难的今天，陈老师带领着一群年过半百的农村妇女，克服各种艰难困苦，开创着他的艺术之路。不经意间，"莫问前程凶吉，但求落幕无悔"浮上我的脑海。是的，人生的意义在于生命旅途中的风景，若能很完美地融入风光里，那会是心中的一片蓝天。陈老师的根已深深地扎进了西固这块文化热土中。

"积金以遗子孙，子孙未必能守；积书以遗子孙，子孙未必能读；不如积善德于冥冥之中，以为长久之计"。中华民族是一个有着丰厚传统文化的文明古国。纵观悠悠历史长河，无数富可敌国的豪门落没，正是只重物质授给轻精神传承的恶果。我想，唯有精神与文化，才是真正值得一代代人薪火相传的宝贵财富。道远不须愁日暮。在这个实用主义盛行的时代，确实需要陈老师这种对文化坚守的精神，需要一份不泯的文化责任。对军傩舞的追寻，漫长而悠远，西固军傩正走在希望的路上。

羊皮筏子划过的岁月

一

解放前的金城西固，平沙无际，长城断延，人民生活十分困苦。民间流传着一首古朴而悲凉的民歌："万里金荡万里远，九曲黄河金城关。大轱辘车到西固，丝路重镇早不见。炕上铺的烂毡片，炕洞里烧的洋芋蛋。旱砂西瓜比蜜甜，羊皮筏子赛兵舰……"

西固城西 20 多公里的河口，自古便是进入青藏、连通河西的重镇门户，是西出兰州城最大的码头和商埠。那里依山傍水，历来旱地多，耕地少，靠天吃饭，十种九不收。民国年间，土地逐渐兼并于少数地主之手，广大平民百姓失去赖以生存的耕地，生计维艰。于是，大多数的老百姓只能靠河吃水，抬羊皮筏子跑水运，赶牲口驮脚，或给地主家拉长工、打短工艰难度日。

话说居住在河口街的阿亮，时年 16 岁，他家从爷爷辈上就靠划筏子捕鱼、运输货物为生。小时候，父亲常带着光屁股的他，划着筏子到黄河里捕鱼。一网下去，运气好的时候也能打到二三十斤的黄河大鲤鱼。寒来暑往，筏客们将煤炭、木材、粮食等物资运往黄河下游的兰州、靖远一带，挣点水钱养家糊口。阿亮的弟弟阿俊，才 14 岁，兄弟俩跟着父亲已经跑了好几年筏运了。为了能多拉些东西，筏客子常常将多只羊皮筏子拴成一只大筏子，形成一条大船。大筏子在黄河中抗急流能力强，而且既快又稳。这种由十几只或几十只筏子组成的大筏,酷似人们传唱的军舰。

有一天,当父亲赶筏回来,筋疲力尽地回到临时搭建的茅棚里时,阿亮已经烟熏火燎地把饭做好了,煮洋芋的香味老远就能闻得着。阿亮见父亲回来,手忙脚乱地备好了碗筷。父亲一边咳嗽一边摸着烟袋,望着天空说:"天阴得很。对岸有人叫筏子,叫得急呀!"

阿亮朝外瞅了瞅,傍晚的天空灰蒙蒙的,空气中弥漫着一股湿漉漉的土腥气:"爹,要刮大风了!"

父亲一只手在捶背,还在不停地咳嗽:"我得再撑一趟去,对岸叫得急,或许是来街上看病的!"

"让我去吧!"阿亮倏地站起来。他看上去很瘦弱,个头倒挺高。父亲不作声,只顾低着头抽烟,咳嗽得更厉害了。

"你?"父亲看了阿亮一眼,"你母亲病得厉害,你去看看好些了没?"父亲说着,一只脚已迈出了茅棚。

阿亮用布包了几个热乎乎的洋芋,刚走出茅棚,突然狂风大作,紧接着豆子大的雨点便噼噼啪啪地砸在他的光头上。阿亮更加担心了。他奋力向河边跑去,怀里的洋芋洒落了一地。当他气喘吁吁地跑到河边时,父亲的筏子已经放下水了。此时,天空的乌云似千军万马般奔过来了,倾盆大雨直泻而下。河水浑得发黑,浪声喧嚣得骇人。

阿亮扯着嗓门大喊:"爹,快回来!不能去呀!"迷蒙中只听见父亲粗重的声音:"快回去看你妈!"

筏子一下子就被锯齿般的浪推得很远了。阿亮紧张得全身都在颤抖,雨水迷住了他的眼,都顾不得抹一把,心里只想着父亲的安危:"父亲身体不好,这么大的雨怎么受得了?河中间有一块大石,每次河水在那儿冲起的漩涡,会腾起一丈来高的水雾。这么大的雨,天又黑了,父亲眼神不好,他会不会触礁?"阿亮越想越怕,眼睛直勾勾盯着筏子远去的方向,全身早已淋成了落汤鸡。

一分钟,两分钟……黑暗已经吞噬了整个村庄。雨停了,四周寂静得可怕,偶尔从村子里传来几声狗吠。依惯例，父亲这会该回来了，可黑压压的河面上不见一个人影。阿亮心跳加速，拉着哭腔喊道："爹，爹！有人吗？"还是一片死寂。他决定在这里等父亲回来。他感到全身都在发冷，瘫坐在地上，不一会儿便迷迷糊糊睡着了。

不知睡了多久，迷蒙中阿亮感到周围很嘈杂，不一会儿有人背起了他。当他醒来的时候，睡在自家的炕上，母亲在床边掉眼泪。阿亮声音颤抖，拉着母亲的胳膊问："妈，我爹呢？"母亲背过身子，抽搐得更厉害了。

阿亮从床上爬起来，这时才发现，自己的胳膊一点力气也没有了。河沿上放羊娃在唱："对岸青石嘴的水爪子响了，河口南城门外龙王庙脊顶的黑老鸹叫了，河道上就有噩耗了。"

二

父亲遇难后的第 8 天，阿亮再次来到了阳畅湾子码头。码头上没有人，蒿草在冷风中东摇西摆。湍急的河水拍打着码头上的岩石和泥沙，发出震耳欲聋的响声。今天是他第一次独自赶筏，他瞪大眼睛向四周搜寻着，一种心灰意冷的感觉笼罩在心头。狂风呼号，河水呜咽，荒凉的码头使他感到恐惧，甚至绝望。他觉得自己似乎置身于一个荒岛，处于孤立无援的境地，周围一片黑暗。

他已经三天没好好吃饭了。早上，他看到缸底只剩一把米了。母亲的病更重了，今早还咳出血来。弟弟虽小却很懂事，临走硬是把半块干粮塞到他手里。如果今天再拉不到客人，母亲怎么办？弟弟怎么办？他开始焦虑。河的上下游和对面，看不到一个人的踪影。西风渐紧，枯草败叶四周飞旋。残阳如血，河水如万马奔腾滚滚而去。

阿亮再次向四周望了望。就在他绝望的时候，一阵隐隐约约的脚步声随风传来，他的眼睛闪着亮光，立刻朝远处看去，只见一个人影急匆匆向这边走来。

"筏子走不走？"随着一声洪钟般的声音，一个留着长发的黑壮男子来到身边。

"你要去哪儿？"阿亮怯怯地问。来人的言语粗声硬气，使他感到一阵胆寒。

那人上下打量着阿亮，说："我有急事要到庙滩子去。你能行吗？你家大人呢？"

"能行。我已经跑了两年筏了！"阿亮希望自己的回答能使眼前这个冷冰冰的人消除疑虑。

"两年?"那人抬起头,阴沉着脸,一边看着阿亮,一边沉思着。

阿亮满含期待地注视着那人。"大哥,求求您,让我送你过河吧,我母亲病了,急需用钱。"他怯怯地说着。

那人回头直视着他。这时阿亮才看清了对方的脸。粗黑的眉毛,左脸下方有一颗黑痣。他全身猛地一震,双腿软得几乎要瘫坐在地上。刹那间,周身的血液像凝固了一般。

"你怎么了?"那人看着他惊慌失措的样子,轻蔑地瞥了一眼,气势逼人。

"噢,我……刚才不小心把脚扭了。"阿亮极力掩饰着内心的惊悸,低着头回答。

两年前的初夏,他跟随父亲去雷坛河运送货物。返程时,在崔家崖河边的树林里,遇到土匪抢劫。就是这个人带着一帮人抢了他们的水钱,还要把父亲带走去支差。他苦苦哀求,求他放了父亲,但他置之不理。父亲身体不好,他们让父亲干重活,不给报酬也不给吃喝。终于在一个风雨交加的夜晚,父亲由于体力不支而晕倒在地。

想到这里,阿亮浑身颤抖起来。他偷偷看了一眼凶神恶煞的汉子,那人望着他的筏子不作声,他偷偷松了一口气。两年了,他们各自的容貌都发生了变化。现在他最需要的是冷静,送那人过河,挣到水钱给母亲治病。

暮色渐浓,西风愈烈,刮得树枝哗哗作响。他的心里不由着急起来。那人朝远处看了看,然后回过头对他说:"天黑了,风又大,我在你家住一晚,明天早晨你送我过河吧,我给你5块钱。"

阿亮的脑袋轰地一下,只觉得头皮一阵阵发麻,头发似乎竖了起来。他隐隐地感到这人手里一定握着一把利刃,正等待着他的光临。既不能过河,又不能回去,命运将他逼到了绝路。

阿亮无可奈何地带那人回到了茅棚里。晚上,他和衣躺在炕上怎么也睡不着,脑子里一边想着各种可怕的事情,一边不停地责怪自己:"为什么不早点回去?为什么要带他来?"他害怕极了,设想着万一遇到不测,自己该如何反击。

不一会儿，旁边传来了呼噜声，阿亮心里得到了一丝安慰。睡梦中，他迷迷糊糊听到有人在叫他。他一轱辘从炕上爬了起来，揉揉眼睛。透过门缝，他看到晨光已洒满了窗外的大地，渲染着每一缕秋意。

"天亮了，你送我过河吧！"那人说着，便径直向外走去。阿亮扛起羊皮筏子紧跟其后。

到了码头，阿亮将羊皮筏子放在水里，然后让那人上了筏子。阿亮朝河边扫了一眼，心情沉重地解着缆绳。羊皮筏子啊，这个黄河里原始的水运工具，见证了多少人的不幸和痛苦。他的父亲12岁便跟着祖父划羊皮筏子，风里来雨里去，吃尽苦头，几次死里逃生，最后还是葬身黄河。父亲去世后，母亲伤心欲绝，郁郁寡欢，身体一日不如一日。弟弟年幼，忍饥挨饿，长成了小萝卜头。这一切，无疑对他是雪上加霜，他的日子更艰难了。现在，他要挑起家里的重担，像父亲一样又要划着筏子送人过河了。面前的这个人，是迫害过父亲的仇人，但为了生存，他不能恨他，他要挣钱为母亲治病。阿亮再次审视了一下坐在筏子上的汉子，只见他紧紧地抓着羊皮筏子的木杆，目光狰狞。

阿亮迅速解开缆绳，轻轻跳上筏子，稳稳地坐在筏子前端开了桨。他挥舞着手中的划板，时快时慢地划拨着河水，筏子在他的驾驭下，驯服地向前驶去。

一轮朝阳从地平线冉冉升起，河面上泛起一片金光。筏子缓缓地靠近了河岸，他心里一阵激动。

"不会亏待你，给你5块！"那人笑着，把钱递给了阿亮。阿亮手足无措，看着那人渐渐远去的背影，浑身冒汗。直到那人消失在一个河湾，他才拖着两条沉重的腿，扛筏返程。

三

阿亮沿着杂草丛生的小路，穿过树林，一路小跑。一只老鹰在天空盘旋着，这让他心里有些不安。这条路，阿亮并不陌生，筏客张忠耀就是在这条路上被马步芳的人抓去支差，受尽折磨。阿亮不由得一阵战栗，他下意识地摸了摸口袋里的5块钱。

来时顺风,用了两个小时,现在逆风而行,一路奔跑,时时感到有一种阻力,回到家里至少得用4个小时吧。荒郊野滩,路上有动物被吃后的遗骨。想到传说中那埋伏在茂密的蒲草之中的狼,想到那图财害命的歹徒,想到马鸿宾的凉州兵,马步芳的青海兵,多次抓筏客子支差,他的心脏剧烈地跳动起来,那冲击胸腔的怦怦声,似乎要盖过河水的喧叫。

当他来到崔家崖,遇到本村筏客刘得全时,才松了一口气。刘得全找他联手货运客商的麻渣,从崔家崖运到靖远。这可是个好差事!虽然路途遥远,但想到能得到可观的收入,阿亮便满口应承了下来。

深秋的黄昏,寒气逼人。汹涌的河水泛着白光,咆哮着向东流去。这一带的河岸多年失修,此刻,坍塌的堤岸不时坠入奔腾的河水中,发出巨大的声音。羊皮筏子刚离岸,他就像掉了魂一样,额头飞汗。阿亮用力挥动着手里的桨板,忽左忽右划拨着河水。羊皮筏子离岸越来越远,一会儿便到了河中心。河中心水深流急,波翻浪卷,筏子上的麻渣随着波浪上下起伏。阿亮竭尽全力挥动桨板,试图让羊皮筏子尽快离开这危险之地,但刚刚脱离激流,又被冲入了一片洄水区。翻腾洄转着的河水泛着白沫,令人触目惊心。刚过柳沟浪,一个个碗口大小的漩涡,旋转着,吼叫着,跟踪在羊皮筏子的两侧和尾部,仿佛要把筏子整个儿吞下去一般。突然,身后直径大约1.2米、厚约25厘米的麻渣砣子哧溜前滑,一下子将他推入水中。河水冰冷刺骨,阿亮喝了几口水,用手里的划掀板奋力向前游去,大约游了10多米,他才追上筏子抓住筏杆,总算保住了性命。损失了客商一筏麻渣,不但赔了钱,由于水淹加上惊吓过度,回家后阿亮便一病不起。

眼看母亲病重,哥哥又卧病在床,14岁的阿俊偷偷跑到舅舅家去借钱。可在这兵荒马乱的年代,舅舅家也揭不开锅盖了,哪有钱借给他呢!阿俊垂头丧气地回到家里。

"哥,我去赶筏吧!"阿俊坚定地说。

阿亮打量了一下弟弟,弟弟虽说已14岁,但由于长期营养不良,面黄肌瘦,弱不禁风。他咳嗽了几声,从床上撑起半个身子,说:"最近河水上涨,浪大风急,你不能去!"

第二天,天刚蒙蒙亮,阿亮觉得头也不晕了,整个身子骨轻了许多。突然,远处传来放羊娃的歌声,打破了黎明前的寂静:"对岸青石嘴的水爪子响了,河口南城门外龙王庙脊顶的黑老鸹叫了,河道上又有噩耗了。"阿亮的心猛地一沉,突然有一种不祥的预感。"阿俊,阿俊!"他找遍屋里每个角落,也没见到弟弟的影子。他发疯般向河边跑去。

原来,昨天下午,弟弟想为家里分忧,就约了小伙伴徐京良悄悄到阳畅湾子划筏过河。由于河水上涨,漩涡中筏子旋来旋去,两个孩子心神发慌,手忙脚乱,结果被河水卷进漩涡而溺亡。

阿亮不知道自己是怎么回到家的。母亲哭得死去活来,已经晕倒了好几次。爷爷的爷爷年轻时就划着筏子运走了村里人的叹息,奶奶的奶奶年少时就乘着筏子送来了山里人的笑声。羊皮筏子划过的岁月里,重复着多少人的悲欢离合!

门外,西风愈烈,刮得门板和窗户哗哗作响。黄昏的最后一抹阳光已经被暮霭吞去……

桃园,那一树丁香

一场夜雨,淋湿了西固城,催生了树木的葱茏。金城公园,目之所及草碧花艳,松青柳绿。盛开的丁香花,一夜之间开得满树锦绣。那紫色的、白色的花瓣簇簇相拥,如烟如雾,疏影迷离。那份绚丽,那份诱惑,无人抵挡。春风阵阵袭来,花香弥漫,沁人心脾。我如蜂蝶般被那小花诱惑,禁不住轻嗅迷人花香,沉醉于那一丛一簇的娇艳带来的静美。思绪便突然悠悠荡荡,记忆中某个角落也盛开了一树繁花,那是黄河风情线上的桃园中学留给我的最初印记。

2003年,为了上班更加方便,我参加了西固区教师选拔大赛,调令下来,有幸被分到了西固区桃园学校。恕我孤陋寡闻,当时西固城区的所有学校里,唯独没有听说过桃园。但"桃园"这个充满诗意的名字,依然让我满怀憧憬与向往。它让我想到陶渊明笔下"安宁和乐"的理想王国,想到"春风十里桃花烂漫"的明媚,想到"桃李满天下"的欣慰。

上班的前一天,我从西固城乘坐43路车,打算提前去学校一探究竟。

那是一个聒噪的秋天,车窗外秋风阵阵,黄叶翩翩。当破旧的43路车停靠钟家河站后,灰色的天空中雾气弥漫,跃入眼帘的竟是遍地的垃圾。走过铁道口,一路询问,沿着路人指点的方向直奔目的地。冷清的街道,鲜有行人往来,也没有任何商铺。大约10分钟后，我走到了三岔口，右转进入了南滨河路。桃园学校，就坐落在西固南滨河路边。

陈旧的铁门没有上锁，我径直而入。沿着砖石铺就的小路行走，路旁的花坛里绿意盎然。几间低矮的房屋分列小路两侧，似有人家居住。再往前几步，右侧挡眼处屹立着一栋四层高的楼房，外皮白色的瓷砖略显发黄，从右侧转弯，便可看到整栋楼的全貌。在那个农村教室还是平砖瓦房的时代，依稀可见这所学校曾经的辉煌。我转身望去，空旷的操场上全是尘土与纸屑，与教学楼相对的操场边缘，还有几座低矮的土屋，后来才知是以前桃园小学旧址，由于土屋已成危房，加之学校生源减少，所以中小学便在同一栋教学楼上课了。

虽然学校与我的想象有巨大反差，但既来之则安之，勘察了行走路线，第二天我还是提着一个大包，忐忑不安地上班了。

在桃园经历的第一学期与之前的乡村学校截然不同。那时正是秋季，每天下午妖风四起，吹的人满身满脸都是黑土，擦脸的纸巾永远都是黑色的。那时，是不敢奢望穿白衣服的，我真怀疑这里是城外的蛮荒之地，不适合人类居住。

真正爱上桃园，是在第二年的春天。虽然我未曾看到"桃之夭夭、灼灼其华"的校园美景，但花坛里那一树竞相绽放的丁香，以其一团团的浅紫色，一簇簇的凝脂白，以及弥漫在空气中的清冽幽香，依然吸引我驻足凝望。

有一天，我正在教室里滔滔不绝地讲"黄四娘家花满蹊，千朵万朵压枝低。留连戏蝶时时舞，自在娇莺恰恰啼"。忽然，满室生香，我向窗外望去，一朵朵粉白、淡紫的小花在窗外飞舞。"啊！是丁香！"我情不自禁叫出来。"孩子们，我们去寻找校园的春天吧！不过，是有任务的，每个人要仔细观察，看谁能发现校园的美，并完成一篇作文！"不待我说完，教室里顿时欢呼雀跃。几个调皮的孩子已经离开座位，做出了奔跑的姿势。我无奈地摇摇头，笑了。

那是我第一次领略桃园的美。我跟孩子们不约而同聚拢在花坛边的丁香树下。4月的校园春光明媚，一树丁香正在清清浅浅地开放，小小的花朵肩并肩，头顶头热闹着，组成了美丽的丁香花群。我用微凉的指尖，摸着丁香花瓣，一股暖流直抵心田。丁香花，寓意着勤奋、谦逊，象征着学校的良好校风，也象征着孩子们的纯真无邪。同时它也是美丽、高洁的化身。最重要的是其耐寒、耐旱的顽强生命力，适合在北方生长。由此，我想到了桃花源里如丁香般天真无邪的孩子和朴实无华的老师。

桃园的孩子是积极向上的。说起这帮淘气鬼，总是令人欢喜令人忧。自从担任他们的班主任，60个孩子的班级令我头疼不已。语文课集体朗读时，一波语速慢，一波语速快，总是读不整齐，这是两班合并的后遗症。大扫除时，偌大的操场尘土飞扬，扫了一层又一层，似乎永无止境。男孩子爱耍小聪明，女孩子们便跑来告状。鸡毛蒜皮的小事让我费尽脑汁。尽管我软硬兼施，"威逼利诱"，他们却总能在我"凶悍"的表象背后，发现一星半点的仁慈。那是一班如丁香般纯真可爱的孩子，那是一个积极向上的集体。丁香美名流韵，盛放得美丽。对这在桃园首次相遇的花，首次相遇的孩子们，我喜欢得有些莫名了。或许人与人，人与花木之间的缘，有时是很难说清的。

丁香花开了又谢了，不知不觉，我在桃园度过了11个春秋。2014年底，我被借调至西固教育展览馆筹备工作组。借调的消息不胫而走，当我默默地收拾日常用品准备悄悄离开时，忽然听到门口传来一个小女孩的哭声，紧接着一个小男孩拉着哭腔说："老师，阿迪（化名）说你要调走了……"我走出屋子，孩子们立刻围了上来，个个泣不成声。我眼眶一热，安慰他们说："不要哭，老师一年后就回来了，你们好好听新老师的话。"我故作坚强，命令孩子们快去上课。坐进车里的那一刻，却情不自禁流下了泪水。人非草木，孰能无情。这班孩子与我相处3年多，是那样乖巧，无论是学习还是纪律，都让我这个班主任轻松自如，得心应手。

离开桃园后，由于工作忙碌，我再也没见过这些孩子。2015年元旦，有个孩子给我发来信息，希望我能回去看看他们。我怕影响正常上课秩序，没有前往。2017年夏天，有个孩子说他们要毕业了，希望我能回去看看。我很想去，但由于工作太忙，竟没有满足孩子们这一微不足道的请求。这事让我深感内疚，每每想起便懊悔不已。

光阴荏苒,岁月悠悠。如今,我带过的学生像一个个蒲公英,早已离开了母校,撑着小伞飞向了四面八方。但我时常想起他们,想起操场上明媚的阳光,想起花坛内芬芳的丁香,想起旧楼前笔直的白杨……仿佛又回到了从前,我们在同一片天空下,有着琉璃一样透明的心情。

我不知道丁香的花期,盛开的丁香让春天的校园充满了情意,是一种花对世间的情意,是师生之间、同事之间的情意。丁香奉上冰清玉洁的花朵,沁人心脾的馨香,就这样做了点缀校园的姿影。我的同事们曾无数次帮助过我,关心过我,这样的情意长久地盘桓在我脑子里,让我时时心怀感恩。也许,人到中年便喜欢回味,喜欢从无尽的回味中去寻找心灵深处的那份美,纵然最终留下的只是令人唏嘘的空白……

再次路过南滨河路,看到焕然一新的校门上"桃园中学"四个大字,无比欣慰。一座风格独特、色彩靓丽的标准化教学楼已在操场南面拔地而起,整洁、美观。生机勃勃的桃园中学,已成为黄河风情线上一道亮丽的风景。那棵丁香树早已不在了,但栅栏式围墙内那一树树火红的、金黄的、绿意盎然的植物,那一树树姹紫嫣红的春天,依然让我感慨万千。想起当年自己站在土操场里,指挥孩子们挥舞笤帚扫土的情景,想起跟孩子们在丁香树下玩耍的情景,心中无限温暖。"桃李不言,下自成蹊",也许这就是每位桃园人在行走途中最真实的夙愿吧!

被遗忘的老街

10年前,城市化进程带来的劳动力转移,使得一些学校神奇地消失了,一些学校神奇地变"胖"了,教育陷入"城挤、乡弱、村空"的危局。冬日的一天,为了留存那些消失的学校印记,我踏上了寻访西固城铁路职工子弟小学的路途。

冬日的阳光慵懒地照着大地,街道两旁的楼群遮天蔽日,让人恍如走在钢筋水泥构筑的森林里。伴随着汽笛声和各种嘈杂的嗡嗡声,我辗转奔跑在街巷深处,时而询问孱弱的老阿婆,时而追赶蹒跚的老大爷,时而打扰忙碌的清洁工,终于打听到了目的地。

从西柳沟北街口缓缓南行,迎接我的是西固城一个被人遗忘的角落。空荡荡的街巷,孤独又苍老,犹如打开了另一个世界的门,城市的喧嚣立刻被关在了门外。街道两边,几棵枝丫横生的老树,在冬日的阳光下兀自站立,像列队的卫兵守候着这里。疯长的蒿草爬满了房屋的断壁残垣,锈迹斑斑的铁锁锁不住一院的凄清和苍黄。一辆标有宅急送的电动三轮车疾驰而过,恍惚让人感到这里还有一丝现代气息。

一米多宽的水泥路,幽深地向前延伸,临街的房子老旧斑驳,与方才走过的繁华大街迥然相异。旧式的木板门镶嵌在一堵堵砖墙上,高高低低的房顶上疯长着参差不齐的荒草,木门上的锁子都已生锈,伸手可触的屋檐,瞬间让人觉得自己很高大。我举目四望,这些排列整齐的砖房,表面风雨侵蚀,伤痕累累,但仍不失方整与精致，这些青砖灰瓦曾豪迈地撑起这里让人羡慕的繁华，如今在时间的战场上渐渐失守了，被遗忘在红尘的角落里。也许它们在冷清中常常做梦，也许它们在昼夜交替中浅吟低唱，也许它们寂寞却不失落。

游荡在斑驳古朴的老街之中，突然，我的目光被一排排篱笆吸引，一股烟火气息迎面扑来。一个个荒芜的鸡圈、猪圈和菜园子，承载着这里曾经红红火火的日子。一切是那么遥远，又是那么熟悉。我似乎看见老街幽深的巷子里有着历史的模样，那一畦畦菜园里瓜果飘香，那一片片篱笆里鸡鸭成群，滋养着老街，滋养着这里的居民平平凡凡的生活。在那个物质生活极为匮乏的时代，暖暖的炊烟潜藏在老街四邻的心坎里，伴着岁月起起伏伏。老街上一定有茶馆吧，那些谈天说地、调南侃北的茶客，一定吸引过不少围观的孩子。街道尽头或许有铁匠铺，熊熊的炉火、飞溅的火星中，长满络腮胡子的打铁师傅正挥汗如雨击打铁器。街道上各色行人来来往往；卖货郎、磨菜刀的、补碗的满街吆喝；过年过节有秧歌队、舞狮舞龙的社火表演，锣鼓喧天、热闹非凡……现在，老街平静了，似乎远离了喧嚣，淡出了尘世。

一缕斜阳洒落在灰蒙蒙的老墙和一扇木门上，我惊异地发现了三团黑乎乎的煤饼，难道这里还住人？还有人在使用煤饼生炉子吗？我探脑望去，巷子深处的大缸和不锈钢铁桶，泛着古铜色的光芒，似乎在向我们娓娓说着老街曾经的历史。我不忍心打扰这里的宁静，我深深地知道这里的主人也许与富贵无缘，他们用自己微薄的收入维持着生活。

城区的繁华毫不犹豫地向东移去，老街已走过了近半个世纪的岁月，它的繁荣已经成为遥远的过去。小卖铺消失了，食品店消失了，菜市场消失了，一切都已经消失在历史的尘烟中。走过灰青的烟囱，走过爬满荒草的瓦楞，经年的风吹雨淋，已经把这里磨砺得有些沧桑，但老街斑驳的脸上依稀还能找到熟悉的眉眼。老房子还在，陈旧的木板门还在，那熟悉的味道还在空气里回荡，这里的街道依旧干净，这里依旧不缺少阳光。

我静静地走着，走在这被人遗忘的老街上……

走出老街，回头望去，深深的巷子里，现代的摩天大楼与低矮的砖瓦房遥相呼应，透过瓦片上斜阳的印记，我似乎看见岁月正在头顶悄悄流逝，心情如潮汐般被推得很深很远。也许，不久老街会面对拆迁的命运，它终究不能被时间豁免，一切繁华都将成为历史，无声无息。而那些随着老街流逝的岁月，将永远烙在人们的记忆深处。

马家山的阳光

我曾有缘,顶着7月的烈日攀登过关山,在秋日的黄昏登临过扎马台,还在一个凛冽的冬日仰望过山城梁,西固的山山水水在我心里早已成画。3月的一天,我又走进了金沟乡马家山,领略了小山村别样的风采。

汽车载着春天的阳光和我们的欢声笑语,行走在蜿蜒而上的山道上。车窗外掠过片片梯田和光秃秃的树枝,一片萧条和荒凉。即便如此,我依然在探寻着这里春天的气息。你瞧,早春的信息就已在它深处的枝头上、泥土里、鸟鸣中渐次播放,似乎能触摸到它们生长的力量。路随峰转,云雾缭绕的半山腰里出现了几户人家,农耕的气息扑面而来。突然汽车左转上了一个小土坡,几个醒目的大字"马家山小学"跃入视线。

这是一所依山而建的小学,站在校门口,可以俯瞰四野,学校东侧是一条宽阔的马路,西面便是钟灵毓秀的关山。走进校门,首先映入眼帘的是一个长方形的篮球场,背阴的地方竟然还铺着厚厚的雪,迎面朱红色的瓷砖上刻着校训"生以成才为志"。一排砖瓦房记录着学校的过去,前面竖起的旗杆上,一面五星红旗迎风招展,显得格外醒目。在王校长的带领下,我们走进了一间教室,虽然简陋,但布置得很精美。5张课桌围着一个黑铁皮炉子,黑板上方端端正正贴着"好好学习,天天向上",后墙上是孩子们稚嫩的书法和绘画作品,生动传神。

就在我赞不绝口时，王校长的话匣子打开了。原来在标准化学校建设以前，这所学校只有几间低矮的土房屋，孩子们在黑乎乎的教室里上课，室内室外到处都是厚厚的黄土。若不小心钢笔掉在地下，马上就被埋入土中，尸首全无。为了改变上课尘土呛人的局面，每到假期，老师们便借来农具，把教室的地面重新犁一遍，然后洒上水，用石墩子一遍遍压平，平整完毕再摆上桌椅。冬天，教室里用烟煤生炉子，孩子们的脸都是黑的，只能看见两颗清澈的眼珠子转来转去。这里的师生生活条件艰苦，想去领略外面精彩的世界也是不易的。山路十八弯，全是人走出来的羊肠土路，去西固城购物得走两三个小时，若遇上雨雪天，道路则泥泞不堪，随时有滑下山崖的危险。听着王校长断断续续的讲述，我的眼前如电影般闪过一幅幅画面。

　　这样的一所小学，如飞鸟嘴里的一粒松子，偶尔遗落于大山的皱褶处。这里没有机器的轰鸣声，没有城市的喧嚣声，只有宁静和淳朴。这里的教室虽然简陋，却将山里人祖祖辈辈贫穷的叹息、愚昧的荆棘挡在了门外。葱郁苍劲的大树总以满树绿叶荫庇着它，孩子们总在放羊、割草、捡柴时眺望着它。这里曾经被多少双小脚踩得锃亮！这里曾在孩子们幼小的心灵里播下了多少善良和正义的种子！

　　一阵舒缓的铃声，打断了我的沉思。离开马家山小学时，天高云淡，碧空如洗，太阳光照射下来，给这所山村小学披上了金色的纱衣。一群孩子背着书包，蹦蹦跳跳走在通往学校的土路上。此刻，我分明感觉到了春的气息，春的温暖。

　　走出校门，来到巷子里，村里的老人们在房前土台子上晒太阳，他们心满意足地抽着旱烟，天南地北地神聊着，议论着村里的家长里短，指着公路上来往的汽车，计划着即将到来的春耕事宜。

　　在王校长的带领下，我们来到了王万年老人的家中。老爷子今年已经87岁高龄了，但精神矍铄，聊起当年私塾上学的情景仍滔滔不绝，甚至还能熟练地背诵学过的《三字经》《弟子规》。山里人特别淳朴，得知我们的来意后，便拿出古碟古碗古书让我们欣赏。听说我们要拍照留念，老爷子高兴地换了一身新衣裳。再贫瘠的大山也会长树，再瘦的土地也会产粮，要吃米饭得种田，要想成才得念书。老爷子把这样的精神传承了一代又一代。大山里的孩子在老一辈精神的感召下，一步一步地蹒跚行走，一山一山地艰难翻越，就像山里的小树一样在风雨中顽强成长！

告别马家山时，傍晚的斜阳透过云层洒向大地，厚实的大地像斑斓的五彩祥云散发出阵阵泥土的芬芳，马家山像出征的壮士披上了金甲战袍般庄严威武。山道上，几个头发蓬松的孩子，把外衣扭成绳状，系在腰间，蹦蹦跳跳地左顾右盼，还不时弯腰捡起路上的小石子向远处抛去。此时，我的心底突然升起无数眷恋，马家山的阳光啊，希望的曙光！

古老的家乡习俗——撞姓

晚饭后，跟姐姐聊起了几十年未曾见过的远房亲戚。听说表哥羊粪（表哥的小名）放了一辈子羊，终于迎来了幸福的好日子。如今的牛羊价格不菲，表哥卖了一群又一群，家里盖起了小二楼，买了小轿车，小日子过得红红火火，羡煞旁人。表哥的幸福生活当然是值得祝贺的，但真正让我哑然失笑的，是他那听起来不雅而古怪的小名"羊粪"。

幼年时，曾无数次问过大人，为什么表哥的名字叫羊粪呢？父亲说，表哥的名字是"撞姓"而来的。听说，表哥出生后哭闹不休，为了好养活，表姑在一个选定的黄道吉日，凌晨鸡鸣两声后就抱他出门去"撞姓"了。那天正好下了一场大雪，村子里白茫茫的一片，甚至分不清道路和田地。表姑抱着他深一脚浅一脚走了一大圈，也没见到一个人影，母子俩反被冻得瑟瑟发抖。眼看天快亮了，正踌躇时，却见洁白的雪地上有一串脚印伸向远方，旁边还有一堆羊粪。按照家乡习俗，天亮前，第一个碰到什么就要取什么名字，于是羊粪的名字便叫开了。

老人们常说："若要好，小名叫到老。"撞姓，是家乡过去流行的一种给孩子取小名的方法。它带有迷信色彩。据说，撞来的姓名吉利，孩子命大好养活。过去的家乡贫穷落后，人们的居住、医疗、卫生条件都很差，孩子易哭易病，难以养活，于是就有了"撞姓"的习俗。孩子出生后，夫妻俩穿戴整齐，在黎明之前怀抱婴儿，携带锅盔（馍馍）、红枣、核桃等出门，如果第一个碰到的是成年男性，夫妇俩便拦路询问来者尊姓大名，给予锅盔、红枣等礼物，请求对方赐名。如来者姓张或姓李，便起名为张家保、李家保等，为张家李家保佑之意。若婴儿为女娃，则起名叫张家存、张兰花、绿存等，绿存为留存之意。运气不好的，黎明前没遇到人，只好撞见什么起什么名了。若撞到狗，便取名狗娃、狗蛋；若撞到猪，便取名猪娃子、尕猪娃；也有撞到老鼠，取名叫鼠娃子的；更有运气差的，便取名驴粪、狗屎了；还有取名叫城门洞、大盆的。各种小名千奇百怪，令人啼笑皆非。

听当地老人说，青海西宁、民和、平安等湟水流域的人家都有"撞姓"的习俗。民国三十一年（1942年），甘肃省政府特地设立达川为"湟惠渠特种乡公所"，直隶于省，家乡达川是全国唯一一个特种乡，专门管理湟惠渠灌区。如此看来，家乡沿袭湟水流域"撞姓"的习俗也就不足为奇了。如果您去我的家乡游玩，听到街巷深处有人扯着嗓门喊狗娃子、猪娃子，千万别以为是家中走丢了小狗、小猪，那或许是某位长辈的小名呢！

随着人们生活质量的提高，到20世纪七八十年代，这种习俗便慢慢消失了。如今，家乡40岁以下的人，叫张家保、王家保、狗娃、猪娃的，几乎没有了，取而代之的都是朗朗上口、充满诗意的姓名。

第二辑

晨露凝霜

晨露凝霜
就着故乡的炉火
烫一壶浓浓的思念
悠悠的眸子里
蓄满不尽的眷恋

CHENLU

NINGSHUANG

窗外，刺玫花开

5月还在门外恋恋不舍，6月已摇着蒲扇盈盈来约。与朋友前往永登苦水玫瑰之乡，几十里路的光景，未及见花，浓浓的花香便扑鼻而来。满沟的刺玫花开得正旺，火一样燃遍了整个村庄。绿色的叶，红色的花，一树树开在田埂、沟边。那看似不经意的绽放，经历了漫长的等待与坚持，成为世间顾盼生姿的风景。

刺玫，学名叫玫瑰，因为有刺，所以小时候家乡人都叫它刺玫。它拥有浓浓的香味，清新扑鼻。颜色有红、白等，5月盛放。刺玫花期为两个月左右，每年五六月份，悠然绽放，不曾间断。花海中的苦水街，时见妇女提篮叫卖，玫瑰水、玫瑰油、玫瑰茶遍布悠悠老巷，将我带回那段旧时光。

我对刺玫的珍爱，缘于儿时记忆。母亲在宅院里种了一些花木，春桃秋菊，当然还有墙脚里她最喜爱的刺玫。母亲种植的刺玫，枝繁叶茂，花瓣如火。每至晨昏，刺玫的淡淡幽香便弥漫在小院的角角落落。人间花木，看似无情，实则有心，在属于自己的季节里各吐芬芳，各舒其韵。世事人情不争闹，桃李春风自主张。

母亲是个爱美之人。幼年时听她说起，外公是陕西省大荔县范家村人，经商来此，开了一家中药铺。外公与家境殷实的外婆成亲后，便在此落户安家，造福乡里。外公的小院里，花木成荫，刺玫伴她长大。折花插瓶，簪花佩戴，是母亲少女时代最美好的回忆。

那些闲逸的时光，被无情的岁月冲散。母亲嫁到了邻村的农家，嫁给了老实的父亲，几间土房，几亩薄田，她成了一个地地道道的农妇。她的嫁妆，是两只漂亮的红木箱子，上面画着怒放的刺玫。除此之外，还有从外公家剪下的刺玫花枝，被栽在宅院的墙脚处。从此，母亲开始了她一生中未知的故事。

　　父亲一生与农田为伴，母亲种菜种田忙碌一生。犹记得，每日晨起，母亲打扫完庭院，便提篮采摘刺玫。清晨含露的刺玫，我见犹怜。摘上青花瓷一碗，足以滋养一日的闲情。有人说，爱花之人当惜花，何故摧残她的青春年华，不让她终老枝头。但刺玫花开短暂，她愿意留住最美的年华，给世间珍爱之人。若是耽搁几天，昨日的花朵便枯萎泛黄，红颜老去。采刺玫花并不容易，一不小心就会被那尖尖的刺儿给扎了。我时常看见母亲忍着疼痛，小心地用针挑出指头上的刺。有时母亲也会剪枝插瓶，置于案几，芬芳弥漫，满室生香。于是，"香云落衣袂，一月留余香"揉进微风里，惊艳了时光，温柔了5月所剩无几的日子。

　　5月的乡村夜色宁静，刺玫花开，暗香袭人。灵巧的母亲，下厨做几道农家小菜，烙出热乎乎的玫瑰饼改善伙食。傍晚，母亲先把花瓣洗净，放在石臼里面捣碎，再加一些白糖，馅就算做成了。那时候物质匮乏，白面稀缺，母亲就用玉米面做，又甜又香的刺玫馅粘在嘴里，就是人间美食了。那香甜可口的味道，是我记忆中的盛宴。明净的月光，温柔地洒下清辉，映照着母亲甜美的面庞，是那样美好。母亲朴素的生活，亦如刺玫，年年岁岁，细水长流。这一切深深地印在我的记忆深处，午夜梦回，总是浮现眼前。

　　母亲性格开朗，热情好客，采摘的刺玫总是赠予乡邻。心地善良的母亲，对平日天南地北的乞丐，赠予玫瑰饼或面粉。虽然只是粗茶淡饭，却给了风餐露宿者无限温暖。

　　昨日的平凡烟火，归于沧海。此时，雨落黄昏，刺玫盈香。听一首淡远如流的筝曲，内心无限安宁。雨中的刺玫，让我再次想起一身素衣，在院子墙脚采摘刺玫的母亲。那是早年的母亲，她那端庄素雅的模样，在晨曦中是那样贞静美丽。对母亲来说，那些玫瑰为衣、芙蓉为裳的美好日子，随着年岁增长，渐渐地成为遥远的梦。母亲操劳一生，皆为了我们。我这半生的眼泪，都给了早逝的母亲。这些年，无论我身在何处，都喜欢在花瓶里插上一束刺玫花，静待花开。她曾陪我走过落寞时光，在那些苍茫无依的岁月里，在许多个思念母亲的日子里，慰我寂寥。

记得宋人杨万里有一首写红刺玫的诗："非关月季姓名同，不与蔷薇谱牒通。接叶连枝千万绿，一花两色浅深红。"我那不识字的母亲，也许不知诗为何物，亦不懂此间婉约情怀。但母亲珍爱刺玫，在那个物质匮乏、精神贫瘠的年代里，让简约清苦的日子也充满了浪漫和温馨。

又是一个5月，满眼是花的季节。闲散的午后，记忆如开了闸的洪水般喷涌而出，我品着香韵清绝的刺玫茶，涂抹着清瘦的文字。文字里的5月，载着我的相思，飞回了老家的院子。

窗外，刺玫花正开。

幸福的柴门

小时候，为了方便架子车、拖拉机出入，家里拆掉了原来又窄又小的老门，临时搭建了一扇柴门。柴门开在院子西南角，约有一人高，十分简陋，是父亲用木板拼凑而成。推门时，发出吱呀的声响，像一首轻柔的歌，把清贫的日子转得悠远而绵长。透过柴门，院子里总有开不尽的花朵探着脑袋，春天有白色的梨花，夏天有红色的牡丹，秋天有五颜六色的菊花，爱便在这美丽的宅院里恣意生长。当我带着沾满泥土的双脚回来，母亲为我拭去额头的汗珠；当我带着眼泪和伤痕回来，母亲为我抚平心中的愁云。

一个炎热的下午，我如一只无头苍蝇挤进柴门，跑到大缸跟前，舀起凉水便咕咚咕咚喝起来。母亲蹲在院子里，手拿菜刀，正在用力剁"灰条"，额上的汗珠顺着两颊吧嗒吧嗒往下滴。母亲把剁碎的菜叶丢在厨房的铁锅里，放了两碗麦麸，搅拌了几下，然后在锅耳上垫了两块抹布，吃力地端起大铁锅，将热气腾腾的菜叶倒在一个锈迹斑斑的铁桶里，准备去喂猪。

我跳进黑乎乎的厨房时，看到母亲额上的汗水反射着洒进室内的阳光，金光闪闪。"妈，给我一毛钱。"我靠在门旁说。"要做什么？"母亲头也不抬地问。"阿林买冰棍吃，我也要买！"我央求道。"家里没钱。"母亲一边说着，一边走出厨房，蹲在地上又开始剁"灰条"。我紧随其后，愤愤地说："别人有钱买，就你舍不得。"母亲抬头瞪了我一眼，狠狠将刀剁了下去，菜刀在砧板上咚咚作响。见母亲无动于衷，我躺在地上哭起来。

突然，咔的一声，菜刀立在了砧板上，紧接着一个高大的身影霍地站了起来，一根棍子便劈头盖脸地落了下来。我一骨碌爬起来，逃命似的在院子里奔跑。母亲平时很少发火，那天不知怎么了，竟然对我穷追不舍。我回头一望，她的脸冰冷又坚决，于是便奋力向大门口跑去。

"哎哟！"我惨叫一声，衣服的一角被柴门挂住，一下子扑跌在大门口。我只觉得膝盖生疼，头晕目眩，紧接着，一股热乎乎黏稠的液体从鼻孔里涌出，瞬时把衣服全染红了。母亲气喘吁吁地追上来，将手里的烧火棍丢在一旁。她脸色惨白，眼里噙着泪花，丝毫没有了方才的凶样子。朦胧中，那扇柴门横亘在土墙边，阳光被割成一道道方格子，落在地上。我委屈地说："破柴门，害人精。妈，咱家换个新门吧！"母亲叹了口气说："等家里的猪喂肥了，卖个好价钱，就盖个新大门！"

岁月在拖拉机的轰鸣声中一晃而过，转眼间，我已长大。秋风一起，喜悦的日子便悄然而至，我去城里读书了。那个夜晚，老屋的灯光彻夜未熄，母亲喜滋滋地往包里装各种各样的食物。她的手青筋暴露，食指上缠着胶布，手背上还有结了痂的血口子。晨曦中，父亲蹲在门口抽烟，母亲手抚柴门叮嘱，他们单薄的身影就像老态龙钟的柴门。风中摇摆的木板，苍凉的吱呀声搅动着我的五脏六腑。我跟母亲商量说："妈，柴门看着有些寒酸，咱家修个新门楼吧！"母亲沉思片刻，淡淡地说："等家里的猪卖个好价钱再说吧。风水先生说了，大门要开在东南角。"我看见母亲的脸上洋溢着幸福的笑容。勤劳的母亲，与低矮的土墙和简陋的柴门，相守了半辈子，风霜早已落满了鬓发。

第二年春天，牵牛花爬满了旧烟囱，油菜花穿上了黄衣裳，柴门犹在，母亲走了。一树梨花连同母亲的笑容，都化作了春泥。门前高耸的白杨也陪伴母亲去了，只留下一个偌大的树墩，孤零零在风中哀号。噩耗传来，我从学校哭着踏上了回家路，眼泪伴着颠簸起伏的车轮转了一圈又一圈，看着人们惊异的目光，好几次我想克制自己，可痛苦的心只能任泪水长流。邻居说，母亲身体不适已久，她们曾在茄子地里看见晕倒的母亲,而母亲向我们隐瞒了这一切。我不忍去想,心痛到几乎窒息。

没有母亲的日子,遥望故乡所在的方向,朔风凛冽。柴门里童年的气息,母亲的气息,瓜果与烟火的气息,竟成了此生永远无法企及的奢望和最温暖的记忆。

再回到老家时,那扇柴门早已不在了,院子东南角矗立着一座气派的大铁门,像一双空洞的眼睛。高高的院墙,宽宽的铁门将家里与外界完全隔离,再也看不到院子里的春天了。我百感交集,想起柴门里姹紫嫣红的春天,想起柴门里的声声呼唤,想起在这纷繁的世界里,我唯一的母亲。时光,一次次提醒我,什么才是生命中最珍贵的!只要幸福住在里面,简陋的柴门又如何,朴素的茅屋又如何!

此刻,窗外飘着雪花,每一片雪花都写满了童年与乡村,写满了温暖与思念。而我多想做一个风雪夜归人,看见母亲正手把着柴门,等待她的儿女归来。

梨花落

寒冬的一天，接到哥的电话，说大妈病了，让我速回老家。我急匆匆地踏上了回乡路，心里一直在默默祈祷。走到村口，我伸长脖子张望，巷道口冷冷清清，心里便空荡荡的，有了一种不祥的预感。熟悉的农家小院里，弥散着烟火的气息。见到我们，躺在床上的大妈睁开眼，挪动了一下瘦弱的身体，紧紧抓住我的手，泪水便在沟壑纵横的面颊上流淌。我的鼻子一酸，眼泪扑簌簌落下来。这时，姐姐端来一盘橙黄的冬果梨，看上去似乎要渗出油来。她说："这是从园子里的老梨树上摘下的。"我往窗外望去，堂屋前面的园子里，一棵老梨树正纵情舒展着遒劲的枝干，那枝干直愣愣地伸向天空，旁逸斜出的枝杈几乎遮盖了半个小院。这棵老梨树没有人能说清它的实际年龄，自我记事起，它就站在大妈家的宅院里，此刻竟在我生命的家园中开始葱茏、勃发……

在我幼年的天空里，这棵老梨树是那样的高大伟岸，蓊蓊郁郁的枝叶，婆娑迷离的身影，远远望去，亭亭如盖。"梨花淡白柳深青，柳絮飞时花满城"。每当阳春三月，沉寂了一个冬日的老梨树，便被春的喧闹吵醒了。满树的梨花宛如粉白的云朵，在阳光里流泻着醉人的色彩。它们随风而舞，盛开在房顶上、院子里，甚至大妈乌黑的头发上。大妈提着花篮捡啊捡，不一会儿，朵朵梨花便盛开在了她的篮子里。大妈将花瓣装在碗里，用开水一烫，撒上白糖给我们吃。我时常凝望着满树梨花出神，感慨世间造物主的神奇。

大妈也是我的三姨，大伯与父亲是亲兄弟，大妈跟母亲是亲姐妹，所以我们是亲上加亲。夏天到了，我来到大妈家，大妈正坐在院子里洗脚，一缕阳光透过树梢照在她的脸上，是那样慈祥。一双缠过的脚特别小，有两个脚丫子窝在脚心里，看得我倒吸一口凉气，"好痛啊！"我脱口而出。大妈笑了："小时候痛，现在不痛了。"说着，用毛巾擦干小脚，拿来一条长长的白布，一圈一圈地开始裹脚。我跑到老梨树下，痴痴地仰望着藏在树叶中间的小青梨，垂涎欲滴。大妈裹完脚，穿好小鞋，去园子里找来一根长杆，踮起小脚给我捣梨子。一个，两个……梨子一个个掉落在园子里的韭菜上，我撩起衣襟，不一会儿便抱了满满一怀。梨子还没长熟，皮有点厚，甜味不足，但我们却吃得津津有味。看着我们这群馋猫，大妈的脸笑得像花儿一样。

　　我常常去大妈家找母亲。推开院门，曲径通幽处，大妈正坐在老梨树下，神态专注而安详，一头长发直垂腰际，只是有了白发，像开着几朵梨花。梳着齐耳短发的母亲嘴里叼着黑色小发夹，左手顺着发梢，右手拿着梳子，正在认真地给大妈梳头。母亲正值盛年，而大妈却已经苍老，满面的皱纹就像梨树的皮。我跑到大妈身边，坐在小凳子上，看得入了迷。只见母亲立起梳子，把大妈的头发从发际线开始轻轻往后划了一下，大妈的头发立刻被均匀分成了两半。接着母亲从大妈的耳际开始编辫子，很快两个大麻花辫子梳好了。母亲将两个辫子盘在大妈的后脑勺，拿来一个灰布做的帽子，盖在了辫子上。我好奇地问："大妈，你怎么不剪成短发呢？短发多方便呀！"母亲瞪了我一眼说："小孩子一边玩去，你懂什么呀？"母亲给大妈梳完头，就急匆匆去地里拔草了。大妈打开箱子，拿出几块饼干塞到我手里，那酥软的香味，至今还令我记忆犹新。

　　梨花开了又谢了，老梨树硕果累累，仿佛要把枝条压断一样，一串串的梨子直往下缀。大妈颤巍巍地走进走出，整日看着梨子长大，鸟来了赶鸟，风来了捡梨。她依旧盘着辫子，一双小脚没有片刻歇息。每当我们眼巴巴地望着梨树时，她便拿来长杆，捣落下一个个大梨，给我们解馋。深秋时节，摘下的梨子又大又黄，皮薄肉嫩水多味甜，吃起来满口生津。有时风起，熟透的梨子便从枝头掉落，吃不完的梨子被大妈切成薄片，晾在筛子里，做成果皮，成为冬天难得的美食。

时间在悄无声息的岁月中流逝着，我也在流逝的岁月中慢慢长大。我进城读书的时候，母亲走了。再回老家时，在村口远远就能望见大妈拄着拐杖，孤独地守候在巷道口。每次见到我们，她都紧紧握着我们的手，老泪纵横，说很想念我早逝的母亲，居然能准确说出母亲去世的日子。大妈是真的老了，走路颤颤巍巍，一副弱不禁风的样子。就如同院子里的老梨树，稀疏的叶子中挂着几颗梨子，斑斑点点，再也看不到亭亭如盖的样子了。

那个春天，太阳抖落了一身寒气，把温温的暖意洒向了大地。满树梨花蓬蓬勃勃地绽放在枝头，芬芳弥漫了整个小院。病了一个冬天的大妈，精神出奇地好了起来，能从床上坐起来吃饭了。大伯买来一把轮椅，说等天暖了，就推大妈在院子里晒晒太阳，看看梨花。不料一场倒春寒，料峭的北风吹了一夜，白色的花朵零落一地，大妈便再也没有醒来。

不久，四哥为了盖房，砍了那棵老梨树。大妈一辈子没走出过乡村，老梨树陪伴大妈一生。大妈走了，老梨树也随她而去。每次回到那座空寂的院落，看到大伯孤零零一人闭着眼睛晒太阳，我的心里便无比难过。梨树虽然没了，但我似乎还能嗅出浓浓的梨花味道，想起逝去的大妈就如一个村庄、一个时代的消失。

"风吹乱一炷烟，尘埃里开满眷恋。霜染白屋檐，云暖了冷清院落。这一树梨花，隔开了天上人间。花湿了我的眼，树下张望的流年。"大妈已走远，梨花落尽思念，我的心疼了一遍又一遍。梦里，一树梨白向天涯的时候，我在村口远远看见大妈拄着拐杖，在巷道口张望。

怀念母亲

> 母亲节,一个感恩的日子。母亲,永远不需要记起,因为从来未曾忘记。母爱,因其同生命一起降临,烙印在了血液和发肤里。
>
> ——题记

凌晨三点,我被惊醒,缠绵思绪让我再也难以入睡。窗外传来滴答滴答的雨声,在静谧的夜中格外响亮,仿佛细数着时光走过的分分秒秒。渐渐地,渐渐地,母亲慈爱的面庞浮现眼前,那远去的岁月一幕幕逐渐清晰起来……

母亲离开我们已经整整22年了。

22年来,我时常想起母亲。母亲的去世,让我从一个无忧无虑的女子变得多愁善感起来。尤其是她去世后的前10年,我几乎无法从那种悲伤中走出来,想起她,就会情不自禁落泪。那种内心深处的孤独无助,那种蚀骨摧心的疼痛绝望,那种精神世界的轰然倒塌,是任何一个父母健全的人都无法体会的。

母亲刚刚去世那几年,她的身影频繁地出现在我的梦中。无数次我梦见全家人在老家的院子里吃饭,梦见母亲在地里干活,梦见带她四处求医治病,甚至梦见她来看我……时值盛夏暑天,我哭喊着"妈妈"从梦中惊醒,全身冷得发抖,发着高烧,两腿发软,晕晕乎乎下不了床。后来,姐姐劝慰说总是这样彼此牵挂着,母亲在另一个世界也不能安宁。于是，在每年的清明节上坟的时候，姐姐总会说："妈，我们都很好，您老人家再别牵挂了，给您的钱多买点好吃的，好好休息，再别受苦了。"然后我们默念几声"妈妈"，让满脑的思念淡化在几行清泪中。

我不胜酒力，几乎从不饮酒。只要是喝上几小口，总会忍不住痛哭流涕。同事们不理解，以为我在感情或工作中有难以排遣的痛苦，其实我是在思念母亲。每次酒后，都会想起母亲的关爱，想起母亲在世时的辛劳，为自己未来得及尽孝而无限懊悔，眼中情不自禁地泛起许多泪花，擦干了流出来，流出来又擦干，反反复复，直到泣不成声。久而久之，我便滴酒不沾，怕无法控制自己的情绪。

母亲长眠于达家台的宽沟里。春天，大风席卷起飞沙走石，可宽沟里的柳条却有了鹅黄色的芽苞，南归的鸟儿在树上搭窝筑巢，与母亲成了互相照应的邻居；夏天，细雨纷飞，蒲公英到处旅游，布谷鸟给母亲送去夏的热情；秋天，泛黄的山草漫山遍野疯长着，宣告着一个成熟季节的到来，西边那块地的枣子缀满了枝头，母亲一定看到了人们丰收的喜悦；冬天，宽沟里寒风呼啸，荒草在风中摇曳，一片肃杀和凄冷。回老家的路要从宽沟经过，每次回家乡，我总是忍不住要向那个方向望上几眼。总是担心母亲受冷，每年冬至都会给她烧上两套棉衣。

母亲弥留之际，昏迷了好多天。有一天，她突然醒了，说她去拔麦子了，路途实在太遥远，走得口干舌燥，让我们赶紧给她泡一壶茶。母亲将满满一壶茶一饮而尽，精神大好，居然能说话了。母亲伸出枯瘦的手，紧紧将我的手握在手心里。虽然那时已到5月，可她的手冷得像冰，一股寒意顺着胳膊一直渗到我心底。我叫了一声"妈"，一股浑浊的泪水顺着母亲的耳根流了下来。她看了我一眼，说："快去上学，别耽误了功课！"母亲声音清晰，语调平静，这是她生前跟我说的最后一句话。那时的我不懂回光返照，天真地以为母亲的病情真的好转了。

几天后，噩耗传来，我从学校踏上了归家路。眼泪顺着颠簸起伏的车轮转了一圈又一圈，巨大的痛苦几乎让我站立不稳。

走到村口，当远远望见家门口的花圈时，悲伤的我已经声音嘶哑，哭不出声了。

家里传出的哀悼声,像一枚枚钉子刺在我的心上,流出血来。跪在母亲的遗体边,我的眼前一片漆黑。在这个世界上,最爱我的那个人走了。从此,我再也没有母亲了。

姐姐泣不成声地告诉我,母亲是清晨6点多走的。母亲走的时候,吐了一口血。姐姐当时还说了些什么,我已经记不清了。我那时精神恍惚,心里空荡荡的,整个人好像病了。

母亲一生艰辛。外公年轻时经商来此,和外婆结了婚,先后生了两个儿子和八个女儿,母亲在女儿里排行为六。外公一辈子总是为了养家糊口而忙碌着。自从大舅舅18岁病逝,外公便变得沉默寡言。天有不测风云,30岁的小舅舅在开山炸石时又被砸死了,外公便一病不起。外公外婆一生的眼泪,都给了英年早逝的两个舅舅。骨肉相连的巨大伤痛,同样让母亲和姨娘们的心里流血。

父亲是个老实人,不懂得规划,家里家外全靠母亲扛着。母亲在我们面前是能扛起一片天的坚强女人,永远那样热情开朗。但我想,在那些夜深人静的夜晚,她一定为一群儿女的衣食、成长担忧过,一定为沉重的生活负担流过泪。

母亲走了,父亲的头发全白了,父亲更加苍老了。

母亲走了,带走了堂屋里的欢声笑语,带走了黎明时头戴围巾打扫庭院的身影,带走了我们姐妹对她的无限眷恋。

母亲走了,家里的自留地荒芜了,仓库里的镰刀生锈了,秋天的风落枣红红地铺了一地,再也没人拾捡了。

只有无尽的思念,在姐妹相聚的日子里发酵。我们一边回忆着母亲,一边流着泪。

母亲节,也许是思念成殇,在梦中又见到了母亲,感觉她还活着,梦中的我竟然喜极而泣。

那些坐火车的日子

傍晚,推开窗,春雨淅沥着黄昏的忧伤,滴滴答答。望着楼后呼啸而过的火车,循着火车碾过的痕迹,我静止沉默的思维开始慢慢延伸,那些破碎斑驳的往事也逐渐变得清晰起来,脑海中盛满了记忆的沧桑。

记不清已有多少年未曾坐过火车了,只记得 20 世纪八九十年代有一列从西宁到兰州的慢车,在经过毗邻家乡的张家河湾时,在月台边会有短暂的停留。关于火车的最初记忆,便与那个月台有关。时隔多年,它的样子在我的记忆中有些模糊,只记得有一个绿色的凉棚,下面摆着两条木制长椅。小时候跟着母亲去外婆家,远远地看到那个凉棚,心里便莫名地兴奋。它耸立在灰蒙蒙的火车道旁,热闹而令我无比向往,仿佛等在那里的人要去一个别人做梦都未曾抵达的神奇地方。看着伸向远方的铁轨,看着那些背着行囊的人们,我由衷地羡慕。

那时候很少走出村子去看外面的世界,心目中最远的就是西固一个叫"坡底下"的地方,那里住着我的四姨。一个冬日的夜晚,母亲带着我抵达了那个月台,随着悠扬的汽笛声划破夜晚的宁静,列车载着浓浓的思念缓缓前行。当火车经过五〇四厂时,车窗外灯火通明,城市的气息让我兴奋不已。不一会儿,火车到站了,我一蹦三跳跟着母亲下了车。周围漆黑一片,只有站台边"坡底下"三个大字闪着红光。黑暗中,我们深一脚浅一脚地向前行走,一阵寒风袭来，我蜷缩着身子将蓬乱的头发靠在母亲身上，关于城市的亢奋情绪瞬间烟消云散。

16 岁那年，命运之神将我带到了一个桃花盛开的地方，我有幸在安宁度过了 4 年美好的时光。那时交通不便，从家乡没有直达兰州和安宁的汽车。每次去上学，我都要步行半个小时或者姐姐骑自行车送我，在中午 12 点 30 分之前到达那个月台，然后买 5 毛钱的小卡片火车票，排队等候。不知为何，那时觉得月台上的风没有小时候那样大了，再也没有了风尘仆仆的感觉，只有旅途的疲倦。随着一声汽笛的长鸣，火车来了，检票员将小卡片用钳子一夹，就可以进站了。

也许是从小体弱多病，母亲格外珍惜我来之不易的生命。每次我要去上学，母亲一大早便叮嘱姐姐给我做吃的。有一次，姐姐在家洗衣，没有把握好时间，我来不及吃饭便匆匆奔赴车站，为此，姐姐挨了母亲的责骂。不管农活有多忙，一定要让我吃了热饭再去上学，成了母亲不曾言明的规矩。

我不知道当一个人快要离开时，是不是冥冥之中会有一些预感。那几年，特别眷恋跟母亲在一起的时光，每次回校都会有深深的离愁涌上心头，莫名的凌乱爬满心绪。当夏末的清凉渗透毛孔，老槐树上的寒蝉残喘着伤感时，从地里劳动回来的母亲，执意要送我去车站。临上车时，她从袋子里拿出两个苹果追上来，极力笑着说："到学校好好上课！"我嗯了一声，转身的刹那，却清晰地看到母亲因为哽咽而微微颤抖的手，看到了她眼里满是慈祥。火车缓缓启动，透过车窗，我看到母亲还站在那里，她的面容憔悴，瘦弱的身影如秋风中的黄叶摇摇欲坠。我的心突然被刺痛了，眼泪簌簌而下。

后来，我一次又一次来到河湾那个熟悉又陌生的月台，一次又一次坐上火车踏上漫漫旅途，一次又一次沉浸在对亲人的绵绵不舍之中。也许人生便是这样，因距离而思念，因思念而缺憾，因缺憾而美丽。

最后一次坐那列火车，是在母亲离世后的那个冬天。为了赶赴清晨 5 点多的列车，我跟同学 4 点多便踩着朦胧夜色从学校出发了。待到天蒙蒙亮的时候，我已经在家中的炕上了。父亲对我的到来意外又惊喜。我一边递给他在城里买的花花绿绿的蛋糕，一边告诉他，等我以后工作了会给他买很多好吃的。父亲高兴地将蛋糕放进了柜子，只是后来我才知道，他舍不得吃那些蛋糕，结果全发霉了。

毕业后，我参加了工作，有了微薄的收入，可是这个世界上最爱我的双亲却已经离世了。母亲临走前叮嘱我要好好学习，父亲走得太突然，没有留下只字片语，可我对父亲的承诺此生再也无法兑现。当一个人身边没有亲人的时候，家财万贯有何意义？

再次看着那从远方而来的火车，由远及近，由近及远，在昏暗的灯光下散发着淡淡的沉香旧韵，笔直的铁轨消失在无尽的夜幕之中，别离的味道是那样清晰。火车来了去了，人生聚了散了，生活甜了苦了，只有父母的爱永久地站着，与坚固的月台站成了永恒！

麦事

汽车疾驰在连霍高速上,我如出笼的鸽子般兴奋。流金溢彩的7月,一望无际的金色麦浪从眼前涌向遥远的天边,其磅礴的气势令人激动和震撼。炎炎烈日下,星星点点的农人正在地里收割麦子。我的思绪不由得飞回了故乡的小村落……

放学后,我匆匆喝了几口凉水,便拿起书直奔自留地。田野里,金黄的麦浪随风起舞,到处飘荡着浓浓的麦香。沿着田埂奔走,远远望见海泉叔站在自家麦田边出神。只见他俯下身子,用枯瘦的手摘下一棵麦穗,放在掌心揉搓,吹去麦芒麦壳,送进豁了牙的嘴,发出一阵嘎嘣嘎嘣的脆响声。我藏在麦浪中间的一棵大枣树后面,开始大声地读书。

布谷鸟唱着歌来了又去了,水地里的茄子早就紫中透黑了,达家台上的小辣椒树也被压弯了枝头,母亲忙得不可开交。当家里最后一片麦穗黄透的时候,母亲像领兵的将军,一声令下:"明天去古城子拔麦子吧!"自我记事起,母亲就是咱家的将军,她统帅着父亲和我们兄妹。

7月的麦地骄阳似火,收麦是家乡特有的一道风景。母亲作为家中的将军,把农活安排得井井有条,大小劳力分配得人尽其才。父亲、哥哥和姐姐在她的统帅下,一人一把镰刀在麦地里挥汗如雨,收割着全家的温饱和希望。我也不甘落后,按她的指示,把散开的麦子捆成一摞摞。母亲手脚麻利,此刻,她收割的三行麦田早已遥遥领先，白底蓝花的衬衫，后背全湿透了。割倒的麦子堆积在地里，被白花花的日光晒得松散，脚踩下去都会蹦出麦粒来。我直起腰放眼望去，金灿灿的麦田里，人头攒动，老人、小孩全员参与。拖拉机、架子车、自行车游鱼般穿梭于田间小路，到处洋溢着热闹与喧嚣。

父亲用架子车将捆好的麦子运回家。几亩地的麦捆一下子全摆在院子里是放不下的，要先垒成麦积山，等夏种结束以后再慢慢打碾。麦积山垒到四五米高的时候，母亲便手握几米长的两齿铁叉，扎住麦捆，几十斤重的麦捆就给抛上去了。等地里的麦子割完了，院子四周的麦积山也都堆起来了，煞是壮观。

夏忙季节是非常紧张的，不光要抢收，还要抢晒和抢种。每天晾晒麦捆是我假期里的重要任务。晴天还好，麦捆安然无恙，暴晒下的麦子噼啪直响。若遇上雷雨天，几声闷雷过后，我便开始手忙脚乱地堆麦垛。往往还没堆好一个麦垛，豆子大的雨点就噼噼啪啪地砸了下来。此刻，父亲母亲也被雷阵雨催回了家，一家人便冒着大雨堆麦积山。最怕的就是下中雨，淅淅沥沥下个两三天，麦垛的麦子就出芽了，这样就磨不出好面粉了。每逢此时，母亲便唉声叹气，愁眉不展。

农谚有"早种三分收，晚种三分丢"，等抢种完秋季作物后，才开始打麦。苍天不负有心人，终于迎来了几日的艳阳天。一大早，父亲便用架子车将晾晒干的麦捆拉到了门前的马路边，母亲和哥哥姐姐紧随其后开始摊场。只见母亲把麦穗朝一个方向摆成一排，第二排的麦穗紧挨着第一排的麦穗躺下。阳光下的麦浪象金色波涛一样让人浮想联翩，鸟落在那里叽叽喳喳叫个不停，这是它们的黄金季节。

我站在马路边，看着干燥的麦秆儿被来来往往的车轮碾得噼里啪啦作响，破碎后飞扬起来。松散干脆的麦秸越轧越薄，麦粒纷纷蹦出。人们的吆喝声、说笑声在滚滚热浪中荡来荡去。

母亲手里拿着铁叉，忙碌地翻动着碾过的麦秆儿，挑开最上面覆盖的一层麦秸，微黄饱满的麦粒铺满了马路。正午的烈日炙烤着大地，母亲脸上洋溢着幸福的笑容，丝毫看不出劳作的疲惫。

盛夏之夜，繁星点点，月亮闪烁着清幽的光辉高挂天空。空旷寂静的农家小院，四周是小山一样的麦草垛。母亲坐在麦秸上静观风向，准备在月光下扬场。一阵风起，母亲匆忙起身，麦糠四散飞扬。一片片白花花的麦粒儿飞向空中，又沙沙地落下来。我躺在温软的麦草堆里看浩瀚的夜空，母亲的身影在皎洁的月光下宛如一个生动的剪影。渐渐地，母亲的说话声和扬场的沙沙声缥缈远去，我在梦中漫山遍野地奔跑着……不知何时，我被叫醒。朦胧中，我看见母亲正用力将麻袋挪进厢房，那神态像极了凯旋的将军。

如今，麦收的季节，母亲曾用过的镰刀安静地躺在仓库里，唱着生锈的挽歌。时代给了家乡人民更多的发展空间，许多人都去大城市奔波，忙碌于异乡的大街小巷，过上了富足的生活。村子里再也见不到打麦的人，但母亲打麦的情景依然清晰地浮现在眼前，温暖滋润着我的心灵。

父亲·母亲

父亲的家乡是外乡人称为"达楔子"的达川，母亲的家在张家河湾。从达川到河湾有6里多的路程，途中要经过达家沟桥，虽然河水不知道已经干涸了多少年，可河上仍架着一座石桥。

第一次见到父亲那年，母亲只有17岁。母亲后来说，她当时没有看上父亲，嫌父亲老实，还嫌父亲没文化。外婆也舍不得把母亲嫁给父亲，可外公非要答应这门亲事。尽管外婆很厉害，连外公也让她三分，但最终父亲还是用一头毛驴接回了母亲。

虽然父亲不曾对人提起，但我从他的眼神里，仍能深切体会到他这辈子最引以为豪的事就是娶到了母亲。母亲年轻的时候没有照过相，在我的记忆中，她是个干净利索的女人。两年前去银川看望小姨，小姨见到我时，喜极而泣。小姨老了，走路颤巍巍的，提起早逝的母亲，小姨心酸不已。她说："我们姊妹8人，就数你妈长得最标致。只可惜命不好，辛劳一生，没享一天福，就撒手人寰了。"小姨说着，忍不住老泪纵横，我也伤心抽泣。我想，在父亲的眼里，母亲一定是又漂亮又能干的女人。

我的老家，是个穷乡僻壤的小村庄。父亲母亲和千百年来的中国农民一样，面朝黄土背朝天，日出而作，日落而息。在地里辛劳了一天的父亲母亲，到了晚上总算可以喘一口气了。母亲高兴的时候最喜欢唱秦腔，父亲也乐呵呵地跟着唱，我们在旁边傻傻地听。哼哼唧唧，听不懂他们唱的是什么，可还是忍不住哈哈大笑。在那个物质和精神都很匮乏的年代,父亲和母亲给我们带来了许多快乐。那些美好的日子,至今还是很让人怀念。

农民的生活是很艰辛的。7月的天空,骄阳似火,天气热得像蒸笼,就算歇息着也会汗流浃背。父亲母亲整天连饭都顾不上吃,有时晚上10点还在麦地里劳作。母亲说:"一年辛辛苦苦的,得赶紧抢收,如果落在地里,怪可惜的!"一次,母亲拉着一架子车麦子下山,因为车子跑得太快,她被压在了车子底下。闻讯赶去的父亲,看到母亲痛苦不堪的样子,很少流泪的他忍不住泪流满面。第二天,父亲在用碌碡碾场的时候,把脚给撞伤了。母亲埋怨父亲:"你看你,做什么都不小心!"对于父亲的伤,母亲很心疼。父亲说:"庄稼人,这点伤,算啥?"

有一次,父亲去山上放羊,突然狂风大作,倾盆大雨直泻而下,父亲眼神不好,为了找到一只迷路的羊,他自己险些栽进宽沟里。当狼狈的父亲回到家时,母亲心痛不已。从此,母亲不许父亲去山上放羊。父亲的一生离不开母亲。父亲的衣食起居,饥渴冷暖都在母亲心上。父亲比母亲大10岁。父亲渐渐老了,母亲总会给父亲做些可口的饭菜。有一年我假期回老家,母亲说父亲饭量减了,经常头痛,都是年轻时落下的病根,言语间流露着无尽的担忧与关心。可令我们万万没想到的是,那个冬天母亲却突然病了,短短4个月,便永远离我们而去。

那个夏天,荷锄而归的母亲经常疲惫不堪,脸色蜡黄;那个夏天,母亲饭量锐减,只说自己下地喝的水多,占了胃,所以食不下咽;那个夏天,母亲长吁短叹,屋子里没有了以往的笑声;那个初冬,农闲的母亲突然说要去看看大姨、二姨们,看看大姐、二姐们。母亲外出探望亲人半个多月……可是,粗心的我们,不孝的我们,竟然没有发现一丝丝蛛丝马迹,直到母亲病倒在床,永远地闭上了眼睛……母亲走后,邻居告诉了一件让我们心痛不已的事情。离世前的母亲身体不适已经半年有余。邻居曾在山上的菜地里发现晕倒在地的母亲,可母亲隐瞒了自己的病情,依旧每天下地干活。

母亲的离世,无疑是个晴天霹雳。父亲似乎在一夜间苍老了,胡子和头发全白了。父亲的日子很凄冷。一年后,父亲病了。我叫回已经出嫁的姐姐回家照顾父亲。一个凄冷的早晨,姐姐端着洗脸水去堂屋叫父亲洗漱,突然传出哭喊声。我跑进堂屋,看见穿戴整齐的父亲半弓着身子,趴在床上,显然是准备吃药,但人已经僵了。我们失声痛哭。闻讯赶来的三姐,没来得及进堂屋,就瘫倒在地上,痛彻心扉的她,连手指都插进了院子的泥土里。

父亲走后,我时常梦见他跟母亲在一起。我梦见外面下着大雨,母亲打着伞来接父亲。我没看清他们的脸,他俩便双双消失在雨幕中……我想,那个世界的母亲,看到父亲的凄冷,为了让他远离痛苦,就叫走了他吧!

如今,父亲母亲离开我们已经 20 多年了。我们兄妹也早已长大成人,各立门户,过起了各自的小日子。在家乡只剩下父亲母亲劳苦了一生的几亩薄地,还有那座爷爷奶奶住过的老院子。

那个春天

　　历经了漫长严冬的肃杀与凄冷,春的欲望早已塞满心房。在一个春寒料峭的周末,我迫不及待地驱车前往滨河路,寻找翘首以待的春天。也许是西固的春天来得格外迟,一路上,我呼吸着乍暖还寒的空气,如出笼小鸟般兴奋。滨河路边除了滔滔河水流向远方,桃红柳绿的色调还未显现,天地如冬季般苍黄和单调。虽说早已立春,春天到底还是没有真正地来,我不由得有些失落。

　　解冻的黄河,满目疮痍,到处裸露的河床,昭示着"黄河远上白云间"的岁月已一去不复返。坐在岸边的石头上,听着河水的呜咽,记忆也飘向了远方……

　　那个春天,阳光灿烂。院子的温室里,一片春色。各种菜苗、花苗在塑料帐篷里争奇斗艳。母亲小心翼翼地把小苗连根带土挖出来,装进箩筐,种进自留地里,也种下了一年的希望。早出晚归的母亲,永远是那样忙碌,浇水、施肥、拔草、除虫,像伺候孩子般精心照料着那片土地。可是天公不作美,冷暖空气交汇,一夜醒来,春雪降临,刚栽的苗子耐不住寒冷,活生生被冻死了。每逢此时,母亲的脸上便笼罩着淡淡的愁云。

　　那个春天,麦苗在母亲的照料下,一个劲地疯长。我走在田埂上,一边挖"辣辣",一边睁大眼睛到处搜寻"苦苦菜",这是母亲交给我的任务。一棵、两棵……想象着苦苦菜做成的浆水面,炝着葱花和油泼辣子,我的口水都快流出来了。黄昏时分,我顺利地完成了任务。直到母亲站在田埂边,大声叫着我的乳名,我才立直了身子,一边应着,一边将粉色的确良衬衣袖子捋了捋,挎着一筐又大又嫩的苦苦菜奔向母亲。那种满载而归的喜悦,至今回忆起来仍然温暖而甜蜜。

那个春天,我回到家,父亲正在听半导体收音机里播放的秦腔《铡美案》。我跟哥哥、姐姐们围坐在一起。母亲将热气腾腾的面条端上桌。面条是母亲忙活了大半天亲手和面擀制的,菜也是母亲冬日里腌制的咸菜。于是,一家人听着秦腔《铡美案》,每个人鼻尖上冒着汗,吱吱吸面条的声音此起彼伏,酣畅淋漓,那声音嘈杂而温馨。

那个春天,麦苗长了一尺高了,我跟随母亲去田里锄草。绿油油的麦田一眼望不到边,我在母亲身后,挥锄落汗。天空蔚蓝明净,耳边还不时传来斑鸠的叫声。田埂上的丁香花开得灿烂,阵阵香气沁人心脾。这一切,让我心里充满期待,期待一个崭新的季节来临,期待喧嚣生命的释放。日暮时分,荷锄而归,村道上鱼贯着匆匆回家的乡邻。经打探方知,今晚大队的戏台上要放露天电影,这足以让每个人兴奋不已,白天的辛劳与疲惫也瞬间抛到了九霄云外。

那个春天,大队场地里传出的热闹声感染着村里的每一个人。村庄沸腾了,像过年时一样热闹。广播里,村支书用沙哑的声音,一遍又一遍地播报着放电影的喜讯。我狼吞虎咽地吃完饭,便拿着长板凳跟姐姐去大队场地里抢占最佳位置,此时场子里早已挤满了附近几个村子的村民,就连永靖县焦家村的人也闻讯赶来,吵闹声、喊叫声、嬉笑声不绝于耳。那晚的电影格外好看!一部叫作《少林寺》的彩色宽荧幕武打片看得我们个个热血沸腾,源远流长的中华武术从此成了村民茶余饭后的热门话题。那晚月色如水,人们久久不愿散去,仿佛还沉浸在抗暴助义的历史故事和美轮美奂的少林功夫中。那晚的电影,是我记忆中的视听盛宴。

时光荏苒,30多年就这么过去了,那个春天的故事也被岁月尘封在了心底。那个春天,那座村庄,在记忆中渐行渐远。

遥远的中秋

中秋日渐临近，看着超市里琳琅满目的月饼，不由得想起了记忆中那个遥远的中秋。

小时候最喜欢过中秋，不仅因为这个季节气候宜人，更因为秋天是丰收的季节。在那个吃饭凭粮票，穿衣凭布票的年代里，收获的喜悦足以令每个人兴奋不已。那时，每天的食物都是粗细粮搭配，主食以面条居多，馓饭次之，大米算是奢侈品；厨房里热气腾腾的白面花卷已然令人满足，若能吃上色香味俱佳的月饼，那真是锦上添花的美事。

记忆中，为了过中秋节，不管农活有多忙，母亲总会在前一天晚上和一大盆面，放上发面，用白布盖住。第二天，发好的面白白胖胖胀满了整个盆子，还有很多小窟窿眼。母亲把面取出来，放在案板上反复地揉。好奇的我，便踮起脚尖殷勤地给她递东西。

母亲做月饼的工艺很细致。首先她把大面团切成一个个小面团再擀成一个个圆圆的不薄不厚的面饼接着把姜黄、红曲、豆叶粉、花椒叶等调味品分别撒在每个面饼上，抹上油，然后把七八个不同颜色的面饼摞在一起，用一个薄面皮把四周包住。最后母亲拿出事先准备好的齿形瓶盖，在月饼上雕刻出不同的花纹，再做几朵小面花，中间盘一条小蛇，摁一颗大枣。这样，一个完整的大月饼就做好了。

待母亲把月饼做好，大锅的水已经烧开了，一个大月饼就是满满一蒸笼。看着灶膛里熊熊燃烧的大火,我也急不可耐,在厨房里跑进跑出。不一会儿,浓浓的馍香从锅边弥散开来,我瞅着锅,又瞅瞅母亲,垂涎欲滴。千呼万唤,热气腾腾的月饼终于被摆在了案板上。中午,大大小小的月饼已摆了满满一案板,看得人眼花缭乱。我偷偷伸出手,想摸摸月饼上面的小蛇,却被母亲一把打了回来。母亲用袖子擦擦额头上的汗,温和地对我说:"月神吃过了才能吃!"我只好乖乖地把口水咽了回去。那时候,六七岁的我,对中秋的渴望全集中在月饼上。是啊,有了月饼的中秋才是节,若是没有月饼,和平常的日子又有什么区别呢!

按照家乡习俗,做好的月饼谁都不准先吃,要先用来祭月。祭月的仪式也很讲究。天刚黑,母亲便吩咐父亲在庭院中央摆上方桌,方位正对着月亮升起的地方,燃上三炷香。然后在桌子中间放一个大月饼,四周摆上秋天丰收的五谷和各种水果。为了不惊扰月神来吃祭品,我们都乖乖地钻进屋子,从窗户里眼巴巴盯着月亮出来的地方。

月亮慢慢升起来了,如帛的月光穿过婆娑的树隙,倾泻着淡淡的清辉,慢慢向中间移动。渐渐地,月亮似乎移到了我家院子的上空,月圆如镜,柔和的清辉洒在大地上,照得大地如同白昼。幼小的我,眼睛死死盯着桌子上的月饼,想看清楚月神的样子。心里还犯嘀咕:"家家都在祭月,月神会不会来我家呢?"母亲说,月神会悄悄来吃,不会让我们看见的。现在想来,祭月时谁家一个完整的月饼真要是开了一个缺口,那还不吓坏一家子人?

晚上10点多的时候,祭月仪式结束了。我们冲出屋子,欢呼雀跃,终于盼到分享月神之物了。母亲掐了各种供品向东、南、西、北四个方向抛洒,然后将月饼切成小块,分给我们吃。月饼有许多层,每一层的口感都不一样。我拿在手中看了再看,左顾右盼,就像对待一件稀奇之宝。

后来我才知道,古代帝王热衷于春天祭日,秋天祭月,并流传民间,是遵循春种秋收的自然规律。祭月,其实也是人们喜获丰收后感谢上苍的一种庆祝仪式。正是这隆重的祭月仪式,儿时的中秋才让人刻骨铭心。

母亲去世后,我便很少回家,月饼吃了不少,却再也没有了儿时的味道。忘不了刚参加工作那年,那个孤寂的夜晚,一个人的中秋。每逢佳节倍思亲,望着空寂的校园,看着一轮月亮安详地挂在山脊,看月色溶溶中山峦葱郁,忽地就想起了生我养我的农家小院,想起了远在天堂的父母,忍不住失声痛哭。亲人团聚的中秋才叫节,月圆人不圆的中秋又有什么稀奇!

多年之后,我仍然怀念儿时的那个月亮,总觉得那时的月亮格外清晰明亮。

如今又逢中秋,月色如水,而我割舍不掉的依然是家乡的味道,依然是儿时充盈齿间的月饼香味,依然是儿时那种简单的幸福与满足。

流年里的腊八粥

"今天是腊八节!"餐桌上,朋友突然提醒正在埋头吃饭的我。"啊?腊八了?这么快?"我难以置信,连忙翻看手机里的日历。"过了腊八就是年。"朋友喃喃自语,我却突然坐卧不安。岁月静好,平和的日子宛若流水般在滑去的光阴里悄然逝去,蓦然间,年又到了。

腊八是年的序幕,这样的日子,回家的心情突然变得格外迫切。辞别朋友,我急匆匆去超市买了配料,回家开始熬制腊八粥……水渐渐开了,我不慌不忙地将食材投进铁锅,又转至小火。很快,氤氲的湿气中便飘出了浓郁的香味,我的思绪也随之飘出很远……

儿时的记忆中,一走进腊月,便闻到浓浓的年味了。腊八节,吹响了年的号角,年的脚步近了,也就意味着可以穿新衣放鞭炮,最重要的是可以吃到平日难得的美食。

记忆中,腊月初七晚上,母亲便将自家种的大豆、黄豆、豌豆、小麦、玉米等用温水泡上,我围在母亲身边仔细观察,腊八粥其实就是豆子粥。第二天一大早,天还未亮,母亲就起床顶着月亮抱进劈柴。虽然那开门、关门声,生炉子的吧嗒声非常轻微,还是惊醒了正在熟睡的我们。待炉子里的火苗熊熊燃烧起来时,母亲便将泡好的豆类煮在铁锅里,掌握着火候,以免溢出锅外。

蜷缩在温暖的被窝里听着炉火发出的有节拍的响声,听着锅中咕嘟咕嘟的欢快歌唱,我们的心里暖意融融。不一会儿,各种豆子散发出的浓郁香味,诱惑着我们饥渴的胃,再也顾不上睡觉,纷纷从炕上跳下来,穿上"鸡窝子",守候在大铁锅旁,生怕腊八粥被别人抢了去。

刚出锅的腊八粥热气腾腾、粒粒晶莹、香气四溢。颜色温暖多彩,红白黄绿相间,未尝其味,色先夺人。性急的我们顾不得烫,你一碗我一碗,呼噜呼噜大口吃着,喝得小脸通红,额头上、鼻尖上沁着细密的汗珠……

"你是我的小苹果……"一阵优美的铃声将我从沉思中惊醒,一锅七彩纷呈的腊八粥呈现眼前,我迫不及待地盛了一碗,淡淡甜味萦绕舌尖,入口绵软滑嫩,一股温暖先是抵达心房,慢慢延至全身,可我总觉得与母亲熬制的有天壤之别。我明白,粥里缺少的是母爱的味道。不知何时,关于母亲的一切,被我缅怀成了记忆深处最幸福的时光。

过了腊八就是年。作为春节的序曲,腊八承载着信使的作用,一碗粥燃起一束岁月的火焰,将寒冷步步驱赶,将新年和温暖渐渐拉近。其实,我贪恋的何止是腊八粥的馨香?那在丝丝缕缕的香气中永远飘荡的温暖,那人世间最平凡的烟火幸福,才是可望而不可即的!腊八粥,需要我们用一辈子慢慢品味!

匣子里的秘密

今年的兰州，天气有些怪异。立夏之后，天空隔三岔五便上演着猪八戒腾云驾雾来抢亲的恐怖剧情。当我迎着狂风再次来到她曾居住的地方时，街道上凌乱不堪，周围堆满了像小山包一样的沙石。我极目四望，竟感到满目的悲凉。

自从三个月前她走后，我便没来过这里。这里已经没有我们挂念的人了，我们来看谁呢？女人没有了，家便只剩下空房子，再也没有人做出热气腾腾的饭菜，再也看不见那双被岁月磨砺得粗糙的手……

她走了整整100天了，按照当地的风俗要烧百日纸，要将她生前的衣物全部送去，为此，儿女们为她举行了繁杂的祭奠仪式。桌子上供奉着遗像，摆放着各种水果和甜食，都是没有生命的颜色，连香烛飘散的气味，仿佛都来自另一个世界。我不知道她是否喜欢这些水果和甜食，因为她在世时从来没有吃过这些东西。她胃不好，也不敢吃这些。

打开她生前上锁的柜子，里面有一个长方形的小匣子，被一条灰色的围巾包裹得严严实实，上面还挂着一把老锁。他们找不到钥匙，谁也不知道里面锁的是什么。老大说："连匣子一起烧了吧！里面也没什么值钱的东西。"她的女儿说："还是想办法打开看看吧！"最后，她的小儿子在柜子最底层的报纸下面发现了一把黄色的小钥匙。他们小心翼翼地打开了匣子，里面放着一位年轻男子的照片。

那是一张黑白照，瘦削的脸庞，一双炯炯有神的眼睛，深邃而充满智慧。照片下面是男子的学生证、毕业证、工作证……瞬间，所有人的眼眶都湿润了。那是他们父亲的照片和证件，是她心里的秘密，整整珍藏了 30 多年的秘密，也是她 30 多年来活下去的力量。

她出生于时局动荡的民国年间，8 岁便没有了母亲，在那个食不果腹衣不蔽体的年代，她带着三个妹妹两个弟弟艰难度日，吃过野草，啃过树皮，喝过菜汤，遭过白眼，小小年纪便历尽世间磨难。生活的残酷，岁月的磨砺并没有压倒她，20 岁的时候，她依旧是村子里出落得白白净净的漂亮姑娘。

他是邻村有名的秀才，靠自己不懈的努力考入了省城学校，毕业后留在城里的一所学校教书。他们经人介绍，相识在那个芨芨草绿透山坡的春天。她仰慕他的英俊和才华，他欣赏她的朴实和善良。于是，这段天造地设的姻缘很快被促成。婚后，他们育有一女俩子。她在遥远的山村里务农，抚养孩子。他在城里教书，用微薄的收入补贴家用，尽量让他的妻儿过上相对好一点的生活。他们虽然聚少离多，感情却极好。她后来回忆说，他脾气很好，从来没对她发过火，家里所有的事务他都能计划周全，不让她操心费神。

后来，生活条件慢慢有所好转，他所在的单位为了改善职工待遇，在偏远的乡村办起了农场，他被调到那个农场支教。于是，他便把她接到了农场的家属院，结束了聚少离多的苦日子。我曾去过那个小院，已废弃多年，依稀可以看到当年的样貌。那是一排排用红砖砌成的平房，里面是套房。屋子门前有一棵树。她喜欢花草，门前的院子里应季栽种着许多蔬菜和各种花卉，不足几平米的小院总是被她装扮得生机勃勃。每到春天，花香四溢，清贫的日子被她打理得活色生香，她和孩子们幸福又满足。

可是，天有不测风云，他们在一起只有短短几年，命运便再次让他们离散天涯，永无归期。那是一个酷暑刚刚过去立秋的日子，当清晨的薄雾还未散去，果园里的梨子还在寂寞中沉睡的时候，他便匆匆出发，坐上了去县城的班车，去城里的书店给孩子们提取教科书。黄昏的时候，她擀好面条，坐在门前的大树边，一边纳鞋底一边向门口张望。她的小儿子肚子饿了，嚷嚷着要吃饭，她有点坐立不安，打发他吃口馒头，面条要等他们的爸爸回来才能下锅。

天变得晦暗起来，云又开始喑哑，低低地垂压着屋顶。暮色四合，农场里炊烟弥散，他还没有回来。她心急如焚，内脏像被什么攥住了，疼得难受，一种不祥的预感笼罩在心头。她打发孩子在门口看了多次，终于等不住了，扔下手里的活，向村口走去。几个老师正在往外奔走，噩耗传来，她在别人的搀扶下向铁路边跑去。

他是怎么遇难的？为什么会葬身铁轨？无人知晓。她的悲痛可想而知，那定是生不如死的感觉。她倒下了，不吃不喝，整整躺了一个多月。那些痛苦的夜晚，她独自抚摸着伤痛，看着自己熟悉的生活变成了遥远的往事，巨大的灾难折磨得她面如枯槁。她后来告诉我，那时儿子还在上小学，如果不是为了孩子，她真不知道自己该怎么活下去。

40多岁的她，为了孩子，勇敢地站了起来，像一个原始人一样开始开荒种地，维持生计。

她是值得敬重的。苦撑了30多年，做过清扫工，帮人缝过衣，尝遍世间苦难。她独自将三个孩子抚养成人，并努力让他们有了一份相对稳定的工作。几十年的艰辛，几十年的泪水和汗水中，她一定脆弱过，一定流过泪，一定埋怨过他为何早早弃她而去，将生活的重担留给她。无数个深夜里，她一定想念过他，可是在喧嚣中竟没有一扇可以探寻他身影的窗子。于是，她拿出匣子看着他的照片，那些保存完好的证件曾是他的骄傲，也是她的骄傲。

如今，儿女都已成家立业，孙子也都长大成人，本是该安度晚年的时候，她的身体却不好了，总是胃疼。那绝不是一天吃坏的，而是长年累月积累的结果。她在近半年的时间里，明显老了，爬山的时候气喘吁吁，走路也有些不稳，体力明显下降。

去年的冬天不算冷。一轮白太阳有气无力地低垂在街道上，两旁的树木灰头土脸，没有精神地耷拉着脑袋。一个寒风袭人的清晨，她突然执意要去看望在外地读书的孙子，女儿陪她一起去了。最初是女儿发现了端倪，她几乎食不下咽，吃得极少。回来后，辗转治疗了好几家医院，均不见好转，他们唯有用谎言让她保持乐观的心态。

她是坚强的。几十年的风风雨雨早已练就了她顽强的意志，她是孩子们的精神支柱，是孩子们的榜样，怎能轻易倒下？忍受着病痛的折磨，在金鸡报晓的春节，病入膏肓的她居然坐起身来，尽量想让大家轻松，不想因自己而让节日有丝毫悲凉的气氛。

春节过后，儿女们每天奔忙于家和单位之间，她说："我不会拖累你们，谁的事情都不会耽搁。"这话让我难过了许久。身体健康时，无怨无悔地为儿孙付出，身体不行，还在无时无刻为儿女着想，这样的爱，让人如何能忘记？可她真的就这样走了。

时值三月，在一个春寒料峭的黄昏，黑云的阴影就突然压了下来。不一会儿，残阳的微光也渐次消隐，院子里暮色四合。她安静地走了！这对生者和死者来说，无疑都是残酷的。黑暗的5天里，在哭天抢地的哀号中，我深深感到了生命的悲哀和她这一生的艰辛。入殓前，主事让我们瞻仰她的遗容，最后看一眼那熟悉的面孔。我在犹豫不决中看了一眼，竟一下子释然了，她的面孔是那样安详，面色红润，就像刚刚睡着一样……第二天，春天倏忽不见，寒风呼啸，天降大雪。天地白茫茫的一片，仿佛世间万物都在为她送行。按照她的遗愿，儿女们将父亲的骨灰从遥远的山里迁了回来，像是事先约定的一样，他们在陵园门口终于相逢，一起走向另一个世界。他们相识在芰芰草绿透山坡的春天里，他们最终相逢在大雪压青松的春天里……我在心里默默祈祷，希望她在另一个世界里一切都好。

包好那些证件，从屋子里出来，我们在街道上选了一块地方，画了个圆圈，朝着她安息的方向开始烧纸钱。风怒吼着在空中盘旋，雨点噼噼啪啪砸在我们的头上，也砸在每个人的心上。望着那一股股缥缈的青烟，我又想起了一年前我给她讲金花娘娘故事的情景；想起了我跟子墨吵架后，她劝我们好好过日子的情景；想起了她跟我讲那充满苦难的童年，讲一个女人对于家庭的重要；想起了她在家里侍弄花草忙碌的身影；想起了我们一起在山上摘山桃的情景，还有她做的辟邪的桃核枕……我的鼻子一酸，一滴晶莹的泪偷偷落入了燃烧的火苗里。

她就是我的另一位母亲，一位历经坎坷、伟大的母亲！

最后一抹温馨

偶然的机会，在整理一些老照片时，一所古民居不经意间跃入我的眼帘：褪色的八仙桌，古色古香的太师椅，地上细碎的麦草和杂物，桌上落满了灰尘，显然很久没有人居住了。一瞬间，我突然感到四肢僵硬，大脑一片空白，只听见自己的心脏急促的跳动声。我只觉得心里的某个地方很疼，那疼痛一直折磨着我……

是的！我认定这间古民居就是公公婆婆的老屋。如今，人去屋空，一片凄凉。我那和蔼可亲的公公，我那含辛茹苦的婆婆，留给我的是永远的悔恨和遗憾。

一

初识婆婆是在20年前。那时与Z相识相恋，彼此间的沟通还是原始的书信往来，爱的力量使我脚下生风，去老家找他。那是夏日里一个阳光明媚的早晨，出了单位门，我坐了一辆三马子，在轰隆隆的噪音和一路颠簸中来到了一个依山傍水的小村庄。几方打探，我在一家古民居门口停住了脚步。正当我准备敲门时，手中的塑料袋突然断了，苹果洒落一地。这时，从门里出来一位慈眉善目的老人，微胖、中等身材，腿脚十分利索，走起路来稳实有力，一双大眼睛透射出憨厚与善良。好像跟我很熟似的，她一边帮我拾捡苹果，一边将我热情地迎进屋内。

那是一座典型的古建筑风格的民居。门襟很深，里面是四合院,房屋以土木建筑为主,北面是堂屋,两侧有厢房。堂屋中间为四扇隔扇门,门楣上有木刻图案,两侧为正方形棋盘木格花大窗,窗棂上贴着各种各样的窗花,好看极了。院子中间有个小花坛,扑鼻而来的花香和五颜六色的蔬菜,使小院里弥漫着浓浓的温情。

Z不在家。一位身材瘦小的老头笑容满面地从堂屋里出来,连连招手让我进屋。几句寒暄,歇息片刻,我便起身告辞。两位老人给我留下了深刻的印象。

二

从此,最开心的事莫过于坐在自行车后面,跟Z一起回老家了。也许是那座山,也许是那条河,也许是那风沙,造就了婆婆温和宽厚的性格。婆婆没进过学堂,除了自己的名字之外不认得几个字,但她却让我时时感受到家的温暖。婆婆的厨艺极好,夏天的凉面、浆水面,冬天的土豆臊子面,都是我的最爱。公公是个性格开朗,风趣幽默的老头。他时常会跟我们讲故事,惹得大家哈哈大笑。有一次,我无意中提起喜欢吃酸苹果,不料公公把这事放在了心上,周末早早就摘好了苹果。那时没有手机,公公便一趟趟跑到路口张望,盼着我们回家。临走时,花卷、小米、西红柿、核桃……关爱和牵挂总是塞满了大包小包。这对于父母早逝的我来说,倍感温暖。公公经常说:"我们有吃有喝,能干活,不花你们的钱,只要你们过得好,我和你妈就高兴。"人生的聚散本是自然的事情,可在公公婆婆的心中,每次分别都成为秋天的雨,尽情地洒落,尽情地淋漓着他们对儿女无限的爱。

婆婆是个爱美的人,穿戴从来都是干干净净,利利索索。婆婆心灵手巧,针线活叫绝。自己剪样、刺绣,梅花、荷花、龙凤……各种图案在她手中复活,不几日,一双漂亮的鞋垫就做好了,令人赞叹不已。我时常夸奖婆婆:"您真厉害!咋就做得这么好呢?"婆婆眯着眼说:"我也不知道,反正都是给你们做的,你们喜欢就好。"随后,婆婆脸上便绽放出花儿一样的笑容。

婆婆是爱我们的。我生病的时候,60多岁的婆婆每天去市场买菜,一天三顿,变着花样给我做饭。我于心不忍,但几经劝说均不见效。婆婆甚至把我的内衣都悄悄拿去洗干净，我实在过意不去："妈，这些活我来做，您都这般年纪了，也该歇歇了。"婆婆说："我做惯了，待着也难受。再说我天天上下楼也是个锻炼，等我老得实在动不了了，还需要你们照顾呢。"我心头一热。

寒冬的一天，公公突然风尘仆仆地出现在我们面前，再看他手里提着两个沉甸甸的袋子，里面装满了西红柿、苹果、小米、鸡蛋等物品。我一下愣住了："爹，您咋来的呢？"公公气喘吁吁地回答："坐公交车来的。"我一听急了："您这么大岁数了，这么远的路，咱不是说好我们去看您吗？"公公说："我咋能不来呢，你们好久不回来，你妈惦记着你们，天天晚上睡不踏实，做梦都在念叨！"我一听，一个年近80岁的老爷子，腿脚不灵便，从老家到西固城，倒了两班车，背负着沉重的物品上车下车，且路况又不熟悉，多艰难啊！想到这儿，我的眼眶红了⋯⋯那晚，我给公公做的萝卜面片，公公赞不绝口。

三

公公省吃俭用，用身上仅有的30块钱，给婆婆买了一件衣服。婆婆跟我说起这事，嘴上责怪公公乱花钱，脸上却情不自禁乐开了花。七八十岁的人了，公公还在时刻讨婆婆欢心。我想世间幸福莫过于此。

有一次，公公出去放羊，天空突然下起了瓢泼大雨。公公背着一捆柴往家赶，在泥泞的小路上滑倒了，造成骨折，住进了区中医院。我闻讯赶过去，在病房内，看到公公脸色惨白。那一瞬间，我心里有种深深的负疚，眼泪夺眶而出。Z有两个哥哥，早早就分家另过了。在农村，老人都跟小儿子一起生活，所以赡养两位老人的责任在Z的肩上。由于结婚贷款买房，我们的生活一直很拮据，每个月的还款已力不从心，对老人的照顾少之又少。加上长期与Z的感情不和，貌合神离，已让我伤痕累累。与公公婆婆的见面，也是为了照顾老人的感受，就如同演戏一般。

公公在医院住了一个多月，不让儿女们照顾，天天叫着婆婆的名字。婆婆在家也是坐卧不安，嚷着要来看公公。我们实在拗不过，就让他俩见面了。婆婆坐在公公的病床旁，为公公喂水、喂饭，眼角还不时闪动着泪花。自有婆婆相陪，公公的脸上便有了笑容，身体恢复也很快。听婆婆讲，公公年轻时跑羊皮筏子维持生计，寒来暑往，风雨无阻。由于浪大风急，常年河水浸泡，落下了病根，一变天就腿疼。如今，腿上打了钢针，以后走路更要一瘸一拐了。婆婆说时，眼圈红了，我知道她是心疼公公。

我感到无比的落寞与惆怅，公公婆婆的一生都在辛劳中度过，而我们给予他们的却很少很少。婆婆比以前衰老多了，背已经有点驼了，身体也没有以前那样硬朗。我感叹人世沧桑，转眼就将婆婆的容颜消磨殆尽了。

四

在日复一日年复一年的冷战中，我跟 Z 之间的关系彻底恶化。渐渐地，那个遥远的小村庄，那个村庄里的两位慈祥的老人，那个充满温情其乐融融的院子，似乎已成为记忆中的一个梦。婆婆终于察觉了什么，不经我们同意，突然带着当地的几位神婆来到了家里。只见神婆们闭着双眼，双手合揖，口中念念有词。领头的一位 60 多岁的老妇人，满脸带着神圣，虔诚地望着天空，不停地向空中挥舞着双手，像是在乞求和呼唤着什么。后续的大神们灰青色的脸上神情恍惚，迟滞的目光透着痛苦，焚烧着一堆堆彩色的纸。可惜婆婆与神婆们的虔诚，最终也未能挽回我跟 Z 之间悲惨的结局。

我跟 Z 终于彻底决裂了。与 Z 的唇枪舌剑到彼此漠不关心，形同陌路，已使我身心疲惫，再也无暇顾及婆婆的安危。听说婆婆病了，我很心痛，但倔强的我竟没有去看老人最后一眼。就这样，婆婆带着担忧和遗憾离开了这个世界。

婆婆是在 2009 年的国庆节离开我们的，永远无法忘记那个凄冷的早晨，那个令我悔恨一生的早晨。Z 是清晨回到家的，Z 告诉我婆婆住院了，他回家给婆婆熬稀饭。但满腹怨气的我对他夜不归宿的事情耿耿于怀，怒火中烧，喋喋不休地数落他。在我们的争吵声中时间一晃而过，最后 Z 摔门而去。就在我洗锅的时候，突然一阵刺耳的手机铃声响起，Z 泣不成声地告诉我婆婆已经走了，婆婆的遗体要运回老家。我的心猛地一沉，突然感到四肢无力，瘫在沙发上。我泪流满面，思绪万千，一幕幕往事如电影般掠过脑海。婆婆的离去,让我活在深深的内疚之中,她没来得及吃那顿早餐,便撒手人寰。我竟未能见她最后一面,未能亲自照顾过她一天,这种内疚一直深深地折磨着我,直到今天。

我悲痛欲绝,在极度的愧疚、自责和别人的指指点点中度过了人生最黑暗的三天。公公拉着我的手老泪纵横,再三叮嘱两个人要好好过日子。没想到,那竟是我今生最后一次与他道别。

公公是在第二年的八月悄然离开人世的。婆婆去世以后,公公郁郁寡欢,他不肯与大儿子同住,坚持要住到自己的老屋里去。老屋还在,公公走了。公公是带着遗憾走的,把他的遗憾带到了另一个世界……公公的离去,让我无比心酸,那一跛一跛的身影不时在我的脑中浮现。我不忍去想,公公是那样的苍老,是那样的憔悴,支撑着拐杖伫立在风雨中,带着浑浊的泪花,带着对婆婆的思念。公公比婆婆大10岁,婆婆健在时,公公再三叮咛,如果他早走一步,最不放心的就是婆婆,让我们一定要孝顺婆婆,善待婆婆。可是最后,一个破碎的家已无法承载老人的夙愿。

五

清明节前夕,居然在梦中又见到了婆婆。在一间破旧的小屋内,我饥寒交迫。这时,婆婆出现了,她将炒好的一盘土豆丝端到我面前,让我趁热快吃。一股久违的温暖涌上心头,我热泪盈眶,狼吞虎咽地吃起来……醒来,凌晨三点,泪湿枕巾。随着年龄的增长,近年来愈发体会到亲情的重要,也渐渐学会了感恩。时常责怪自己年轻时的冲动和任性,以致没有尽到儿媳义务,愧对两位老人。

如今,两位老人已去,我却时常梦见他们。回味他们艰难的一生,我不断地落下伤心内疚的泪滴。两位老人对我们的关爱,是我一生的感动,已经定格在我人生的风景里。我感叹时光走得太急,感叹岁月的风雨无情地将人消磨殆尽,只留下人世间最后一抹温馨。

清明祭祖感怀

又是一年清明节，这是祭祀先祖、怀念已逝亲人的日子。

时光如白驹过隙，转眼间父母离开我们已经 20 多年了。

小时候，我只记得每年清明，都是父亲和哥哥们选择一个春光明媚的日子去祭祖，从来都没有带过我和姐姐。听说那是一个浩浩荡荡的家族大队伍，而且都是男丁，以显示家族后继有人。那时，幼小的我以为，我那从未见过面的爷爷奶奶长眠在达家台上一个很远很远的角落，扫墓祭祖是男人的事，我们没有资格参加，我甚至不知道大人们常常说的宽沟到底在哪里。

世事无常。没想到达家台上那个叫作宽沟的神秘地方，在以后的日子里竟成了我们常去祭拜的地方，因为我的父亲和母亲永远地长眠在了那里。

按照家乡习俗，清明节前，我们都是要提前一周去扫墓。大清早，我与哥哥姐姐们约好，乘车回家为亡故的父母扫墓。老家的院子还在，30 多年前砖木建筑的堂屋也还在，一切东西摆放井然有序，但早已物是人非。睹物思人，屋里屋外的一切都能引发我无限的遐想。这座老宅因为哥嫂很少居住，少了许多人气，显得有些苍凉。自从政府下发了棚户区改造的通告，家中院落便疏于管理，已看不到往日的生机。我的鼻子一酸，眼眶有些湿润。我又想起了这个大家庭往日的热闹，想起了勤劳的父亲母亲。

这座砖木建筑的堂屋是父亲母亲用了大半辈子的努力才建造

的，同时也缔造了一个儿女满堂、其乐融融的大家庭。

父母健在时，家里亲朋好友络绎不绝。母亲为人热情开朗，在村子里人缘很好。每逢家里来人，父母都要领着客人房前屋后转转，边指点边介绍。这房子一共是七间，正中间是堂屋，两侧是厢房。大梁、檩条、椽子用的都是上好的松木，砌墙的砖是托熟人买的，是很结实的红砖，房顶全部都是时下流行的青瓦……虽然在20世纪80年代末，村子里修建这种房屋的人家有很多，但父母向人介绍时，还是喜形于色，内心充满了无限的满足和自豪。在我心里，父母就是大山，大山里的资源取之不尽。他们起早贪黑在田间劳作，为了家里的柴米油盐、衣食住行，像大山一样共同承担着一切，从来没有片刻闲暇。

我们姊妹众多，父母健在时，这个家就像磁场一样，飞出去的燕子天黑都要归巢，这个家就像港湾温暖着每个人的心田。母亲去世后，远在外地的小姨泣不成声："以后我无家可归了啊，我的心里话对谁去说？"是啊，什么是家？家不是一座空房子，有亲人有温暖的地方，才是真正意义上的家。

"走吧，上达家台烧纸走！"姐姐的一句喊话，将我从沉思中惊醒。

走出院子，三姐夫的面包车已经停在马路边了。20多年来，虽然家乡并没有发生翻天覆地的大变化，政府还是给村民修了上达家台的水泥路，再也不用像小时候那样一步一步爬山了。可我心里一直想去看看那条上山的羊肠小道。小时候我和姐姐每天从那条险峻的小道上山，给在达家台上劳作的父母送水送饭，不知它现在是否早已被荒草覆盖、被泥沙掩埋？自从家乡进行棚户区改造，上山必经的幸福村也消失了，取而代之的是正在施工的建筑队，几栋高耸的楼房昭示着家乡的农耕时代即将结束，村庄即将成为永远的历史。

我和哥哥姐姐拎着扫墓的纸钱、供品、香火上了三姐夫的车。当汽车进入宽沟时，便开始上下颠簸，而祭祖的车辆竟然也排起了长龙，路上扬起的沙尘让人看不清前面的方向。我深知，哥哥姐姐们也是一路思绪悠悠，内心波澜起伏。

还记得那是1985年的春天，我得了一场重病。医生给我判了死刑。心有不甘的父母，带我四处求医，最终我奇迹般地活了下来。那时，家里因我生病住院而经济拮据、一贫如洗，可无知的我还向父母提出一些不合理的要求。有一次，我特别想吃煮土豆，而家里的土豆秋天才能收获，那时村子上也没有地方去买。父亲看到我失望、落寞的样子，像变魔术一样从口袋里摸出了两个土豆，我欣喜若狂。母亲爱女心切，也没多问，赶紧洗干净放锅里煮熟了，满足我这个馋猫的愿望。

第二天早上，我喝了中药不停地呕吐，昏昏沉沉睡了一天。朦胧中，我听到母亲在责骂父亲："达建（化名）的媳妇到处骂你，说你偷了她家田里的土豆。你说你丢人不丢人？邻里街坊会怎么看待我们？"任凭母亲在那里絮絮叨叨，父亲一口接一口地吸着旱烟，一直低着头沉默不语。我突然感到心痛不已，眼泪如开了闸的洪水般喷涌而出。那一刻，我多么希望被邻居责骂的人是我，而不是父亲。我的善良的老父亲，为了满足女儿微不足道的心愿，宁愿毁掉自己一生的清名。直到现在，每每想起此事，我的胸口还是像扎了一根刺，时时刺痛着心上最柔软的部分，让我深深体会着父亲的爱是多么朴实和伟大！

我无法抱怨命运的不公，这些年来，看到别人与父母共享天伦之乐，都会羡慕得流下泪来。我的父母走得太匆忙，当我终于可以自食其力，终于有能力孝顺他们的时候，他们却双双撒手人寰，永远地离开了我们。

母亲生前是个无神论者，她从不相信鬼神，也从不参加迷信活动，更没有去过寺庙，她把所有的时间和精力都用在了劳作上。为了让我们吃饱穿暖，为了让家里的生活蒸蒸日上，日复一日年复一年，她的汗水和泪水洒满了达家台的沟沟壑壑。

母亲走的时候才50多岁，是得肝癌去世的。母亲的离世，是我们家突然降临的晴天霹雳。那个灰暗昏沉的日子，20多年来一直定格在我的记忆中，使我的内心犹如经历了一场地震洗劫。一夜之间，我深深体会到了有母亲的幸福和没有母亲的孤单之间剧烈的反差。也许是那时年龄尚小思母成疾，也许是突遭家庭变故让我难以承受，令我时常梦到母亲。有时梦到带她四处求医，有时梦到带她去寺庙烧香拜佛，尤其是父亲去世前，居然梦到她冒着大雨把父亲叫走了……千奇百怪的梦境，让我相信他们的灵魂还在，他们永远活在儿女的心里，一刻不曾忘记。

不知不觉中到了墓地，天空中到处漂浮着拜山祭祖的烟尘。我们按习俗烧纸钱、上供品、敬上香，跪拜磕头……

回家的路上，只见车窗外杨柳依依，春色怡人。心中不禁感慨万千：

清明扫墓思绪纷，

阴阳两隔人断魂。

养育父母今何在？

故土一抔掩荒冢。

清明，是节气，也是节日。

清明，万物复苏，草长莺飞。

清明，祈祷我的父母在另一个世界里安息！

母亲，我又想你了

屈指一算，已经20多年了。岁月冲淡了许多记忆，可是对您的怀念却与日俱增。多少次在梦中见到您——母亲，您还是那样慈祥地微笑，还是那般不知疲倦地忙碌，还在做着您永远也做不完的家务活——我们的衣食起居、饥渴冷暖，都在您的心上。梦中，我依然承欢膝下其乐融融，醒来却常常泪湿枕巾。

母亲，又是一个清明节，我又想你了！一条弯弯曲曲的小路连着幽深的远方，汽车一路颠簸，窗外黄土飞扬，祭祖的车辆停满了达家台的沟沟壑壑，您就住在这里的小山坡上。沿着小径，踩着荒草，我们来到您的身旁。

母亲，您已经融入大地，您是泥土，泥土就是您。您从泥土里长出万千手臂，漫山遍野。每一片庄稼里都有您的目光，每一根青草里都有您的摇曳，每一缕清风里都有您的呼吸。摆满祭品的供桌，漫天飞舞的纸钱，让我的心止不住一次次哭出声来，您用过的镰唱着生锈的挽歌。

我不在山上，时光停留在1995年，我还在校园里。

我病了，同学们都说我病了。我整夜整夜地失眠，脸色蜡黄，失魂落魄。我靠在墙壁上，眼睛里什么都没有，但耳朵里有，有母亲的声音，有母亲的气息。我睁着眼睛，听着手表指针的嘀嗒声，一夜一夜，直到天明。

那时，您在远方的家里已经到了弥留之际。您的脸那么苍白，那么消瘦,骨瘦如柴。在那段与病魔抗争的日子里,您受尽了煎熬、筋疲力尽。噩耗传来,我从学校哭着踏上了回家路。在车上,眼泪伴着颠簸起伏的车轮转了一圈又一圈,看着人们惊异的目光,我好几次想擦干眼泪,可痛苦的心只能任泪水长流。假如花儿有知,懂得人海的沧桑,它会低下头来哭断肝肠;假如云儿有知,懂得人间的兴亡,它会离开这个地方;假如鸟儿有知,懂得日月的消失,它会羞愧地躲藏。仿佛世界末日的到来,那痛苦的记忆在我心上挥之不去。

母亲,您离开的那个春天,是那么的寒冷。我知道从今往后,我的身旁将不会再有您的叮咛,我的身边将不会再有您的音容笑貌,我的世界已永远失去一份慈爱的目光、一份殷殷的期盼、一份浓浓的关爱!悲伤的心情,无法用语言来表达,任泪雨纷飞也表达不尽对您深深的思念。

母亲,您就是在我18岁那年的春天搬到山上居住的,我梦见在给您搬家。您站在草丛里,看着身穿白衣的亲人,把您埋进泥土里,悲恸欲绝。您走了,远离这个喧嚣的世界,再也没有劳累,再也没有痛苦。

时光停留在1984年,年仅9岁的我在医院的病床上。

我整日昏迷,病入膏肓,医生给我判了死刑。当姐姐把您扶进病房的时候,我看到您憔悴不堪,整个人几乎站立不稳。高额的治疗费用使本来贫困的家庭雪上加霜,但不懂事的我却那么任性,让您承受着精神与经济上的巨大压力与煎熬。买来的饭您总是先喂给我吃,吃剩的您才吃,有时吃点干馍馍充饥。母亲啊,为了养育您的儿女,您承受了人世间多少的苦难和屈辱。

当您竭尽全力把儿女们都拉扯大了,本是您享受儿孙绕膝天伦之乐的时候了,可您竟然50多岁就撒手人寰匆匆离去。人生能够享受母爱是多么的幸福,可如今"子欲养而母不在"了,其悲其痛该让儿女何以言表?都说男儿有泪不轻弹,可我却清楚地记得,您生病的时候,哥哥抱着您失声痛哭的情景。

时光停留在那个冬天,我还在家里的炕上。

那个冬天,炉子里的火烧得很旺,烤箱里烤熟的土豆香气弥漫在整个屋子里。您坐在用旧报纸糊着墙壁的炕上,低着头,手里拿着针线,为我们兄妹几个做着新棉鞋。说是新鞋，其实是家里穿破的衣物，经您细心剪裁后，与多层布叠厚粘接，剪成鞋样，压在炕上的毛毡下烘干。然后用麻绳反复穿就鞋底，做成千层底，最后把布鞋样与千层底缝接在一起。那时的您还很年轻，皮肤白皙光滑，只是一双长满老茧的手上有让人心酸的裂口。疼了，您便用舌轻轻舔一舔，以缓解一下裂痛感。含辛茹苦的您，白天在田间劳作，夜里还在为我们缝衣，做着永远忙不完的家务活，您为这个家倾注了毕生心血。

我的记忆沉甸甸的，挂满了老家那黑压压的屋梁。

无数个记忆中，为维持一家人的生活，您总是肩扛锄头、手拿镰刀，挥汗如雨地垦荒种地。有时候学校放假，我和姐姐们也充当帮手，递巾送茶、割草捡豆。不知道有多少个日子是这样日出而作、日落而息地耕耘着、收获着。日复一日，年复一年。您的脸上刻上了岁月的痕迹，但头发依旧乌黑，腰杆直直的。

母亲啊，您是我们无言的老师。

您出生在那个战火纷乱、生活困苦的年代，根本无法读书上学。但您却参加了扫盲班，学会了写自己的名字，认识了很多简单的汉字。您透彻事理，深明大义，豁达仁慈，为人热情慷慨，乡里乡亲都夸您是个能干的女人。您的言传身教，使我们耳濡目染，从小受到了良好的熏陶和教育。

母亲，您刚离开我们时，我几乎夜夜在梦中和您相见，我无法承受这种阴阳相隔的痛苦分离。我想，您的匆匆离去只是化作天上最明亮的那颗星，每当夜幕降临，您就闪烁着遥望人间，关注着您的儿女们的每时每刻。

母亲，又是一个清明节，我又想你了！窗外，下着蒙蒙细雨，我流着泪写下这些文字。20多年了，想起您的夜晚我依然情难自抑，潸然泪下。母亲，您在那边还好吗？这几天又降温了，您冷吗？在您有生之年，我未来得及尽孝，让您过上幸福的生活。来世，我还要您做我的母亲，让我能有机会尽心尽孝侍奉百年！

年味

一

年关将至，禁不住大包小包花花绿绿的诱惑，我也加入了购物队伍的大潮。街道两边，灰色的树枝间挂着醒目的红灯笼，到处人潮涌动，洋溢着节日的喜庆。小商小贩的吆喝声，商店节日的促销声，人来车往的说笑声提醒我：年关快到了！

西固步行街上，火红的年货占据了半壁江山。从北到南，林立的年画对联、扎堆的彩灯饰品、包装精美的礼品盒……琳琅满目，延绵数里。满街喜庆缭绕，年味正酣。超市里，购物的人群摩肩接踵。服装店里，不管是膀大腰圆的女汉子，还是婀娜多姿的俊俏妹，都被促销的老板夸成了天仙。心动不如行动，你瞧，一对中年夫妇正在试衣服，男的皮肤黝黑，敦厚不善言谈，但从他专注地看着妻子的眼神中，流露出咱不缺钱的自豪。女人对着镜子羞涩地微笑，面露难色，似乎对血汗钱恋恋不舍。另一家服装店里，青春靓丽的女孩子们，在镜子中展示着娇美的容颜。

步入菜市场，各种蔬菜瓜果应有尽有，那些翠绿的芹菜、油菜，带着泥土气息的萝卜、土豆，新鲜的茄子、辣椒都在静静地守候着，期待着成为餐桌上的美味佳肴。熙熙攘攘的人群中，我探寻着那一双双幸福而充实的目光，探寻着在这个年味飘香的岁末最后的激情，探寻着生命中最真实的味道，体味着一个烟火女子平凡的生活。

我一边行走，一边感受着小城的年味。年味飘荡在每一个街角、每一张笑脸、每一个忙碌的身影中。年味是老人额头上的皱纹与富足，年味是孩子们洋溢的一张张欢颜，年味是妇女们从柴米油盐中打磨出来的安静和恬淡，年味是大街小巷的红红火火。年味也飘荡在我的心中，浓浓的烟火味载着儿时的记忆缓缓盛开。一切似乎很久远了，再也没有曾经的期盼与渴望，没有曾经的欣喜与快乐，只留下一份对逝去岁月的感怀和深深的眷恋。当岁月勾起温情感念的回忆，不由得会再次触景生情，心里、眼里、梦里，皆充满了儿时的朝朝暮暮。

二

小时候，过年是头等大事，也是最幸福的一件事。我们盼望过年，是因为只有过年才可以吃到很多美食，可以穿新衣服，可以放鞭炮。那时候，年味是我们用五颜六色的纸灯笼串起来的热闹，是鞭炮炸响时我们银铃般欢快的笑声，是除夕夜一家人团聚在饭桌前的其乐融融，是我们给爷爷奶奶磕头时的美好祝福，是初一至十五亲戚间的探望问候，是村里人舞狮舞龙营造的喜庆吉祥……

记忆中，似乎从放寒假那天起，喜气洋洋的年味便早早弥漫在乡村。我们掰着指头盼过年，盼望着快点穿上新衣服。那时的新衣，上衣一般是母亲扯几尺的确良花布，自己裁剪手工缝制。裤子大多是蓝色涤纶喇叭裤，由小姨用缝纫机做成。那简单的款式，是我们心中最美的式样。衣服做好后，裤子要用电熨斗熨出两条直直的楞子，才算时髦。新衣通常都装在炕上的箱子里，到了大年三十的晚上，才被分发给我们。那天夜里，我们将新衣压在枕头下面，过年的兴奋冲击着大脑，彻夜难眠。

第二天，天刚蒙蒙亮，家家户户的鞭炮便响彻了天空，从村头吵到了村尾。震耳欲聋的鞭炮声中，我们迫不及待地穿上新衣，坐在炉子边等待母亲的猪肉烩菜。锅里的肉香令我们一次次咽着口水，一次次在嬉闹中不时看看炉火旺不旺，只想抱着大骨头在满嘴满脸都是油的邋遢样中，过个幸福的年！如今，新衣时时穿，美食天天有，却再也没有了儿时的那份热切期盼、那份热烈的年味。

三

小时候对过年的期盼,不只是有好吃的,有新衣服,更多的是因为要过年,村子里总会迎来几件大事,比如杀猪、宰羊。

将近年关,父亲有时会帮别人家杀猪,为此,母亲时常责备他。母亲是极力反对父亲去杀生的。但父亲脸皮薄,禁不住村子里人的央求。要杀猪的那天,我的心里怦怦直跳,说不出的惊恐和难受。腊八节后,村子里每天都会传来猪叫声。小伙伴们约我去看杀猪,我愣是不敢去看,躲在家里,耳朵用棉花塞紧,害怕听到猪的哀嚎。一整天,村子里似乎都充斥着声嘶力竭的嚎叫。那些被拎着耳朵,拽着尾巴的猪,叫声之尖锐刺耳、惨烈绝望,令小小的我无比恐怖。那些还在猪圈里的猪也被惊吓得狂躁不安、吼叫不停。村子里的男孩子们把猪尿泡当作气球吹得鼓鼓的,欣喜若狂地踢着玩。

有一次家里杀猪,四五个身强力壮的小伙子把猪摁倒在地,父亲一刀下去,大肥猪发出惨烈的嚎叫声,挣脱束缚,带着鲜血淋淋的脖子在院子里狂奔。顿时,人声鼎沸,我的心里也仿佛一锅粥煎熬得沸腾。一大群人费了九牛二虎之力才把猪捆住,第二刀下去,才结束了猪的性命。此情此景,让幼小的我心里万分难过。母亲也在屋子里絮絮叨叨地数落父亲。不过令人欣喜的是,每年杀了猪,都能吃上母亲用猪肉炖的大白菜,那刻骨铭心的美味让我至今难以忘怀。

四

当每家每户杀了猪,村里的年味就越发浓烈了。腊月二十三,家家户户祭灶神,通常要在厨房里点三炷香,敬献很多美食。听母亲说,灶神是家里的保护神,这天晚上灶神要回天庭,向玉皇大帝汇报家里这一年的善行和恶行,多献点美食,是希望灶神向玉帝多说好话。送走了灶神,年便正式拉开了序幕。腊月二十四,开始打扫除尘。扫去了一年的灰尘,亦如扫去了过去一年所有的烦恼忧愁,以焕然一新的面貌迎接新的一年。犹记得家里的土院子,被母亲扫得干干净净,院里及大门口全都洒上了清水。从腊月二十八开始,家家户户便忙着蒸花卷、炸麻花、炸油饼、炸丸子、炒臊子、煮猪蹄……村子里到处炊烟袅袅,弥漫着撩人肺腑的香气。

祭灶神、大扫除、做吃的只是过年的一部分,剪窗花、贴春联也不可缺。

母亲是个心灵手巧的人,家里的盒子里有很多窗花样本,有狮子滚绣球、猫捉老鼠、连年有鱼、喜鹊报喜……各种动物和花卉栩栩如生。剪窗花是个漫长的过程,一进入腊月就得做准备。母亲把这些窗花样本钉在彩纸上面,每天抽空精雕细刻,用庄稼人的话说,慢工才能出细活呀!剪好的窗花被夹在一本大书里,压得平平整整,翘首以待。年三十一大早,它们便迫不及待地飞上了窗户。一般三角形的图案飞向了窗户四角,小鸟在上空,猪、羊、梅花鹿等在下面奔跑。在今天看来,那些丢了的民间艺术,真是令人可惜和怀念。

在那个读书人少的年代,过年写春联也是一件大事。大伯是个文化人,20世纪40年代曾经当过教书先生,也在民建乡当过乡长。每年除夕前,大伯家的屋里就被前来讨对联的邻里挤满了。每当此时,大伯便在板桌上泼墨挥毫,根据不同人家的情况和需求写着不同内容的春联,博得一片感谢。一张张红纸被细心地折叠、剪裁,一副副对联被耐心地挑选、吟诵,蘸墨、走笔,一张张质朴、沧桑的脸上尽是满足的笑容。如今过春节,春联都是现成印好的,喜庆都成塑料纸的了,虽然印刷的纸质好,画面精美,却千篇一律,更缺少了童年时手工剪窗花、写春联时的那种韵味。年味大概就这样被现代化一点点吞噬、淡化了。

五

等大红的春联端端正正地在门板上贴好,村子里的年味就浓得化不开了。年三十晚上,夕阳被家家户户烟囱里腾起的炊烟赶走了,团圆饭在锅里酝酿。那样的味道,那样的温暖,那种激荡心灵的期待,是刻骨铭心的。不管物质条件有多差,过年时都是不吃馓饭、疙瘩、拌面汤的,母亲说那样会预示着新的一年越过越穷。厨房里,母亲忙碌的身影,不断飘来的浓浓肉香,令馋嘴的我们垂涎欲滴,肚子也随之咕噜咕噜作响,迫不及待地期待向往已久的饭菜上桌。

年夜饭比起平时寡淡的饮食来说，丰盛多了。除了香喷喷的肉丸子，还有几样菜也是年年会有的。一是豆芽粉条炒肉，黄豆芽和扁豆芽是母亲花了一个星期发的，吃的时候先在锅里煮熟，豆芽上的黑皮便掉下来了，然后用肉片、粉条爆炒，出锅时放上一把蒜苗。吃得最多的便是猪肉烩菜——先把萝卜片、洋芋片、粉条煮熟，浸泡在凉水里，等锅里的肉汤冒出热气腾腾的香味，就把肉片、各种蔬菜放进去，调料后即可食用。至今想起来，那香喷喷的滋味依旧在心头缭绕。多少年过去了，年越过越简单，自从母亲去世，我再也没吃到过那么美味的烩菜。那味道永远留在了记忆中，永远成为一种怀念！

从年初二起，就跟着母亲开始走亲戚，拜年，所有亲房亲戚一家也不缺。亲戚之间都很热情，很真诚，聚得很开心。现如今，亲戚之间难得走动了，那种人与人之间的交往都蜷缩在饭店的一张饭桌上了，宴席散去，一切都散去。于是，特别怀念那些年，那些童年时光里我在纯粹的村子里过的春节，怀念那些年我和母亲、和村子里的伙伴、亲戚一起过的年，怀念那些年用期待、用感激的心盼来的春节。

小时候，年是桌子上的美食，是母亲手工缝制的新衣，是揣在兜里舍不得花的两毛年钱，是劈劈啪啪从村头响彻村尾的鞭炮。小时候，年是期盼，是幸福。儿时的年味，在岁月的流逝中，深深地烙在我的脑海里，飘在记忆中。其实我懂，令我难忘的是那段纯真的岁月，还有关于母亲的点点滴滴。

岁月匆匆，昨天已然成为陈年旧岁暖心入骨的回忆。静静聆听过往，轻轻将所有的日子翻过，新的日历开启了新的篇章。如今，年是回家的心愿，是亲朋好友的新春祝福，是亲人的相聚……岁月改变的是容颜，却永远改变不了亲情的温暖。

第三辑 松涛煮雪

万里相随
穿越红尘的俗念
寻觅半烟半雨的江山
亦诗亦画中
静听文字细碎地坠落

SONGTAO ZHUXUE

马蹄寺寻古

一

在美丽的雪域高原,民间流传着旷世英雄格萨尔王的故事。他一生降妖伏魔,除暴安良,南征北战,统一了大小150多个部落,深受藏族人民景仰。相传,一日天高云淡,格萨尔王骑着自己的天马路过祁连山下的临松薤谷。正当他在马背上闭目养神时,天马被这里的美景吸引而降落此谷,马蹄刚一落地,格萨尔王就惊醒过来。他一勒马缰,天马腾空而起,又飞走了,而那个马蹄印却永远留了下来。正是由于这个神奇的马蹄印迹,位于张掖祁连山脉脚下的临松山改名为马蹄山,普光寺改名为马蹄寺,山谷中的河也成了马蹄河。

天马的足印给祁连山带来了美丽的传说,传奇的故事又给马蹄寺笼罩了一层神秘的色彩。

我千里迢迢慕名去寻找马蹄寺,并不是为了领略古木参天、肃穆静谧的祁连山美景,也不是为了拜谒永恒的佛和观瞻香火鼎盛的宝殿,更不是为了寻找天马留下的足印。我心里一直在想着一个人,那位1600多年前的隐士,东晋十六国时西北赫赫有名的经学大师——马蹄寺石窟的先驱者郭瑀。

西晋末年,张轨就任凉州刺史,由于他的家族世代以专攻儒学著名,所以上任后采取了中原"重教化、拔贤才"的政策,招收河西弟子500人,开办官学。同时他还厚礼征聘知名学者任职或讲学，使得当时河西走廊地区儒学昌盛。

公元311年，五胡乱华，洛阳、长安相继被攻破，史称"永嘉之乱"。自此，中国陷入了长达300多年的大分裂与大混战的格局。血腥屠杀使得北方人口锐减，千里沃野的中原瞬间成为人间地狱。当时的长安，流传着这样一首歌谣："秦中川，血没腕，唯有凉州倚柱观。"那些身世显赫、知识渊博的名门望族被迫迁徙，而地处偏远，没有遭受冲击的河西一带，正是躲避战乱的世外桃源。

出生甘肃秦安儒学世家的郭荷，就在此时带领众弟子，还有极为珍贵的家传经史典籍，随着逃难的人群来到张掖马蹄山下的临松薤谷。这里的青山翠谷，让他们内心无比安宁，于是结束了千里风尘艰辛辗转的日子，在这里扎下了根脉，不再东返。郭荷的到来，迅速在河西士林间传开，对于崇尚学问的子弟来说，这是天大的喜讯，年轻的学子纷纷慕名而来，而郭瑀就是其中之一。

郭瑀谦逊好学，触类旁通，对老师十分敬重，成了郭荷的继承人。斗转星移，一批批的学子来来去去，郭荷也终于走完了自己的一生。郭瑀悲痛欲绝，以儿为父守孝的隆重礼节为师守孝三年，然后继承师业，在临松山设馆讲学，弟子多达千人，并著书立说，著有《春秋墨说》《孝经综纬》等。他还带领弟子在山崖上开凿石窟，作为居住、读书和讲学的地方。他们那时并不知道，这一片原本只为藏身而建的石窟，后来却成为中国重要的佛教造像圣地，同时也成为那个时代河西走廊上儒家与佛教两大文明交汇的见证。

尽管郭瑀潜心向学不问世事，但新任前凉王张天锡还是找到了他，请他出山，郭瑀婉言谢绝。恼怒的使者下令抓捕他的学生，郭瑀仰天长叹："我逃避的是官府征召，又不是躲避的罪人，岂能因隐居行义，害及门人？"郭瑀被迫出山，但对前景不抱任何期望。张天锡的前凉政权被灭亡后，前秦苻坚因久慕郭瑀的大名，又请郭瑀出山做官。郭瑀借口父亲病故守孝，没有前往。此时，大批儒学世家纷纷开馆授徒，河西民间教育如雨后春笋，求学之风蔚然而起，很快，郭瑀门下就聚集了上千弟子。郭瑀坚持隐于深山聚徒授学，后受王穆邀请响应起兵。但政治斗争的复杂性，让他深感失望。他茫然地走出城门，失声痛哭。当年那个意气风发的少年已成白发苍苍的老者。茫茫四野，残阳如血，他转身对着城门作揖道别，决心此生再不相见。此后郭瑀连续七天不吃不喝，一言不发，最终倒在了酒泉南山。

二

当我沿着郭瑀当年的足迹寻访到祁连雪峰下的临松薤谷时，正是深秋。远处山峦叠翠，松涛起伏，山顶白雪皑皑，山下水流潺潺……踩着遍地枯黄的野草，我寻觅着当年郭瑀开凿的石窟。当地人告诉我，可能是"三十三窟"。我想，每天来此的游客向往的也许是这里的一个传说，也许是这里的美景。他们只知道马蹄寺与敦煌莫高窟、麦积山石窟、炳灵寺石窟并称为甘肃四大艺术宝窟，却极少有人知道石窟最初的开凿者——大学者郭瑀。或许是深秋的缘故，山谷里寂静极了，只听得耳边呼呼的风声和偶尔的鸟叫。我想，那时远离人间烟火的临松薤谷里，定是学子络绎不绝……

沿着石阶向上攀登，远远看见一座并不高大的山脉，山顶云雾缭绕，山腰五彩经幡迎风飘扬，莫非这就是村民说的马蹄寺三十三窟？

不一会儿，便到了寺前。山体上凿开着形态各异的洞窟，像一只只深邃的眼睛，宁静的神情里布满了历史的沧桑。我仔细搜寻关于郭瑀的只字片语，在刻有马蹄寺简介的石碑上，果然有隐士郭瑀的名字，以及他身后的那些历史。

我仰视着三十三窟，敬仰之情油然而生。入内，狭窄的走道，只容得一人转身，每走一阶就有一间回廊，外凿有窗口。每个洞窟里都有佛像，神态安详庄重，在历经千年的风霜雨雪后，依然守护着这方土地。而我只想看看我心中的那尊神像，那位传道授业解惑的学者，以他当年的学识和名气，完全可以得到高官厚禄，而他却隐居深山开凿石窟设帐授徒。

站佛殿内，香烟袅袅，再看石碑刻字："此石窟是马蹄寺规模最大的石窟，开凿于北魏，进深 33.5 米……"我欣喜若狂，武断地认为这就是郭瑀给众弟子讲学的石窟。透过阴暗幽深的历史隧道，我仿佛看到一个布满星辰的夜晚，郭瑀和他的弟子们正挥动着双臂，站在悬崖峭壁上挥汗如雨……沉寂的祁连山传出了叮叮当当的声音，凿子、铁锤与大山坚硬的岩石交织在一起，奏响了中国文化史上最动听的音乐……

他们在这个大洞窟里，安身立命，修身养性，著书立说。无数个晨昏，学子们琅琅的书声流荡在空寂的山谷。他们的学习不为科举，不为名利，只是对知识的渴求。我不知道郭瑀的千余弟子中有谁成就了大业，但我想那些弟子们，必然是深明大义，传承了儒学经义的一代先贤。

沿着一层层的石阶攀登，欣赏千年石窟沧桑的面容。山风吹来，松涛阵阵，曾经回响在这里的读书声早已远去，但一个时代的光辉和不朽精神，却永远留在了人们的心里。

邂逅胡杨

一

扫一眼窗外，深秋的旷野一片肃杀，黄澄澄的秸秆，一排排立在灰突突的田地里，偶尔有几只喜鹊在低空无声地滑过，平添了几分生机。动车一路向西，不知不觉中已过乌鞘岭，村落渐行渐少，时不时还漫过片片白沙……远处的祁连雪峰时而俊俏挺拔，时而凝重雄厚，虽然变换着各种姿势，但始终伴随着我的旅程。自古至今，人们对河西的回望，也许就是从这座山开始的。

这座震撼心灵的山峰，曾经是一个剽悍民族的精神巢穴。从公元前3世纪到公元1世纪，嘚嘚的马蹄踏响大漠近300多年的匈奴人，被眼前的这座山峰阻挡时，他们顿足呼天，下马拜谒。后来，当霍去病大军的铁蹄踏过时，诞生了"失我祁连山，使我六畜不蕃息；失我焉支山，使我嫁妇无颜色"的诗句。

眼前突然变得开阔起来，天空中灰蒙蒙的，天底下是茫茫戈壁，一种历史的沧桑感油然而生。闭上眼，耳边恍若有战马的嘶鸣声，觥筹交错声，傍晚的驼铃声，马背上公主的琵琶声，还有边塞诗人的吟诵声……

这儿，曾经是三十六国的丰腴之地；这儿，曾经是汉帝国河西四郡的繁华之所；这儿，曾经有一条用丝绸相连，充满希望，撒播繁华的古道；这儿，曾经狼烟腾燃、胡舞飞旋、商队缓行、信使飞奔……

张骞曾骑着马儿,从这里走向遥远的大月氏;班超曾带着东汉皇帝的殷切期望,站在这儿驻马远望;玄奘法师曾冒着风沙,从这儿走向遥远的印度;左宗棠曾带着一种悲壮,在古稀之年踏上西征之路……逶迤而行的人们,曾无数次踏上这条历经沧桑的古道。

作为河西四郡之一的酒泉,见证着这一切。据传,汉大将军霍去病在河西走廊一举击败了匈奴,汉武帝龙颜大悦,赏赐御酒一坛。霍去病为让众将士共尝美酒,下令将御酒倒入金泉之中,与三军共同畅饮。从此,金泉的泉水便带有浓郁的酒香味,当地百姓便将金泉改称为酒泉,汉代建城时便以酒泉为城名,一直延续至今。

大漠风沙,掩埋了多少凌乱的马蹄印,却淹没不了金戈铁马的烽烟历史;悠悠岁月,掩盖了一座座固若金汤的城池,却掩盖不了文明的足迹。这里的一切,都已被岁月风沙洗礼得苍凉斑驳,如今只剩下白白的沙,蓝蓝的天,残破的烽台与荒凉的城,还有那醉人心魄的胡杨。

二

夜宿酒泉。第二天,我们换乘大巴车奔向金塔县。

车子在广袤无垠的戈壁滩上行驶着,甩到身后的是无尽荒凉,迎面而来的还是无尽荒凉。晨曦中浑圆的太阳,挂在遥远的天边,如金黄的圆球在向上跳跃。窗外,仍是千年前的战马扬起的沙尘,耳畔,仍是千年前磨穿鼓角的漠风。可是,没有了战马嘶鸣声,没有了英勇的武士,没有了胡人的歌舞,没有了青衫飞扬的诗人……

我四处张望。突然间,视野掠过一棵树,一棵努力向上伸展的树。接着是几株……然后是一排排一片片……猝不及防,远远的大团大团的金黄扑面而来,令人目不暇接。此刻,金色的阳光穿过高远的天空,染得树叶金辉熠熠,映衬着远处湛蓝的天空和丝丝缕缕的白云,恰似一幅绝美的油画……茫茫沙漠,逆风浩荡,他们像沙漠卫士般傲立旷野,守护绿洲,在干旱无比高温盐碱的大漠上,形成了一道亮丽的风景线。那星星点点的金黄,如一盏盏明灯,火焰般的光辉,驱散了大地的荒凉,温暖了秋天的戈壁和荒漠。是胡杨树!我的精神为之一振,顿时倦意全无。

胡杨，是一亿三千万年前遗下的古老树种，他们在寸草不生的荒蛮之地，奇迹般地展示着独特的魅力，续写着沙漠传奇般的神话。相传，遥远的年代，在一望无垠的蒙古草原上，江格尔夫人去世升仙时，回眸眺望着美丽的草原，拔下云鬟上几串珠花撒向广袤的原野。霎时，红光四射，瑞气飘香，珠玉落在荒芜的沙漠戈壁，顿时长出一片茂密的树林，脊梁挺直，金叶璀璨，这就是胡杨。

在金塔县，热心的出租车师傅告诉我们，世界上有三大胡杨林。第一大胡杨林在塔里木河流域，那里历史遗迹众多，汉代烽燧屹立有2000多年之久，是戍边将士不朽的丰碑，古老的丝绸之路穿林而过。在那里，能真正感受到有胡杨的地方才有人烟，胡杨是那里生命的旗帜；第二大胡杨林在内蒙古额济纳旗，那里古树成林，遮天蔽日，高达23米的神树历经900多年的沧桑巨变后，依然展示着勃勃生机。也许是站立得太久，也许是常年风沙的侵袭，那里的胡杨长得奇形怪状，以千奇百怪的姿态诠释着不朽的传奇；第三大胡杨林在疏勒河流域的酒泉金塔，秋色潋滟，美不胜收，胡杨抒写着这里美丽的神话。

我们披着晨光走进金塔胡杨林。大漠寂静，四野无声。一棵棵胡杨静静地立在干涸的沙漠里，树木有高有低，树体粗细不一，枝干遒劲有力。他们有的如跃马扬鞭的将军，有的如低头思乡的壮士，有的如伏案挥毫的文人，有的如双手合十的信徒……千姿百态，美轮美奂。已是深秋时节，整个胡杨林被金灿灿的色彩染透了，黄得那么无暇，黄得那么繁荣，黄得那么灿烂！冷风吹过，片片黄叶随风而舞，仿佛是奔赴一场盛宴。行走在胡杨林间，我的脚步异乎寻常地缓慢。那满地的胡杨叶厚厚的，我不忍踩踏任何一片坠地的叶子，更不想听到脚下传来轻微的呻吟。

沿着木栈道，我找到了心中的那棵勇敢之树。他的躯干已经倒地了，但生命并没有就此结束，被岁月消弭了颜色的身躯在荒漠中努力伸展着，他的枝头依然举着斑斑点点的金色叶片，在朔风中细微低语，仅用这几簇黄叶，就把人间最美的秋色呈现给了世界，让生命的呐喊成为永恒。

胡杨，是人们心中的英雄树。他以生而千年不死，死而千年不倒，倒而千年不朽的精神，震慑着沙漠，勇敢地迎接荒漠的刀剑风霜，在沙漠上站成了一道永恒的风景。透过层层叠叠的黄沙，胡杨传递给我们的是生命的真谛。

在河西走廊，在酒泉，所有美丽和繁华的诞生，都是因为胡杨林阻挡了风沙的脚步，遏制了大漠的入侵。胡杨，用自己的生命，营造出一片片绿洲和希望，才使得这儿生长出甜瓜和葡萄，生长出马匹和牛羊，也生长出歌舞和欢笑。

回兰的动车上，我翘首西望，云遮雾绕的夕阳挂在天边，天地一片金黄。天底下，一棵棵胡杨树挺拔而苍劲，像一群卫士屹立在茫茫戈壁。我从背包里拿出珍藏的胡杨叶，金黄的叶片大大小小，形态各异，依旧是那么鲜活和坚忍。也许过几天，它就会枯萎，但胡杨不朽的精神，会永远激励我挑战苦难，它给了我战胜命运的勇气和力量。

春访杏花村

"清明时节雨纷纷,路上行人欲断魂。借问酒家何处有,牧童遥指杏花村"。一问一答,成就了千古佳话;片刻凝视,留下了不朽诗篇。踏着唐代大诗人杜牧铺就的诗情画意,抱着探秘"丝绸古道河湟口,陇上杏花第一村"的悬念,我走进了唐汪川杏花村。

唐汪川在甘肃省临夏州东乡自治县的一隅,从兰州出发上高速,也就一个多小时的车程,但与豪华喧嚣的都市咫尺之遥的它却是"养在深闺人未识"。向来喜欢旅行的我,之前也竟不知身边还有这么一处世外桃源,任她野渡舟自横。好在蓦然回首,我终于与她相遇了。

清明那天,艳阳高照,天瓦蓝瓦蓝的,没有一丝风。下高速后,我们沿着时断时续的水泥路,一路前行,车子扬起的尘土肆无忌惮地阻挡着人的视线。待尘土慢慢落下,才看清道路两侧的田地里,庄稼尚未长出。洮河水忽急忽缓地始终相随,不离不弃地滋养着这块"陇中贫瘠,苦甲天下"的地方。

山路转过几道弯后,眼前突然被漫山遍野的色彩浸染,她们呼喊着,跳跃着,充斥着我们的眼睛。唐汪川的确没有辜负"陇上杏花第一村"的美誉,你只需那么轻轻一瞥,便可见田间地埂、房前屋后、山上山下到处绽放着耀眼的杏花,如雪罩青山,云盖四野。好多农舍的杏花,都从墙上探出头来,见证了"满园春色关不住,一枝红杏出墙来"的别样景致,吸引着游人纷纷驻足拍照。

道路一侧，一棵枝干嶙峋的老树上，一朵朵如霞似雪的杏花正开得热烈，炎炎烈日下勃发的生机，分明写满了不屈。有年迈的老人蹒跚其中，用大铁锹翻弄着土地，播种着一年的希望。只见他身穿黑褂子，头戴小白帽，须髯飘飘。片刻，他直起身子，瘦骨苍苍的手紧握着木柄，打量着疯狂涌进这里的车队。

后滩花海更是车马喧嚣。正是草长莺飞的时节，一群群追逐春天和梦想的人们，也被这场缤纷花事吸引，纷纷涌进唐汪川，让这个原本安静的小山村热闹非凡。

走下山道，一片片杏花弥漫于山沟，白的粉的交相辉映。满树满枝的花蕾，就像宫中的八千粉黛，一朝得见龙颜，笑容满面。那含羞的花朵，都似微醉的美人，千娇百媚。没有一丝风的推波助澜，天光的明暗也让花海变幻莫测，独特的芬芳，挟带着泥土的气息扑面而来。我对任何花草并无任何审美经验，只是无端由衷地喜欢，而这在大西北荒原中灿烂的生命，让人除了喜欢，还倍感亲切。

徜徉于花海，眼前的一切是那样迷离，恍若穿越到了唐诗中。其实，未到杏花村之前，我已陶醉于那首被岁月窖藏了一千多年的诗词。陶醉于美景，不如陶醉于传说。果然，从乡民口中，我听到了一个传奇故事。

相传很久以前，唐汪川有个脚户哥，常年走云南下四川，风雨无阻。一日，他行至难于上青天的蜀道，忽然听到一女子呼救，便挺身而出赶走劫匪，救下女子。女子感激不尽，自称桃杏，是天上培植仙果的仙女。为谢救命之恩，女子拿出一葫芦赠予脚户哥，并再三叮嘱路上切勿打开。脚户哥半信半疑继续前行。他一路翻山越岭，风餐露宿。想起桃杏仙女，心中颇感温暖。于是，还未到家便打开葫芦一探究竟。不料，一道金光腾空而去，葫芦里只剩一枝杏条。脚户哥后悔莫及，只好回家栽下杏条，取名桃杏。后来，唐汪川遍植杏树，这里的大接杏远近闻名。

"为什么此地叫唐汪川呢？难道这里的人都姓唐？"同行的朋友打断了我的沉思。

我也万分好奇，打开百度，原来唐汪川居住着东乡族、回族和汉族，伊斯兰教、佛教、道教并存。据考古发掘，远在三四千年前，这里就有人类居住。元朝末年，兰州一位姓唐的守将举家迁居唐汪川。明洪武年间,陕西巩昌汪姓人氏也迁居至此。由于唐汪两姓人口居多,故名唐汪川。

远处耸立的清真寺,更使这个河谷中的村落充满神秘的民族色彩。作为古丝绸之路的通道,唐蕃古道的渡口,这里是南去河州、夏河,北上兰州的旧时要道。临夏回族人,或来自传教经商,或来自从伍逃亡……在那个连年征战朝不保夕的年代,当流浪的汉人还在缅怀故乡的青山碧水时,他们却早已放下行囊,随遇而安。他们打起院墙,升起炊烟,养殖牛羊……一年后,简朴的清真寺就在村落边高高耸立。就这样,他们也在唐汪川扎了根,世代繁衍生息。

一阵风来,杏花的香气四处弥散,耳畔恍若传来一曲"花儿":

红嘴鸦落的着唐汪川,咕噜雁落在了草滩;脚户哥起早着下四川,杏花哈当成个牡丹。

脚户哥摘哈的杏子花,回来了地里头种哈,我俩的婚缘铁打哈,这是前世里种哈的缘法……

"结庐在人境,而无车马喧"。此刻,喧嚣的灵魂竟安静下来了,一切沧海桑田,渐成云烟……春种秋收,寒来暑往,小村庄里的时光总是缓慢流淌。一树树杏花如云似霞,那样纯净和美好,让人足以忘忧而心情舒畅,更可放飞梦想,陶冶性情。恍然间明白,也许比杏花纯净的还有人的心灵……

山重水复,前行的路上,我总是喜欢与这样美好的事物萍水相逢。

临夏风情

离开唐汪川,车子继续前行。高高的山梁上,裸荒的东乡大山,气势森然。远看苍茫,近看狰狞,临夏市还在遥不可及的山那边。但临夏的故事,那些铅印的字符却零零乱乱密密麻麻地挤压在我茫然的记忆里。

临夏,古称河州。历史上丝绸之路、唐蕃古道、甘川古道在这里交错伸展,素有"彩陶之乡""河湟雄镇""西部旱码头"之称,这里居住着汉、回、东乡、保安、撒拉等民族。

翻过东乡山,临夏便在眼前了。临夏东临洮河与定西市相望,西倚积石山与青海省毗邻,南靠太子山与甘南藏族自治州搭界,北濒湟水与兰州市接壤。交通便利,四通八达。大夏河临近这里时,顺着长长伸出去的嶙峋礁石转了个弯便逶迤而去,临夏就此得名。

临夏的确与众不同。双脚刚刚落稳,仰头便被那绿茵茵的色调,圆溜溜的穹顶,精美别致的塔楼,还有塔尖上用宝瓶擎起的新月惊艳到了。中国建筑与阿拉伯元素完美结合,富丽堂皇与庄重肃穆浪漫牵手,星罗棋布的清真寺,终于在深蓝的天空下与我相遇了。一个人文情怀如此浓郁的城市,比繁华更令人欣慰,难怪人们将临夏称为中国的麦加。

我不能再做临夏的旁观者了,因为我们认识了一个回族小伙。他在一家穆斯林餐厅里热情地接待了我们。深邃的大眼睛,高挺的鼻梁，棱角分明的脸庞。来来回回地端茶递菜，一趟两趟，始终微笑。尤其是他给我们倒三炮台盖碗茶，脸上的汗水汇聚到下巴时，显得更加帅气和朴实。

我对临夏人的好感，还来自于我的姐夫与河州的缘分。姐夫为人热情厚道，在村子里有口皆碑。听说姐夫的父亲就是从河州迁来的，是老王寺附近的居民。至今，姐夫都操着一口浓浓的河州话，说话抑扬顿挫，唱腔软语，听者如沐春风。

临夏真是个好地方，山青水黛，山山水水都暖到人心深处。我不想再急匆匆赶路，从一片喧嚣赶赴另一片喧嚣，只想静下心来，慢慢品尝这里的独特风味。于是，生拉硬拽着同伴陪我去逛八坊十三巷。

八坊是临夏市的穆斯林聚居地，最早因这里建有八个清真寺，即八个教坊而得名。从拥政巷步入，古朴的街道在下午略显寂寥，白花花的日头照得人无处藏身。正宗的巷子里，一字排着一家家店铺，酒店风旗和幌子，顺着风势优美地婆娑着，招揽着游客。墙上淋漓尽致地展示着河州三绝：砖雕、木雕和彩绘。街道上弥漫的肉香和醋香此起彼伏，不断诱惑着人的味蕾。

临夏穆斯林，自古就有经商的传统。他们擅长贸易，熟谙经营之道。巷子不大，物品却五花八门，有手工艺品，五颜六色的玉石手镯、耳坠，回族女子绣出的手包……最令人叹服的是一家折翼天使的作品店，美轮美奂的工艺品，不由令人肃然起敬。

店铺一间间看过去，游人如织的小广场便在眼前。三炮台雕塑下水流潺潺，竟唤起一种思乡的情怀，眼眶也有些湿润起来。我细细打量，这里做生意的多是年轻女子，满街的女子都用或粉或绿的头巾掩住乌黑的秀发和白皙的面庞，但一双双灵动深邃的双眸依然无法掩饰她们娇美玲珑的面容。我扫视着这些美人，感叹造物主居然能生出这么有灵气的女子，而宁愿相信神话。

其实，这里的回族女子都有其特殊的身世，曾经的阿拉伯、古波斯人的血液汩汩至今，塑造了一张张棱角分明的别样面孔。作为古丝绸之路的重镇，临夏是中原经阳关往中亚的古丝绸之路必经之地，中亚地区的大食（古代阿拉伯帝国）、波斯的商人及少部分欧洲人曾频繁来往于这里,茶马互市,商贾云集,富庶的东方古国令他们流连忘返,于是便在此定居下来。13世纪,蒙古大军三次西征后,灭了"花剌子模",攻下大食首都巴格达。先后40年间,大批中亚各族人、波斯人及阿拉伯人,不畏艰险,经印度洋,绕马来半岛来到中国。他们中有工匠、官吏贵族、商人及学者,有的便侨居中国。如果说东方美女是一幅大气磅礴的中国画,回族女子的美更像一幅立体感极强的西方油画,更加动人心魄。一路上,我满脑子都是那个令乾隆皇帝神魂颠倒的绝世回族美女——香妃娘娘。

已是下午四点,但徜徉其间的我依然恋恋不舍,总觉得还有许多神秘深藏其中,或许前方有更多的传奇故事。于是,便向一处人头攒动的四合院走去。

古朴的院子里没有传奇,廊前花儿的疏影映照着一张张沟壑弥深的老人的脸,他们正在对歌。

"河沿边上的嫩嫩草,没拿个镰刀者害了……"老者浑厚的声音随风飘散,花白的胡子一翘一翘。

"太子山上的烟障大,大夏河里翻滚的浪花大……"略显沙哑的声音接上,似磨盘转动。

他们尽情高歌,枯瘦的双手还不时打着节拍。两鬓花白的发际上,白色的帽子和黑色的头巾相映生辉,仿佛要把流逝的光阴轻轻捞起,放在心素如简的恬淡安然里。

我屏住呼吸,不敢惊扰这动情的一刻。这或许就是临夏的精髓吧。原来,精神万古长青的奥秘,竟如此简单。

永靖之殇

  与永靖产生第六感的时候,兰州正在夜色里喧嚣。南山路上大雨滂沱,雨刷器怎么也追不上雨雾的节奏。拥堵的车辆闪烁的红灯燃起又熄灭,像一双双诡异的眼睛,划破了带着腥味的雨和内心的安宁。路旁的树木瑟瑟发抖,我仿佛听到园子里的百花在哭泣。回到西固才知道,当时如果能听得更远一些,会听到距离兰州西南70公里处的永靖,在那个时辰发生了严重的特大冰雹袭击。

  我感叹上天为何要选择永靖,选择刘家峡,一个兰州人耳熟能详的名字,兰州人青睐的后花园。当你来到永靖,只要扫一眼排列在大大小小山庄门前的车子,就会发现他们都有着相同的标识——甘A,兰州人对黄河三峡的钟情丝毫不逊色于五泉山和白塔山。但上天不会照顾我们的情绪,他总是撕裂了我们的心爱,然后告诉我们什么是心痛。只是在永靖黄河南岸的花堤长廊上,那些为明天的郁金香花展而忙碌搭台的人们,对此却一无所知。他们正憧憬着明日闪亮登场的郁金香花族,将会带给慕名而来的游客怎样的惊喜,却忽略了上天也会随时发怒。

  2019年4月26日20点30分,伴随着怒吼的狂风,一双阴鸷的手突然从电闪雷鸣中伸了出来,挟带着它的杀伤武器——大冰雹,摁断了所有的轻歌曼舞,摧毁了所有的姹紫嫣红。那些花枝招展的生命,瞬间消失,无影无踪;那些刚刚孕育出的果宝宝,还来不及呼喊、挣扎,便夭折于树下;那些温棚里的草莓、西红柿,殷红的血遍布田垄，哭天抢地……

永靖横遭突变！永靖痛不欲生！永靖一夜衰老！

我对永靖有了一种莫名的牵挂。第二天，西固阳光正好，我驱车上了兰永公路。车子在黄河南北两岸悠然穿行，黄河三峡、恐龙地质国家公园、太极岛、炳灵湖依次向后退去。观赏着车窗外如诗如画的美景，聆听着母亲河的喃喃细语，总觉得缺了些什么。

到达刘家峡的时候，天却阴沉着脸，风粗鲁地吹着，让人的脸颊有种木木的痛。一座因黄河三峡而在西北边陲崛起的小县城，高楼大厦沿街林立，店铺摊位星罗棋布，水塘麦田阡陌纵横，公园林圃不绝于目。它曾以独特的粗犷美、野性美和原始美，抚摸着人们鲜活的日子，占据着我们狭小的心房。那"十万顷高峡平湖，两百里碧水黄河"的奇特景观，那八卦的图腾演绎出的神秘和苍劲，那百亩郁金香灼灼而燃的热烈目光，那被芦苇映成绿色波痕的池塘水域，默契成了小城一道独有的风景。

眼前的永靖却有些忧伤。去郁金香花海的路上，我目睹了风暴袭击的现场。这是清晨的时光，来往的行人喧哗着县城的热闹。请原谅我无法顾左右而言他。河里的水已涨，但"拂堤杨柳醉春烟"的美丽画面已荡然无存；街道上到处是积水，满地的树叶使人无法辨认它的前生是不是路；白色的防护栏横七竖八地倒在泥水里，做最后的挣扎；公交站牌千疮百孔，路灯碎片到处零飞，潜伏着杀气；连路边停靠的小轿车、啤酒摊位，也被摧残得遍体鳞伤，惨不忍睹。郁金香花海呢？满眼的绿秆耷拉着脑袋，脚下簇拥着赤橙黄绿青蓝紫混合的肉身；童话风车倒在地上痛苦地呻吟，与干枯的枣树相依为命……短短20分钟，冰雹所到之处，无一幸免。

中午的时候，刘家峡依然游人如织。灾后的满目疮痍，在游人的眼里逐渐扩大，在游人的心里疼惜万分，在游人的嘴里喟然长叹。山庄里失去了噼里啪啦的麻将声，歌舞厅的音响哑然失效，就连往日喧嚣不堪的飞鸟也静静地缩在树荫里，睁着圆溜溜的双眼，满是惊恐和疑惑。黄河水浑黄不堪，裹卷着大量泥沙和树枝及各种不知名的物品翻腾着、推搡着远去，那种浑黄让人触目惊心！

我不敢相信这还是那个鲜花遍地、绿草如茵、碧水蓝天的刘家峡，我无法接受满目疮痍，萧条干瘪的今日永靖。昨夜的暴虐过后留下一片狼藉，农人们叹息着投身于田间地头，披荆斩棘，收拾被损毁的残局。

除了心中深深的伤痛，我竟不知能做些什么。穿梭于人群间，看他们开展生产自救：清扫街道垃圾、清洗屋顶、清理草叶、给植物喷药、更换设施……一切井然有序。生活在这块土地上的人们，继续用勇敢和坚强书写着永靖最美的诗篇。遥望"落霞与孤鹜齐飞，秋水共长天一色"的如画美景，我在心中默念：今日之殇，永不再现！还我绿水青山，再现梦里江南！

景泰情缘

一

景泰挺远。去景泰的路山重水复，汽车总在山边穿行，让人觉得自己好像是被大山抱在怀里的婴儿，怎么也挣不脱她的怀抱。前方，更前方，滚圆的土丘一个接着一个，光秃秃、灰蒙蒙，就是长草的荒滩也是灰压着绿，一片荒凉。山的那边还是山，蜿蜒的山路似乎一直瞪着你看，令人只打冷颤。

景泰县城却在柳暗花明处，地势平缓，一眼便可看出它的优雅与从容。要论气质，与天水倒有几分相似。只是天水更容易使人想起饱经沧桑的老人，多有阅尽繁华后的气定神闲。而景泰则让人联想到意气风发的少年，总是憧憬着美好的明天。

景泰自诞生之日起，便有着"景象万千，国泰民安"的梦想。可是穿越光阴的尘封，地处甘、蒙、宁三省交界处的它，黄沙漫漫，朔风砭骨，又何曾安宁过？大月氏曾在这里轻吟胡笳，休屠王曾在这里庆贺胜利，吐蕃拭剑争锋，西夏枕戈寝甲，鞑靼兵戎相见。他们你方唱罢我登场，谱写了一曲又一曲乱世争霸的激昂乐章……

如今的景泰，终于美梦成真：千亩良田阡陌纵横，景电工程名扬中华，黄河石林声振寰宇。似乎是在一个合适的时间，等待着我的寻找，曾有幸三次光顾景泰，小城给了我无限宽广的时间做无限美好的梦。这里的光阴似乎比其他地方慢了许多，时间在这里仿若湖水，波澜不惊。小城人的眼睛却真诚坦荡，性子也淡泊，让人感到亲切而温暖。

第一个接触到的景泰人是一个同事，二八芳龄，出落得小家碧玉般清秀。时间久了，方知巾帼不让须眉，骨子里总有一股豪爽之气，为人热情坦诚，丝毫没有千金小姐的矫揉造作。她有一双能洞察人心灵的眼睛，与她交谈，睿智的思想总让人汗颜自己愚痴笨拙，独到的见解总让人惭愧自己孤陋寡闻。她为人低调，毫不张扬。总是微笑着，神情不卑不亢，谦虚而又包容。她的博学，常常让我觉得景泰人杰地灵，前潮后浪般地涌出才子佳人，使小城离淳朴很近，离优雅很近。

那一年盛夏，与她去景泰游玩。8月的景泰，正是麦收时节，大片大片的麦田，大片大片的金黄，富足而欣慰的岁月。走过翠绿的树林，走过满面笑颜的向日葵花海，远近人烟稀少，空旷静寂，只有白杨和柳树静若处子，蜿蜒于路边田间。她的母亲为人热情真诚，让我感动不已。其实对我而言，她的母亲年龄不大，可以做我大姐。当我还在酣睡中时，大姐却早已起床，在厨房炊金馔玉。虽然都是家常便饭，于我，那却是此生未曾吃过的美味佳肴。虽为客人，我却有尘埃落定般的踏实与温暖。临走时提包里也不让空虚，锅盔、葵花籽、大枣颇为丰盛。大姐温和地笑着，诚恳地邀请下次再来，暖人肺腑。

人生就是这样，所有的相遇都是一种缘，总有令人念念不忘的理由。

二

龙湾，是景泰县的一个村庄。崇山峻岭中迂回曲折的黑色柏油路，仿佛恪尽职守的导游，把我们引到了这里。"黄河九曲十八弯，弯弯奇景留人间"，正如它的名字一样，黄河浩浩荡荡冲出兰州向北奔腾，就在她擦肩而过流入宁夏时，在这里优美地回旋了一下，大气地画了一个漂亮的S型，宛如神龙摆尾，萦绕出一方塞上江南。因此，300多年前，祖先便赋予了此地一个霸气十足的名字——龙湾。

站在黄河石林景区门口的观景台俯瞰，凹下去的峡谷里，龙湾村幸福地倚在黄河母亲的臂弯中，沃野千里，果树茂盛，古朴的村落掩映其间，安宁又静谧，果然是人们心目中的世外桃源！

如果追源溯流，龙湾先祖选择这样一处膏腴之地，必蕴含着其独到眼光。据说早年先祖为躲避战乱，隐居在此，发现此处占尽天时地利之便，兵家易守难攻，是安身立命之佳所。沟通外界水上唯一的交通工具是羊皮筏子，陆上通道则是村北陡崖上险峻的天桥古道。此道蜿蜒在悬崖峭壁，路上有一天然石门。过门的地方搭有活动木板，有了匪患，村人便撤走木板，天桥便成为天堑，成为绝路，匪徒只能望崖兴叹。于是，村人在此自给自足，依傍黄河繁衍生息了300多年。

只是万事都是福祸相依。随着社会的稳定，往昔躲避战乱的地理优势，变成了束缚龙湾发展的枷锁。交通不便，使得村子封闭落后。为了改变命运，几代龙湾人开山炸石修路，随着沉睡的石林闻名于世，老龙湾终于迎来了发展的新机遇。

沿着22道弯盘桓而下，穿过密密层层的果园，我们来到村中的一户农家乐，热情淳朴的老乡端出了清凉解暑的浆水面和香椿炒鸡蛋，安慰我们饥肠辘辘的肚腹。简单可口的饭菜，充满了家的味道，熟悉又温暖。

三

如果用笨拙的笔来描述龙湾的山水，都会显出自己语言的贫乏，因为这里的奇异远在语言之外，甚至连电影也显得有些平庸。《神话》《天下粮仓》，也只不过是带走了龙湾山水的形，而他的灵魂，只能是你踏着这里的泥土，在黄河石林里穿行，在羊皮筏子的激荡中，在"驴的"的跋涉中，在村妇的歌声中，面对石林的无言和大美时，才会感慨：一切干涸的描述，只能是对这里山水毫无敬意的涂鸦。

沿着河岸徘徊，不一会儿便到了水上码头。两岸山峰突兀高耸，直插云霄，浑浊的河水从两山夹缝中浩浩荡荡倾泻而下，倒使人想起王之涣那首著名诗句"黄河远上白云间，一片孤城万仞山"的意境。几架水车在汩汩的浪花中日夜辛劳，传递着丰收的喜悦。一排排羊皮筏子精神抖擞地排在岸边，成为惊艳这一湾河水的最美道具。撑筏子的是一位中年汉子，被高原烈日炙烤的面色黑里透红，眼神淳朴而坦诚。闲聊中得知，他是一个农忙时干活，农闲时撑筏的本土汉子。两个孩子均在外地上大学，家里的女人农闲时便去赶"驴的"。只见他借助水流的力量轻轻地撑一下篙，筏子便悠闲地漂去。坐在羊皮筏子上顺流而下，河水并不湍急，清风拂面，带来岸边的枣花和泥土的芬芳，倒有些"纵一苇之所如，凌万顷之茫然"的闲适与潇洒。

下了筏子，便到了饮马沟口。"石灵呈万象，林秀出千奇"。未及深入，心中便憧憬着一场美丽的邂逅。

缓步向前，我们走向饮马沟大峡谷。相传成吉思汗西征时曾在此地休整饮马，故得名饮马沟。峡谷端口处，畜力车团队沿山谷走向呈一字形排列。高大茁壮的小毛驴有几十个，头戴大红花，身披花马褂，打扮得花枝招展。身后的彩棚车赤橙黄绿青蓝紫，像迎亲的车队般豪华。我们乘上"驴的"，赶车的是一位50多岁的村妇，瘦长的瓜子脸，黝黑的皮肤，皱纹密布的脸庞与她的年龄很不相符，但亲切质朴的乡音，给人宾至如归的温暖。

她挥舞着鞭子，口中吆喝着只有小毛驴能听懂的语言，缓步向前。"姑娘，我给你唱首歌吧？10块钱两首！"突然，她开口央求。"10块钱3首行不？"同伴讨价还价。"好吧！"她爽快地应着，随即拿出小喇叭，开始唱起了西北民歌。虽然不是很美，但那自然而纯真的声音，还是触动了我的内心。多么憨厚的老乡啊，生不易活不易，生活不容易啊！

阵阵歌声中，我仰头打量这里超时空的造物杰作。从黄土地上拔起的石林，矗立成排，连绵成片，或千峰竞奇，或陡崖凌空，都保留着最朴实的黄土色彩。穿行在蜿蜒曲折的峡谷间，时而两山逼仄，怪石横于头顶，令人望而生畏；时而豁然敞亮，阳光刺目，石笋变幻莫测。眯眼揣测间，不料赶车的村妇却当起了导游，每隔一段，便停下车子，告诉我们这叫"观音打坐"，那叫"屈原问天""木兰还乡""大象吸水""月下情侣""神女望月""千帆竞发"……似乎每个景点都有一个美丽神奇的传说，我被沦陷在一片黄土长卷中。

当我听到小毛驴喀哧喀哧的喘息时，饮马沟便到了尽头，但内心的热情却丝毫未减。我们坐上缆车，登上石林最高处。眼前的景象彻底震撼了我们，这里竟是石柱石笋连绵不尽的海洋！各种千奇百怪的山峰在云雾缭绕中傲然而立，经过多少万年的风雨雕琢,每一块石头上都写满了沧桑,此时人在它面前,竟如此渺小。我极目远眺,好一派气势磅礴的黄河石林!正是它阻挡着远处戈壁的沙砾,老龙湾的庄稼和梦想才得以延续。

谁说景泰遥远?有缘天涯如咫尺,无缘咫尺亦天涯。当你体验了羊皮筏子的魅力,领略了石林的大美,感受了老乡的诚恳,一个如黄河般纯朴又豁达的景泰,便近在眼前了。

漫步顾家善

花村·顾家善，因美丽的名字及美丽的传说而令人向往。600多年前，世居江南水乡苏州府的顾仲亮受封来兰，因笃学礼让、大有仁者之风而备受明肃王雅爱。后来，顾姓人家发现黄河北岸的大川渡口一带（现白银市白银区水川镇西南部）气候温和、降水充足，是安身立命的理想之地。于是，便在此地建起了一座属于自己的梦里水乡，世代繁衍，生生不息，这就是顾家善。

当我们的脚步踏入这座北方小村落时，蓝蓝的天空白云游走，和煦的阳光轻抚万物，天地一派祥和。田野里，忙碌的农人已开启了一天的生活。路旁的树木发出沙沙的响声，流淌着诗一般的韵律，在空中轻轻回荡。剪一段阳光，闻一路花香，顾家善的味道瞬时溢满心房。

走进顾家善，恍如走进了陶渊明笔下令人魂牵梦萦的桃花源。初入村庄，街巷里那些开得浩浩荡荡的花朵，便惊艳了我的时光。墙上的轮胎里、篮子里、地上的大缸里、盆子里，一树树争奇斗艳的花儿耐不住寂寞，正从各处探出头来，展示着绝美的夏天。不由得惊叹，花村·顾家善，果然连路都是花路。

迫不及待地步入沟沿文化巷，曲径通幽处，黄河水分流成一条条小溪穿村而过，形成"家家门前水流潺潺，户户门前花团锦簇"的水乡风貌。溪水之上还架着许多形态各异的小桥，有的青石铺就，有的木板搭缠，有的如一虹卧波，构成了一道独特的风景。你瞧！小桥流水衬着黛瓦白墙，显得无比雅致，连脚下色彩斑驳的鹅卵石也仿佛具有灵魂，充满了水性和柔情……这里虽没有烟雨江南的缠绵悱恻，却自有北方人家的恬静温婉。

顾家善民居如凝固的音乐，时时牵绊着游客多情的脚步。敞开的门院，总会让人惊叹不已。那原始的土木建筑的屋子、粗壮的廊檐柱子、精致的木格窗子及别具一格的"炕门洞子"，极富传统文化气息，一次次冲击着都市人的眼球。农家小院也是花的王国，几乎每家庭院都摆着盆景花卉，五颜六色的花草溢出醉人的芬芳，让人情不自禁地吟出"顾家从来喜植树，户户无处不养花"的诗句。

这里几乎家家开店，户户经营，但却让人感觉不到一丝商业气息。任意走进一个农家院，主人总会热情相迎。色味俱佳的农家饭蕴藏了庄户人家多少美丽的情怀啊！那浆水面的葱花香味儿四处弥散，那圆圆的玉米饼时光味道浓艳，那香喷喷的凉面里藏着对游子的期盼……热情好客的顾家善人总会让你情不自禁放下远行的背包，找到家的温情。

徜徉街头，我惊讶于这里古朴的美，竟然也可以温润如玉。这里是个适合怀旧的地方。那条歪斜悠长的巷子，讲述着旧时顾家人的故事，整齐的青瓦回忆着来来往往的日子，就连那凹凸不平的石子路也依稀留着岁月的影子。虽说是走马观花脚步匆匆，大门口墙上的家规家训依然吸引了我的视线。这种传播治家格言的墙面文化，不仅彰显了良好的家风，让优秀的传统鲜活起来，也形成了花村特有的一道景观。

挡眼处，一棵古柳盘卧在地，树冠硕大，树身伟岸粗壮，令人叹为观止。仰头望去，果然是百年古柳，名曰仁。紧接着，两棵、三棵……他们盘根错节，像无数巨龙卧在那里，护佑着一方安宁；他们像一位位长者捻须微笑，鹤颜里藏着经年的岁月记忆；他们浑身都散发着古朴的气息，传扬着顾家善"仁、义、礼、智、信"的传统美德。逼仄的巷子里，两棵情侣柳相偎相依，枝叶刚劲却不乏柔软，见证着共同走过的沧桑岁月，就如同千百年来勤劳睿智的顾家善男人和心灵手巧的顾家善女人。

走出小巷，一块刻有"丁兰孝母"的石碑跃入眼帘。相传，丁兰幼年丧父，对母不敬。某日耕田间歇时，见一羊羔双膝跪地而食母乳，触景生情，思之悔矣。正巧母亲送饭而来,丁兰去接却忘丢牛鞭。母亲以为丁兰又要鞭打自己,心如刀剜,遂撞死于田间树下。丁兰伐树刻母,供奉于堂,日进三餐,从未间断,一时成为忏悔孝母的典范。及时行孝的家风,让我对顾家善人心生好感。"万事莫如为善乐,百花争比读书香",不正是顾家善的灵魂所在吗!

顾家善是远近闻名的长寿村。那些聚在梨园的老人们也是村子里的一道亮丽风景。他们三五成群地玩着古老的纸牌游戏,或气定神闲地独坐在梨树下享受和煦的阳光。时间仿佛凝固了,一切在瞬间停顿,一切都变得不再重要。也许他们的一生,有如山水一样的简朴清明。他们爱花惜花、耕读传家。如今,人到暮年,静守着悠闲岁月,淡看花开花谢,于烟火中,安享简单而平凡的生活。

"黄河岸边烟水绿,新雨地头瓜果熟"。站在顾家善的滨河苏堤上,疾风把杨树林吹得飒飒作响,似乎在诉说着顾家善的历史,一年又一年。远处,群山苍茫,云卷云舒,河水悠悠……我竟有种沉醉其中无法自拔的痴迷。昼夜喧嚣奔腾的黄河水,丝毫未能打破这里的静谧祥和。我是个过客,却像个归人。顾家善,已然成为我们得以释放心灵的驿站。

汪国真曾说过,凡是遥远的地方对我们来说都是一种诱惑,不是诱惑于美景,就是诱惑于传说。顾家善并不遥远,却承载着我们遥远的梦想。那是一个纳藏醇美时光的世外桃源,那是一方承载浓郁情怀的温馨天地,那是一处寄托游子乡愁的梦里水乡。顾家善诱惑我们的不是美景和传说,而是那份最自然淳朴的气息,这里的一切都在为我们讲述不凡的故事。喧嚣褪尽,繁华散落,这一份清新与古朴、这一份静水流深的祥和与诗意,只有来到顾家善才能觅得。

那个不舍离去的黄昏,再一次将喜悦注满我的心房。扑面而来的泥土芬芳带着黄河水的甘甜气息,让人神清气爽。仰望蓝天下悠闲游走的大朵云彩,似乎已渐渐融入顾家善的生活,仿佛自己就是黄河中那一尾忘了烦恼的游鱼。

土司衙门岁月长

一

夕阳的余晖透过树梢，懒懒地洒在仪门的台阶上。西北的深秋已有些许寒意，阵阵冷风从祁连山东麓逶迤而来，吹得龙檐上的灯笼左摇右摆，如同风雨飘摇中的土司衙门。这时，仆人来报，行李细软都已收拾停当，夫人已在马车里等候多时，问他何时动身？他摆摆手，让仆人下去，看着仪门正中悬挂的"提督军门"四个大字，不由得落下了伤心的泪水。这座宫殿建于明万历年间，是为纪念第八世祖先鲁光祖任南京大校场总理提督而建。这里曾经何等热闹，迎来送往过无数贵客，每年都要举行多次庆典，可一切就如此刻的夕阳，虽绚烂至极，却稍纵即逝。跨过左边的生门，威武庄严的衙门矗立如故，曾有多少人从这里起死回生，又有多少人在这里被打入地狱。生杀予夺，震慑西陲，曾经是何等的权势，如今又是何等的落寞！生门与绝门的转换，仅仅也就一个正堂的距离。他快步移到左边，进入了二堂。

带着10月西北的秋意，鲁承基穿过二堂，从一寝院、二寝院、三寝院走过，静悄悄的院子里不见一个人影。这里是历代土司家眷的住所，曾经莺莺燕燕，歌舞曼妙，消磨了多少雄心壮志，也度尽了历代土司的销魂岁月，如今早已人去楼空。"古今多少事，都付笑谈中"，他摇摇头，径直走到了后花园。风吹着酸果树沙沙作响，抬头望去，枝头上还零零星星挂着金黄的果实。这棵酸果树是园子里的神树,相传他的第十四世祖先鲁璠的母亲就是因为分娩前吃了此果,才顺利诞下第十五世祖先。他望了一眼树下,池子里飘着一片片枯叶。也许,此刻离开,是顺应天意吧,老祖宗不会过分责怪他,想到此,他有些心酸。

穿过朝阳门,他去祖先堂进行祭拜。这里供奉着历代土司,既有画像又有牌位,叫效忠堂,是明洪武年间一世祖先脱欢之妻所建。祭拜完祖先,他穿过燕喜堂、如意门,在大堂休息片刻。大堂檐下悬挂的"报国家声"巨大横匾,在金色的余晖中闪闪发光,让他觉得有些刺眼,只好安静地走出了威严的衙门,去隔壁的妙音寺上了最后一炷香。

他迈着沉重的脚步走出衙门,在暮色中看了一眼牌坊上"世笃忠诚"四个大字,就钻进马车,扬起阵阵黄土,消失在一片苍茫中。

这一年是民国二十九年,政府改土归流,永登连城末代土司鲁承基在苟延残喘了一阵后,离开了世代居住的土司衙门,无奈地结束了自己的土司生涯。鲁氏家族500多年的土司历史,在这一天黯然画上了句号,在大西北的版图上,留下了一座沉寂的建筑,斑驳的痕迹刻下了每一段历史的印记。

二

2017年的秋天,我跟果果和阿昭一行三人,沿着当年马车扬起的尘埃,踏上了寻找鲁土司衙门的旅程。漫长的道路尽头,一条大河潺潺东流。阳光下,罗带般的大通河拐了个大弯,温柔地将对岸的小山村揽在怀里。这个小山村就是永登连城镇。我们在风雨侵蚀的门口踌躇良久,当年末代土司鲁承基就是从这里离开的。我们不是来惊叹这座古老衙门当年的辉煌,而是寻找这里发生的一个个荡气回肠的故事。

牌坊依旧,宫殿式古建筑群基本完整地呈现在眼前,斑驳的木质建筑显示了这座古老衙门当年的辉煌。史载,民国二十九年(1940年),末代土司鲁承基把森林、土地卖给当时镇守甘肃的国民党军官马步青后,便栖身于大有官庄子。1951年被镇压。1958年"大跃进"时,连城城墙被毁,土司衙门内的铜铁器具和妙因寺金铜佛像全部回炉。同行的果果不住地感慨，鲁土司衙门没有幸免于难，却保留下了如此壮观的宫殿群，实在是个奇迹。

确实是个奇迹。六扇门的墙壁上，留着鲜明的"文革"印迹。我细细打量着上面彩绘的门神。阿昭告诉我，他们分别叫"神荼"和"郁垒"。相传远古时候，神荼与郁垒为一对兄弟，兄弟俩都擅长捉鬼，如有恶鬼出来骚扰百姓，神荼与郁垒便将其擒伏，并捆绑喂老虎。后来人们为了驱鬼避邪，在门上画神荼、郁垒及老虎的像，流传至今。左扇门上叫神荼，右扇门上叫郁垒，民间称他们为门神。我听得瞠目结舌，忽然觉得，有才子和才女相伴的旅程，竟多了许多的趣味！

后花园里，酸果树上硕果累累，古老的核桃树巍然矗立，草木峥嵘，花海荡波。八卦亭廊柱回环，飞檐翘瓦，美丽依旧。我们跳起来摘着酸果子，皱着眉头品尝着百年未变的酸味，在树下嬉戏打闹。一片菊花开得正艳，蜜蜂蝴蝶流连其间，翩翩起舞。望着满园秋色，我的心中竟莫名地想起了民国二十九年的那个秋天，末代土司鲁承基也曾坐在这里，大厦即倾，这里极度的繁华便是他极度的落寞，昔日的荣华富贵已成过眼云烟，祖先守护了500多年的产业将毁于他手，其凄清感伤恐怕染遍了这满院秋色吧！遥想当年第一世祖先脱欢迁到连城这个边塞小镇，为朝廷征战沙场，几度出生入死才换来后世子孙的辉煌。脱欢的夫人马氏智勇过人，也为土司衙门的壮大历经险恶。土司家族的历史，其实也浓缩了中国封建王朝的兴衰起落。

鲁承基其实不姓鲁。他的始祖脱欢，是成吉思汗的后代。公元1368年，朱元璋军队攻打大都（北京）时，元顺帝出逃，脱欢兵败流落河西。两年后脱欢率部降明，朝廷封其为土司，被安置在连城，开始世袭。

明洪武三年（1370年），鲁土司衙门起建，有"三十六院，七十二道门"。谁能想到，它在之后的500年里成了"西北之巨镇，漠漠之边城"，它的管辖范围包括永登县连城、民乐、大有、七山、通远、红城、城关、龙泉和红古河嘴、平安以及天祝县的古城等乡镇，面积约9千平方公里。清乾隆年间，辖民竟达3698户。鲁氏家族用500多年的时间打造了西部小故宫，威震一方。

他的二世祖为巩卜世杰，永乐元年（1403年）任庄浪卫百户。永乐八年北元进犯，调其援征。初战胜利，后被包围，力竭而死。部下仅寻得其右臂及盔帽，运回葬于永登青石山。嘉靖十年（1531年），明王朝为其建立忠节祠。想想二世祖是何等的悲壮！有诗曰："马鬲归来裹一肢，莫因成败论英雄。此生无愧君亲义，一死唯于天地知。古冢空余春草色，远山横带暮流悲。可怜漠漠黄云际，尽是将军赌命碑！"

明永乐二十一年，他的第三世祖先失伽屡有战功，永乐帝给失伽赐姓为鲁，名鲁贤，从此称为鲁土司。此后，其势力逐渐庞大，绵延明清两代，延续达500多年。

祖先踩着血泪才拥有了这片广阔的土地，然后殚精竭虑地守护着。可是江山易打不易守，在经历了八世繁华之后，他的家族不可挽回地走向了衰落。

明末李自成起义军攻掠西北，九世祖先鲁允昌与青海民和的李土司以及西宁的祁土司三家结盟，对起义军进行了顽强抵抗，但最终以失败告终。崇祯十七年（1644年）初，李自成部将贺锦攻破连城，生擒鲁允昌枭首示众。

遭到重创的家族，至此并未彻底崩溃。后祖先积极归附清廷，重获土司特权，一度为朝廷重用。只是到了清末，家族当年金戈铁马的雄风已一去不复返，待鲁承基即位时，由于疏于管理，导致家族的腐败愈演愈烈，最终在垂死挣扎中走向了末日。

三

走出衙门，我们来到了土司衙门西侧的妙音寺。一进门，就看到一群老人围在一起打牌，旁边有树笔直而茂盛，却不知其名，同行的果果向老人打问，竟不知是哪几个字。走向寺内，迎面有一尊慈祥的大佛微笑相迎，后面又有一尊金刚怒目而视。史书记载，鲁土司出生蒙古，信奉藏传佛教。妙音寺是历代鲁土司建立的寺院中规模最大、塑像最多、壁画最好的一座佛教名刹。五世班禅、六世达赖、七世达赖曾经到过该寺。

站在妙音寺里，转着那一个个大大小小的经筒，我好像还能听到寺里传出的梵音，那样宁静，那样安详。墙上的精美砖雕，显示着古老民族的智慧与艺术，伴随着土司家族的兴衰，寺庙的香火也经历了旺盛与清冷。然而法轮常转，妙音久远，无论历史如何变迁，佛音依然穿越千年，梵唱至今。

走出妙音寺时，已是下午一点多，整个土司衙门在阳光中巍然屹立，檐上风铃依然发出清脆的响声。门口有一群孩子玩着游戏，恍然间又看到了曾经辉煌一时的鲁土司家族，高居大堂的土司威武雄壮，后堂却儿孙满堂，嬉戏打闹！

如今，一度辉煌的鲁土司衙门，早已人去屋空，归于沉寂。时光荏苒，朝代更替，最为赫赫的权势，也终敌不过荒草的覆盖。只有后花园的百年核桃树和酸果树依旧在繁茂地生长，仿佛在向慕名而来的游客诉说着这里曾有的传奇故事……

渭河源之韵

一

国庆节到了,洋洋约我去她的老家——渭源。由于之前去通渭泡过几次温泉,我竟然把这个小县城与通渭混为一谈了。对于这次出行,我并没有太多奢望,定西山大沟深,一片荒凉,很难想象这样的土地上会孕育出什么婉约美景。还好,旅行于我而言,它的意义并不在于目的地,而是背上行囊看看世界的心情。

说走就走。一路上皆是荒山秃岭,乏味的景致,使人昏昏欲睡。待清醒时,车子已驶入了 212 国道。有雨星洒在车窗上,路面也渐渐变得潮湿。忽然,眼前开阔起来,车窗外生动的颜色如天外飞景般跃入眼帘。道路左侧,一片片草场绿意盎然,中间河水潺潺,像一条青色的玉带蜿蜒其间。道路右侧则植被密布,那红的、黄的、深绿、浅绿及各种叫不出名字的颜色,仿佛一幅色彩斑斓的油画展现眼前。两种截然不同的景观,令人耳目一新。我像是着了魔一样举着相机疯狂地抓拍,不住地惊叫着,赞叹着,浑然忘记自己还在车里。

不知自己怎么下车的,或许是被草原上那一匹匹骏马吸引去的。金秋的树叶在这里雍容大度地汇聚,色彩斑斓,茫茫一片,层层叠叠精神焕发,彰显着喧嚣的生命,让人忘记它只是各种各样的树叶而已。我们不住地跳着,笑着,数着草原上那一坨坨牛粪,快乐得像两个孩子。

印象中荒山秃岭的甘肃定西，竟有如此绝美的秋色，这里究竟藏着怎样的秘密？原来，这里有一条古老宽广的河流——渭河。

世人皆知黄河是中华民族的母亲河，其实，渭河比黄河更令人心潮澎湃，它是黄河的一个支流。远古时期，大禹就疏导过渭河源头。渭河从鸟鼠山出发后，流经陇西、武山、天水等地，然后流经陕西的关中平原，最终在潼关附近汇入黄河。早在六七千年前，中华民族的先民们就在这里繁衍生息，创造了灿烂的远古文化。距今八千年的大地湾文化，传说中伏羲成长的古成纪地区，黄帝炎帝的轩辕谷，都在渭河两岸。历史上最早的农官后稷，在渭河一带"教民稼穑，树艺五谷"，渭河水滋养和哺育着这里一代又一代的乡民。

我想，渭河对这片土地举足轻重。有了它，干旱荒凉的渭源才有了天然牧场；有了它，才有了生生不息的华夏文明；有了它，才有了千年帝都曾经的繁华。

二

从渭源牧场回返，我们来到了五竹镇，刚听到镇名，就觉得此地不凡。查阅百度，果然有记载。"当地民间传说，建文帝及其大臣郭节，曾在五竹寺避难，隐居在此。他们削发为僧，植红、黄、白、绿、蓝五色之竹于禅院中，自称五竹僧，寺因此得名。"我想，五竹镇的名字也由此而来吧！

五竹镇距离渭源县城约二三十公里。洋洋告诉我，她的妈妈小时候就住在渭源县城西数里的白塔村。山上有座白塔，有"巍巍白塔藏仙骨"的传说，据说是渭源人民为纪念马藏寺两位高僧而建的。当时的渭源县，地广人稀，广种薄收，若逢天灾人祸之年，则饥民求告无门，荒野抛尸有加。困苦的生活，贫瘠的自然条件，迫使百姓唯有盼个风调雨顺的年景。"妈妈的童年是苦涩的。每天天蒙蒙亮就得起床，背着装满挂面的竹篓，奔波于白塔村和五竹镇之间进行买卖，二十多公里的路程，每天步行两三个小时，风里来雨里去，不知磨破了多少双布鞋……"听着她的讲述，我深深地感叹父辈们生活的艰辛和不易。

细细打量镇子的角角落落，除了街道两旁卖杂货的小商铺和稀稀落落的行人，再无特别之处。只是，不知从哪里飘出的阵阵油香味，弥漫在窄旧的街巷上空，竟让嗅觉鼓胀起干瘪的细胞，鼻子疯狂地走神。我们循着醉人的香味居然摸到了一家磨油坊。

低矮的门楣，老旧斑驳的木板门，充满历史的沧桑。小小的作坊内热闹非凡，老旧的机器旁，几位乡民正紧张有序地忙碌着。一桶桶清亮透明的胡麻油，一缸缸乌黑淳厚的菜籽油，如橙黄的玛瑙、流光的乌金般从机器中汩汩而出。地上堆着的麻渣，竟搅起了很多沉淀的过往和旧时的记忆。我小时候见过渣饼，还吃过它。虽然很硬很干，但细细咀嚼，也能品出幽幽的油香。待我稍大一些时，生活条件好了，渣饼便成了地里上好的肥料。

"这是你家的菜籽吗？每年能打多少斤？油够吃吗？"洋洋的声音打破了我的沉思。这时，我才发现门口堆满菜籽和胡麻的袋子旁，坐着两位等待榨油的乡民。男的憨憨地答道："够吃！够吃！"女的两手插在袖筒里，吃吃地笑着。

攀谈间，油装好了。我跟洋洋提着四桶胡麻油凯旋。我想，在现代化机器生产食用油的今天，一个小小的油坊处变不惊地走过了巨大的裂变，并且还如此生意兴隆，定有它存在的理由。老油坊，就像一位坐观五竹镇变迁的老人，历经沧桑，老街的遗韵就在他的坦然惬意中无声地传承。渭源除了美丽的牧场，还有很多像老油坊这样星星点点的历史遗产，正等着我们进一步去探寻。

离开五竹镇后，我们继续下一站，寻找渭河源。

三

下午三点多，我们到达渭河源景区。

踏入景区，一抬头便与一座气势恢宏、设计典雅的官殿相遇了。官殿周围绿草茵茵，流水潺潺，原来是禹王广场。我们驻足拍照，洋洋幽默滑稽的解说，总是惹得我捧腹大笑，飕飕冷风也仿佛被她的热情洋溢赶跑了，心头暖暖的。

匆匆浏览了禹王大殿，我们便步行去寻找渭河的源头。空中氤氲着雨雾，给深秋更添了几分寒意。全都是缓坡，山上的林木层层叠叠，因秋色的渲染，显出清晰纵深的层次感，婉转而优美，令人浮想联翩。无论从哪个角度看，渭河源都以最美丽的韵致呈现眼前。突然，丛林深处出现了一条清白通透的小溪，与岸边摇曳的草木结伴而行，缠缠绵绵一路欢唱而去。莫非，这就是渭水？

我们逆水而行，徜徉在鸟雀啁啾与溪水叮咚交汇成的美妙音乐中。猛一抬头，却被一座陡峭的山崖挡住了视线，上面赫然印着"大禹导渭"四个大字，旁边还有清乾隆年间陕甘总督左宗棠的亲笔题名。再看旁边的石碑上书："公元 1875 年，清陕甘总督左宗棠奉光绪帝钦命，督办新疆军务，溯渭河西进，见源头民众富足，耕读有序，顿思大禹导渭、泽被苍生之功勋，挥毫题写'大禹导渭'之墨宝，以寄托追缅之情。"读着石碑上的文字，我少了份漫不经心，多了份敬仰之情，思绪也因历史故事的感染，突然变得生动鲜活起来。

一路向前，山涧若隐若现，在我们的视线里躲躲闪闪。陡峭的悬崖上，石头砌成的台阶又湿又滑。扶着护栏小心翼翼地向上攀登，不多时，便看到巨大的山崖中间有个裂缝，河水轰鸣着从山涧奔腾而出。河中用巨大的石头排列成供行人通行的石凳。这就是传说中的"一线天"了。

《尚书·禹贡》中说："导渭自鸟鼠同穴，东会于沣，又东会于泾，又东过漆沮，入于河。"《水经注》中也明确记载："鸟鼠同穴之山，渭水出焉。"可见，大禹导渭河，是从鸟鼠山开始的。我仿佛看到大禹站在云雾缭绕的山头，抡起开山斧，随着一声天崩地裂的巨响，大山中间裂开了一个口子，滔滔渭水一泻千里，浩浩荡荡向下游流去。而这个口子，就是眼前的"一线天"。鸟鼠山的得名，也绝非空穴来风。大禹平息水患后，发现这座山的鸟和鼠同居一穴，因此取名鸟鼠山。

当然，自古以来，关于鸟鼠山的故事，总是充满了神秘色彩。民间相传，鸟和鼠原本是一对恩爱夫妻，妻子勤劳，丈夫懒惰，他们祖祖辈辈居住在渭水源头，生活过得很清苦。后来，妻子变成了鸟，而丈夫变成了鼠，所以就成了传说中的鸟鼠同穴。

美丽的故事，令人精神倍增。我们踩着石头，在昏暗的光线下，扶着崖壁上时断时续的铁链，小心翼翼地通行，还不时躲让着对面的行人。

过"一线天"后，一条五彩斑斓的山谷通向远方，随处可见野鸡和飞鸟的身影。一溪流水依然哗哗，清澈的连每一粒沙子都能看得清清楚楚。据说这里的品字泉，就是渭河源头。于是，我们踩着蜿蜒曲折的石阶，逆着溪水继续前行。

走过一座座山坡，穿过一条条河谷，路随水转，水映人脸，行人和溪水时时被掩映在树丛中，只闻其声，不见其影。我原以为沿着这条路走下去，找到品字泉水源后，它也会通向出口，不会再走回头路。没想到，眼看天色已晚，既没找到品字泉，也没找到出口，心里不由着急起来。就在一筹莫展时，从山道上跑下来四五个游客。

"这里离出口还远吗？"

"前面没路了，山上的栈道还没修好，我们要返回去！"

简短的问答，使人莫名慌张。跟随行人一步并作两步飞奔下山，转弯处却早已不见了他们的身影，只听见有笑声在山谷中回荡。真是空山不见人，但闻人语响！

雨渐渐大了起来，我们一路小跑，洋洋还不慎崴了脚。虽然步履匆匆，沿途的风景也缺少了初遇时的新奇，可依旧不失美丽。

游览渭河源，一切都很圆满，却偏偏留下了没有找到品字泉水源的遗憾。也许世间最美的事情都有最美的遗憾，这遗憾会让渭河源在我心里留下更深的向往。

四

当晚，我们入住渭河源大酒店。

深夜，我从梦中惊醒，只听得外面大雨如注。似乎听到槐树叶不断地滴水，屋檐串起的珠帘落地成溪，形成无数的涓涓水流，被渭河接纳。突然想起某个遥远的午夜，在江南的一家小客栈里也是被同样的雨声惊醒，只是那次雨水打在窗外的芭蕉上，叮叮咚咚，似一曲美妙的音乐。大西北的雨声粗犷豪放，与江南雨声的婉约清丽多有不同。就在这样的遐想中，我兴奋得再也无法入眠，听着雨声直到天亮。

早餐后，洋洋执意要带我去灞陵桥，看着她稍有所缓解的脚伤，实在于心不忍，但终究拗不过她的盛情，只好同意前往。外面依然雨星点点，首阳路上行人稀少，有点冷清，一种偏远荒凉的感觉油然而生。

20多分钟后,我们到达了一个集市。麻雀虽小,却也五脏俱全,各种蔬菜瓜果,在这里应有尽有。穿过热闹的集市,一座石拱桥架在渭河上。我急匆匆登上桥头,觉得这座桥太新,缺少历经风雨的沧桑感,正诧异间,忽见十米开外的河上与之平行架着一座"长虹卧桥",我想那就是灞陵桥了。没有太多惊喜,只是好奇心驱使,我急于想看清楚这座声名显赫的陇上廊桥的庐山真面目。

初遇灞陵桥,古典纯木质结构的卧式造型、遮风挡雨的顶和飞檐上的琉璃瓦,一下子俘虏了我的眼球。漫漫黄沙的西北边塞,古代居然有这样精雕细刻的艺术杰作,令人始料不及。没有什么人来,只有我呆呆地凝视着它。这里环境优美,绿树成荫。一棵百年大柳树横卧在旁,守护着它,也见证着这里的沧桑。桥旁有个石碑,写着"灞陵桥"。我仔细搜寻,竟没有看到只字片语的介绍,心里不由有点小失望。

走上桥头,两侧被红色的门栏封住了,无法入内。我只好隔着门栏细细打量里面的建筑。桥梁两端居然有宽敞的桥台,近30米的廊桥上,积满了文人骚客的词话诗联。我仔细搜寻,终于找到了介绍这座古老卧桥的碑文。

灞陵桥始建于明洪武初年,系大将军徐达西击元将李思齐时为渡渭河而建。我有些诧异,因战事诞生的桥怎么如此华丽?仔细了解,才知道起初是平桥。相传,有天夜里徐达梦见了汉武帝的爱妃,爱妃告诉他:"渭水通长安,绕灞陵,为玉石栏杆灞陵桥。"徐达醒来后,按梦中指点,让兵士用木笼装石作为桥墩,在桥上配以玉石栏杆,并亲自题名为"灞陵桥"。可惜"既济行人,复通车马"的桥梁后为洪水屡次冲毁,同治年间又进行了重修。今天的灞陵桥,是在民国八年(1919年)仿兰州雷坛河握桥式样改建而成的。我的印象中,古代因战争而生的桥很多。比如黄河上就有过冰桥,将士们利用冬天气温下降而形成的冰桥渡河,踏上远征之路。每逢春暖花开之时,冰桥解冻,即使战事紧急,也只能望河兴叹。人类文明,总是在与自然的斗争、融合中逐渐发展。

站在古老的廊桥上,望着河下潺潺而过的渭河水,我不禁浮想联翩。历史上的八百里秦川,就是渭河流域,是历代帝王垂涎的地方。渭河以它充沛的水量、纯净的水质造就了两岸肥沃的良田，这些得天独厚的地理条件使得关中平原的地位举足轻重，因而有"关中自古帝王州"的说法。纵观历史，刘邦占据关中，得天时地利人和，创建了两汉400年的基业。汉朝的都城长安就坐落在渭河南岸。公元前220年，秦始皇西巡，曾沿着渭河经现在的天水、武山到达了渭源。到了隋唐，"八水绕长安"的盛况也被传为佳话。没有脚下的渭河，就没有这一切。没有渭河，关中只是一片荒凉的土坡……

胡思乱想中下了桥，我不由得想起李白的《忆秦娥》："秦楼月，年年柳色，灞陵伤别。"依然是杨柳依依，只是此刻告别，我没有伤感。老祖宗留下的文化遗产，雄姿不减当年，它积淀着这方水土独特的文化记忆，是渭河源头的文化象征，是我们的国宝级文物，值得骄傲。

关于渭河，古人有"秋风吹渭水，落叶满长安。三源孕鸟鼠，一水兴八朝"的佳句，而我却想用"北方有佳人，绝世而独立。一顾倾人城，再顾倾人国。宁不知倾城与倾国？佳人难再得"来赞美灞陵桥。灞陵桥带着历史的记忆屹立在时光深处，使渭河源更加厚重而神秘……

回兰途中，洋洋给我介绍了老君山和首阳山，最后她指着远处一座红色的石山，给我讲了她苦涩的童年。说起来，与洋洋相识已有十几个年头，而在此刻，我突然觉得我们的心灵靠得如此之近。我仿佛看到了一个穿花布衫的小女孩，在清晨的薄雾还未散去时，背着书包奔跑在山坡上的情景。她头上扎着麻花辫，看上去有些凌乱，似乎好几天没梳过了。黑乎乎的脸上扑闪着一双大眼睛，或许是山里缺水，脸蛋上似乎还留着饭痕……渭河水奔流不息，养育了淳朴、善良、勤劳的人民，洋洋不正是其中之一吗！

风姿绰约腾格里

一

太阳像一只晦涩的蛋黄斜挂在空中，车子一路向北，到达宁夏中卫市沙坡头区时，已是烈日悬空，阵阵热浪从车厢四壁挤压过来，我迫不及待地打开车窗，尽情享受凉风的抚慰。

突然，从路边闪出一个中年男子，主动要求为我们带路，并声称可以直接带我们进入大漠腹地。媛媛连连说我们运气真好，总能遇到好人。反而是我，对陌生人的殷勤，多了几分警惕。暂且叫他林师傅吧。一上车，林师傅便开始滔滔不绝，颇有几分导游的风范。他告诉我们，腾格里沙漠是中国第四大沙漠，大部分属内蒙古自治区阿拉善盟，小部分在甘肃省境内。而沙坡头位于黄河北岸，在腾格里沙漠的南缘，最早叫沙陀，元代称沙山。清乾隆年间，因在黄河北岸形成了一个宽约 2000 米、高约 100 米的大沙堤而得名沙陀头，也叫沙坡头。

听着他的介绍，我为自己的孤陋寡闻感到惭愧。

"你们知道腾格里是什么意思吗？"我茫然地摇摇头。

"'腾格里'蒙语里是'天'的意思，也称为长生天，是蒙古人崇拜的最高神。腾格里沙漠，意为'苍天般浩渺的沙漠'。当地牧民说'登上腾格里，离天三尺三'……"

真是令人刮目相看！我暗自庆幸遇到这样敬业的向导。

听着林师傅口若悬河的讲解,我忍不住开始浮想联翩。600多年前,一代天骄成吉思汗为攻打西夏,率领大军来到此地时,或许是被眼前的茫茫沙海挡住了去路,于是他们仰天长叹:"腾格里,腾格里!"我想,腾格里沙漠的名字便由此而来吧!

行走不远,林师傅叫我们停车观景。一望无际的腾格里大沙漠赫然呈现在眼前。流动的沙丘鳞次栉比,远接戈壁,莽莽黄沙中点缀着几棵绿树,古老的黄河温顺地穿流其间。一条铁路,携带着人类的文明,默默通向天边,通向白云生处。这里没有风浪,居然透着一丝江南水乡的韵味,与想象中"大漠风尘日色昏"的景象相距甚远。林师傅说,这就是腾格里沙漠南缘、黄河北岸著名的沙坡头景区。

初至沙坡头,便被这里的雄浑和无垠所折服,让人真切感受到"大漠孤烟直,长河落日圆"的美妙意境。湛蓝的天空下,大漠浩瀚、苍凉,远处连绵起伏的沙丘如同凝固的波浪一样起起落落,柔美的线条一直延伸到远方。这些沙丘远看曲线优美,每一座的脊梁都被风抚出了漂亮的弧度。近看却是高耸的沙峰,如刀削般尖利。我们惊诧于沙漠的美丽,仿佛发现了新大陆一般,迅速脱掉鞋子,直奔沙峰。脚下深深浅浅的弹性,使那颗被都市生活的喧嚣磨钝了感觉的心灵,似乎又开始活泼地跳动起来,仿佛青春回返,正在奔赴一场恋人的约会。

坐在沙梁上极目远眺,蔚蓝的天空与远方横亘的沙丘连成一片。细看沙面,一行行柔和弯曲的塄坎,如同海面上粼粼的波纹。我想,这些波纹,都是风的手笔。微风在沙面上轻舞飞扬,舞影便留了下来,成为一片涟漪。我随手从身边抓起一把,金黄色的沙粒便从指缝间簌簌而下。数不计数的沙粒家族看似没有生命,却能在风中行走,具有吞噬生命的蛮力,浩瀚的沙漠往往是生命的禁区。由此我想到了埃及,想到了撒哈拉,想到了绿洲,想到了丝绸之路和驼铃。

600多年前,苍莽的沙漠里,一支驮着茶叶和丝绸的驼队正在艰难行走。艳阳高照,驼铃击响在风沙中的声音,稀疏而拖沓。驼背上的客商满面风沙,个个七歪八倒地靠在驼峰上,被大漠上蒸腾的热气烤得失去了活力。驼背上厚重的褡裢和箱笼,随着骆驼迟缓的脚步,一下下拍击着牲畜的背部。驼铃悠远,黄沙舞风;古道漫漫,丝路绵长。忽然，天空飘来一团乌云，云层的巨大阴影给了烈日下行走的旅人喘息的机会。不料疾风飞挟着旋转的沙尘，潮水般涌了过来。风暴所到之处，褐色的尘浪，像一堵墙似的，遮住了整个天空。沙粒飞扬，天昏地暗，领头的骆驼一声嘶鸣跪倒在地，顿时人仰驼翻。待风沙过去，天地一片混沌，驼队早已葬身沙海，只剩下一片片波浪汹涌的沙丘喃喃自语……

我为自己的想象不寒而栗，这里曾经是沙的世界，风沙主宰和吞噬一切。古道悠悠，说不尽的喜怒哀乐。民间有"一年一场风，从春刮到冬"的说法。此刻，也许是刚刚经历了一场细雨的抚摸，腾格里沙漠少了那份暴戾与狂野，金色的沙丘沐浴在温和的阳光下，映照着岁月的寂寞无声，是那样的安详与静谧，犹如温情脉脉的少女。

有人说："旅行是一场美丽的失踪，失踪是一场美丽的旅行。"站在腾格里，不为追名逐利，只为在喧嚣的尘世中寻一片宁静；不为纵情山水，只为在空白的生命里将美丽的时光缔造成永恒……

二

同行的媛媛自作主张买了骆驼票，其实，她并不知道我是有点畏惧这"沙漠之舟"的。正在踌躇时，见赶驼人向这边挥手，我便急忙跑了过去。

那些骆驼从颜色到体型都和沙漠融为一体，一组驼队大约有 10 匹，有的慵懒地趴在地上如雕塑般一动不动，有的则迫不及待地站起身来准备行进。它们非常温顺，绳子从它们的鼻孔穿过，一个接一个，首尾相连。在赶驼人的口令里，一头庞大的白色骆驼屈下前腿，我便跨上了它的峰间。我轻唤它"小白"，伸手摸了摸它背上的驼毛，没想到它忽地站起来了。我的身体一晃，居然有点惊慌失措。看来"小白"真是个急性子！赶驼人提醒我，驼队要行走了，让我抓紧鞍垫上的扶手。随着主人一声吆喝，其他骆驼也一个个站了起来，颈下的驼铃也随之叮叮当当地响起。在悠扬的驼铃声中，驼队向大漠进发。真正骑上骆驼，我才感受到了它们的硕大。那悠然的步伐、淡漠的眼神、挺拔的身姿，都显示着它们才是沙漠真正的主人。

骆队沿着坡道行走，沙地里留下了一串串松软的脚印。温暖的阳光倾洒下来，腾格里沙漠是那样的安详，细细的沙粒静静地伏在地上，凝聚成一堆堆沙丘，似乎已进入了甜蜜的梦乡。偶尔有壁虎爬过，蠕行起一道浅浅的沙流，转瞬之际，那浅浅的沙流便不见了，沙漠一片沉寂。驼队穿过沙丘，不时能看见不知名的植物在灼热的沙漠里昂首挺立，那是顽强生命的颜色。

坐在驼背上，我上下颠簸晃晃悠悠，仿佛就是古丝路上的商客。尽管戴了帽子和墨镜，还是感到腾格里沙漠阳光的热烈，裸露的臂膀有点灼热。无意中瞥见"小白"细长的脖颈，驼毛稀疏，骨节清晰凸显。我不知道它的年岁，但由于经年累月地驮人，背上的驼毛也被驼鞍磨损掉落。我的内心突然升起莫名的心疼，这沙漠王国的伟大物种，如今却做了人们欢娱的工具。看着他们任劳任怨地驮起一批又一批游客，我忽然怨恨自己为什么偏要骑着骆驼走过沙漠。此刻，它们淡定无辜的眼神似乎能倒映出每个人的灵魂。我相信所有的动物也都有灵魂，我坚定地相信，骆驼的灵魂，一定如独角兽般纯净而美好。

荒漠的路很长，一个个沙丘，一道道沙梁，一望无际；荒漠里食无草，一层层黄沙，一步步脚印，一片荒凉；荒漠里烈日毒，一步步跋涉，一团团火焰，举步维艰。它们忍受着长途跋涉的艰难，忍受着生命之旅的寂寞，也忍受着狂妄凶猛的沙暴，不屈不挠地完成自己沙漠之舟的使命。有了骆驼，沙漠才不会孤单；有了骆驼，人在沙漠中才不会莫名地恐惧。

腾格里沙漠是宁夏的重要边塞。1038 年，党项族首领李元昊建立西夏国，国都为"兴庆府"。宁夏为富庶之地，不仅有桑麻农渔，还有驼马牛羊，历史上的丝绸之路，都在此留下了商旅足迹。

那些蒙商从宁夏汉人经营的商铺里，购买了一包包茶叶。为了适应驼背空间，这些来自江南的柔美茶叶被压制成块，然后用厚实的油帆布紧裹，最后才被稳当地放在驼峰之间。当他们运载的货物进入腾格里沙漠时，高大的骆驼在沙丘上移动，如一堵堵屏障，他们便紧挨着骆驼的身躯，躲避着劲吹的风沙和烈日的灼烧。要想把这些货物安全地转化成白银，骆驼就是他们忠实的助手。斗转星移，沧海桑田，骆驼无数次地从黄河边起岸，驼峰上坐着中原腹地的茶叶货包，迎着漫漫黄沙走进河西走廊，在这条大漠商路上留下了茶的足迹。

思绪起伏间，已经到达了目的地，主人一声命令，头驼立定，缓慢地前腿跪倒，然后是后腿伏倒，"小白"也是先跪后伏。我小心翼翼跳下驼背，它用纯净而明亮的眼神望着我，静静地等待下一位骑客。看着它瘦弱疲惫的身躯，我再次感慨不已。

五月的沙漠，粗犷而不失优雅。艳丽的黄沙在纯净的蓝天映照下，显得细腻而温暖。准备离开时，我举目四望，搜寻着"小白"。驼队在金色的沙丘起伏中若隐若现，领驼人戴着彩色纱巾，一行骆驼缓慢地前行着，走成了沙漠中永恒的风景。

三

清风裹挟着沙粒温柔地亲吻着我们的脸颊，那些流沙柔美地穿越岁月的时空，直抵心灵深处。玩性未尽的媛媛拉着我的手向前奔去，金色的沙滩上，一辆辆插着红旗的吉普车像列队的卫兵整装待发。

午后的腾格里沙漠依然是那样静谧和安详，连绵起伏的沙丘一望无际，蔚为壮观。刚刚坐稳，探险车便向大漠深处驶去。正当我兴致勃勃地拿出手机狂拍时，司机提醒我收起手机，抓好扶手。我疑惑不解，难道坐在车里拍照会有危险吗？

我们的车子沿着沙脊柔美的曲线上下穿梭，随着一座座沙丘的逼近，车子也扭动着身子开始跳舞，并随着沙山走势急剧变化。数十米高的沙山起伏不断，车子一会儿冲上高高的沙丘，一会儿又从陡坡上呼啸而下，我那失重的心脏狂跳不已，就快魂飞魄散了。没有时间思考，更没有时间左顾右盼，我本能地紧闭双眼屏住呼吸，耳畔嘶鸣的马达声，竟让我无比恐惧。

车子在沙海中漫无目的地游弋，也许是看到我失魂落魄的样子，探险车司机打方向盘的动作慢了下来，我也慢慢恢复了镇定。侧脸看了媛媛一眼，她正沉浸在巨大的挑战带来的新鲜刺激中。她是个充满激情的女子，而我，却喜欢四平八稳的生活，喜欢在喧嚣的尘世煮字取暖罢了。可是，沙漠冲浪，不就是为了告别品茶闻香的时光，寻找激情燃烧的岁月吗?

突然,车窗外传来此起彼伏的尖叫声,我循声望去,一辆黑色敞篷冲浪车正在沙坡上飞起又俯冲,一群风华正茂的大学生衣袂飘飘轻舞飞扬,沉寂的沙漠一时间充满蓬勃的活力和无限生机。我不由得生出几许羡慕,年轻真好!

车子终于在一处平缓的沙坡上停了下来,跳下吉普车,有惊无险的感觉让我无比惬意。比起刚才的惊险,我更喜欢在沙海中漫步的闲逸。我贪婪地呼吸着纯净的空气,兴致勃勃地向另一座沙峰奔去。坐在沙梁上,再次仔细打量脚下这片神奇的沙海,大自然的鬼斧神工无处不在,一座座沙丘,高高低低,错落有致,遥远得无边无际。天边一座黛青色的山峰缥缥缈缈,若隐若现……

此时此刻,心中突然有了一丝浪漫和温情。是啊!生活,除了苟且,还有诗意和远方。

四

世间许多事都是可遇而不可求的。

正午,炽热的阳光毫无遮拦地洒在沙丘上,我们徒步进入沙漠腹地,赤脚行走在松软的细沙上,那柔软的触感将旅途的疲惫一扫而光。猛一抬头,与一株老树相遇了,它孤零零地站在茫茫沙海中,在风中飘舞着生命的旗帜,演绎着生命的辉煌。

双脚在树前落定,我清晰地看到上面写着"沙漠神树——祈福树"。据说,生活在这里的牧民都非常敬仰它,经常来此祈福,祈求爱情地久天长,祈求家人幸福安康,祈求草原水草丰美,祈求牲畜牛肥马壮……你看,那遒劲的枝干直入云霄,稀疏的叶子在风中舞蹈,斜伸出去的枝干上,还拴着许多洁白的哈达。这株老树啊!它扎根在茫茫黄沙,用有限的绿色给无限的黄色涂抹着希望。人迹罕至的大漠里,甚至没有飞鸟的足迹,它是怎么来到这里的?是鹰把希望的种子衔到了这里吗?是人把顽强的生命播进了流沙吗?我被深深地感动了。

在祈福树前默立良久,我转头问媛媛许了什么心愿?媛媛诡秘一笑:"你猜?"看着她满脸的虔诚,我心中一颤,是啊!祈福树前,曾有多少人许下愿望,又有多少人的愿望能够成真呢？

遐思间，媛媛忽然指着远处说："你看，真美！"顺着她的手指，一泓碧绿的湖泊映入我的眼帘，远远望去，就如同碧玉镶嵌在沙漠之中。湖边有一顶绿色的帐篷，一对恋人正在旁边的沙中嬉戏。女子妖娆美丽，窈窕的身姿如蝴蝶在沙漠中翩翩起舞，艳丽的纱裙不时划过惊艳的弧线，笑声如银铃响彻整个沙漠。男子则举着相机，虔诚而热烈地追随着女子的身影，变幻着不同的方位拍照。望着这动人的画面，我忽然觉得天地仿佛静止了一般，沙漠里的恋人，才是最美的色彩，才是沙漠的灵魂！我想，任何相机都无法拍摄出这令人震撼和感动的一幕，我只有静静地欣赏它的美丽。蓦然回首，只见媛媛也呆呆地望着远处的沙漠恋人，迎风而立，竟如痴如醉。

我们轻轻地走近湖泊，只怕自己的脚步惊动了这对情侣。茫茫沙海，竟然会有如此温婉的湖水，演绎着沙水相依的美景。我想起了各处肆虐的沙尘暴，也许，散落在风里的沙粒，只是离家出走的恋人，倘若给它一个温暖的港湾，它一定会像现在这样温婉，充满柔情。

相传曾有一对相爱的情侣，深入大漠腹地探险，不幸迷了路。他们吃完了最后一口干粮，喝完了最后一滴水，耗尽了最后一点体力，直到再也无力行走。于是依偎在一起，等待死神的来临。恍惚间，眼前却突然出现了一处湖泊，他们喜极而泣，长跪湖边。是爱的力量感动了上苍吗？从此，这对情侣牵手一生，永生没有离开沙漠。

没有恋人的生活是苍白的，没有绿洲的沙漠是孤寂的。有了绿洲，茫茫大漠便突然有了灵性。眼前的这片湖水如此湛蓝，多么像恋人明亮而炽热的眼眸，就叫它情侣湖吧！很难想象一泓清凌凌的水与一片莽莽苍苍的沙漠相依相伴，融合得竟然如此妥帖。温润与干涩，柔美与粗犷，也可以这样相知相合，何况是人与人之间呢！此刻，我才真正认识了腾格里，仿佛明白了天人合一的含义。

走出腾格里，离开情侣湖，悠扬的驼铃还在耳畔回旋，洁白的哈达还在风中飞舞，绿色的帐篷还在静静矗立。那对恋人相拥而坐，目光静静地投向茫茫沙海，那份幽远与宁静，与夕阳下温柔的大漠融为一体。蓝天、阳光、沙漠、恋人……流连在沙里水湄，有一种情愫正在心头蓬勃生长，我仿佛看到了幸福的模样。

初识可可西里

很多年前,著名作家宋宗仁的文章《藏羚羊的跪拜》给我留下了深刻印象。在藏北高原可可西里,一位老猎人的枪口瞄准了一头藏羚羊,可怜的藏羚羊流着泪向猎人跪拜,乞求饶命,但猎人无动于衷。第二天剖腹时,猎人才知道藏羚羊的母腹内孕育着一只已成形的小藏羚羊。老猎人懊悔不已,从此放下屠刀,不再杀生。将母爱浓缩于深深一跪的藏羚羊,令我震惊而感动,孤陋寡闻的我也第一次知道在地球的另一端,有个美丽的地方叫可可西里。

可可西里蒙语意为"美丽的少女",第一次有机会近距离接触这个神秘之境,是今年的西藏之行。青藏公路的通车,给进藏的人们提供了诸多方便。第一天,我们从兰州出发,经过十几个小时的长途跋涉,终于在晚上抵达了高原小城格尔木。"格尔木"蒙语意为"河流密集的地方",这里汇集了发源于昆仑山脉的 20 多条河流,其中包括柴达木盆地第二大河——格尔木河。

翌日清晨,我们顾不得欣赏格尔木的景色,沿着格尔木河一路上行,急匆匆赶往进出可可西里的必经之地——南山口。深邃的河谷两岸护坡状如刀削,河水也呈现出奇异的红褐色,很快便到了纳赤台。纳赤台是元代蒙古人设立的一个驿站,这里有一汪泉水,据说来自于昆仑山融化的雪水,被称为昆仑神泉。

抵达西大滩时,远处的雪山时隐时现,车子始终与她若即若离。近了!近了!终于看到了它的全貌,洁白的雪山映衬着湛蓝的天空,宛如一条长长的披肩盖在连绵起伏的山顶上，玉珠峰终于揭开了神秘面纱，露出了清秀的面容。不多时，车窗外灌进来阵阵凛冽的寒风，眼前突然白茫茫的一片，原来车子已经到了被称为万山之祖的昆仑山垭口。山下林立着一座座绿色的兵营，再现了"昆仑山下大练兵"的壮观场面。

到了昆仑山口，便正式进入了可可西里自然保护区。可可西里自然保护区沿青藏公路共建有5个保护站，依次为不冻泉、索南达杰、楚玛尔河、五道梁和沱沱河保护站。

跳下车子，高原上一片寂静，只听得耳边风声呼啸，冷硬而凛冽地刺痛着我的脸颊。风狂暴地撕扯着我的衣衫，阳光被我的影子蹂躏得斑驳不堪。迎着风，我走近一组美丽的藏羚羊雕塑。旁边竖着两座纪念碑，其中一座是纪念为保护藏羚羊而牺牲的索南达杰烈士。数不清的经幡重重叠叠挂在纪念碑上，表达着人们对这位英雄的崇敬之情。

一位身穿红色冲锋衣的藏族小伙正在拍照，脸上有典型的高原红。攀谈中，他告诉我们，藏羚羊是珍贵的野生动物，过去散布于尼泊尔、印度等地，现在只残存于我国的可可西里，其他地方都已灭绝。藏羚羊过的是游走式生活。雌羊在怀孕6个月时，便抛下丈夫和孩子，离开家，长途奔袭到卓乃湖和太阳湖一带产仔。身体笨重的羊母亲们一路跋涉，长达月余，有的甚至死于途中，永远回不了家。生下小羊羔的母亲们在回迁途中，也经常遭受自然灾害和野狼的攻击，生死未卜。不仅如此，最可恶的就是它们还遭到盗猎分子的追杀。

此刻，我的耳朵里只剩下风，仿佛嗅到了风中血腥的味道。藏羚羊凄惨的叫声穿过原野，一张张藏羚羊皮毛垒在历史的风口，灼伤了我的眼睛。

1994年1月，索南达杰率领4名工作人员在可可西里太阳湖附近抓获了20名偷猎者，缴获了7辆汽车和1800多张藏羚羊皮。索南达杰派两个工作人员押送偷猎者中的两个伤员，连夜赶往格尔木治疗，自己和另一位工作人员押送18名偷猎者。偷猎团伙看到执法者处于劣势，便偷袭了带路的工作人员，然后十几条枪口对准索南达杰开火。索南达杰临死时都保持着半蹲举枪的姿势。等救援人员赶到时已是5天后了，可可西里零下40℃的严寒早已把他冻成了一尊青藏高原上不朽的冰雕。那一年，索南达杰刚刚40岁。

我很震撼，泪流满面。英雄的故事感天动地，英雄的名字已深深融入了可可西里，与他用生命保护的藏羚羊一起得到了永生。这块沾满鲜血的土地，会得到英雄灵魂的庇佑，来年一定会开出更美更娇艳的格桑花。

车子继续在可可西里无人区穿行，这段路程地势相对平坦，是一片极其辽阔的草原。7月的藏北天高云淡，阳光强烈地扫射着大地，整个世界的色调也渐渐只剩下天空的蓝、云朵的白和草原的绿。人的视野也愈发辽远，天地浩茫，只有前行的车子，仿佛孤独地爬行在另一个星球。旁边的天路上远远驶来一列客车，像一条巨大的绿色毛毛虫，缓缓地蠕动在茫茫高原。青藏铁路横穿可可西里，牵引着无数游客畅游祖国的大好河山。

中午的时候，远远看见"可可西里"几个红字，路旁屹立着一排简单的白房子，在荒漠般的草原中，这些矮小的平房，竟充满了人世的温馨，原来是索南达杰自然保护站。

车窗外，风依旧肆虐着，像要把车顶掀开。一路直行，走过几段冻土带上的热棒公路后，便到了赤红的楚玛尔河。据说它是通天河最大的支流，清水河铁路特大桥孤零零地凌驾之上，下面有很多桥洞，像无数双惊恐的眼睛，张望着来回迁徙的藏羚羊。

这里的山峦和草原异常美丽。一路上，我的眼睛始终盯着窗外，盼望能看到令人心驰神往的藏羚羊。偶尔有一些洼地，里面有很浅的积水，洼地周围的泥地里隐约可见各种动物的足迹，莫非这里真是野生动物的天堂？

绵长的公路看不到尽头，清爽的午后阳光，照得远处的雪峰熠熠生辉。突然，一只高原精灵闯入了我的镜头，棕色的背毛，白色的肚皮，未及停车又不见了。紧接着，两只、三只……草原水畔不时闪过藏羚羊的身影，它们正悠闲地觅食喝水，像一位位骄傲的公主，演绎着无人区动人的传奇。

天地一片苍茫。是在做梦吗？这个场景，我无数次在梦里见过。我的心情如同奔驰的车子,开始跌宕起伏。我有一种奇异的感觉,感觉这份无边的空旷早已暗藏于我内心的某个角落,它将人的渺小和脆弱映衬得如此清晰,一种感慨、感动和感恩的情愫瞬时充溢全身。

我们要去纳木错

我们要去纳木错。虽然几个小时前刚刚翻越海拔5213米的唐古拉山,严重的高原反应让我呕吐不止,但要去纳木错的念头依然像离离原上草,倔强而疯狂地生长。天籁般的藏族歌谣满车飞翔。车窗外,暮霭中的荒原让人生出莫名的冲动,广阔无垠的草甸悬浮在地平线,云朵般的帐篷、稀疏的炊烟及牛羊镶嵌在里面,使人恍若置身梦中。

车子戛然而止,像一头莽撞冲进画面里的牦牛,几座黑乌乌的帐篷零星地撒在草原上。我跳下车子,头脑昏昏沉沉,脚下也轻飘飘的,欲要飞翔。一位藏族小伙满脸生动地向这边张望,终于眨着眼问:"要住宿吗?"同伴点点头。"打算去哪儿?""纳木错!""纳木错?"他与同伴会心一笑,快乐地飞起口哨,说:"跟我来吧!"

借着天际最后的余光辨认旅店的字迹,原来是到了安多,一个海拔4800米的高原小镇。路灯昏暗,投下一团团橘黄的光亮,似乎它们的作用不是为了照明,只为区别城镇与荒野。正在维修的路面有些坑洼不平,几幢现代化的小楼闪烁着红光矗立在淅淅雨中,寂寞的街上偶尔走过一个行人,像缓慢移动的投影。几只黑狗呼哧呼哧追赶着,顿时觉得呼吸也急促起来。

古老的木门吱吱呀呀哼唱着,我们跟着藏族小伙登上黑暗的木楼梯,楼上有个很大的客厅,放着盛水的大缸和几乎辨认不出颜色的桌椅。深邃的长廊里挤挤挨挨排着几个房间,长廊尽头是公用卫生间。就因爬了一层楼，高原反应再次袭来，我顿时感觉胸闷气短，头晕目眩，赶紧取出氧气瓶吸了几口。我想，这也许是这里最廉价的客栈。旅行的疲惫和严重的高原反应，使得同伴无力寻找旅馆，我们只好服从大局，将就住在这里。

上街寻找食物，一家川菜馆里熙熙攘攘坐满了客人，拐过一条街，居然发现了兰州拉面。在遥远的异乡看到家乡的面食，亲切又温暖。

的确是老乡。老板娘过来倒水，黑红的瓜子脸上堆满笑容。海拔太高，必须要在高压锅里煮面，叫我们耐心等待。听着老板娘不太标准的普通话，我认定她也不是纯正的兰州人，询问才知是甘肃临洮人。尽管如此，依然让我们倍感温暖。

雨还在淅淅沥沥地下着，一种凄冷渗进骨髓。夜色中回到客栈，门口的藏族小伙吓了我一跳。"都把氧气带上，不要快速走路，不要跑跳，慢慢上楼。昨夜一个游客高原反应严重，生命垂危，连夜送到拉萨去抢救了……"听得我心惊胆战，转头看了眼高原反应最严重的那个同伴，只见她脸色苍白，快要哭了。

抱着氧气瓶和衣而睡，昏昏沉沉中，还是感觉出身体的诸多不适。隔壁传来说话声、脚步声，不一会儿伴随着女人低低的啜泣声，又有游客出现意外，被急匆匆背下楼了。旅途中唯一没有高原反应的同伴，也忍不住拿出氧气吸了几口。这个恐怖之夜，大家都辗转反侧，难以成眠。

天刚亮，楼下便人声不断。我向窗外望去，高原清晨的阳光正斜照在十字路口，地上的寒气在阳光的照耀下腾起一层薄雾，戴着毡帽的男人和穿着藏袍的女人围在一起，好像在谈论着什么。阳光下，我也渐渐看清了这个小镇，就是在荒原上聚集起来的一个村庄，除了十字路口的几幢楼房，多数藏族人家都零星地散落在草原上，木门、土墙、彩绘窗户，屋顶烟囱边飘着五彩经幡和五星红旗。

从安多出发，奔向那曲当雄，汽车再次驶进风景中。远处的雪山在初阳的关照下金碧辉煌，折射出七彩的光芒。平缓阔远的草原从梦中醒来，弥漫着阵阵草腥味。雪水在草原上恣意欢唱成涓涓细流。青色的公路上不时有成群的牛羊穿越，健硕的身躯载着太阳的光芒，妩媚又从容地踱着方步……

纳木错位于那曲地区的当雄县境内，距离拉萨约 220 公里。从当雄到纳木错的路比我们想象的酷。太阳的淡光迷蒙于一片山峦，路时断时续，每一次大转弯都惊心动魄。山路曲折，经幡随风起舞。驻足于海拔 5190 米的那根拉山口，清新的空气扑面而来，隐约的声响从耳畔传来。远远的，我们看到了一片蔚蓝，比天空还深的梦一般的蔚蓝。

那就是纳木错！

纳木错，我来了！阳光一泻千里，云朵风情万种。念青唐古拉山的雪峰犹如琼楼玉宇，忽隐忽现，又如一个威武的战士守护着纳木错。湖边的草地如一张巨大的绿毯，无边无际。那巍峨的雪峰、湛蓝的湖水及如茵的草原在我们的眼眸凝视中，缓缓移动。天啊，她给予我们的远远比我们的奢望多。这个绝代佳人，所有的水波微澜都会把天空魔幻成七彩色，她的存在，让世间多少湖泊都黯然失色。来到这里的人，整个灵魂都仿佛被她的纯净所洗涤。

据说，念青唐古拉山和纳木错是一对生死相依的夫妇，是西藏著名的佛教圣地。公元 12 世纪末，藏传佛教达隆嘎举派创始人达隆塘巴扎西贝等高僧，曾到湖上修习密宗要法，并始创羊年环绕纳木灵湖之举。信徒们说，羊年朝拜纳木错，转湖念经一次，胜过平时朝礼转湖念经 10 万次，其福无量。所以每到藏历羊年僧俗信徒不惜长途跋涉，前往转湖朝圣，以寻求灵魂的超越。

纳木错，历尽千辛万苦，我们终于相遇。此刻，我不为美景，只为参得一些纯净。

触摸天堂——拉萨

一

清晨,从羌塘草原朦胧的夜色中醒来,没有高原反应的不适。虽睡眠时间不够充裕,但精神尚好,并无困乏之意。这一日即将抵达的拉萨,是此行最大的期待。从那曲出发前往拉萨,约有300多公里的车程,沿途经过德龙堆庆县、当雄县等,平均海拔在4000米以上。那广袤辽阔的草场,放眼望去,天色碧蓝,草色深浓。成群遍野的牛马羊群,漫步、奔跑在水草丰美的肥沃土地之上,令人目不暇接。过羊八井后,草原戛然而止,满眼都被大片浩瀚无边的青稞和油菜花替代,农耕的气息迎面扑来,让人恍若来到了北方小镇。

拉萨有个浪漫的名字——太阳城,意为神佛居住的地方。当我们风尘仆仆地赶到拉萨时,太阳的热情还迟迟未肯退却,一轮银白的月儿便已挂在矮树丛间静静等待。习惯了内地都市的人潮汹涌,习惯了各种气味混杂熙熙攘攘的纷乱,望着车窗外水波一样滑过去的街市,冷峻孤傲的山,干干净净的路,别具一格的建筑,一切都是那样与众不同。

23点钟的拉萨,夜不算太深。灯火阑珊中的布达拉官广场,游人如织,丝毫不减白天的喧嚣。华灯初放,远远望去,红山之上的布达拉官镶嵌在辽阔深邃的天幕中,在月色下凸显着风姿千变的剪影,那深沉的红与白分化出的芳华,恍若海市蜃楼,扑朔迷离。

三五成群的人们，正在变换各种角度，将这座东方恢宏的建筑藏入记忆。那些低矮的藏式阁楼沿街林立，彩色的藏式廊檐温婉错落，给人身在异域的别样情怀。一些人还坐在阁楼里，轻轻地唱着什么，偶尔小声说笑。更多的街道灯火通明，商店橱窗里活色生香的商品，吸引着异乡人的眼眸频频回顾。

二

移步来到八廓街，沿街的商铺灯火辉煌，店主还在乐此不疲地向游客兜售各种纪念品。进入店内，与店主比比画画地讨价还价，我们都很知趣，珍惜着这一生一世稍纵即逝的缘分。

八廓街因玛吉阿米而熠熠生辉。土黄色的小楼在昏暗的灯光下质朴无华，隐约可见里面座无虚席，异常热闹，连飘出的音乐都是情思漫漫。玛吉阿米是第六世达赖喇嘛仓央嘉措的情人。当年，仓央嘉措与玛吉阿米在此邂逅，一见倾心："在那东方高高的山尖，每当升起明月皎颜，那玛吉阿米的笑脸，会冉冉浮现在心田……住进布达拉宫，我是雪域最大的王。流浪在拉萨街头，我是世间最美的情郎。"玛吉阿米从此成了八廓街的代言，这座名叫"玛吉阿米"的小楼也开始远近闻名。

如同永远都披着神秘面纱的雪域高原，仓央嘉措，这位游离于活佛与痴情诗人两种形象间的男子，似乎在不经意间向世人揭开了布达拉宫的神秘面纱，让千百年来深奥莫测的藏传佛教，充满了迷人的魅力和隽永的诗意。他在布达拉宫的夜晚，思念着自己的心上人，抒发着自己的无奈与情恸之悲：

那一天，我闭目在经殿香雾中，蓦然听见你诵经中的真言。
那一月，我摇动所有的转经筒，不为超度，只为触摸你的指尖。
那一年，我磕长头匍匐在山路，不为觐见，只为贴着你的温暖。
那一世，我转山转水转佛塔啊，不为修来生，只为途中与你相见。

玛吉阿米像一种宿命，更像一个游荡的灵魂，在仓央嘉措的心上昼出夜伏。这样强烈的爱恋怎能与活佛的身份相匹配呢? 更像是发生在西藏的深街窄巷或山野村落的传奇事件。

1683年,仓央嘉措生于西藏南部门巴族的一户农奴家庭;1685年,被选为转世灵童;1696年,被接入布达拉宫成为六世达赖。雪域活佛受万人敬仰,然而在布达拉宫里,他要潜心修行,苦习佛典、医学、天文历算。日复一日单调刻板的生活、繁文缛节、清规戒律,让他感到厌倦。他虽有达赖喇嘛之名,却并无实权。生活上遭到禁锢,政治上受人摆布,这使他内心万分抑郁。无数个黑暗的夜里,在闪烁的酥油灯下,身不由己的法王,在佛法之外放飞自己的心灵,那是一个人心灵的折射、灵魂的吟唱。终于,年轻的仓央嘉措微服出宫,开始追求浪漫的生活,对戒律和权谋做出了反叛行为。

"曾虑多情损梵行,入山又恐别倾城。世间安得双全法,不负如来不负卿。"无奈世间并无两全之法,可望而不可即的,又岂止是爱情?

1705年,因为政治斗争的牵连,不问宗教事务,更不问国本事务的仓央嘉措被人告状,清帝康熙准奏,令押往北京予以废黜。据《清史稿》记载:"行至青海,道死,依其俗,行事悖乱者抛弃尸骸。卒,年二十五。"轻描淡写的寥寥一行字,足以深深刺痛每个人的心。山重重,水重重,青海湖畔,成了他生命之行的最后终点。

只是,这个充满了无限才情与悲情的活佛,没料到,自他离别之后的300年间,他的故事,他的传奇,他的信仰,他的情歌,忧伤地蔓延在整个藏地,传唱在雪域高原的角角落落……

我不知道玛吉阿米最后去了哪里,但他们的故事却永远留在了这里,留在了这个月光如水的夜晚。

三

街道上飘着淡淡的酥油茶香,依稀有身着藏袍、手摇转经筒的牧民来来往往。大昭寺的一角,很多虔诚的朝圣者磕着等身长头,用身体丈量着生死轮回的距离,让人油然而生敬意。这时,一位衣衫褴褛的朝圣者引起了我的注意,她正带着两个年幼的孩子一步一拜。那女子看上去三十开外，发辫蓬乱，上面还沾了不少草渣，只是昏暗的灯光下，看不清她的脸。她身上穿着皮褡裢，手上套着一块木屐，腰间系着一根绳子，绳子左右两头拴在两个孩子的腰上。孩子看上去只有三四岁，学着母亲的动作一步一叩。不多时，我们眼前又出现了一位年轻的男子，鹑衣百结，满脸风霜，额头上还鼓起一个蛋大的黑黑圆圆的疙瘩。同样用绳子拴着一个孩子，吃力地磕着等身长头。

看着他们落寞的背影渐渐远去，我想起电影《冈仁波齐》中，那些来自同一个村子的朝圣者，有的为了完成一生的心愿，有的为了赎罪，有的为了修来生。他们从波密出发，跋山涉水，历经艰辛，甚至有人死在了朝圣的途中。但是他们从不后悔，对他们来说，来拉萨朝圣，是一生中的头等大事，信仰的力量足以抵挡任何雨雪风霜。听说，他们不辞劳苦来到拉萨，还会把一年中最好的收成或自己最珍贵的东西，全部捐献给寺庙供养，这种精神，是生活在内地的我们无法理解的。

这些虔诚的朝拜者，大概就是拉萨的本质了。快乐地崇佛，累而不苦，或许这就是境界。这种快乐来自于虔诚，不分老幼。所谓境界，原是自己的选择，再苦，都是局外人的感觉。汝非鱼，安知鱼之乐也？这里很纯粹，简单纯粹得只剩下生与死的唯一。不来西藏，你永远不会明白，也永远会活在患得患失、尔虞我诈、争名夺利的痛苦中。面对日渐老去的岁月，当你再度打量周围的生活，体验到心境平和的魅力，这就是来西藏最大的收获……

月亮终于上升到了布达拉宫的尖顶，雅致的光辉不动声色地流泻而下，在层层叠叠的宫殿间凌波微步。八廓街的巷子并不错综复杂，我却与同伴走散了。形单影只地奔走在忽明忽暗的灯影里，心中原有的一丝伤感竟莫名地远逝，拉萨特有的虔诚与纯粹让我如许安静。突然间，有种清晰的感觉漫过心头，拉萨已深深地烙进了我的心里。即使以后远隔千里，我也会像一片无助的叶子怀念树枝一样，想念这个地方。

琼结,文成公主散忆

一

辗转在雪域高原,我知道自己只是个匆匆过客,无意中跌进了神秘的拉萨。行路的滚滚烟尘早已消散,追溯拉萨1300余载的文明历史,悉数大昭寺内供奉的释迦牟尼12岁等身像、布达拉宫的壁画、公主柳等,似乎每个故事都与文成公主息息相关。

车子从容不迫地沿着雅砻河向南行驶,没有了草原,没有了牛羊,没有了帐篷,也看不见牧民。河谷周围是一望无际的青稞和小麦,在微风的吹拂下麦浪翻滚,散发着沁人心脾的芳香。还有那大片大片的油菜花,完全充斥着我们的眼球,向人们诉说着丰收在望的喜讯。那些生长着白杨和柳树的地方点缀着许多美丽的农家小院,那是北方风韵和异域情调混搭的民居,褐色或白色的砖石建筑被潺潺的溪流萦绕。连道路旁的格桑花也受惠于水了,呈现出仲夏的勃勃生机。

淅淅沥沥的雨丝,给这座充满异域风情的边陲小镇带来神秘又凄美的遥远感,但我们却分明感觉到了与几千里外的故乡相似的东西。田野、树木、溪流、村落……这就是吐蕃王朝的故都琼结吗?

琼结,在藏语里是房角悬起多层的意思。第一次对琼结有概念,缘于西藏第六世达赖喇嘛仓央嘉措的诗歌。

请不要再说琼结

琼结让我想起达娃卓玛

达娃卓玛 我心中的恋人

难忘你仙女般的姿容

更难忘你迷人心魄的眼睛

美丽的达娃卓玛让人心驰神往，但我深深牵挂的却是那个来自大唐的文成公主。

1300多年前，雄才大略的吐蕃赞普松赞干布统一了西藏高原各部，使吐蕃成为一个逐渐崛起的王国。他深谋远虑，深知与大唐联姻势在必行。于是，松赞干布遣使臣前往大唐请婚。公元640年的一天，文武百官齐聚在尽显皇家气派的大明宫，觐见唐太宗李世民，从吐蕃远道而来的使者禄东赞，带来了倾慕大唐气象的松赞干布的美好愿望：希望能迎娶到一位唐朝公主。

旷世姻缘落在了文成公主的头上，几番周折后，太宗终于许婚。携带着佛祖释迦牟尼12岁等身像的公主，自此踏上了远嫁吐蕃的艰苦征程，留下了一段汉藏和亲的千古佳话。高贵的大唐公主，从长安一路西行，站在赤岭回望故土，跌破的宝镜变成了日月山，悲伤的眼泪流成了倒淌河。在荒芜的风沙之途走了整整两年后，终于抵达了西藏。伴随文成公主进藏，中原地区先进的农具制造、纺织、建筑、酿酒、碾磨等生产技术和天文、历算等技术，陆续传到了吐蕃。文成公主入蕃联姻，成了唐蕃关系史上的一座丰碑。

文成公主16岁进藏，在西藏生活了近40年。山南滋养了先民，山南孕育了历史。这片苍茫厚重的土地，留存着文成公主生活过的痕迹。1300多年前，这里荒草萋萋，沼泽沙滩，一片荒凉。面对此景，稚气未脱的文成公主，也许思念过故乡和亲人，也许偷偷掉过泪，但此时的她已是雪域吐蕃的王妃，肩负着汉藏友好的使命，青春年少的懵懂也只能抛在千里进藏路上。她必须与雪山共存、与江河齐舞。

这里的一切都深深烙刻着公主的印记，连路都是用公主命名的。踽踽独行在文成公主路上，街道上没有出现异族女子的身影。但当我们好奇地走在青瓦达孜空旷的广场时，却发现几个身着氆氇服饰的妇女正在清理街道上的垃圾。那风格别致的异族服饰，在我们的视野里翩翩飞舞。据说，她们反穿氆氇服，也与文成公主有关呢！

当年，松赞干布和文成公主经常来琼结居住，附近的群众都来朝拜觐见，并供奉当地的特产。传说文成公主吃了扎扎进贡的供品后回味无穷，于是赴扎扎做客，与当地百姓一同饮酒作乐。由于给公主敬酒的人太多，把公主的衣服弄湿了，公主就把氆氇衣服反穿。忽闻赞普至，雀跃的文成公主，慌忙间来不及整理服饰，就像快乐的小鸟一样飞出帐篷，奔向夫君。而她反穿的氆氇也别有一番风情，于是，大家争相效仿。当地群众为了怀念这位伟大的公主，代代相传，至今仍保留了反穿氆氇服饰的习俗。

青瓦达孜宫昔日的辉煌已经不再，只剩下破败的城墙如同一部缓缓展开的史书，讲述着自己的故事。我站在破旧的城墙边，想象着1000多年前这里的繁荣：文成公主手捧哈达，在众舞女的簇拥下舞步轻移，乌黑的长发像瀑布一样飘下……

二

车子继续前行，前方街道上的指示牌，向左是藏王墓，向右是强吉。我们选择去藏王墓，想遥遥地拜祭一下伟大的公主。这位被藏汉民族世代传颂的奇女子，以15岁的豆蔻年华，拜别父母，身处异乡。在言语不通，生活习俗截然不同的环境下幸福生活，该是多么聪慧、坚忍啊！

沿着琼结县城往西南方向前行，远远望去，只见河谷平原上排列着10来座山包，像浮在山丘上的城堡，一幕被年代剥蚀漫漶的宫廷剧似乎正在这海市蜃楼中重演。近前细看时，陵墓与山丘似乎已经融为了一体。古人选择墓地，讲究"前有照，后有靠"，而这大片的藏王墓群背靠山峦，前临雅砻河，仿佛在向人们昭示着吐蕃王朝昔日的辉煌和它的历史渊源：早在1300多年以前，松赞干布的祖先们居住在琼结附近的青瓦达孜宫里，开发了土地肥沃的雅砻河谷，吐蕃部落在这里繁衍生息。后来，迁徙到拉萨的赞普们，为了永远不忘根本，吐蕃历代赞普死后，都要移到这里埋藏，从而形成了这里的藏王墓群。

松赞干布与文成公主共同生活9年后，于公元650年溘然长逝。对年仅25岁的公主而言，这无疑是沉重的打击。从此，琼结又多了一点尘世的牵挂，文成公主便长居在此。年轻的公主无儿无女，孤苦伶仃地在雪域高原守候了整整30年，直到公元680年，走到生命终点。她毕生信佛，临终遗言与松赞干布合葬。公主说，她要守望和故乡一样富饶的土地。正如她的名字雪雁，她要像一只洁白的大雁，飞翔在西藏的高天厚土。

我无法想象30年的岁月，是何等的凄清与漫长，何等的孤寂与落寞！松赞干布去世后，大唐曾两次派使者前往，欲接公主回家，都被公主婉言谢绝。对此，我最深刻的臆测也只能是：公主的快乐来自于对佛的信仰，所有的坚持皆力透一个大大的"情"字，对松赞干布的"情"和对这里淳朴人民的"情"。或许有了"情"的支撑，孤独在这里便有了斑斓的光环，虽与松赞干布阴阳两隔，却依然守候着前世今生的眷恋。公主在藏民心中是绿度母菩萨，她在雪域高原受万人敬仰。我不愿臆测其他原因，譬如为了民族大义或边疆长久的安宁，都会让她的人生充满凄苦，黯然失色。

骄阳下，藏王墓前煨桑炉的炊烟正袅袅升起，偶尔风来，那烟雾缥缥缈缈，瞬间了无踪迹。的确，正如一开始写这些西藏的文字，一路攀登，在寻寻觅觅中，不知不觉踏上了净化灵魂的朝圣之旅，收获了内心的无比宁静与平和。

三

落日的余晖将暖暖的光线投射到昌珠寺的金顶之上，其脚下的一片土地也渲染成了一片灿烂的金色。我们踏着当年文成公主走过的脚印，一步一步走向山南的昌珠寺。遥想当年，藏汉联姻，公主与赞普执子之手，与子偕老，那是昌珠寺曾经见证过的幸福时光。

西藏所有的故事都与寺庙有关,而所有的寺庙都有文成公主的传说。

文成公主不仅信奉佛教,带来释迦牟尼12岁等身鎏金铜像,并且通晓卦卜和风水之术。她经过细致观察,认定整个西藏在仰卧的罗刹女魔身上,其心脏在拉萨的卧塘湖(今八廓街),必须修建一座寺庙震慑。松赞干布指派各地农奴来拉萨背土填湖,白天填的沙土到夜里就被湖水淹没了。多亏文成公主使用法力,调来两只白羊日夜背土填湖,才修建起今日的大昭寺。昌珠寺是同时修建的十二镇魔寺之一,为镇压魔女左肩而建。相传昌珠寺也曾经是松赞干布和文成公主的冬宫,至今寺庙里还供奉着他们的不少遗物。比如文成公主亲手绣制的金丝唐卡,文成公主曾用过的锅灶等。

沿着寺庙的转经回廊,抚摸着永不停歇的转经轮,那旋转的金黄仿佛开启了一条时空隧道,千年前的那个黄昏,文成公主是否也曾这样一圈圈地转着?

昌珠寺对面的广场上,矗立着文成公主的雕像,历尽千年风霜的她总是面带微笑地看着我们。我仰望着这位来自大唐的巾帼英雄,似乎感触到了她内心的温度。

车子启程,向林芝方向进发。远处,轻曼的云烟飘浮在油菜花海与柔美的柳条间,一幅典型的充满田园情调的西北油画。近处,高大的白杨掩映着古朴肃穆的寺院,一位胡髯飘飘的藏族老人手摇转经筒,深邃的目光虔诚而幸福……

古道在雅砻河畔蜿蜒,在历史中延展。今人不见古时道,今道曾经伴古人。远了,琼结在雅砻谷地的金黄画幅中成了一个小点……千年已逝,那段壮丽的和亲史诗早已尘封历史,文成公主漫漫西行路上的迷茫、欣喜和感动也都随风而逝,唯有山水依旧,在春秋更迭、寒来暑往的轮回中,默默地讲述着那些往事。

藏寨，邂逅格桑拉姆

翻过海拔4500米的色季拉山时，天色已渐渐暗了下来。车子加速狂奔，黄昏前，我们终于抵达了西藏林芝市巴宜区的鲁朗镇。没有找到栖身之所的我们，像一只只受伤的老鸟，害怕这个雪域高原的藏寨任何一点异常。

尽管天色昏暗，世外桃源般的大美风光还是逃不过我贪婪的双眼。诚实地说，鲁朗确实没有辜负"西藏江南""东方瑞士"的美誉。南迦巴瓦峰的皑皑白雪温润地滋养着波涛起伏的绿色林海，厚厚的草甸覆盖着绵延的山丘，牛羊在草甸上悠游，炊烟从帐篷中升起。一座座藏式阁楼屹立于318国道两侧，鲁朗国际小镇就这样在我们惊异的眼眸中铺展开来。

镇子不大，但每户人家门口都挂着牌子，几乎家家都可以接待游客食宿。在扎西岗村寻寻觅觅后，我们返回鲁朗村。千挑万选，直到暮色四合，才选定了一家叫"格桑拉姆"的家庭旅馆。200多平米的院子里有幢簇新的全木制两层楼房，楼房南侧还有一排平房，也是全木制结构，屋檐雕龙飞凤，色彩艳丽，十足的藏族民居风情，每个房间里却布置得颇有星级味，传统与现代兼顾，可见这家主人的独具匠心。

院子里很空旷，直到听见两个小孩的尖叫，才让黑漆漆的屋子有了一点生动的摇曳，也让冒昧闯入这里的我们有了一点安全感。循声从敞开的大门进入中间的房子，里面很宽敞，足以容纳十几口人。但此刻，火塘边只蜷缩着一位老人，黑色的藏袍将她裹得严严实实。虽然看不清她的五官，却分明能感受到她亲切的笑容。我不知如何称呼，赶紧双手合十，连说："扎西德勒！"这是入藏后我们使用频率最高的一个词。

昏暗中，我们询问住宿价钱。突然，地板嘎嘎作响，一位窈窕的藏族女子缓缓向我们走来。她梳着彩色发辫，脖子里挂着绿松石和玛瑙串成的项链，身穿西瓜红藏袍，深邃的眼神，笔挺的鼻梁和厚厚的嘴唇，立体的面孔无懈可击，天然与野性的美令我们瞠目结舌。

待她开口用标准的普通话与我们交谈时，我立刻感到了她的与众不同，丝毫没有之前我们遇到的藏族同胞的木讷和羞怯，从容优雅的举止显现了良好的文化修养。

她叫格桑拉姆，是这家民宿的管理者，毕业于四川攀枝花学院，是家里乃至本村鲜有的知识女性。简单地攀谈后，她毫不避讳地跟我们讲起了她的家族。她说阿妈讲过，他们本来是农奴，为贵族干活，打骂挨饿是家常便饭，受尽了苦难。藏族人民世世代代感谢毛主席，是毛主席、共产党让农奴翻身做了主人，才有了现在这样幸福的生活。格桑拉姆的话让我们不由得打量起这间屋子，刻有各种图案的朱红色柜子占据了半壁江山，木制桌椅做工精细，桌上放着银质器皿，正前方的墙上供奉着佛像，佛像左侧是松赞干布画像，右侧为毛主席画像。不知为什么，我相信她所说的每个字都是真诚的，这让我对她的好感陡增百倍。

格桑拉姆接着说："我从来不知道我的波啦（爷爷）是谁，我们藏族都是未婚先孕，会生孩子的女子才嫁得出去，生不出孩子的女子是很悲惨的，只能去做尼姑。莫啦（奶奶）生下我阿爸时只有16岁，她一直跟阿乡啦（舅爷爷）生活在一起，没有结过婚。"

"这类似于泸沽湖的走婚习俗，是不是？"我脱口而出。

她没有回答我，继续说："我们藏族女人很开放的！我们这里实行一夫多妻制和一妻多夫制……"

石破天惊，我们面面相觑。

看到我们奇怪的表情，格桑拉姆笑着说："我家有19口人，阿爸娶了3个老婆，我有3个阿妈，5个哥哥和3个姐姐。阿妈希望我们能找到汉族男子结婚，多生小孩，入赘也是可以的。如果嫁过去，阿妈也绝不会亏待的。我家有200多头牦牛，陪嫁20头牦牛没问题的！"

"哇！"我们不约而同叫出了声，心里暗自思忖，20头牦牛折合人民币有20万了吧？

"你们去巴松措了吗？那边有个村子叫七兄弟村，弟兄七人组成一个村子。我们这里一妻多夫的家庭也蛮多的，大多数是弟兄们只娶一个老婆。"

"那兄弟之间不闹矛盾吗？"我好奇地问。

"不会啊！"她认真地说，"一妻多夫一方面是因为家里没钱娶老婆，另外也是为了家族财产不外流，永远不分家。通常是弟兄几个娶一个老婆，办一场非常隆重的婚礼。晚上女人门口挂鞋为暗号，别人便不会去打扰。生出来的孩子把老大叫阿爸，其他的都叫叔叔。"

"那如果弟弟跟嫂子年龄差距很大，或者弟弟有了意中人，不愿意住家里怎么办？"

"他不住在家里，就没有资格继承家族的财产！"

格桑拉姆的话，让注重婚恋自由的我们唏嘘不已。我们明白了，藏族人无论男娶妻还是女招婿，都可以永远住在一个大家庭里，并且享有继承权。这有点像摩梭人，母系氏族大家庭，女子生的孩子都由舅舅来抚养，外甥是直接的继承人。

莫啦（奶奶）忙前忙后，不一会儿，热气腾腾的酥油茶便上桌了。我们环视四周，问："家里其他人去哪了？"

"去拉萨朝圣了！"她若有所思，接着说，"我们藏族人的钱财不留给子女，全献给佛祖。我最大的心愿就是死后能得到天葬，不过这要修很多的功德，有功德并且不生病，自然死亡的人才能得到天葬的殊荣。我们最痛恨撒谎和偷窃的人，那样的人死后只能土葬，家里有土葬的人，家族一辈子都抬不起头来的。"

她的话让我想起途经西藏的每个地方，我们经常看到成群的牛羊和马匹悠然地在草原上吃草，甚至在马路中间也不乏睡觉散步的牛羊，却极少见到牧羊人。那些生灵丝毫不惧怕陌生人，也不躲避疾驰的车辆，这是一幅多么生动的人与自然和谐共处的画卷！如果不是虔诚的信仰和善良的本性，丢牛失马的事也许就会发生。

"内地人不厚道！"她突然说。

我们诧异地望着她，这话有点扎心，屋子里瞬时安静下来，气氛变得尴尬。

她却自顾说下去："我们的牧民不讲究吃穿，有了钱就想买最好的礼物献给佛祖。青藏线通车后，一批商人来到拉萨，看到了商机，他们带来很多不值钱的物品高价卖给牧民。因为牧民没见过那些东西，便拿去献给佛祖，最后才知道都是劣质的工艺品，这在藏区曾掀起轩然大波。"她顿了顿，"商人真的太坏了，我们以前卖东西都是实价，可内地人报的虚价，所以拉萨的东西特别贵，100 块的东西你得砍到 10 块 20 块，否则不值的"。

她说的倒是实情。拉萨八廓街做生意的很少有藏民，大多是内地商人。物品的确很贵，我买了一条普通的围巾，商家叫价 800 元，砍价之后，最后 200 元成交了。不过家家有本难念的经，通往拉萨的路山高水长，需要翻山越岭，运输物资的成本也不会低。

一夜辗转。

第二天清晨，我被窗外的马铃声吵醒。银白的祭灶里，松枝已经悄悄燃起，桑烟袅袅，奇怪的味道弥漫四野。莫拉（奶奶）在念经，声音苍老而低沉。她的面容慈祥，步履却有些蹒跚。她在想些什么？虽然如今儿孙绕膝，尽享天伦之乐，可谁知她心中的苦？漫长的一生，从情窦初开的少女到突然怀孕生子，她为什么没有结婚，孤苦伶仃度过一生？一个苍老的藏族女人的秘密比圣湖的水更深，更斑驳陆离……

辞别格桑拉姆时，我想与她合影留念。不料这个藏族美女双手合十："很抱歉，我信佛，拍照会把我的灵魂带走的。"我只好回礼作罢。

车子准备向波密进发。鲁朗的 7 月还是有些凉意，我穿上毛衣正要上车，抬眼却被这里美丽的草原拽住了脚步。远处的云雾像一条玉带飘浮在山间，草原、牛羊、藏寨，尘世的烟火正袅袅升腾……

寻找丹巴美人

一

丹巴对我有种致命的诱惑,源于它的美丽传说。

位于中国西南部甘孜州丹巴县的墨尔多山,是古象雄佛法雍仲本教的圣山。据说许多年前,一只凤凰飞到了墨尔多山,随后化成千千万万美丽迷人的美女,于是墨尔多神山下的丹巴,便成了"东女国",它的历史可追溯到吐蕃统治前。墨尔多神山周围居住的部族被称为"嘉莫查瓦绒","嘉莫"指女王,"查瓦绒"指河谷,意为女王与河谷农区,简称"嘉绒",这就是丹巴嘉绒藏族的由来,是皇族高贵血统的延续。据说,直到现在金川县马尔帮乡独足沟村境内仍遗存东女国王城遗址。骄傲而诗意的女王支配着偌大的国家,神秘浪漫的女儿国,梦一样的国度,谜一样的王朝,留给人们无尽的遐想。

丹巴出美女,也许还是古西夏王族血统使然。公元1226年,一代天骄成吉思汗亲自挂帅,统兵10万与西夏国交战。在这场旷日持久的战斗中,成吉思汗因中了西夏毒箭溘然长逝。临终时遗言:"殄灭无遗,以死之,以灭之。"愤怒的蒙古大军血洗了西夏国都兴庆府(今宁夏银川),将近200年的宫殿及史册付之一炬。西夏帝国的大批皇亲国戚、后宫妃嫔在兵荒马乱中踏上了暗无天日的逃亡之路,这些金枝玉叶越过高原雪山,蹚过急流险滩,颠沛流离,历尽苦难,从甘肃经川西高原流入丹巴革什扎一带,因这里山清水秀、气候合宜，便定居于此，将美丽与富贵的血液注入了这一方膏腴之地。

无论是墨尔多神山的造化，还是古代东女国女王的高贵和西夏皇族的血脉，丹巴美女的神秘身世及潜在血质，都不禁令人心驰神往。

二

从圣城拉萨一路向东，我们打算从川藏线打道回府，直奔兰州。漫漫旅途，318国道凶险与美丽并存，连日的翻山越岭让同行的朋友心有余悸，生出些许疲惫。但丹巴却是一定要去的地方，一个令人魂牵梦萦的地方。

7月26日，我们从号称摄影天堂的新都桥出发，途经塔公、八美，翻过雍拉雪山，高原便突然凹下去，随即车子七拐八拐，便拐进了一个风姿绰约的峡谷。道路旁石墙上赫然醒目的宣传标语"古碉·藏寨·美人"，让人怦然心动。

进入丹巴的时候，艳阳高照，高原的状态尽善尽美，坡上绿意盎然。天空是想象中的湛蓝，明晃晃的阳光发出刺眼的光芒，从嘉绒大桥的这端扫射到那端，让异乡人的脸颊有了种火辣辣的痛。逼仄狭窄的街道旁，一排排充满现代元素的钢筋水泥建筑正在施工，貌似在进行二次装饰。这座小县城与北方所有的小县城并无二致，只是它被大渡河隔在了两岸，依山而建的房屋，抬眼便是悬崖峭壁，狰狞的面孔让人望而生畏。就在那一刻，我深刻地思念起了远在甘肃的兰州。黄河穿城而过的兰州，虽然被称为"西域人眼中的中原，中原人眼里的西域"，虽然也有高山河谷，但兰州没有这么凶险的地理环境，兰州并没有危机四伏。

漫步丹巴城，我的深情一下子落空，我想起几个小时前的亢奋，丹巴曾像格桑花一样让我充满期待——它是墨尔多神山下的圣地，百鸟争鸣，溪水歌唱，那些穿街而过的女子头戴彩色丝边的头帕，边角垂吊的花穗左右摇摆，艳丽的百褶裙随风飘舞，腰间悬吊的银垂铃清脆悦耳，处处洋溢着异域风情……但，真实的丹巴却辜负了我，伪藏式的装饰正在假冒一种深情，悬崖峭壁下的建筑暗藏杀机，我甚至担忧它随时可能遭遇泥石流的大扫荡。天啊，为何要把丹巴城建于此地？这简直让人惶恐不安。

冷清而寂寥的街道，不见丹巴美人的身影。我们在一家川菜馆里歇息，老板娘说话爽快，不施粉黛，却有几分天然的风情。只是菜未上桌，一只在墙上上下穿梭的蟑螂，着实惊吓了我，瞬时没了胃口。我祈祷着闻名遐迩的丹巴甲居藏寨，该还有它引人遐思的地方吧！

三

下午两点，我们来到了中国最美乡村——甲居藏寨，"甲居"，藏语是百户人家之意。旁边身着华服的美人雕像旁三个烫金大字"美人谷"，再次让人心潮摇荡，芊芊美女的婀娜多姿又一次萦绕在我的脑海。我一遍遍想象着如电影里神采飞扬的美人们，她们裙裾婆娑，翩若惊鸿。那些堆积于胸前与头部的玛瑙与绿松石环佩叮当，雍容华贵……

车子再次沿着山路盘旋而上，这里的山石与别处大不相同，在阳光的照射下金光闪闪。在观景台驻足，眼前豁然开朗。只见山寨依着起伏的山势迤逦连绵，在相对高差近千米的山坡上，一座座琼楼玉宇星星点点，烟云缭绕，掩映在绿树丛中。它们以不动声色的轻灵屹立于悬崖峭壁之上，以君临天下的姿势俯视万物，与山谷、溪流、雪峰一起，展示出一幅田园牧歌式的画卷。那是真正的嘉绒藏楼，土石筑成的白色容颜，图案华丽的大窗，含情脉脉，在深蓝的天空下，与我们相遇了。也许是亡命天涯的恐惧，那些童话般的古碉和房舍竟都建在了悬崖危岩下，让人心惊胆战。

我定睛望去，山脊上还有残存的碉楼，外形美观，多为四角和八角的高方柱状体，形态各异，意蕴深远，为这片古老的地域抹上了异样的神秘。

史载，乾隆年间大小金川土司两次叛乱，朝廷两次用兵，由于土司踞碉固守，"其扼要处必有战碉，于墙垣间以枪石外击，旁既无路，进兵必须从枪石中过，故一碉不过数十人，万夫皆阻"。因此清军经历大小战争百余场，耗时长达8年，费银7000万两，方才平定。

据说那些八角碉楼，就是西夏党项人逃亡路上留下的遗迹。这些碉楼上都悬挂有羊头，羊是他们的图腾。古代党项、羌人大批人马南迁至此居住，并将村南的大雪山命名为党岭山，党岭雪山也是红军长征时翻越的海拔最高的雪山。我忽然想起刚才车子行至距藏寨 2000 米处，我们便看到了保存完好的红五方面军政治部遗址。

我不愿再做丹巴的冷眼旁观者了，因为在观景台的一侧，我邂逅了一位叫达瓦央金的女子，她正坐在石头上，推销着她的产品——几袋青苹果和野蘑菇。"这个果子是没有打过农药的……"她抬起头用坚忍而期盼的眼神望着我，一双水灵灵的大眼睛，如同党岭上温泉眼喷出的水滴。也许是长期劳作，她的皮肤并不白皙，但也因此产生了一种生动健康的美丽。朴素的衣着下，仍可见双腿修长，即使坐在石头上也无法掩盖亭亭玉立之姿，劳动和阳光让美人更加真实。就在她抬起胳膊揩去额上的汗水时，我看到了她高挺的鼻梁，更加让我坚定她就是真正的丹巴美人。

"康定的汉子雄如山，丹巴的美女美如水"。因为行程安排，我们没有继续前行，但我相信甲居藏寨是个纯洁的世外桃源，藏寨碉楼一定随处可见身着嘉绒服饰的藏族美女。就在我流连忘返时，一个 10 来岁的小女孩跃入眼帘，明眸皓齿，脸蛋却是粗糙的红，筐里装满了蘑菇，也装满了她的童年。我感慨良多，甲居"冬无严寒，夏无酷暑"，长成美人的她能否走出这座大山呢？

成都的味道

随着端午的脚步临近,心里的妖也开始坐卧不安,出逃的欲望日益强烈。足下远游履,凌波生素尘。驾车赶往仰慕已久的蓉城,心中的美好憧憬早已击败旅途的困顿。

"芙蓉之城"因美丽的名字及美丽的传说,而令人无比向往。据说五代后蜀主孟昶为保护城墙,命人在成都土城上遍植芙蓉,每年花开时节,几十里芙蓉如锦如绣,从此便有了芙蓉城的美誉。时值6月,虽没看到芙蓉满城生辉的盛景,车窗外那些开得浩浩荡荡的花朵,依旧惊艳了我的时光。一树树火红的三角梅耐不住寂寞,正从墙外探出头来,展示着绝美的夏天。我不由得惊叹,这座因花而命名的城,连路都是花路。

"锦江近西烟水绿,新雨山头荔枝熟。"站在江边古旧的亭子里,感受着"春来江水绿如蓝"的唯美画面,竟有种沉醉其中无法自拔的痴迷。昼夜穿行于山水间的喧嚣,丝毫未能打破这里的祥和。河边的大小卵石,诉说着成都的历史,一年又一年。乘一排竹筏荡舟碧波,瞬时,眼里心里溢满了成都的味道。

成都的味道是闲适的。

被称为老成都"千年少城"的宽窄巷子,留存百年的明清建筑,承载着这座城市古老的记忆。据说这里曾是清廷八旗兵士及其家属的"城中城",是满人独立的小王国,终清一世,都不准汉人踏入半步。如今,无须轻叩大清朝紧闭的重门,宽窄巷子不知迎来送往了多少慕名而来的游客。

当我踩着柔软的光阴步入巷子时，已是夜幕降临，熙熙攘攘的游人却丝毫不减。华灯初上，楼上古典的窗户里透着橘色的光亮，一排排大红灯笼高高挂起，温暖直抵心房。青灰色的街道，黑色的屋瓦，低矮的砖墙，竹椅、茶馆、小吃，舒缓的音乐以及走过街巷穿旗袍的窈窕女子，到处散发着老成都的味道。灯红酒绿的奢靡及触手可及的悠闲，让人恍若置身于民国时期的大上海。

穿行在摩肩接踵的人流中，斑驳的石板路上，脚印踩着重重脚印。摇曳的灯光下，时见身着长裙、长发飘飘的美女在古墙老门前留影，忍不住多看几眼，瞬时感叹自己尴尬的年龄而羡慕不已。这里的每一个角落，都会让人跌入老成都遥远的回忆。如今，开启的却是无数游人摇曳缤纷的人生。

成都的味道是充满诱惑的。

走在号称"西蜀第一街"的锦里，脑中即刻跃出杜甫的诗句："晓看红湿处，花重锦官城。"沿着长长的青石板路蜿蜒而行，这里明清川西古镇的建筑风格依稀还在，秦汉三国文化占据了半壁江山。宅邸、府第、客栈、商铺鳞次栉比，房上的青瓦错落有致，满街锦翠，千红万妆。一个个琳琅满目的风物，都足以唤醒这座城市所有的记忆。

唐代大诗人卢照邻有诗曰："锦里开芳宴，兰缸艳早年。缛彩遥分地，繁光远缀天。"虽不在月夜，但阳光将锦里的热闹映衬得多姿多彩。满街飘荡着浓浓的火锅香味，刺激着禁不住诱惑的胃。驻足在花花绿绿的小糖人前，尝一口民间艺人的手艺活，香甜的滋味中，昨天的时光占据了眼前；步入五彩缤纷的绣坊，那一匹匹灿若云霞的蜀锦，织出了祖国的壮丽山河；在热闹的戏台下看一段川剧变脸，感受着尘世的悲欢离合；在奢靡的酒馆里饮一碗烈酒，恍若加入了三国的桃园结义。充满传奇的锦里古街，这些朴素亲切的物象，在繁华的红尘里演绎着红尘之外的悠然。

这里浓郁的市井气息令人迷醉，一座座茶馆唤醒了城市尘封的往事。我不由得停下脚步入内歇息，暖暖的阳光透过古老的木窗斜射进来，桌子玻璃板下的明信片上写着各种字迹的留言，大多是旅游到此的人，表达着自己对某人的爱慕之情。那一定是现实世界中无法言明的感情吧，否则怎会将它留在遥远的异乡？我相信有缘人总会跨过千山万水，在这家茶馆看到这份特别的真情。就这样，我斜倚墙角，望着窗外，大碗茶的清茗味伴着心绪起起伏伏。品茗，品成都，心中竟觉无限惬意。

武侯祠，静默无声，诉说着三国时那段金戈铁马的往事。虽与喧嚣的锦里只隔一层墙，却已将世俗的尘埃过滤干净。这里守着一段陈年，一份古意，传递着古老岁月中那个幽远动人的故事。我走走停停，找寻着昨天的历史，观赏着今天的传奇。天府之国，真不愧是一幅意趣盎然的"清明上河图"。

成都的味道是充满诗意的。

公元前759年的冬天，杜甫为躲避"安史之乱"，携家入蜀，在风景如画的成都浣花溪畔建造茅屋而居，历时四年，创作诗篇240多首，给简陋的柴门增添了千古诗韵。于是，"杜甫草堂"因诗而名扬天下，成为中国文学史上的圣地。

轻叩草堂厚重的门扉，我带着无比虔诚的心与它共度了半日时光。沿着清幽小径，拾捡诗圣遗留在此的点滴片段，古老的草堂仿佛蕴藏着历史深邃的记忆，又恍如一段苍茫如水的光阴。曲径通幽处，绿藤覆蔓，繁花似锦，一缕缕清香沁人心脾。恍然看见诗圣身着长袍，正坐在长椅上掩卷沉思，透过湖水，且听风吟。陋室的书桌前，诗圣泼墨挥毫，将朴素的生命，研成墨香。湖水、长廊、花藤、书卷，不正是人生追寻的诗意和远方吗？

穿过诗史堂向西走，经过水槛，穿月洞门，梅园就在眼前了。一座四层砖塔耸立湖畔，一座曲桥横跨湖上，塔名"一览亭"。通向草堂的小路旁，粉白色的芙蓉正开得灿烂，与这里的塔、桥、湖浑然一体，构成了一幅精美的画面。杜甫客居草堂时，也曾在《客至》中写道："花径不曾缘客扫，蓬门今始为君开。"是谁的脚步匆匆，踩疼了小径旁那些桃红柳绿的眷恋，将心与心的对白，写意成瞬间的永恒，让馨香的岁月，洒落了一地诗意。

假期总是转瞬即逝，踏上归途的我竟对这座城生出无限眷恋。这里的每一条街道，每一株花草，每一汪湖水，都让城市的喧嚣宁静，让疲惫的心灵释放，让匆忙的时光入眠。或许，幸福就是路过的风景，在前行的步伐里，与岁月一起虔诚皈依。

成都，一座锦绣之城、诗意之城、幸福之城。

成都，一座来了就不想离开的城市。

竹海散章

一

亿万年前，女娲娘娘炼石补天时，一块赤石落在了南天门的下方，成了人间的"万岭山"。南极天宫的女儿瑶箐仙子因触犯天条被贬下凡间，她见万岭山一片荒凉，于是便播撒翡翠、舞白丝绢，所到之处一棵棵嫩笋破土而出，贫瘠的万岭山变成了一块美丽的碧玉。从此，这块碧玉有了自己的名字——蜀南竹海。

当我的思维还沉浸在美丽的神话故事中时，身体已经遁入这片蔚然成海的竹林里了。成千上万的翠绿生命在这里生存演绎，在古往今来的岁月中不断抽枝拔节，那旺盛的生命，怒放的姿态，浩荡的生机，令人叹为观止！

黎明时分，霞光万丈。阵阵诵经声中，我爬上了龙吟寺的高塔。俯瞰竹海，雾霭弥漫中，漫山遍野的楠竹在大自然的阳光雨露中快乐吟唱，这里的水更清澈了，山更秀丽了，鸟的歌声更动听了，呈现给世人温润清新的幽幽岚气……一阵山风拂面，一丝丝一方方楠竹从谷底延伸至山顶，满目苍翠，那种浩瀚与博大，让人深深感叹大自然的神奇，顿生出"人是多么渺小"的感叹。

我看见满山满谷的绿波里，万竹簇拥挥洒着勃勃生机；绿色波浪中，散落几户人家，漫山锦绣，尽入诗画；我恍若看见竹生笋、笋生竹，破土而出，5年成林，10年成海……这才是竹的灵魂，竹的精神!

　　这里的人们爱竹,离不开竹。他们造竹屋居住,制竹椅坐卧,扎竹筏漂流,舞竹剑怡情,书竹简怀古,品竹宴养生。拐过一道海子,清风徐徐送来一股米香气,原来是竹筒饭。

　　苏东坡说:"宁可食无肉,不可居无竹。无肉令人瘦,无竹令人俗。"华夏国粹里,竹是诗,是酒,是歌,是画,凡清雅之士皆爱竹。竹以不争艳丽的素雅之美,不媚不俗的高尚品格,与古代圣贤"非淡泊无以明志,非宁静无以致远"相契合。

　　竹海风起,拂过千山万水,荡过崇山峻岭,叩开千门万户……兜兜转转几十载,经历了世间的大壮大美,大悲大恸。曾忍辱负重,也曾委曲求全,曾被鲜花掌声包围,也曾被流言蜚语淹没。如果人生只如初见,我多想做一棵竹,高雅宁静,刚直虚心,不以物喜,不以己悲;我多想忘掉世间所有的伤与痛,所有的焦灼与不安,所有的牵绊与纷扰;我多想以无嗔无怒之态汇入竹海,与伙伴们一起婆娑起舞,让思绪轻舞飞扬,让心灵闲适欢畅……

二

　　六月的阳光在巴蜀之地依然灼热。住宿竹海的第二天,我与子墨打算游览翡翠长廊、仙寓洞、天宝寨、海中海和仙女湖几个景点。

　　晨起,踏着一条蜿蜒曲折的山间小道,我们往山坳深处走去。不多时,便进入了竹子搭建的"翡翠长廊"。这里除了楠竹,居然看不到任何一种别的树木,他们高高耸立,像两道竹墙矗立在公路两侧,两边的竹梢向中间聚拢交织在一起,形成拱形廊顶,遮天蔽日。

　　走过怪竹林,我们坐上了前往仙寓洞的缆车。俯瞰竹海,翠峰如聚,林涛如怒,气势恢宏。据说影片《卧虎藏龙》中章子怡与周润发在竹梢打斗的场面,就是在此拍摄的。那种竹浪滚滚,浩瀚无边,飘忽起荡的美妙景象,历历在目。我甚至曾梦见自己飞翔在竹海,好不惬意。

　　"请抓稳扶手,下缆车。"美梦被工作人员叫醒,仙寓洞就在眼前了。钻过一个石洞，喧闹的人声逐渐远去，高大的楠竹和遮天蔽日的竹叶，伴随着草木的清香漫过全身，我的脚步自然变得欢快而轻灵。

"仙寓洞"想来必是神仙居住之地吧！一条几千米的长廊凿于悬崖之上，长廊之下壁立千仞，长廊上方琉璃覆顶。这块风水宝地供奉着佛教和道教的仙人，真可谓"竹叶沙沙轻叩风铃，木鱼声声敲醒经文"。

子墨拿出手机连连拍照，我好意提醒他："尽量不要拍佛像。"他不耐烦地摆摆手说："你往前面走，别管我！"语气生硬。很多时候，并不是事情有多么糟糕，正是这种生硬的态度，刺伤着我。我的好心情顿时凝固，一个人气呼呼地向前走去。我得承认自己是个敏感的人。子墨的不耐烦很快让我联想到了生活中的种种不快，那种恶劣情绪突然传遍全身，一股无名业火正在胸腔内蓄势待发。一场期望与失望的博弈在我脑中拉开序幕，游玩的兴致瞬间荡然无存。

游过仙寓洞，继续前行就是天宝寨了。天宝寨凭险而守，将千军万马挡在寨子之外。这里是三国古栈道，栈道旁的悬崖峭壁上凿刻着三十六计的故事，有《美人计》《李代桃僵》《隔岸观火》等。我边走边看，感受着先人们的智慧和力量，心中充满了敬畏，心绪慢慢平静了下来。

随着人流，沿着栈道继续攀登，不多时便已大汗淋漓。突然，路边闪过一个小女孩："阿姨，买个草帽吧！祝您身体健康，家庭幸福美满！"我抬头打量她，10岁左右，扎着马尾，红扑扑的脸上有一双忧郁的眼睛，看起来跟她的年龄很不相符。此刻，她手里拿着一摞用树叶编成的草帽，正用期待的眼神望着我。见我犹豫，她连忙央求道："阿姨，求求你买一个吧！3块钱一个！祝你永远年轻漂亮！"我连忙说："好吧，好吧！"其实，我方才犹豫，是因为钱包放在双肩包最底层，上面放着衣物、零食和伞，实在是不好取。另外，也不知自己有没有零钱。我一边打开包翻江倒海地找钱，一边问她："这些草帽是你自己编的吗？"她使劲点了点头。我又问："你上几年级了？放假才卖草帽吗？"她低下头，小声地嗯了一声，似乎很不情愿让我提及上学这个话题。

这时，身后过来一对 40 开外的夫妇，小女孩连忙跑过去，重复着同样的话。男的禁不住孩子央求，掏钱要买，女人在旁边阻止："再别买了，都买了一个了，要这么多干吗？"我一边掏出手机拍照，一边自言自语："这些孩子太不容易了！"女人尴尬地笑笑，便不作声了。这时，突然从山道上跑出来四五个孩子，最小的看上去只有六七岁，纷纷央求我们买草帽。也许是被我们感染，后续的游人也纷纷慷慨解囊。瞬时，每个人头上都有了一顶棕榈叶草帽，崎岖的山道像盛开着一串串绿色的花朵。而那位 40 多岁的男子，沿途一路叫着宝贝，几乎买了山道上每个孩子的草帽。待走完天宝寨时，我见他头上戴着两顶，手里拿着厚厚的一摞。是啊，这些孩子小小年纪便用自己的劳动为家里排忧解难，微不足道的 3 块钱，对他们来说，也许能买到简单的学习用具呢。

兜兜转转一大圈，终于走到了索道口，方才想起坐索道的返程票还在子墨手里，怒气便消了大半。一阵悦耳的音乐声过后，电话自动挂机。我强压着再次呼呼燃烧起来的大火，补了返程票，一个人坐缆车回到了停车场。

停车场上早已车去场空，打开手机，才看到一条短信："我在海中海停车场等你！"强忍着内心的愤怒，拖着沉重的脚步找到吃早餐的那家店，打听海中海停车场的位置。女服务员告诉我一路南行，便可到达。此时，已是上午 10 点多，路上的车辆逐渐多了起来，山路弯弯绕绕，人走在路边极不安全。我硬着头皮走到了三岔口，一位老人告诉我："海中海距此还有 10 公里，你走不过去，叫个车来接你吧！"

山风习习，除了偶尔疾驰而过的汽车，路上没有一个步行的游客。我想到了那个一时冲动跳下汽车，害自己的母亲被老虎吞食的女游客。是啊，即使这个世界上没有一个人怜惜我，也得保重自己。沿着这条山道走下去，转弯处呼啸而过的汽车，可能随时会将我卷入车轮之下。想到此，我感到后背发凉，于是又快步折转到了三岔口。打电话给子墨，可他的电话已经关机。坐在路边的石头上，委屈而愤怒的泪水再也不听使唤，一波又一波汩汩而出。

绝望中，我给子墨发了一条求救短信，告诉他我在三岔口迷了路，距离海中海停车场还有 10 公里。半小时后，子墨找到了我，被丢弃的恐惧和愤怒，已让我说不出话来。一阵风起，车窗外两棵楠竹耳鬓厮磨卿卿我我，似有千言万语无限深情，却又倏忽消散缥缈而去。漫漫旅途，我们终其一生寻找的，不正是一个无论何时何地，永远不离不弃的人吗？

三

听说蜀南竹海有个忘忧谷，凡到过此地见到忘忧老人的游客，便会忘记世间所有烦忧，从此快乐地生活。来到竹海，如此美事，我岂能错过？

从仙寓洞出来后，子墨带我去了忘忧谷。当我们驱车来到这个天然美景与历史传说交融的地方时，心中的震撼的确不小。翠绿的楠竹建成的谷门上，刻着门联："万竿翠竹扫去滚滚红尘，一溪清流奏出淳淳韵音。"这里的草木含露，薄雾轻盈，山水滴翠，溪水长流，在这里，所有的语言都是贫乏的，只能用心灵去感受。

跨过天生桥，便见到了忘忧谷的主人，一位慈眉善目、和蔼可亲、长须飘飘的老人。伫立凝望着忘忧老人雕像，看着忘忧祠，我的思绪瞬间便飞到了那个遥远的年代。

公元 1368 年，历史上石破天惊的一年。有个名叫曾男字无忧的人，从山东经过艰苦卓绝的长途跋涉后，来到了应天府（今南京）。由于他精通兵法，更精通玄学，很快得到了朱元璋的重用。在他的指点下，朱元璋顺利得到了大明江山。但官场中的钩心斗角、尔虞我诈，终不是他想要的生活，于是他弃官归隐，四处云游。

无忧就像劲风吹起的一片树叶，一路飘摇，人世间的烟火几近绝灭。一日，他来到一处荒无人烟的地方，又累又饿，但天色已晚，只好夜宿山洞，不多时便沉沉睡去。梦中观音菩萨驾着祥云，手拿宝瓶出现在洞口。他急迎出去，菩萨说："你且往南走，南天门下的万岭山楠竹秀丽，赠予你一场造化。"说罢，瞬间隐去。夜风寒凉，他从梦中惊醒，但见洞外霞光万丈，干裂的土地金光闪闪。

菩萨的点化让他脚下生风，步履轻盈，经过数日的艰难跋涉，无忧终于来到了四川南部的宜宾。他沿着山谷爬上万岭山，见此地山清水秀，满目翠竹让人心旷神怡，他的双脚不由停了下来，于是命名此山谷为"忘忧谷"。这就是他的村庄，也是他人生寻觅的最后栖息地。相传无忧终老于此时，高寿 168 岁。在忘忧谷生活的这段时间，他为当地老百姓做了不少好事和善事，造福一方民众。大家为了纪念他的恩泽，便在此地建了祠堂，并尊奉它为忘忧竹神，也就是竹海的财神。

子墨的催促将我拉回了现实，忘忧老人的故事，似乎还在林涛沙沙的声响里细细述说。沿着山路攀登，满眼的楠竹在一面面山坡上傲然矗立，一条飞瀑直泻谷底，水势不大，飘飘洒洒。任林涛涌动，任竹浪掀天，任山下炊烟袅袅，她像一个独立遗世的隐者，独自飞泻着。旁边的牌子上写着"九天飞瀑"，也许就是借用唐代大诗人李白的"飞流直下三千尺，疑是银河落九天"的名句吧！

掬一捧甘甜的山泉，洗去城市的尘埃；吸几口泥土的芬芳，净化浮躁的灵魂。这里的一山一水一草一木都是净化剂，让人的灵魂，顷刻间随着生机勃勃的绿意静下来，随着潺潺的流水静下来，随着婉转的鸟鸣静下来。忘忧谷，一个真正能忘忧的美丽山谷！

当我意犹未尽地下山，回望沐浴在夕阳光辉里娴静温雅的忘忧谷时，忘忧谷已经深深住进我的心里了。从此宠辱不惊，闲看庭前花开花落，去留无意，漫观天外云卷云舒。真是"竹情竹韵能忘魂，竹香竹风令人醉。人生忧愁尽管多，忘忧谷中能忘忧"。

古城阆中

从重庆出发，汽车在高速公路疾驰，两旁是绵延不绝的含碧群山。起初尚有松树等杂木陪衬，进入南充地界后，满目的柏树俨然成了这方土地的主人。每隔一段，迎面巨型条幅赫然写着"张飞牛肉"，心中暗自思忖，莫非这座城跟张飞有什么渊源？

旅行的时间实在是仓促的。早晨还踩在缙云山湿漉漉的青苔上，下午就已经风尘仆仆踏入了巴蜀之地。千折百回的嘉陵江，流进四川省北部的阆中时，形成了一个水绕山环、祥云弥漫的风水奇观。这块人杰地灵的风水宝地上，一座高高的白塔耸立在城中心，闪烁着金色的光芒。这就是阆中了！

好友催促我在古城牌坊前留影，我漫不经心地下了车。因为之前游览过太多古城，那穿城而过的狭窄巷道，青砖黛瓦的古代建筑，雕刻精致的飞檐翘梁，傍河而居的古民居群，早已植入脑海，以至于现在对古城并没有太浓厚的兴趣。可阆中古城，虽然城镇不大，却如一位薄施粉黛的古典美女袅娜着倩影，让我心旌摇荡。

说它是一座真正的古城，绝非虚言。早在战国时期，这里曾为巴国都城，秦灭巴蜀后，于公元前314年，置阆中县，设县至今，已逾2300多年。"其山四合于郡，故曰阆中"，"阆水迂曲，经郡三面，故曰阆中"。古城融唐、宋、元、明、清各个朝代的古街、古院、古民居，被列为中国四大古城之一。

行走在青石板铺就的小路上，心中的震撼使我沉重的脚步变得轻快起来。进城的路口处，赫然立着一座立马挺矛、怒目圆睁的张飞塑像。店铺屋檐随处可见"张飞牛肉"的旗幡，原来张飞曾在这里做了整整9年太守，阆中人已把飞将军视作古城的守护神。

据史书记载：蜀汉建立之初，张飞随诸葛亮沿长江溯流而上，一路攻城略地，拿下江州（今重庆），巴郡尽为蜀土，而后他又受任巴西（今阆中）太守，率重兵镇守于阆中。他在阆中指挥的一次重大战役，便是大败南侵的曹魏名将张郃。此次战役，为他可圈可点的戎马生涯写下了浓墨重彩的一笔。张郃一败，曹魏退守河南，汉中巴郡从此便成了稳固的蜀国疆土。

世人只知张飞勇猛，来到阆中才知他爱民如子，治理有方，深得阆中百姓爱戴。张飞不仅是一个骁勇善战的武将，也是一个充满智慧的仁者，脸黑心红，因此当地人将黑皮红肉的牛肉命名为"张飞牛肉"，张飞已然是他们心中的英雄。

走在平平仄仄的古街古巷里，那长满蓬草的瓦屋，被岁月风蚀的木门，廊柱檐头的灯笼，迎风招展的幌子，都将人带进了古城的悠远。大街小巷处处飘溢着浓浓的醋香，商铺里，整齐地堆码着大坛小罐的保宁醋，真是一座名副其实的醋城啊！目不暇接中，一副对联跃入了眼帘"秦砖汉瓦魂，唐宋格局明清貌；京院苏院韵，渝川灵性巴阆风"。这就是对阆中古城风韵的完美写照吧！

信步于阆中古街，嗅着浓浓的三国味与醋味，不知不觉中走进了一座深宅大院，古色古香的建筑，富丽堂皇。天井中的假山鱼池，阶沿上的雕花木椅，花窗前的青藤瘦竹，屋檐下的盆景古树，都活现出一幅恬淡雅致、淳厚古朴的民俗画卷，原来这就是阆苑第一楼——镇江楼。我的神思立刻从刀光剑影的三国来到了盛唐，底楼侧门上有郭沫若题写的"独秀三巴"金字横匾，镇江楼当时的热闹与繁华，可见一斑。

阆中最吸引我的，当数大唐诗人杜甫那句"阆中胜事可肠断，阆州城南天下稀"的名句了。多有游历的杜甫，经历了几十载的风雨飘摇，在阆中创下了他一生一地60多首诗篇的记录，实在令人惊叹这座古城的魅力所在。一阵古筝悠扬的旋律将我引到了"草堂"，移步入内，果真是一处清雅之地。古老的书桌书柜里摆放着各种书籍，旁边配以木桌木椅，几个孩子正坐在那里专心读书。我悄悄地退了出来，我怕打扰这里的清静。

一句"却望城郭如丹青"，让这座已有2300多年历史的古城，在我的记忆中永久留存。嘉陵江水，凝聚着千年历史风云；平方贡院，封存着科举择优的庄重；保宁香醋，飘荡着唐风古韵的传奇。旅途的疲乏与困顿，打退了我拜谒"滕王阁"的梦想，失却了登临白塔的渴望。临别时，我向窗外望去，嘉陵江与古城浑然一体，古城如一位误入人间的仙子，默默目送着远道而来的游人。我只好宽慰自己，留下些许遗憾，才会有再次的阆中之旅！

落魄的文人

"十里不同风,百里不同俗"。来到阆中,自然是要尝尝当地特产的。我们进入了一个古老的餐厅,里面陈设古朴。木制的椭圆形窗户,高高低低的门槛,长方条的琴桌及上面的木质灯架,还有那一个个长条木板凳,仿佛点亮了漫长的乡村岁月。身着碎花布大兜巾的服务员,笑容满面地迎上来,给我们推荐了"阆中三绝汤",汤里有张飞牛肉、保宁香醋及特制蒸馍,所以叫三绝。浓浓的醋香扑鼻而来,可对于我们这些外地食客来说,还是有些不适应的。

就在我们对这道特色菜评头论足的时候,一位50开外的男子站在了餐桌旁。他个头不高,穿一件灰色发旧的夹克衫,裤腿向上挽着,赤脚穿着一双布鞋,自我介绍道:"我叫阿生,这是我写的书,不知您有没有兴趣?"顿了顿,他又说:"您先看看吧,不买也没关系。"

同伴摆摆手说:"谢谢,我对这些不感兴趣。"

他的嘴角嗫嚅了一下,眼神黯淡了下去,显出一丝无奈的神情。我向他望去,一张写满沧桑的脸,花白的头发有些凌乱,宽宽的额头上刻着几道深深的皱纹。可能是没有休息好,眼窝有点发青,下巴上浓密的络腮胡子看上去好久没刮了,活像一把刷子。

我一边接过书,一边漫不经心地翻阅。封面上赫然印着他的生活照,让我确信他就是这本洋洋洒洒几十万字书的作者。我仔细阅读了两页,是一部长篇爱情小说。我还想往下翻一翻,抬头看到了同伴不耐烦的表情。的确，在吃饭的时候，突然有个陌生人站在旁边推销他的物品，实在是一件很令人扫兴的事情。我迟疑了一下，对他说了声谢谢，把书还给了他。他失望地摇摇头，走开了。这时，我看到他皱巴巴的衣服下略微驼背的身影，心中竟有种说不出的心酸，突然胸口堵得慌，食不下咽。

看到他走向另一张餐桌，我伤感地说："这个时代，中国的文人何以沦落到这种地步？"同伴叹口气说："人人都是作者，人人都在写书，谁看呀？"同伴还说了些什么，我一个字都没有听进去，脑海里迅速闪出一个词——落魄！我不知道有一天他的作品会不会得到大众的认可，不知道他是不是深埋在沙子里的金子，总有一天会光芒万丈。可是在这样一个丰衣足食的年代，他身着简朴，以这种方式推销自己的作品，这种执着的精神还是令人敬佩的。只是作为一个文人，我又多么希望他不要失去文人的尊严和清高啊！可是，自古以来，哪个文人不落魄？有几个大文豪是在锦衣玉食的环境里写出永垂不朽的好作品呢？

就这样，我的思绪如脱缰的野马般奔腾起来。实在是很佩服古人，形容人真是入木三分。风流才子、多情美人、纨绔子弟、落魄文人……

诗圣杜甫一生穷困潦倒，在长安的时候，过着乞讨的日子。"入门依旧四壁空，老妻睹我颜色同。痴儿未知父子礼，叫怒索饭啼门东。"这首诗就是对他当时生活的真实写照。后客居湖南时，遭遇洪水围困，连续饥饿了9天。当地县令救出他后，以牛肉白酒招待他，难得饕餮一回的杜甫，当晚就因为醉饱过度而辞世了。

被尊为画圣的凡·高，长相丑陋，性格乖僻，一生贫困潦倒，默默无闻。生前作画1000多幅，只低价卖出一幅，死后若干年，他的画价值连城。

还有曹雪芹、果戈理等，他们穷困潦倒一生，让人无比心酸。他们创作了那么多璀璨的作品，可是在经历了多舛命运之后，才得以出版并成为名著。在中外史上，腰缠万贯的文人雅士有几位？

看着他不厌其烦地走向一桌又一桌客人，看着他佝偻着身影一次次失望地离开，我真是后悔没有给予他微不足道的支持。为了生存、为了生活，他不得不以这样的方式推销自己的作品。写作是很难有立竿见影回报的,在这个纯文学冷寂,商业文学铺天盖地迎合大众口味的时代,一个人忍受着寂寞孤独前行,是多么难能可贵!我理解他对文学理想的执着守望,敬佩他身上默默坚守的精神。在我看来,能否成功,已无关紧要。

　　作家饶雪漫说:"我还是会相信,星星会说话,石头会开花,穿过夏天的栅栏和冬天的雪花,你终会抵达。"我相信每一个坚持梦想并奋力奔跑的人,终会抵达!

走过的，便是一路繁华

10年，整整10年。

10年的光阴，红了樱桃，绿了芭蕉；10个春秋，就像做了一场美丽的梦，幻化出所有的繁华后成了一场空。也许就是从那年那月那天起，光阴便像一台榨汁机，榨去了我身体里的所有水分，让我的思想干瘪，让我的生活枯萎。也就是从那年那月那天起，我爱上了旅行。行走在秦砖汉瓦的凄冷城墙，行走在唐风古寺的晨钟暮鼓，行走在巴山蜀水的声声血泪，心底的伤被岁月一点点风干，结成了又干又硬的痂，也成了我坚强的外衣。

再次去旅行，依然不在乎目的地，我只是很享受忘掉一切背起行囊走在路上的心情。已是第三次去西安了，在领略了大唐芙蓉园的恢宏奢华和马嵬驿民俗村的唐风古韵后，贪婪的我仍游兴未尽。车辆返兰行至甘谷，我决定一睹古坡草原的芳容。

通往古坡的山路蜿蜒而上，汽车像跳摇摆舞的甲壳虫，一扭一晃。山道两旁，春姑娘毫不吝啬地掏出所有碧绿的色彩，把一山的叶子染成青翠。忽然，车窗外飘起了"花雨"，透过林隙，我惊喜地看到外面一片白色的海洋，远处的洋槐花在微风中泛着波浪。我急不可耐地跳下车，扑面的暖风，自然流动的生命离子，阵阵花香一下子浸入我的五脏六腑。这个小山村，不知道它的名字。沿着崎岖不平的山道下去，只见周围长满了各种果树、槐树。

跟着一群蜜蜂，我来到一块视野开阔的山腰处，平坦的草地上，密密麻麻堆满了百来个蜂箱，看得出来，这是个不小的养蜂作坊。一个女人正在弯腰收拾蜂箱，弱小的身子，宽松的衣裤，白色的防蜂帽，像南方妇女的打扮。蜂儿围着她欢快地歌唱，跳着采蜜的舞蹈。一顶黑色帐篷支在蜂箱后面，帐篷外树杈间的绳子上，晾晒着几件衣服。

我上前去搭讪。她停下手中的工作，像老熟人那样笑道："要蜂蜜吗？甜得很呢！"果然猜得不错，她是从四川来的，每年果花、槐花开的季节定时来到这里，寻花酿蜜。从她疲惫的脸上，我看出养蜂人转战南北、风餐露宿真的很不容易。

此时，正是蜜蜂出入蜂房最频繁的时段，进进出出的蜜蜂将蜂巢挤得密不透风，外面的蜂进不去，里面的蜂出不来，乱成一团。她俯首弯腰，蹲在地上，用手指轻轻拨开了缝隙，让蜂群进出。

待我说明来意，她便开始提炼蜂蜜。只见她小心地从蜂巢中取出一块块沾满蜂蜜的隔板，放入一个大圆桶，慢慢搅动滚轴，一滴滴的蜂蜜便淌入桶底并徐徐上升，她紧锁的眉头慢慢舒展开来。

我一边攀谈，一边跟随她进入帐篷。这时我看清了里面简陋的家当。一张床，一个大缸和做饭的锅碗瓢盆，还有敞开的大米口袋。一阵风来，帐篷四周随风开裂，吱吱作响。我突然意识到山里夜间风大，潮湿寒冷，他们追花采蜜的生活饱含的艰辛，又有几人能知！

话匣子一打开，彼此便熟络起来。从她口中得知，养蜂是靠天吃饭的行当。随风而行，逐花而居，终年过着游牧的生活。每年初春，当河水还冰冷刺骨的时候，她便跟丈夫离家远行。10多米长的卡车装满了蜂箱、蜂蜜桶、帐篷……就像吉普赛人坐车离开一样。"人间四月芳菲尽，山寺桃花始盛开"。随着四川盆地春季的结束，他们一路向北来到陕西、甘肃、青海、新疆，有花海的地方就有他们奔波的足迹。几十年来，养蜂是她家主要的生活来源。每天早上匆匆吃口大饼就开始取蜜，中午总是来不及吃饭，赶着时间取蜂王浆。每天不知被蜜蜂蛰伤多少次，手总是肿肿的。但由于天气的变幻莫测，有时也会赔掉一季甚至整年的收入。

"住在这么偏僻的地方,你不孤独吗?"我随口问道。

"忙啊!都习惯了。"她一边往瓶子里装蜂蜜,一边对我笑笑。

望着这位纯朴的妇女,我不由生出一种敬佩之情。在大山深处,以蜂为伴,以山为家,不识秦汉,不知世事。他们风餐露宿,诠释着世间最甜蜜的事业。我想起作家苇岸说的话:"放蜂人是大地上寻找花朵的人,季节是他的向导。"寻找花朵,不就是在寻找春天吗?寻找春天,不就是寻找世间最美的生活吗?

站在已经逝去的 40 个人生春秋的路口,轻轻抖落满身的尘埃,我希望自己淡定从容地面对以后的人生。真正的平静不是避开车水马龙,而是在心中修篱种菊。走过的,便是一路繁华!

触摸古镇青木川

汽车在高速公路上疾驰，我如出笼的鸽子般兴奋。"满街杨柳绿丝烟，画出清明四月天"。人间四月，公路两旁树荫里的知了，已经拉起嘹亮的喉咙，起劲地唱着春天的歌谣。陇南境内，漫山遍野的油菜花开得热烈烂漫，一片金色波涛从眼前涌向遥远的天边，其磅礴的气势与亮丽的色彩令人激动和震撼。

邂逅古镇青木川，纯属偶然。领略了康县阳坝梅园沟的浪漫风情后，汽车沿着河堤而下，驶入了燕子砭。山已没有康县的那般高大，低矮了一些，却依旧逶迤绵延。古香古色的街市掩映在波光垂柳之中，像一幅清新的山水画。这里的气候与别处不同，让人顿觉浑身湿热。车一拐进山口，满眼的油菜花盛放在公路两侧的山坡上，参差有序，仿佛荆钗布衣的小家碧玉。而广坪境内的油菜花，却早已变成沉甸甸的孕妇，身缀饱满殷实的油菜角角，虔敬羞涩地匍匐在田野和山坡上。真可谓十里不同天啊！

过了广坪，就到青木川了。虽未谋面，只它的名字就引起了我极大的兴趣，似曾相识的感觉油然而生。想触摸它的欲望，促使我查阅所有关于它的细枝末节，思绪也随着它的传说而波澜起伏。

青木川坐落在秦岭之南，巴山之北，位于陕、甘、川三省交界处，素有"脚踏三地，鸡鸣三省"之称。因古镇有一棵青木树而得名。自古以来，这里是秦蜀之咽喉，兵家必争之地，也是商贾边贸之重镇。这里羌、汉杂居，发迹于明代中叶，成型于清后期，鼎盛于民国。

站在熙熙攘攘的街道上,我被裹挟在人流里,触摸着古镇今日的繁华与昨日的风光。青木川并非一马平川,实际上是一个坝子。一条金溪河从坝子中间自西向东流过,将古镇分为南北两街,隔河相对,河上驾着一座飞凤桥。这里因民国年间出了一个传奇人物魏辅堂,而使这里虽历经七八十年无情岁月的淘洗,却始终笼罩着一层神秘的面纱,不断吸引着人们好奇的目光和探寻的脚步。

突然间,古街牌坊上的大字"回龙场"映入我的眼帘,方知道脚下这条街就叫"回龙场"。这条古街从南向北,把小镇两端拉得悠长。尽管历经岁月沧桑,但古街两边的明清民居,雕刻精美的窗棂和门楣,依然让我惊叹不已。鳞次栉比的建筑中,土洋结合的房屋吸引着我好奇的目光。传统样式的商铺里,从业人员大多一袭汉装,空气中飘荡着古琴曲的袅袅声韵,让人仿佛步入了 20 世纪三四十年代。古街两旁的店门随意敞开,可以看到里面的传统酿酒工艺,核桃饼制作流程。古街很长,但心情的愉悦使我在这条街上来来回回穿行了好几趟,探视着二进二出四合院式的老屋,努力体味着那些流逝的历史印记。

虽然魏辅堂被正法已经 50 多年了,其间,青木川人民经受了多次运动和历史风雨的洗礼,但从遗存的魏氏宅院及辅仁中学等建筑,依然可以看出当年魏氏的轰轰烈烈,并没有被人们遗忘在历史的角落。

"魏辅堂有豪宅六处,娶大小老婆六个,他贩大烟,自己却不抽,也不允许部下抽。他办过烟厂、丝绸纺织厂。当时很多人都没见过玻璃,而青木川的居民却已经用上了玻璃。与飞凤桥形成直线的,是魏辅堂修建的辅仁中学。"听到导游讲解的声音,我顺坡而上。古木参天的校园里,现存民国时期的两栋楼房,一栋二层楼房,一栋礼堂,据说工匠都是魏辅堂从上海请来的。学校建好后,魏辅堂规定,凡是家里有适龄儿童的,一律到中小学读书,否则家长受罚。入学孩子费用全免,还给家里补助。凡成绩好的,魏辅堂就送他们去四川大学、重庆大学等深造并承担一切费用。魏辅堂还定下一系列规矩,凡青木川居民不得吸食鸦片,不得参与赌博,不得偷盗等,若有违反,必遭严惩。

触摸古镇，我努力过滤着街上熙熙攘攘的人群、琳琅满目的商品以及嘈杂的吆喝声。雕刻古朴的木门框上，依稀可见当年钝器敲击留下的深深印迹，无论岁月如何侵蚀，朴素淳厚的民风依然还在，厚重与繁华依旧留存。

第四辑

净水洗尘

与尘世妥协
贴近烟火
一如新茶被采摘 翻炒 揉搓
清泉滴落的瞬间
铅华洗尽 尘埃落定

JINGSHUI
XICHEN

探亲

夏日已过半，空气中充斥着燥热，林荫道两旁的树叶闪着油亮的光，让人感觉脸上都黏糊糊的。长途汽车东站，人头攒动。那些背着背包、拎着大包、拉着皮箱的人行色匆匆，准备踏上遥远的征程。她气喘吁吁地跑进大厅，迅速在自助窗口取了票，习惯性地低头看了下手表，还好，10点45分，离发车时间还有5分钟。她仔细搜寻着兰城到武城的汽车，找到了那列写着1819的车次，三步并作两步登了上去。

"把鞋脱了，下铺靠窗户第二个座位！"司机冷冷地说。

她惊愕了一秒，扫视了一下车厢，看来，就差她一个人了。这时她才发现，买票的时候太匆忙，居然不知道自己买的是卧铺。

她脱了鞋，顺手套了两只塑料袋，走上了棕色的木地板。汽车卧铺与火车有所不同，座位缓缓倾斜着，头顶还放着一床花棉被。还没等她坐稳当，汽车便发动了，她长长地舒了一口气。

兰城的街道永远那样堵，汽车一扭一晃，像蜗牛一样往城外爬去。照这样的速度，何时才能上高速啊？她一边向窗外张望，一边心里焦急地抱怨。走了十几分钟，车还徘徊在天水路。这时，她有点后悔没有自驾，想想自己早晨6点多起床，收拾好行李，7点多就出门了。正值上班高峰，50路公交车被挤得水泄不通，空气中还弥漫着人们混杂的汗味。她被挤在一个角落里，连转身都困难。就这样，还一路堵车，到西关时已经9点多了。在热闹的省城中心等了十几分钟,居然打不到一辆车,她只好跑去坐136路公交车,终于在最后时刻赶上了这趟长途汽车。现在11点多了,近5个小时的奔波她还没出兰城,如果自驾的话,这会儿应该过一半路程了吧?她越想越后悔,竟然有点烦躁起来。

"老公,我刚坐上车,快到了给你打电话,你来接我啊!"嗲嗲的声音。她循声望去,前面卧铺上的女人在大声打电话。看上去30开外,化着浓妆,一层白粉浮在脸上,像蔫茄子上挂了一层霜,不忍直视。怕窗外的阳光照到脸上,居然在车里打着伞。

阳光也洒在她的脸上、身上。说实话,她也怕晒黑,此刻正是一天中紫外线最强的时候,晒黑的皮肤是糊多少面膜都补不回来的。但她没有用伞,只是用丝巾轻轻地盖住了脸,开始闭目养神。

已经不是第一次风尘仆仆去看他了,他去外地工作已经快一年了。对于他的出行,她是极力反对的,但始终无法说服他。她还记得那个冬天的夜晚,当他告诉她要走的消息时,她的眼泪夺眶而出。可她又能怎样呢?难道要他放弃工作陪着她吗?整整一个冬天,她都是在郁闷中度过的,一种无形的伤害如影随形,她有一种被遗弃的感觉。她已不再年轻,她无法想象没有他的日子会是什么样的。

"这对我是个灾难,是个沉重的打击。从此,即使插上翅膀,也无法找到你了。你知道什么叫绝望吗?"她故作轻松地调侃。

"这是我的家,难道我连家都不要了吗?你要拿根铁链子拴着我才甘心?"他冷淡地说。

这样的答案,让她无言以对。

她记得一本书中有这样一段话:"这些年我经历了许许多多的荒芜景象,家园荒芜、田地荒芜……却从来没想过真正的荒芜是在妻子铺满月光的床上。我宁让土地荒弃十年,也不愿心爱的妻子孤寂一晚。"书中的语句令她感动,可是这一切,他不会理解,就算明白也置若罔闻。

她是在3月的一天送他离开的。那本是个春暖花开的季节,可她所在的小城却寒意料峭,树上的枯枝在风中彼此碰撞,发出凛冽的响声。车子驶入分水岭后,山势险峻,铺天盖地的大雪又封锁了道路,白茫茫的一片。好多大车都装上了防滑链,即便如此还是不敢行走,都停在了山道旁。他要在天黑前赶到单位,只好小心翼翼地挪动着车子,在盘旋路上踽踽独行。她无暇顾及窗外绝美的雪景,屏住呼吸,紧张得心脏都快跳出来了。

身子往前一晃,她从回忆中醒来。取掉头上的丝巾,向窗外望去,车子已经驶上了高速公路,山坳、村庄、田野……窗外的世界一幕幕从眼前飞快逝去,仿佛有人按下了电影胶卷的快速倒带。

她想起平时总是为一点点的小事争吵,然后两败俱伤。她抱怨他不关心她的生活、工作,不陪她散步,不能走进她的精神世界。他抱怨她黄脸婆,小心眼,醋坛子,像个怨妇……

第二次去看他时,他们去重庆游玩,但最终却不欢而散。那次争吵的导火索仅仅是一个微信聊天记录。她记得那是在古镇温馨的茶楼里,喝着咖啡,他的微信忽然响了,她执意要看。

她勃然大怒:"为什么我们在一起的时候,你还在约别人?是不是我不在的时候,你跟别的女人在一起?"

他怒发冲冠:"随口一说而已,聊个天都有这么多是非?你这个无事生非的女人!"

"我真后悔来看你!这是我最后一次来看你!"她愤愤地说。

"这辈子你再也别想跟我一起游玩!你这个女人最可恶的地方就是臆造痛苦,折磨自己也折磨别人。"他气得咬牙切齿。

她拿起背包,冲下阁楼。她的心很累,很痛,所有记忆的碎片不再闪光。她到底想要什么?她要他心里只有她一个人,正是爱的自私与排他性使她醋味十足。而她的行为,在他看来,实在不可理喻。他深受折磨,她痛苦万分。

也许是天气闷热,旅客们都在仰头睡觉,还不时发出阵阵呼噜声。车厢里散发着刺鼻的脚汗味，这让她有点恶心。车厢两侧，布帘都已拉上，只有动荡不安的光，忽明忽暗、时强时弱，随着汽车奔驰的速度像闪电一样射进来。感觉肚子咕噜噜在抗议，她看了一下手表，已是下午两点了，用手摸了摸背包里的橘子，她犹豫了一下，又把手缩了回来。这种气味，水果也难以下咽啊。

她想起第三次去看他时的情景。在蔚然成海的竹林美景中，依旧弹奏出了那么不和谐的音符。因为他很不耐烦的一句话，她愤愤地独自前行，并且拒听他的电话。这让他怒火中烧，留下短信后便消失得无影无踪。她记得自己在竹海里迷了路，大声地哭着，引得路人面面相觑。然后，她气愤地给他打电话，电话里永远是关机的声音。她更是气得发抖，像一头发怒的野兽。

她找不到他。慢慢地，她终于平静了下来，开始认真地审视他们的过去。她想到了自己的任性，想到了自己的多疑，想到了往日他对她种种的好……她很难过。她擦干眼泪，给他发信息。外面下着淅淅沥沥的雨，竹叶在雨中似乎瑟瑟发抖，很凄切的一种美。后来，他找到了她，带他去了忘忧谷，他们寸步不离，生怕再次找不到对方。

一个急刹车，她的身子猛地往前一晃，从沉思中惊醒。车窗外，太阳散步到了山顶，粉红色的云霞霎时喷涌上天，在油画似的黄昏色调里，汽车终于到了武城。她下了车，在路人的指点下，坐上了一辆小面包车。

小面包车在不停的颠簸中驶过冒着热气的田野，到达他工作的小镇时已是晚上8点。她拖着疲惫的身子下了车，空气中弥漫着令人不安的燥热，似乎连呼吸中都带着夏日聒噪的蝉鸣。狭窄的街道两旁矗立着高高低低参差不齐的楼房，路上摩托车扬起的尘土四散弥漫，遍地的垃圾，涌入眼帘的竟是满目的荒凉。她的心里不由得又抱怨起来："兰城的工作环境多好啊！跑这么偏僻的地方来受罪，又是何苦呢？"拖着沉重的脚步向前走去，远远看见他站在街头向她招手，大山后太阳的最后一丝微光，斜斜地照在他略显疲惫的脸上。她大步向前，朝他奔去……

生日

夜晚的青色还没完全褪去,她就从梦中笑了醒来,因为今天是她的生日。虽然人到中年,生日变得可有可无,就像饭后甜点,可吃可不吃。但如期而至的生日,依然让她心里有些激动。

早晨上班的时候,她打开自己的QQ,发现电脑右下角不停地闪烁,那是朋友们送给她的祝福。虽然祝福都来自网络,但她同样感到阵阵温暖和幸福,一个本来只属于自己的日子,因为有了那么多人的牵挂而变得温馨和美好。

翻开空间相册,她一遍遍回味着去年的生日:音乐弥漫着整个房间,空空的啤酒瓶摆满了茶几,那首《老地方的雨》穿透了KTV包房。啪的一声,音乐伴奏突然消失,整个房间陷入昏暗。众人的吵闹声也戛然而止,她好奇地打开门,一团温暖的烛光进入视线。"祝你生日快乐!"祝福声中,朋友们手中的彩带飞了出来,调皮的小鱼儿将一团奶油涂在了她的脸上。这一切,让她激动地流出了眼泪。

思绪重新回到办公桌上,她开始像陀螺一样辗转在工作的琐事中,日子并没有因为今天是她的生日而清闲一点。窗外飘起了雪花,初冬的北方寒气袭人,老天并没有因为是她的生日而变得阳光灿烂。一份文稿写了一早上,总是词不达意,她有些心神不宁。直到中午同伴叫她回家才醒悟,自己原来一直在等待他的祝福。整整一天,她的情绪都极度亢奋。可是,直到晚上下班回家,手机静静地躺在身边,始终沉默,连一条祝福的短信也没有。她有些失落。

当她拖着沉重的脚步推开房门时，看见他正躺在沙发上兴高采烈地玩手机。她凑到他身边，终于忍不住说："老公，今天是我的生日！"

"哦，生日礼物不是早就送你了吗？"他漫不经心地答道。

"啊？你是说那个手链？那是多久的事了？不行，那不算数！"她娇嗔道。

"真是贪心不足！以后再别想让我给你送任何礼物！"他突然气急败坏地吼道。

空气瞬间凝固。

"那今晚的饭你做吧！"她装作若无其事，故意大声说着，委屈的泪水已夺眶而出。

回到卧室，她把头埋在枕上，竭力抑制着自己的啜泣。难道她真的如此贪心，就那么稀罕他的礼物吗？她只是想得到他的关心和安慰而已，只是想知道他心里到底是否牵挂她。可是，一场小女人的撒娇，在他眼里竟如此不堪？

"从今以后，你的饭你自己做！我跟儿子的饭，不用你管！"他站在门口冷冷地说。

石破天惊。那冷冷的话语在屋内久久徘徊，她感到心脏一阵刺痛，伤口似乎开始滴血。惊愕地望着他的背影，如鲠在喉，泪如泉涌。她感到身体在微微颤抖，思维混乱，无法思考，无法言语。就这样呆呆地望着天花板，直到内心慢慢平静。

晚饭的时候，他在门口叫她吃饭，她以身体不舒服为由没有进餐。

她想出去透透气。站在电梯里，不争气的泪水又一次溢满了眼眶，以至于她没看清电梯口跟她打招呼的到底是谁。走在街上，她怨恨为什么街灯如此明亮，她只想躲在黑暗中，因为怕有人看见那张泪痕狼藉的脸。

夜色寒凉，地上的落叶在冷风中东躲西藏，街上行人稀少。她漫无目的地向前走着，不一会儿，便觉手脚冰凉，皮肤生疼，思维却慢慢清晰起来。她不想如此麻木地生活，往事历历，恍若眼前。

认识他之前，她过了很多年一个人的生日，早已对生日没有期待、没有幻想，更没有计划。其实，生日并不重要，生日里被人牵挂才是最重要的。可是，不知从何时起，所有的节日都与她无关，被人关心成了一种奢侈。那些年，没有惊喜，没有祝福，没有蜡烛也没有礼物。孤独的生日，只有生活的忙碌和烦躁，只有自己给自己的祝福。认识他那年，他给她过了一个浪漫的生日，送给她玫瑰和蛋糕，这让她感到尘世的温暖。她想，从此终于结束了孤单的日子。

也许是沾满了泪水，风吹在脸上，又涩又疼，她往上拉了拉口罩，将双手插进大衣口袋里。一座大铁门里传出一声狗吠，吓得她停住了脚步，这才发现自己不知不觉走到了一栋住宅楼的死胡同。顿时，黑暗令她毛骨悚然。

转身走出胡同，不想回家，不知该去哪里。想打电话约朋友出来，又怕打扰她们。于是，独自向公园走去。街道两旁橱窗里琳琅满目的商品，又让她想起今天是自己的生日。"生日快乐！"她将刚买的一块蛋糕塞进嘴里，和着泪水使劲地往下咽。

公园门口灯火辉煌，载歌载舞，但是她感到很疲惫。全世界都在风风火火，只有他在她心里筑了一条河，即便不是冬季，也是冰封万里。

往事那么清晰，就如同昨天刚刚发生的一样：为了给他过生日，她精心策划，周密准备。一大早，她先去菜市场买来他爱吃的菜，洗净、切好、装盘，再去商场给他精心挑选了一套衣服，最后又买回生日蛋糕。餐桌上，卧室里，闪满红红的暖暖的烛光，家的温馨，爱的浪漫，溢满屋里屋外。她想，自己别出心裁，他一定会很开心。拨通他的电话，听着手机嘟嘟的忙音，她沉浸在自己的喜悦中。不料，他在电话那头迫不及待地说："晚上朋友聚会，晚饭你自己吃吧！"没等她开口，他就挂断了电话。她的手无力地滑了下来，像是有一根鱼刺卡在喉咙里。那晚，坐在沙发上等他，迷迷糊糊中睡去。直到凌晨两点，听到房门开锁的声音，她才睁开迷蒙的双眼，看着他摇摇晃晃地走进卧室，那句积攒了一天的"生日快乐"，始终没有机会说出口。

一轮明月高悬在公园头顶，散漫的银辉透过那棵古树的枝丫，在钢筋水泥的建筑物间，弥漫出一丝久违的温暖。她想起一篇文章中说：人生不易，何须在意？是啊，佛经里有句话："物随心转，境由心造，烦恼皆由心生。"世上本无事，庸人自扰之。很多时候，一个人痛苦的根源不是别人，而是那个过于敏感的自己。

一夕梦魇

夕阳透着蒙蒙的光洒在大地上,空寂的车站,只有冷风在呼啸。地上凝起一层厚厚的白霜,除枯黄的杂草和风化碎石,车站空无一物。

雨薇站在不长的队伍里,沉重的旅行包压得她肩膀生疼,只好拿下来用一只手提着。在她前面,羽凡背着酒红色的双肩包,手里还提着一个黑色行李箱,东张西望。这时,人群中有些骚动,有人说,前面这辆红色大巴车坏了,左侧拐弯处的那辆蓝色大巴兴许会走。连日的奔波早已使雨薇腰酸腿困,疲惫不堪,此消息一经耳畔,她便迫不及待地向蓝色大巴跑去。

上天保佑!等在前面的居然只有三个人,雨薇暗自窃喜。可是,过了好久,蓝色大巴却迟迟不肯开门,她心里有些焦躁不安。转身望去,身后并无一人排队,羽凡也没有跟过来。待她抓起背包返回原地时,羽凡不见了,方才喧闹的车站早已车去场空,只剩下满地的纸团和空饮料瓶随风舞蹈。一种莫名的慌张和疼痛瞬时包裹了雨薇,她伸出冰冷的手拨通了羽凡的号码,可手机始终处于忙音。失望地再次回到蓝色大巴前,期望它能准时发车,可当她看到之前排队的三个人也不见了踪影时,彻底绝望了,这辆大巴今天断然是不会出发了。

天渐渐暗了下来,空荡荡的氛围愈加浓烈,雨薇茫然四顾,彻骨寒气阵阵袭来,她裹了裹身上单薄的外套,却无法阻挡内心的兵荒马乱。她不知道自己在哪里，只记得旅行途中，一直跟羽凡在一起，寸步不离。可是，为什么，为什么他会不辞而别？想到此，她心里万分难过。

雨薇失魂落魄地走出车站，再次拨打羽凡的号码，电话里依然是忙音。深秋的街上寒意料峭，她不知道自己在哪里，怎样才能回家。借着路灯昏暗的光，她想仔细辨认站牌上的字迹，可任凭怎么揉眼睛，那字就是模糊不清。雨薇终于无法假装坚强，寒冷和恐惧使她瑟瑟发抖。

怒号的朔风无情地肆虐着雨薇的身体，她感到脖子冰凉，手脚麻木，定睛看时，却见白色的雪花簌簌而落。枯枝在雨雪中似乎抖抖擞擞，很凄切的一种美。她独自一人走在街边，没有带伞，衣服全被雨雪淋湿了，她的心很痛。

一辆公交车忽然驶过，停靠在前方车站。雨薇如遇救星，胡乱地抓起旅行包，飞快地冲进寒冷的夜晚中。当她气喘吁吁地跑上车时，才发现这并不是公交车。开车的师傅50多岁，身材魁梧、气质粗犷、方脸宽额带点络腮胡，颇有江湖大侠的风范。雨薇小心翼翼地询问，车开往哪里？师傅面无表情地回答了，可到底说的什么，居然一句都听不懂。她拿出乘车卡，想在刷卡时再次询问，可乘车卡显示余额不足。她急忙拉开旅行包，找出零钱，希望从司机口中探听一点回家信息，但司机似乎听不见她的询问，只是专心开车。

不多时，车子进入荒郊野外，那雪似乎更大了。望着车窗外白茫茫的世界，一颗死寂的心猛地一颤，雨薇恍然忆起羽凡曾经的承诺，突然感到无比悲凉，千种烦恼万般惆怅一起袭来，她有种想哭的冲动。羽凡在哪？她要去哪里？一切的一切恍如隔世……

当雨薇从哭泣中醒来时，天早已大亮了，原来只是一场梦。

惊魂未定。躺在床上，雨薇望着空洞的天花板发呆，房门的那把钥匙懒洋洋地躺在桌子上，屋子里似乎还残存着羽凡的气息。认识羽凡整整10年。10年的光阴，幻化出所有的美丽之后，最终成了一场空。他们的故事，已过去多年，早已是陈年旧事。但不知为什么，自从羽凡离去，这样的梦境隔三岔五便会袭来。说不清是遗憾还是难过，因为这场梦，雨薇突然嗅到空气中弥漫着伤感的气息，记忆的刀不止一次地切割着曾经的伤口。血流出来以后，就变成了水……

从床上爬起来洗脸时，雨薇才想起今天与朋友有约。镜中的她苍白憔悴，细碎的皱纹密布着，眼袋下垂。她的头发就像秋天的枯叶一样无可挽回地大把大把往下掉。她想，衰老真是太可怕了，她才30多岁，怎么会如此？是啊，30岁！人生能有几个30岁？为此，她本不该与羽凡为敌，但是她做不到。

记忆是个很可怕的东西，它总是让人们忘记曾经的伤痛，留下那些美好的画面。如同此刻，雨薇不断想起羽凡曾经种种的好。她想，上天何以要赐她这般疼痛的记忆，那记忆遍及着生活中的每一个瞬间。没有人能看到她的心灵和心灵深处的悲戚，她掩饰着自己，从头到脚都是冷冰冰的。她还记得那次喝醉酒后，筋疲力尽地回到家里，家中没有温暖的灯光。以至于在后来的岁月里，她是那样惧怕回家。她的头疼得要裂开，经常失眠，为此不得不吞服安眠药……

雨薇开始更加细心地化妆，精心打扮，是因为知道自己的确老了。镜中的她慢慢变得靓丽，无疑是化妆品的功劳。

雨薇走出屋子，正值深秋，凄冷的风夹杂着细密的雨雪。她看到满街的黄叶，更有一种悲凉的感觉油然而生。她立刻想到该打电话通知羽凡穿上毛衫，但她没有勇气，分开已经太久，这使她很沮丧。她打着伞去和朋友赴约，突然感到很愤怒，因为这伞是羽凡买给她的。雨薇觉得生活中的每一件物质都深烙着羽凡的印记，包括她的血液她的细胞中全都是他的影子。

秋天的冷风和冷雨刺激着雨薇的神经。她有一种怅然若失的感觉，从此，羽凡再也不会伴他左右了，她要独自去面对世界，这让她感到恐惧。她为自己的故事而难过，在那个不成功的故事中，他们其实都是很投入地耗费了心血，灵魂乃至生命。

越是喧闹的地方越令她感到孤独，朋友们让雨薇唱歌，播放的是庄心妍的歌曲："有些人走着走着就散了，有些事看着看着就淡了，有些人想着想着就忘了，有些梦做着做着就醒了……"她泪流满面。

是啊，并不是每个故事都有美好的结局。那个说好不离不弃的人，早已不在原地等待。很多的转瞬即逝，就像车站的告别，刚刚还相互拥抱，转眼已各奔天涯。如果有一双握紧你的手，谁又愿意在风中流浪？

"悲莫悲兮生离别"，一夕梦魇，徒留一声叹息！人生不易，又何须执着于过去？时光如水，总是无言。你若安好，便是晴天！

迎春花开情愈浓

北方的3月，正是花儿盛放的季节。

午后，趁着暖阳，漫步在黄河之畔，欣赏热烈的花儿装扮的春天，不胜欢喜。春暖乍寒中，河堤边烟柳婀娜，摇曳生姿；团团簇簇的山桃花如云似霞，暗香浮动。春，带着希望，带着浪漫，盛装莅临兰州。只是曾经风光旖旎的银滩湿地公园却已封园，里面因河水干涸而显出几许荒凉之感，难免让人有些失望。

沿着河堤继续东行，远远地，河滩边闪现横七竖八的绿藤子，一朵朵鹅黄色的小花猝不及防地扑入眼里，那灿烂纯粹的金黄，肆无忌惮地撞击着人的心灵。走近仔细看，原来是迎春花。花虽小，却极有韵致，丛丛簇簇，或高或低地挤在一起。黄色的花蕾，火焰般跳动，宛如情窦初开的少女。初绽的花蕊与花瓣紧紧依偎，仿佛在诉说亘古不变的情话。伴随着黄河的层层涟漪，我用心倾听它的喃喃细语。这些小生命，每一朵都有一颗温暖的心，否则，怎会开在荒芜寂寥的河滩边？

"拂去隆冬雪，弄作满枝黄。明花出枯萎，东风第一香。"南宋词人王安中对迎春花的吟咏可谓家喻户晓。兰州的春天是被迎春花唤醒的，当第一缕春风触摸到这里的万物生灵，一朵、两朵、一棵、两棵，迎春花热烈地盛开着，无须绿叶陪衬，无须蜂蝶陪伴，独自绽放于漫山遍野。

驻足欣赏春天的使者，我竟醉翁之意不在酒了。因为在河滩的石头上，坐着一位身着红裙的花季少女，手里捧着一本书。她已然在阳光下坐了许久，陶醉于书中的故事，完全没有觉察到我的到来。春风轻抚着她美丽的衣衫，红裙似火焰般轻舞飞扬。那飘逸的长发掠过耳际，浅浅的微笑不时溢满富有青春活力的脸颊。她的美，丝毫不逊色于旁边的花儿。而喜爱读书的她，全身浸染着书香，更是气质脱俗，令人耳目一新。"窈窕淑女，君子好逑。"我不禁暗暗地想，"那个梦中的少年，可别姗姗来迟，误了花期。爱，不就是一种天时地利人和的际遇吗？"

前行的脚步，使我不断融入春的绚烂。我眼观六路，在依依杨柳中，拾捡着人生点滴的幸福。远处一大片迎春花旁，一位年迈的老人正推着轮椅上的老阿姨缓缓前行，不时附耳说着什么。老阿姨慈祥地微笑着，眼里溢满了幸福。几十载风雨与共，老人的表情里，流露着对老阿姨的无限怜爱。我被眼前的人间至美深深吸引。我想，每个人都应珍惜花期，把握拥有的幸福才是人生真谛。看着两位老人不时相视而笑，曾经风花雪月的浪漫之约已成浮华过后的深情相守，不正印证了迎春花语吗？

细细品味迎春花语，那是相爱到永远的隽永情怀。据说大禹在治水途中，邂逅一位美丽的姑娘，姑娘为他烧水做饭，还帮他指点水源，俩人渐渐生出情愫而结成夫妻。后来，大禹为了治水，要去遥远的地方。与心爱的妻子作别时，他解下束腰的荆藤留给她，作为念想。为了疏通河道，大禹踏遍了九州岛，待他功成归来，心爱的妻子因思念成疾早已变成了一座石像，手里还紧紧握着那条荆藤。都说男儿有泪不轻弹，可此情此景，却让这位七尺男儿忍不住失声痛哭。他的泪水滴落在那条荆藤上，竟奇迹般地开出了朵朵小黄花，人们便将此花叫迎春花。

岁月如梭，在浮世之上，我们都渴望生命中能有精彩的片段，都渴望浪漫而纯真的爱情。但生活错综复杂，总有悲欢离合，每个人都有着自己的坚守和困惑，有时不得不面对太多的无奈与放弃。我们唯有默默地守候生命的花期，珍惜当下，相知相惜，方不负此生。此刻，尽管沧桑的面容无法掩饰时光的皱褶，两鬓的白发亦开始细数光阴的痕迹，但我相信，只要心中珍藏着美好的春天，生命就一定会绽放得如诗如画。

与谁共赴结局

恨自己笨拙的笔只能以这样苍白的文字，理顺所有细枝末节的记忆。有些人，一别就是千年，生死不相逢。有些地方，转身就是永远，永不愿再涉足。

夏日中伏第三天，骄阳似火，天空蔚蓝一片。驱车前往榆中青城荷塘，记忆被熟悉的道路带向遥远的深处。路况不好，时而进大坑，时而上土坡，时而往前冲，时而急刹车，驾车的我惊恐万分，竟然如此失神。

回忆是一把双刃剑，镌刻美好，亦留下心伤，不经意的触碰便能颠覆如水平静的心海。一路上，那山峦树木、村庄石桥，让沉睡的过往点滴复苏，提醒我曾经是真的来过。闭上眼，过去的时光在脑海缤纷流转，寂灭的尘缘在心间倾泻出丝丝凉意。依然是这小镇，这山，这水，这风，这阳光，终究已物是人非。大片大片的美丽与心中的萧瑟撞个满怀，惹一身的尴尬与狼狈。

同行的闺蜜说，有个人舍不得为自己买几十元的鞋子，却舍得给她买几百元的靴子；自己吃干花卷，却给她留热馒头；外出学习的时候，他不厌其烦地给她打电话，嘘寒问暖，她却极不耐烦地一次次挂掉电话。他说他对全世界隐身，唯独对她在线……她却因一丁点小事跟他吵得天昏地暗。快乐是彩色的，吵架是灰色的，很可惜，他们最终却不欢而散。

很多时候，你以为分开后，我会开始全新的生活。我以为，分开后你会大醉一场，一切都会云淡风轻。可我们都没有那么坚强，吃饭的时候，旅行的时候，逛街的时候……每一个熟悉的场景都会让我泪流满面，每一处喧闹的地方都无法掩饰渗入血液里的孤单。

这些年，容颜已老，心中的千疮百孔时好时坏。有谁愿意承受这样的内伤，一天天吞噬着单薄的肉身？明明痛着，却要优雅地微笑。记忆，温暖。情缘，却如薄纸一片。那些徘徊、痴缠、心痛，找不到答案。一声"梦里花落知多少"道尽人生永远的遗憾，别无留恋，亦再无期许。

光阴，书写美丽的疼。沉默，被光阴打磨成习惯。回首身后，一路独行的脚印提醒着山水一程的孤独，不知我是否已等来劫后余生？

半生忧伤零落成泥。自别后，喜欢旅行，只是眼前的一山一水仅仅只是冰冷的山水而已，再也荡不起心中一丝涟漪。也许，唯有天地才能明白见证，唯有文字才能如泣如诉。一个转身注定永远，咫尺亦是天涯。与来者相逢，与过客擦肩，不问花开几许，不问叶落几重。此去经年，应是良辰美景虚设。人生没有句点，与谁共赴结局？

远方

小时候，喜欢一个人拿着书去黄河边，坐在周围长满野草的大石头上，看夕阳伴着黄昏的风，将野草染成金黄色。瘦小的我，扎着两根麻花辫，头上戴着用柳树枝和野花编成的花冠，眺望远方，憧憬着未来的梦。幻想自己是自由的风，来去无踪，越过高山大河，远方海阔天空；幻想自己是蒲公英的种子，随风飞舞，飘过高楼田野，远方风光旖旎……那样美好的梦，做着做着，天便黑了，村子里飘荡的袅袅炊烟，将我唤回了家。

村外，会不会有我梦中的桃花源？为了飞向远方，我开始学习骑自行车。仿佛一种神性的暗示，无论费尽多少心机，摔了多少大跟头，多少次刮伤膝盖皮，自行车始终与我无缘。那个在心中憧憬了千百遍的"桃花源"始终相隔万里，我甚至连村子都走不出去。

长大后，循规蹈矩地过着两点一线的生活，如同看厌了一张厮守太久的老夫老妻的脸，心里潜伏的"兽"又开始蠢蠢欲动。当工作的琐碎在所有的感觉中失去最后的兴奋点，我发现，自己对生活仅存的一点热爱已被一地鸡毛的日子、拥挤堵塞的公路和繁华喧嚣的街市洗劫一空。

一度，我的灵魂饥肠辘辘，寻找果腹的食物。越过千山万水，远方，不再是梦。

走过巴山蜀水的迤逦秀美，走过丽江古城的温馨恬淡，走过稻城亚丁的圣洁梦幻，走过苍山洱海的博大深情……我来到了西藏这座风格与故乡迥然不同的地方，嗅到了全然陌生的气息，灵魂在神山圣水的涤荡中变得格外安静。行走在拉萨的八廓街，茫然地望着那些曾让我惊叹不已的藏式民居，一阵风吹过，不知从哪里传出的歌拂过耳畔。这里的纯粹，这里的独特依旧，而我对这座城市的热恋却渐渐凋谢。白云再悠远，雪山再洁净，草原再辽阔，终是缥缈。那柔软时光里的风花雪月，《天龙八部》中的逍遥江湖，童话世界里的世外桃源，悠悠岁月中的真切誓言，这世间的恩恩怨怨，原只是淡泊的从容。流浪许久的我，此刻更怀念的竟是人间烟火的味道，那里，才是属于我的，家的味道。

回家的脚步因而变得格外轻盈，哪怕翻山越岭，日夜兼程。

曾经，许多次从夜的深处醒来，站在阳台上看万家灯火。发现这座拥有大批移民的小城睡得并不安稳，大街上飘荡着那么多不安分的灵魂，带着他们的欲望在霓虹灯下走来走去。那么多的欲求，都被种植在夜空里，在漆黑的苍穹下开放出一颗颗亮晶晶的诱惑。躁动不安的灵魂最终会怎样？灵魂无家，人便无家。

在早春，去河西，离家启程时，初绽的桃花正在春日的枝头婆娑起舞，黄河边也是拂堤杨柳醉春烟的旖旎。可是，到达之时，那里却是一片荒芜，戈壁的风瑟瑟刺骨，只冷到人的心里去。恍然觉得，如果身边没有一个可以用心灵对话的人，旅行，只是一场心无定所的流浪。

冬日里，坐着长途大巴去另一个城市，只为看望一个人。车子启程的那一刻，心里便有一树花开，那是刻在灵魂深处的，花开的声音。一夜未眠的疲惫，在飞沙走石的站台，在熙熙攘攘的人群中，在见到他的那刻起，一切竟烟消云散。

无论过去多少年，那个暮霭沉沉中的站台，那些行色匆匆的人群，总是在脑海里挥之不去。浮生若梦，无论相隔多远，心在哪里，家就在哪里。

山重水复……当远方不再是远方的时候，我终于明白，家不是房子，有爱和牵挂的地方，才是真正的家。

回家吧！万水千山，回家的路最美。远方再美，没有爱和牵挂的自由，终是虚话。

砖缝里的春天

道路两边，一幢幢高大的楼群鳞次栉比，恍若进入了遮天蔽日的原始森林。楼群旁边的马路上，各种型号的车辆排成了一条长龙，司机们烦躁不安，喇叭声此起彼伏。狭窄的街道上，熙熙攘攘的人群诉说着这里周而复始的喧嚣。这条路，我并不陌生，我时而把目光聚焦于沙沙作响的枝头，时而将视线定格在冬装包裹的行人，心中不禁荡起丝丝寒意。

不远处的天桥，在夕阳的余晖中闪着金光。街边的树似乎全部都要沉睡了，那团团枯黄的叶子，正在奋力为大自然绽放最后的美丽。一缕寒风扑面而至，苍老的枝丫上干瘪的黄叶纷纷坠落，瞬时便给这条长街铺上了苍黄的地毯。突然，我发现落叶中有一抹绿色，定睛一看，光滑的广场砖缝间，一株纤细柔弱的小草正在寒风中舞蹈呢！我的眼前豁然一亮，无法抑制的狂喜使我蹲下身来，细细端详起这位春天的使者。只见它斜斜地生长在那里，细细的茎，小小的叶，看起来是那么脆弱。此刻，它从砖与砖的缝隙中冒出多半个身子，正在奋力向上生长，那鲜明的绿正在向世界昭示着生命的伟大。往日肃杀的寒风，在这些小生命面前是那么软弱无力。瞬间，这绿让我的心为之一动，有种说不出的力量在僵化的血管中涌动……

它从哪里来？一个秋雨绵绵的日子随风旅行来此？一个阳光明媚的早晨，花盆里淘气的种子偷偷从高楼飞落？它在街道下面的黑暗中煎熬了多久？在看到阳光前经历了多少磨难？这是一株多么顽强的生命啊！无数个孤独无助的日子里，它一定失落过，绝望过，但它始终不向困难低头。终于有一天，那如丝般细嫩的茎叶竟钻出了世俗的尘沙，把渺小而傲然的姿势呈现给众人，实现了自己的梦想！此刻，人们无视地从它身上踩过，但它仍在努力展示生命的美好。草亦如此，人何以堪？我环顾四周，钢筋水泥的建筑，霓虹灯闪烁的城市，这砖缝里的小草才是最靓丽的风景！

又一阵寒风掠过，树上的黄叶带着最后一丝眷恋翩翩起舞，似乎要用最后的力量，去演绎生命中最华彩的乐章。暮色中，两位穿着黄马甲的环卫工人，手里拿着扫帚、簸箕和编织袋，一边清扫，一边弯腰用手拨着落叶，忙碌的身影在街道两旁飘来飘去。无数个日子，他们隐藏在晨曦中，消失在暮色里，淹没在城市的嘈杂里。他们不就是砖缝里的小草吗！默默奉献，努力绽放生命的绿色，一次次弯下腰驮起了这座城市的文明。

平等的鞋子

正午，骄阳似火，天空一片明朗。夏天的燥热，似乎提前光顾了小城的角角落落，平日里喧闹的街道显得有些寂寥，只有星星点点打伞的行人穿梭于街道两旁。若不是新买的鞋子夹脚，这么热的天我也不想出门。

也许是这条街只有这一家修鞋摊，也许是他修鞋的手艺很好，不过巴掌大的小角落，每天上下班时，都能看到这里顾客满座。当我吃完饭准备修鞋的时候，摊子上却不见了他的人影。旁边一位老太太说："可能去吃饭了！最少得等10分钟吧。"于是，我跟同伴坐在长板凳上边聊天边等他。

这个修鞋摊位于马路和小巷交叉的拐角处，地方很小，只够容纳三四个人。所有的物品都摆放得井井有条，一个长方形的铁皮箱子上，摆满了各种和鞋子相关的物品，旁边放着一台小缝纫机，地上零散着几双拖鞋。就在我仔细打量时，他端着一碗牛肉面急匆匆赶来了。他一边用筷子翻搅着碗里的面，一边憨憨地说："让你们久等了！"边说边放下碗筷，就要给我修鞋子。我连忙说："我等等不要紧，您先吃饭吧，不着急！"他说："我修完了再吃，这是我的工作！"说着，一只手放在缝纫机上，另一只手伸向我的脚。我把脚一缩，连忙推辞。他却将那碗面冷落在一旁，执意要先给我修鞋。我想等他修完鞋子面就粘住了，也没地方洗手，实在过意不去。就这样，我们彼此谦让了几分钟。他见拗不过我，只好端起碗，大口吃起来。

这时的我才开始仔细端详他。他看上去快 70 岁了，一张方正的古铜色的脸上刻着深深的皱纹，一只眼睛空洞无神，似乎受过什么伤。端碗的手粗糙皲裂，上面还沾满了黑乎乎的污垢。此刻，他正沉浸在牛肉面的香味中，嘴里不时发出吸面条的哧溜声。他家里会有什么人？疲惫的他回到家里，有人给他做饭吗？这么大年龄了，辛苦了大半辈子，也该歇歇了。就在我浮想联翩中，他已将一碗牛肉面吃完了，随手将碗放在铁皮箱子上，催促我脱掉鞋子。

这时，一位身穿红色连衣裙的时髦姑娘，扬着一头飘逸的长发蹬蹬蹬地走了过来，那青春飞扬的气息让人感叹造物主的恩赐。接着又来了两位妇女，长板凳和小马扎上顿时有点拥挤。一辆黑色奔驰小轿车缓缓停在马路边，车上下来一位西装革履的中年男子。时髦姑娘连忙起身，笑容满面地迎上去："马总，您也来修鞋？"中年男子愣了一下，马上回过神来："新买的鞋子有点夹脚，顺路过来看看！"时髦姑娘一边点头，一边对着正在低头修鞋的他说："先给马总修吧，他忙，赶时间！"他抬头看了姑娘一眼，客气地用河南方言说："我也很忙，大家都等着呢！"姑娘的脸红了，尴尬得说不出话来。中年男子解围道："哟，这么多人，我明天再来！"说完，匆忙走开了。

鞋子很快修好了，短短的十几分钟里，我心中荡漾着一阵又一阵激动，这激动来自于修鞋老人对工作的认真负责，来自于他不低眉于人的平等信念。在平凡的生活中，我看到了根植在人性深处的美好，看到了巴掌大的鞋摊上，所有的鞋子都是平等的。

路灯下的老阿婆

我终于无法假装坚强,任凭泪水汩汩而下。吃着眼泪拌饭,愤怒、悲哀以及那种噬骨的痛绞得我五脏六腑不得安宁。与其在屋子里郁闷,还不如出去吹吹冷风。人生能有多少岁月,任凭我在这种极度的悲哀中度过?

起身出门,已是深夜12点。冬夜寒凉,天上飘着雪花,我不禁打了个冷战。街道寂寥、冷落,行人稀少。周围的树木萧然默立,疏朗的树梢枝头空旷,一副冷峻的神情。小区院子门口的"黑车"不停地打着喇叭,招呼我,但我不知道该去哪里。凄冷的夜,无情的雪,伤痛无边无际。

我那尖细的高跟鞋发出的吱吱声,在静谧的夜里格外刺耳。路上很滑,我不敢迈开大步,小心翼翼地向前挪动着。不知道该去哪里? 走上附近的天桥时,头发和背包已经湿透了。下桥时,我怕滑倒,便一手扶着扶梯小心翼翼地往前挪动。这时,我看见桥下有一位老阿婆,昏黄的路灯斜斜地照在她的身躯上,落寞的影子被拉得很长。此时,已是深夜,路很空旷,她正从风雪中迎面走来。那个寒凉的夜晚,整条大街竟被我们孤独的影子塞满,伤感充斥着角角落落。

她一手拄着拐杖,一手拿着麻袋,脚步沉重,一步一步向前挪动。突然,她驻足在一棵大槐树下,双腿跪了下去。我触电般一惊,那黑乎乎的编织袋遮住了她的大半个身子,斑驳锈黄的印痕歪歪扭扭。那只抓住袋子的手青筋暴露，另一只手此刻正使劲地从树坑里掏东西。不一会儿，一片片沾满泥污的黄叶、塑料袋、纸团便堆在了树坑边。她慢吞吞地将垃圾丢进街边的垃圾桶，把红色的饮料瓶扔进了袋子，抬起头长长地舒了口气。这时我才看清了一张饱经沧桑的老人的脸。脸颊冻得通红，两鬓的白发在路灯的照耀下银光闪闪，一件破旧的棉袄已经分辨不出颜色。

这时，一阵汽车的喇叭声由远及近，强烈的灯光刺得她用手挡住了眼睛。我随手将饮料瓶装进了她的麻袋，她放下手，看见了站在路边的我，干裂的唇边迸出一丝善意的笑。

对她，我并不陌生。很多年了，时常看见她。清晨在小区院子的垃圾箱旁，她拾捡着破旧的衣服；黄昏的街道，她拾捡着各种饮料瓶；寒夜的垃圾台，她拾捡着眼泪纷纷的生活。那个佝偻的身影四处游荡，永远拿着一个破麻袋，永远穿着那套破旧的粗布灰衣，无声无息地游走在城市的每个角落。

听朋友说："有些人闲不住，便出来捡垃圾，她家里或许有楼房，银行里有存款。"那一刻，我真的希望如人所说，有个温暖的家在等待她疲惫的身躯。我的愿望终究落空，很快便从邻居的口里，知道了她凄惨的生活。

老阿婆的老伴已去世多年，她有一儿一女。十几年前，老阿婆在拆迁时分到一套房子。当时，儿子在外地成了家，女儿跟她住在一起。老阿婆在房产证上写了女儿的名字，不料却引来了儿子的强烈不满，甩出"房子归谁谁养老"的话后，自此断绝了母子关系。起初，老阿婆的女儿对她也很好，后来结婚了，没过几年丈夫生病失去了劳动能力。女儿感到压力很大，开始嫌弃老阿婆生病花钱，不讲卫生。后来，便不让老阿婆回家吃饭了，甚至水都不让喝。老阿婆每月几百块的低保，也被女儿领走挪作他用。从此，老阿婆就开始靠捡垃圾维持生活，风餐露宿。小区很多业主见老阿婆可怜，有时会给些饭菜和钱物。有一次，相邻小区的一个年轻人看见阿婆可怜，要给她钱，保安劝阻说，同情她就给她买碗饭吃，给她的钱会被女儿全部没收。

我的脑中充塞着悲苦人生活的伤口，老阿婆是那个伤口凝结成的疤，遗落在这个城市的街道上。

　　后来,街道上再也见不到老阿婆的身影。有人说,她被儿子接走了;有人说,她被女儿关在家里;还有人说,某天夜里老阿婆为了捡到一个矿泉水瓶,脚下没踩稳,在小区外那个陡峭的梯子边摔下去了,再也没有爬起来……我知道她不会再来了,但她的凄惨经历却如我生命的刺青,一针一针地刺出血来。

　　自那天起,我的眼泪少了许多,再也没有在深夜的大街上游荡过。这个世界上,不是人人都有良知,都会感恩。如果一切都是宿命,我们无力对抗,那么只有改变自己,改变心态。与老阿婆相比,我受点委屈又算什么呢?

光阴

午后,独坐窗前,煮一壶冰糖雪梨茶,读着自己喜爱的书,静守现世安稳。一缕阳光透过窗户斜射进来,暖暖的空气中弥漫着丝丝温馨。这样的时刻,世间所有浮华,皆关在门外。倘若时光愿意这般缓缓流淌,一个人又何惧坐到地老天荒?

时间都去哪了?许多事还来不及好好去做,就已步入中年。过往的一切如电影般一幕幕在脑海浮现,儿时的岁月,虽短短几载,却似走过千山万水,记忆犹新。直到那些记忆中的老人相继离世,方觉世事早已偷换。偶然的机会,有幸聆听了于丹老师的演讲,上下古今、旁征博引、引经据典,加上她妙语连珠的表达,真正让人大开眼界。如果没有深厚的功底和渊博的知识,又怎会出口成章,信手拈来?于是,我常常这样想:为什么20岁之前没有背诵更多的经典名篇?没有通读更多的中外名著?为什么没有在最美好的年纪博览群书?那些光阴,从眼角飘过,又从眉梢流走,它如梦似幻,一天天弃人而去。

此刻,秋意正浓,百花凋零。春日约定去赏花观柳,如今已是九月授衣,落叶纷飞。想必桃红早已谢了无数,只剩满地黄叶,伶仃心事,无处诉说。花儿不曾负谁,是人负了与她的盟约。待到明年姹紫嫣红开遍,那人或许依旧坐在小窗之下,忘记花期。

花期错过,也许还有相见之日,有些风景,走过却不可重来。人生百年,匆匆而过。有多少风景等你去邂逅,有多少故事等你去填满？待两鬓斑白，空悲叹！人到中年，方才深深体会到"书到用时方恨少"的窘迫。可是有多少人还沉迷在网络游戏的虚拟世界里，还陶醉于声色犬马的生活中，肆意挥霍着光阴，浪费着宝贵的生命。

时逢岁末，有人硕果累累容颜不老，有人两手空空尘霜满面。不是光阴偏心，活着就是一种修行，种豆得豆种瓜得瓜，谁也无法改变光阴的审判。当你觉悟到光阴的妙处，便会倍加珍惜。

小鸟永远不会担心树枝会断，因为它有一双会飞的翅膀。光阴，是用来生长翅膀的。要想飞得高，飞得远，就得千方百计让自己的翅膀更大更强、更结实更有力。勤奋是生长翅膀的养料，自觉自律是生长翅膀的养料，坚持不懈是生长翅膀的养料，积极乐观更是生长翅膀的养料……有了翅膀，才能得心应手做好身边的每一件事；有了翅膀，才能在广阔的蓝天翱翔；有了翅膀，才能抵挡生活中的兵荒马乱！

烟火幸福

一

单位新来的美女妹子彻底打破了我对现在小年轻衣来伸手、饭来张口、好吃懒做的不良印象。她不仅为人处世进退有度,最难得的是潜心钻研菜谱,学做美食,每天与家人一起分享,乐在其中。我时常打趣说,你家那位真是上辈子修来的福气,居然能娶到这么懂事贤惠的老婆!

看着美女妹子晒出的各种美食,听着每天中午电话里的嘘寒问暖,小两口的恩爱溢于言表。每逢此时,一种温情便弥漫心底。我深深体会到一段好的婚姻,离不开这餐餐心血呀!瞬间也理解了为什么母亲从小就要教我们学习做饭,也许就是想让我们成家以后守着这平凡而温馨的人间烟火吧。

一次与美女妹子聊起这事,知道了她有一个充满温情的家。父亲慈祥善良,母亲勤劳贤惠,一家人其乐融融,非常和睦。我被深深地感染,一个人的懂事与年龄无关,与她的家教有关。

朋友打电话诉苦,日子过不下去了,妻子白天黑夜不见人影,美其名曰"忙事业"。家里冰锅冷灶,吃不上一口热饭,夫妻俩好几个月不说话了。我说:"你做好饭打电话叫她回家!"朋友说:"她每天回家都很晚,说在外面吃过了。时间一久,我也懒得做了,就天天跟孩子在外面吃,现在都吃腻了。我最渴望的就是回家有一口热饭呀!"

听着他的苦衷，我的脑海里瞬间闪过一个词——烟火。我们都是生活在俗世中的人，过着平凡的烟火生活，享受着烟火幸福。以前，也有人说我不食人间烟火，后来才明白，这是一句贬人的话。家里没有烟火，餐厅里各吃各的，吃淡了感情，吃跑了温暖，也吃散了家。

二

小时候，特别担心母亲去看外婆或转亲戚。母亲不在，家里便冷冷清清，心里也空落落的。一次，外婆生病了，母亲早上出去，一直到晚上还没回来。我们饿着肚子，眼巴巴地望着大门，盼望母亲突然出现。看着饥肠辘辘的我们，父亲手足无措，最终于心不忍，从来没有下过厨的他，学习和面，并在烟熏火燎中给我们煮了一锅面片。到现在我还清楚地记得那面片又硬又厚，难以下咽。

记忆中的母亲永远那样热情洋溢，愉悦从容，家里家外打理得井井有条。每天放学回家，厨房里升起的袅袅炊烟，散发出的阵阵香味，总是诱惑着我们饥渴的胃。母亲在家，街坊邻居、亲戚朋友便时常来串门，家里像温暖的春天，生机盎然。

我在外读书那年，母亲去世了，似乎在一夜之间，父亲的头发全白了。那年过春节，我大清早回家时，父亲还在睡觉，家里冷得让人打战。堂屋里的炉火死气沉沉，桌子上落满了厚厚的尘土，锅里也没有热气腾腾的食物。没有母亲忙里忙外，絮絮叨叨，家只是个空荡荡的房子。我脱掉鞋子，把一双冰脚丫子伸到父亲的被窝里，跟他拉家常，心里无比酸楚。那个春节，家里门庭冷落，再也没有了往日的开心和热闹。

娘在，家在。娘走了，家便缺少了烟火的气息，冷得像冰窖。后来的日子里，每次春节，看着女友们大包小包提着礼品回娘家，我真是无比羡慕。那一锅锅热气腾腾的人间烟火，传递着亲人之间的爱和温暖。

三

听说小A谈恋爱了，真是替她高兴。30多岁的女子了，父母怕街坊邻居问起，都不敢抬头出门，再不结婚，双亲恐怕要夜夜难眠了。正当我们为她高兴时，小A突然宣布,他们的婚事告吹了。她说,他是一个喜欢音乐的男人,他们谈论的话题都是艺术和理想,不接地气。重要的是她生病时他只电话询问,却不会给她买药,不会为她煮粥,不会给她买水果,不会为她做一餐饭……最终,小A离开了他。她说,他是一个不食人间烟火、不会生活的人。

人到中年,经历了感情上的沉沉浮浮,最终悟出什么才是幸福。我们渴望伤心的时候有一个温暖的怀抱;有事的时候有一个依靠的肩膀;饭点的时候,他会关心你吃的什么;聚会的时候,他会提醒你胃不好,别喝凉的别喝酒;变天的时候,他会提醒你别穿裙子,对膝盖不好;生病的时候他会为你煮早餐,会日夜守护你……不用说很多甜言蜜语,他的关心渗透在生活的点点滴滴中,让你时时刻刻感到温暖。

于是,懂得了要珍惜那个生病时,愿意照顾你的人;出门旅行时,跟在你屁股后面为你拍照的人;你吃胖了,不会让你减肥的人;你有了白发,不会嫌弃你的人;吵架后,能主动向你妥协的人;下班回家后,给你端上热饭的人……也许,你们在烟火的生活里吵吵闹闹,却永远不会分开,琐碎的日子里处处透着爱和温暖。珍惜烟火生活,烟火幸福!因为错过了此生的春暖花开,尘世中便不会再有属于你们的姹紫嫣红。

幸福是什么?幸福就是琐碎生活中的一粥一饭。如果家里没有一点烟火的味道,厨房里没有两个人一起忙碌的身影,没有热气腾腾的香味,冰箱里没有一根蔬菜,没有一碟肉……那样,家便没有生活的味道,只是个空房子。有空就好好地做一顿饭吧!只要用心去做,就是人间美味。因为只有食人间的烟火,才是最温暖和幸福的生活!

放下，刹那花开

一

朋友帮我搬家，林林总总的旧物居然装了大大小小十几袋。强颜欢笑曲终人散后，留下我独自一人落泪。

我翻出衣物，往衣柜里挂着一件件往事。枣红色的毛衫，黑色的羊毛裙，是那年春节时他买给我的。那时，我刚做完胆结石手术，在准婆婆的照料下休养。当他兴致勃勃地把这套羊毛套装递给我时，我在镜子前照来照去，爱不释手。惊喜过后，我才发现他根本没有购置到我清单上列出的年货，居然用一个月的工资买了我喜爱的裙子。20世纪90年代，对于一穷二白的我们，这套裙子真的是奢侈品。那条黑色羊皮裙，也是花了比一个月的工资更高的价钱买的，但是买回来的第二天，我在拽裙子时用力过度，皮裙竟被撕破了一个小口。我们请假去亚欧商厦退换，一次次被工作人员搪塞、支开，只好失望而归。为此，我总感到遗憾。为了让我开心，他偷偷又给我买回一条崭新的皮裙，我非常生气，因为我知道他手头并不宽裕。那件灰色的羊绒衫，又轻又软，保暖性好，花了一个半月的工资。他说，我身体素质差，总是感冒，只要不生病，这钱花得值。那条玫红色丝巾……我不忍去想，那些曾经，那些温暖，所有的细枝末节，都足以让我泪流满面。

想想这些衣服有十几年没穿了，也早都过时了，前前后后搬了好几次家，却一直舍不得扔掉。一个很亲密的女友来访，看出了我的落寞。她说："忘记昨夜风雪潇潇，才能眼见今日暖阳。"我沉默了。一直都沉浸在对往事的追忆和惋惜中，如同对待那些林林总总的旧物，带着它们一路前行，不忍丢弃。所谓不忍，实为懦弱。那些沉重的包袱，虽然可以给心灵片刻温暖，但终归会因为包袱过重而疲惫不堪、寸步难行。我自欺欺人地回忆着往事，缺乏勇气放手，张望感情，目光永远都是频频回顾。就这样，近 10 年的岁月在我的踟蹰徘徊中一晃而过。

爱，原本就是一件伤筋动骨的事情，如果明明知道了失落的结局，还要恋恋不舍，那不是爱的无畏，而是无知。若自己都不懂得保护手中的爱，还有谁会在意那爱的分量？结束了，你便不再是他眼里的风景，陷于往事的回忆中，只会让自己在忧虑中憔悴苍老。放下，才会花开，才会有崭新的一刻。软弱也好，逃避也罢，不让心情深陷、沉沦，就是对自己最好的救赎。

众所周知，壁虎、蜥蜴等动物被天敌咬住尾巴或遭遇危险的时候，百般挣扎，苦不堪言。与其命悬一线，生死未卜，不如痛下决心，断肢逃生。这也是自然留给人类的启示。生命的最高境界就是懂得牺牲，牺牲一个棋子，一盘棋可能就活了。放下，才会迎来春色满园。

二

随着年岁增长，我越来越深信，做事果断的女子，必有后福。那些家庭不幸福的女子，大多都有性格上的致命弱点：善良、心软、优柔寡断、拿不起、放不下。

多年前，我由于身体不适去兰医二院做检查。B 超室外，一位裹着头巾的回族女子引起了我的注意。她的皮肤白皙，鹅蛋脸上镶嵌着一双大眼睛，典型的东方美女，但她的嘴角、脸部、脖子却被明显抓伤，在她母亲的陪伴下来做检查。从她断断续续的抽泣和母女间的对话中，我大概了解了事情的缘由。又是一例典型的家庭暴力，而且是在妻子怀孕期间，而女子的母亲一直在极力劝阻女儿原谅暴力丈夫。我不知道她们的善良和心软，会不会迎来下一次灾难？曾经，年少轻狂的我总以为漂亮女人会有好命，但残酷的现实告诉我们，男人嫌弃的并不都是糟糠之妻，往往没有主见、性格软弱的女子遭遇不幸的概率会大一些。

类似的事情，在我周围的朋友圈时有发生。朋友哭诉，她生完孩子坐月子期间，跟婆婆发生争执。丈夫下班后，不问青红皂白打了她，为此，她对他绝望。多少年来，她的丈夫和婆婆不尊重她，经常指桑骂槐、恶言相向。为什么会这样？我想，女人作为弱者存在，不管她有天大的错，都不该遭遇这样的灾难，尤其是在怀孕及生产期间。且不说遇到了渣男，究其因，还是女人性格上的致命弱点才使男人有恃无恐。因为打人骂人，没有任何损失，没有任何代价，反而打了骂了以后女人变得更乖，男人何乐而不为呢？

人总是在遭遇打击以后才会醒悟成长，才会重新认识自己，发现自己的隐忍和懦弱。有的抱怨上天，有的一蹶不振，而有的却痛下决心涅槃重生，走出一片精彩的天空。人生没有过不去的坎，只有过不去的人。有些路要用脚去走，有的却要用心去走。

善良而心软的女人，面对不堪的生活，与其到处哭诉抱怨，不如想方设法改变。命中有时终需有，命里无时莫强求。生活是一个不断经历和领悟的过程，生命的残缺并不可怕，可怕的是在年复一年的郁郁寡欢中浪费生命。沉寂逃避之后，还是要苏醒，然后勇敢地站在阳光下，不畏惧，不悲伤。

拿得起，是一种责任，放得下，是一种醒悟。我相信，做事果断的女子，必有后福。生活从来不会刻意亏欠谁，它给你一块阴影，必会在不远处洒下阳光。

三

很喜欢佛经中的一个故事。

梵志拿了两株花要供佛。佛曰："放下。"梵志放下了手中的花。佛曰："放下。"梵志说："两手皆空，放下什么？"佛曰："你应当放下外六尘，内六根，中六识，一时舍却。到了没有可以舍的境界，也就是你免去生死之别的境界。"

"放下！"说起来容易，做起来又何其艰难。每个人的经历不同，心境不同，需求也不同。人总是心存杂念，忘不了，放不下，太过于执着。执着是佛经里的"我执"，而我执是种种烦恼困苦的根源，世人在我执的苦海里拼命挣扎。放不下功名，放不下金钱，放不下爱情，放不下事业。人总是眷念滚滚红尘，追忆逝水年华，不甘于繁华落尽，只好在年年岁岁里飘落叹息，岁岁年年里沉淀忧伤。无论是功名、金钱，还是爱情、事业，"得不到"和"已失去"都不是眼前所拥有的。唯有珍惜当下，放下贪念，顺其自然，方可活得轻松自在。

罗梭说："一个人越是有许多事能够放得下，他就越富有。"深以为然。放下，也是一种智慧。放下抱怨，你会收获阳光；放下贪婪，你会收获快乐；放下期待，你会收获美好；放下包袱，你会收获新的人生。

放下，刹那花开。

海棠情

晨露晓风，叩醒昨夜幽梦。办公桌上，昨夜含苞的海棠，绽放着着火焰般的热情，翠绿的叶，红红的花，清灵的骨，一下子感染了我。说起这盆海棠，我便不由得心生感动，它是我三八节的礼物。这样的偶然相遇，注定在以后的岁月里，它成了我生活中不可缺少的一部分，成了我的牵挂。

这盆海棠花，根就像一个大萝卜，所以也叫萝卜海棠。绿油油的叶子铺满花盆，管状的茎上面盛开着一朵朵伞状的红色小花，热情奔放，分外美丽。春寒料峭的日子里，这些蓬勃盎然的生命给单调的办公室增添了一抹温馨，早春的浪漫就这样弥散在忙碌的工作中。宋代大诗人苏东坡曾这样描述海棠花的美丽："只恐夜深花睡去，故烧高烛照红妆。"而我对这盆海棠的喜爱，不仅仅是它的美丽，还有它顽强不屈的生命力。

假期约友去旅游，节后上班第一天，大脑还沉浸在游山玩水的亢奋中。只是那种兴奋和喜悦在进到办公室的那一刻起，便一落千丈。办公桌上，我的海棠已经黯然失色，所有的茎叶和花朵全都耷拉着脑袋，奄奄一息。我是个粗枝大叶的人，以前没有侍弄过花花草草，所以根本没有养花的经验。可是，既然它来到我的身边，就成了我的责任，怎能眼睁睁看着它枯萎死去？看着生命垂危的海棠，突然有些心痛，暗暗下了决心，一定要救活它，让它重新站起来。于是，便小心地把它放到窗台通风处，并给它浇足了水，等待奇迹发生。

自那天起，这盆海棠开始让我牵肠挂肚，竟有种患得患失的感觉。听说，植物也有灵性，要经常赞美它，它才会越长越好。于是，我默默祈祷，希望它枝繁叶茂。功夫不负有心人，在我的精心照料和呵护下，没过多久，海棠花终于又昂起了头，叶片也开始泛起了亮色。那一抹靓丽的红，重新照亮了办公室的角角落落，也照亮了我的心情。

从此，这株生命时时牵动着我的神经，生活中也多了一项任务，就是如何养好这盆起死回生的海棠花。春色渐浓，窗外争奇斗艳的花朵在风中下起了花雨。海棠依旧在办公桌上默默生长开花，墨绿的叶片透露着勃勃生机，仿佛向我展示它旺盛的生命力，又好像是对我表达无限的谢意。每当我感觉疲劳的时候，便看着它出神，这小小的精灵顽强不屈的精神时刻激励着我。

夏天悄无声息地来了，我把海棠置于阳台，由于工作忙碌，几乎忘了它。几场凄冷的小雨过后，突然发现它的叶子全黄了，茎一天天枯萎。我如梦初醒，懊悔不已。我一度以为它还在蓬勃生长，疏忽大意下，竟然让它变成如今的凄惨模样。我给它浇水，并默默祈祷它能再次渡过难关，勇敢地站起来。但是，每天清晨我的希望都落空。它的茎全干了，只剩下一两片小黄叶瑟瑟发抖。看着奄奄一息的生命，我很失落。哦，我的海棠花，与你相遇、相伴，已渐渐成为我生命中一场意外的幸福，你怎忍心离我而去？

打开百度，我开始搜集所有关于海棠养殖的细枝末节，希望能够找到抢救它的办法。烈日炎炎的中午，我去找花商咨询，给它换土，但一切都无济于事，只好安静地等待奇迹再次发生。或许人生便是如此，得到时总不知珍惜，只有失去时才知道它的可贵。我渴望了解关于它的一切，也不枉它伴我一程。

原来，海棠花也叫"花中神仙""花贵妃"。相传，玉帝的御花园里有个花神叫玉女，与温柔漂亮的嫦娥是好朋友。有一次，玉女看见广寒宫里新种了一种从未见过的仙花，散发出浓郁的香味，实在逗人喜爱。玉女便求嫦娥姐姐送她一盆，但嫦娥说这花是如来佛特意为庆贺王母娘娘的寿辰送到广寒宫的。在玉女的再三央求下，嫦娥只好答应了。玉女高兴地捧起花盆就往外走，不料刚走到广寒宫门口，迎头就碰上了王母娘娘。怒气冲天的王母娘娘训斥嫦娥胆大妄为，边说边夺过玉兔的石杵，将玉女和她手中的那盆花一起打下了凡间。这盆花正巧落在一个靠种花为生计的老汉的花园中。老汉有个女儿叫海棠，容颜如花儿一样美丽。老汉接花的同时叫着女儿："海棠！海棠！"海棠姑娘便高兴地问："爹爹，这美丽的花儿也叫海棠吗？"老汉听女儿这么一说，就干脆叫它"海棠花"了。

动人的传说故事，勾起了我无限遐想。如此尊贵的植物，自然是不能被冷落的。如今它枯萎老去，生命垂危，也许就是对不珍惜它的人的一种惩罚，只有爱花惜花之人才配拥有它。我的海棠啊，早点醒来吧！

正在我踌躇时，办公桌上孙姐姐的海棠花开了。枝繁叶茂中高高耸立着一枝独秀，红得耀眼，光彩夺目。它傲立枝头，俯瞰着脚下的绿叶，我们叫它"好兆头"，并坚信它能给我们带来好运。于是提议每人为它作诗一首，首先新鲜出炉的是才子王照晓的《赞海棠》，其次是孙姐姐的大作《好事近·咏海棠》，我也不甘示弱，写了一首《海棠花开》。

"好兆头"的盛开，更使我坚信我那生命垂危的海棠，它一定会冲破一切艰难险阻，再次与我重逢。

我期待着……

走过生命的冬天

2018年元旦，我生命中的冬天突然降临。

凌晨4点多，汽车疾驰在连霍高速上。车内有点冷，子墨脱下外套裹在我的腿上，自己身上仅剩一件单薄的毛衣。尽管在出发前我已多次提醒他，天气寒冷，多穿衣服，倔强的他依然我行我素。

望着窗外疾驰而过的车子发出的鬼魅红光，我突然浮想联翩：一个月高风黑的夜晚，一位大卡车司机已疲劳驾驶8个多小时，他又累又饿，四处搜寻着可以停车吃饭的地方。突然，黑暗中出现了一点光亮，他定睛一看，是一家小饭馆，门楣上赫然写着"人肉包子"……想到这里，我打了个冷战，或许是小说看多了，满脑子都是这种俗套的恐怖故事。

车窗外突然飘起了雪花，水晶般的雪片在车灯的光亮中轻盈翻飞，扑朔迷离。气温持续下降，严冬将冰冷的触角伸向车内。我蜷缩着身子将围巾搭在子墨身上，望着眼前飞舞的雪花，竟然沉沉睡去。

突然，轰的一声巨响，我的头撞到车门框后又被重重摔回来。"啊！"随着一声惨烈的叫喊，我猛然睁开了眼睛，看见汽车斜着身子撞在高速路的护栏上。我的四肢麻木，脑中瞬间掠过一阵悲凉"我还活着吗？"一阵眩晕，便失去了知觉。

当我逐渐恢复意识的时候，天已经亮了。眼前是浓得化不开的迷雾，耳际能听到微弱的风声、脚步声、说话声，由远及近，缥缈得如同游荡的幽灵。

我发现自己斜靠在汽车后面的座位上,脸侧躺着,脸颊贴着冰冷的车厢。浑身的骨头好像刚被铁锤凶残地砸过一般,五脏六腑也似乎被挪了位置。右侧额头火辣辣地疼,下颚处的牙齿也隐隐作痛,满嘴都是苦涩的血腥味。我挣扎着想坐起来,但刚一抬头,猛烈的眩晕就立刻席卷而来,脑袋里嗡嗡直响。我努力地睁开双眼,觉得眼皮沉沉的,什么也看不清。不知是痛还是麻木遍布全身,唯一感觉到的就是吞口水都很困难,呼吸也不顺畅。剧烈的头痛阵阵袭来,伴随着阵阵恶心,大脑一片空白。我怎么会在这里?

仔细搜寻记忆,一场病毒性感冒已让我缠绵病榻多日,这场病痛的折磨,居然使我体重骤降,身体虚弱。学期临近结束,子墨还得赶回武城处理最后事宜。看着我病恹恹的样子,回家探亲的他终是不太放心,所以打算带我同去。为了尽快返回,他在凌晨3点多便叫醒了我……

慢慢地,记忆逐渐清晰,我的四肢也恢复了知觉。我撑起身子向车窗外望去,高速路上水泄不通,横七竖八的车辆倒在雪地里,惨不忍睹。远处一团光向这边飘来,等那光近了,才发现是救护车。

"哪里不舒服?"一个身着警服的男子询问。他的声音温和,带着浓浓的地方口音。

"头痛得厉害!"我的声音像蚊子在哼哼。

"别担心,可能是脑震荡。"他说着将我扶下车,随即上了救护车。

我跟几个伤员很快被救护车送到了离事故现场最近的医院。医生告诉我,由于剧烈撞击,CT显示我的头部已受伤,大脑硬膜血肿,必须住院治疗。

人生地不熟。为了得到较好的医治,我忍着疼痛回到了兰州。兰州石化总医院的医生看了CT后,立刻开始了救治。

我的主治医生姓乔,中等身材,说话温和,态度谦逊。他交代护士给我安排病房,打了针输了液体后,才放心地离去。经过一天的折腾,我实在是太累了,闭上眼睛便沉沉睡去。不一会儿,一声轻唤把我叫醒,睁开朦胧的双眼,床前站着一位白衣天使,"姐,给您抽血啦!"我机械地伸出右手,她麻利地卷起我的衣袖,还没等我清醒,红红的液体已经装进了玻璃针管。我再次合上了沉重的眼睛。

住院第一晚,我经历了此生从没有过的疼痛。仿佛无数钢针扎进肌肉,又像千万只蚂蚁在啃噬骨头,疼痛和恶心阵阵袭来,浑身无力,直冒虚汗。深夜,病房里的灯放射出黯淡朦胧的光,头顶上的输液架上还挂着玻璃吊瓶,清澈透明的药液一点一滴流入我的肌肤,可那生命奔驰道上的"水",却丝毫没有减轻我的疼痛,我实实在在体验着衰弱沮丧的感觉。心中只有一个强烈的愿望:天快亮吧,快点治好我的头痛,快点结束这场噩梦!

第二天、第三天……疼痛依旧,大脑几乎每天都异常清醒,尤其在夜里,剧烈的头痛使我彻夜难眠,整夜睁着眼睛,直到天明。

第四天,乔医生问我哪里不舒服,我摇了摇沉重的脑袋。其实,我全身哪个部位都不舒服。轻微咳嗽一下,胸部疼痛;支起身子时,两侧肋骨疼痛;睡觉时,头痛欲裂;下地时,头晕目眩……但我恐惧医生护士给我扎针、开刀。尽管我心里万分害怕,为了减轻我的病痛,乔医生还是说服了我,给我抽了脑脊液,从而缓解因颅压升高导致的头痛。

整整一周,头痛使我苦不堪言。

住院的日子,没有色彩,没有自由。欢笑走远了,满目白色,药味弥漫。那几天,窗外瑟瑟的寒风夹杂着雪花漫天飞舞,我多想奔跑在雪地里欣赏兰州的第一场雪景。可是鼻孔里插着氧气,手上扎着液体,头昏昏沉沉,我只好呆呆地望着窗外,遗憾自己又错过了一个美丽的冬天。

住院的日子,寂寞而无聊。时不时听到邻近病房里传出的痛苦呻吟声,时不时传来家属的悲恸痛哭声,病房的每个角落,似乎都弥漫着疾病折磨的音符,听来使人酸楚难受。

住院的日子,我旋转90度来看世界,每天看到的都是天花板和一个T形输液架。我整天躺在单人铁架床上,看到旁边有一个床头柜,一张小方凳,摆放得整整齐齐。置身于这样的环境中，我也看到了医生和白衣天使们、我的亲人和朋友们金子般的心。

乔医生性格随和，乐于与患者沟通，不厌其烦地解答我的每个问题，这让我感到非常亲切。不仅如此，我也从他身上读出了做事"有棱有角，细致入微"的敬业精神。在抽取脑脊液时，他不停地跟我聊天，分散我的注意力，消除我的紧张情绪。石化医院的白衣天使们更是对患者爱护有加，轻言细语。她们声音甜美，态度温和，让人倍感温暖。

子墨更是带着一颗焦灼的心，昼夜守候在我的床前。生病很难受，但一贯强硬的他在此刻突然软化了下来。我想起平日里我们时常为一些生活琐事争吵不休，但此刻看到他眉宇间掩饰不住的担心和忧虑，让我深刻体会到患难与共的含义。

远在老家的哥哥姐姐听闻事故，彻夜难眠，第二天一大早便搭车匆匆赶来。他们相守在旁无微不至地照顾我，让我时刻感受着亲人沉甸甸的爱。

朋友同事得知我住院的消息，纷纷前来探望。尤其是羊羊、花花、果果和小鱼儿隔三岔五来照顾我。她们给我送饭，陪我聊天，不住地安慰我，忙里忙外，让我深刻体会到朋友间患难见真情的意义。天有不测风云，人有旦夕福祸，我们难以预料。人只有在落难时，才明白什么是真情谊真朋友！

住院的日子，亲情、友情如潮水般涌动，纷纷围绕着我。他们一次次把温暖送到我的心里，让我在遭遇不测的时刻体会着浓浓的幸福。

住院的日子，也让我心寒。住院第六天，一个胖胖的中国人保业务员来访。他进门看了我一眼，机械式地拍了几张照片，没有一句问候，冰冷着脸离去。住院第16天，肇事方气势汹汹地打电话过来责问："你们拖拖拉拉的，打算磨蹭到什么时候？"言下之意是我故意住院讹诈他们。这让我万分难过，想想我何曾不想站在阳光下开心地奔跑？又有谁愿意待在医院里面对白色的墙壁，忍受病痛的折磨？从车祸现场直到出院，我一直未见肇事者是什么模样，一直未曾听到只字片语的安慰及抱歉的话语。这世道令人心寒，也许在他们眼里，钱能解决的问题都不是问题，却恰恰忽略了人的健康是金钱买不回来的,心灵的伤害也是金钱无法弥补的,更何况那笔费用是支付给医院的。子墨毕竟是个厚道的人,他如实汇报了我的身体状况,告诉对方我已无大碍,需要在家静养一段时日。并让对方安心,我们只报销住院费用,不会找他们任何麻烦。

　　半个多月过去了,伤痛已渐渐离我远去,我清楚地感觉到,自己已走过了生命的冬天,春天的暖流正漫过身体的每一个细胞。此刻,我靠在床头上敲击着键盘,心头涌来的阵阵暖流不知不觉模糊了双眼。康复的路上,我收获了人间真情,它们融入了我的血液,融入了我的心灵,融入了我的生命,汇聚成我珍惜生命、热爱生活的动力……

第五辑

茗碗沉香

煮一碗新茶
看嫩绿的叶子载浮载沉
一如凡尘世事的起灭
有起落 有冷暖 亦有悲欢
万千滋味欲说还休

MINGWAN
CHENXIANG

永远的春秋月
——再读孔子

公元前5世纪,在西方文明的发祥地雅典,思想家柏拉图在一本书中为人们描绘了一个理想的人类社会。而在此之前大约100年前,东方有一位文化巨人,也把关切的目光投向了人类社会,他用一生的经历,试图创造和建立一个仁德互爱、秩序井然的太平盛世,但他最终还是带着理想和遗憾,在纷争的战乱中离开了世界。

公元17世纪初,当西方传教士跨进神秘的中国时,竟把这里误认为是柏拉图笔下的理想国,而支撑这个泱泱大国的思想基础,就是来自东方的文化巨人,中国儒家思想的创始人——孔子。此时,他已经沉睡了2000多年。西方传教士们曾试图用他们的文明来影响这个民族,然而此时,儒家思想的光环已经深深笼罩在这片沉睡的土地上,儒家道德伦理的教条已深深流淌在一代代人的血液里,几乎坚不可摧。

有一种存在,叫永远。如同一轮春秋明月,穿越2500多年的华光,依旧圣洁高贵、纤尘不染。而他的光辉却映照着中华民族的思想长河,汩汩至今。

公元前551年,孔子诞生。3岁时,父亲去世,年轻的母亲带他来到当时被称为礼仪之邦的鲁国。然而,那个时代以礼治国的制度已走向崩溃,诸侯国相互吞并,人民流离失所。17岁时,孔子的母亲去世,他孝敬长辈的故事已家喻户晓,连鲁国国君也对他另眼相看。20岁时,孔子的博学已远近闻名。

开办私学、周游列国和整理古书籍，贯穿了孔子传奇的一生。

那个年代，教育是贵族特有的权力。孔子30岁时提出了"有教无类"，试图用知识的光辉，照亮人世间每一处无论贫富、贵贱、善恶的地方。公元前522年，在一个叫杏坛的地方，中国的平民百姓，第一次跨进了学堂的门槛，享受到了接受教育的权力，而这个把教育的门槛从王公贵族降至普通百姓的人，就是孔子。从这时起，大批失去了土地和财产的人们，纷纷拜到他的门下，成为他思想的传播者与继承者，中国才有了真正意义上的平民教育。

孔子是天下人的老师，主张以道育人、以德化人、以术授人的教育观。他苦读上古经典，掌握西周六艺，融汇社会科学自然常识；他设坛开讲、诲人不倦，试图教化人们，让社会走向有序；他注重品德培育，试图搭建起人们精神的庄园；他注重实践，试图走出一条知行合一的成长之路；他主张"师道尊严"，试图让迷茫的人性亮起文明的曙色。

孔子的教育理想是提高个人的道德修养，成为君子，以此为基础来建立天下大同的仁德国家。他的学生多达3000人，最得意的学生有72人。这3000人后来成为各行各业的精英，他们把孔子天下归仁的思想像火种一样传遍了天下，融进了漫漫历史长河。而孔子的道德力量和人格魅力也深深影响着探求真理的人们，一轮春秋月，从此成为中华民族的精神之光。

公元前497年，孔子登上泰山，放眼望去，他脚下的大地竟变得如此渺小，他要用自己宏大的理想来改变这片苍凉的土地，建立一个充满仁爱的社会。于是，他走上了自己的木轮牛车，和学生们离开了鲁国，开始了周游列国的旅程。这一年，孔子55岁。

这支仁义的队伍，在孔子的带领下，先后走过了卫、陈、郑、宋、蔡、楚等国家。漂泊在异国他乡陌生的土地上，几乎每天都会遭遇磨难和打击，甚至还有羞辱和凶险。公元前496年，在卫国的匡城，他们被当地人误以为是危害百姓的恶霸，遭到众人围追堵截；公元前493年，在宋国境内的一棵大树下，一群人扬言要杀了孔子；公元前489年，在前往楚国的路上，他们被乱兵围困，连续断粮7天。尽管如此，孔子仍然以"三军可夺帅也,匹夫不可夺志"的执着信念,坚守心中的理想与责任,仍然试图恢复周礼,用儒家思想建立一个天下归仁的和谐社会。但在那个礼崩乐坏、天下大乱的时代,他的渡船上,注定不会有一个乘客,他的理想注定会破灭。

公元前484年,68岁的孔子结束了长达14年的流浪生涯,回到了自己的故乡,那个文化极其浓厚的鲁国。多年的奔波生活,消磨了他的参政激情,有生之年,恢复礼制和改良时政的愿望,已经化成了泡影。他要用剩下的时间和精力,继续教育他的学生们,同时整理他所钟爱的礼乐典籍,给后人留下一笔宝贵的精神财富。

整理文献和教书育人,占据了孔子晚年的主要时间。他知道自己也许看不到天下归仁的安定社会,但他希望能用这些古代文献作为替代,把他的思想和智慧播洒在广袤的大地上,等到开花结果的那一天,从而实现自己的理想。

已是古稀之年的孔子,"居则在席、行则在囊""发愤忘食,乐以忘忧,不知老之将至"。他几乎收集了当时流传下来的所有民谣和歌词,把这些歌词分为民间、宫廷和祭祀三大类,整理成《诗经》,也是中国第一部诗歌总集。他编纂的《春秋》,是世界上最早的一部记载古代历史事件和天文现象的编年史,字里行间渗透着他的人生观。他建筑了一座思想的宫殿,以仁、义、礼、智、信为基,以孝、悌、忠、信、礼、义、廉、耻为梁,以《诗》《书》《礼》《乐》《易》《春秋》为椽,高耸起中华民族最初的人文精神大厦。半部《论语》治天下,是天下最好的教科书,两千年来,人们百读不厌。

公元前479年,为理想奔波了一生的孔子,走到了人生的终点,享年73岁。只是,他没想到,在他离开后一代又一代人继承了他的思想,深刻地影响着这个曾经养育他的民族。

孔子是中国古代社会核心价值体系的缔造者,儒家思想奠定了中华文化最初的基因,引领了中华民族最初的梦想。自他离世后,几百位帝王,大多是他思想的践行者和注释者,得之者治,不得者乱。

200多年后,秦帝国崛起。但孔子"天下归仁"的思想并未得以实施,他的思想及编纂的大部分历史文献在秦帝国的熊熊大火中化成了灰烬,他的460多个忠实的追随者也被活活埋葬，这就是历史上著名的"焚书坑儒"。经历劫难的幸存者，把他所创立的儒家思想经典，以口传心授的方式，重新复写了出来。

汉高祖刘邦却与秦始皇截然不同，他是中国历史上第一个祭祀孔子的皇帝。汉武帝更不同，他深知，以一种先进的价值观统领四分五裂的社会何其重要。公元前2世纪，汉帝国进入黄金时代，他接受了董仲舒提出的"罢黜百家，独尊儒术"的建议，将儒家思想推向政治舞台。从此，"修身、齐家、治国、平天下"成为读书人一生奋斗的目标和追求的事业。儒家经典成为国家规定的教科书；儒家道德观成为道德教育的依据；儒家思想后来成为中国2000多年历代王朝的统治基石。

逝者如斯夫，不舍昼夜……司马迁顿笔发出"高山仰止……可谓至圣"的千古一叹。北宋大儒张载也提出"为天地立心，为生民立命，为往圣继绝学，为万世开太平"的核心价值观。

如今，一个独领风骚2000多年的儒家文化，历经风雨，已经成为中华民族的文化柱石，塑造了中华民族的性格。同时，他已跨越国度，对整个人类文明产生深远的影响。孔子，让世界生辉。

历年来，在全球"十大思想家""100位影响历史的人物"评选中，孔子每次都名列前茅。作为公平正义的象征，孔子与犹太人先知摩西、古希腊政治家梭伦的雕像并列镶嵌在美国联邦最高法院的东门上方。几十位诺贝尔奖获得者曾聚首巴黎，呼吁"以中国孔子的智慧帮助全人类应对21世纪的挑战"。古往今来，历代帝王都把他作为圣人祭拜，韩、日、越、印尼以及欧洲都建有孔庙。到19世纪，全球的孔庙已经达到2800座。如今，一些国家建立了儒学研究机构，440所孔子学院和646个孔子课堂散布在120个国家和地区，蓊郁的儒家文明之树正在让躁动的心灵找到安栖的枝头。

手捧《论语》抬头望月，一轮照亮人类的明月，澄澈如水，那玉盘上分明写着两个字——永远。

江山美人

青山依旧在，几度夕阳红。

西北的 7 月已是彻底的暖了。可是，马嵬驿却山衰水瘦，风声鹤唳，使人感到彻骨的寒。烽火台上曾经猎猎狂舞的旗帜，已零落成泥。沧海桑田，往往只在须臾间。

这是公元 756 年的 7 月，以唐玄宗李隆基为首的逃往蜀地的军队是一支走向屈辱的队伍。舟车劳顿的李隆基，褪去了帝王的骄奢装饰，哀伤的表情令人唏嘘不已。远行者和送行者的恸哭，让盛极一时的长安城无法承受动乱之痛……

无限江山，对李隆基来说，诀别更是一种割肉剜心的痛。安禄山在范阳起兵，洛阳、潼关相继失守，长安危在旦夕。曾经高高在上的帝王，此刻竟如丧家之犬，踏上了狼狈的逃亡之路。他甚至不明白那么强大的帝国，怎么会忽然遭此厄运？原本指望马嵬驿地方官员的接应，也化成了一场空。驿站官员全部逃亡，一片狼藉。

"国破家亡梦方醒，原来红颜是祸水"。上苍陷斯人到如此绝境，似乎就是为了成全这样的诗句。一句"红颜祸水"，让杨贵妃死得无言以辩，她的美丽就是罪该万死，她的死也似乎轻如鸿毛了。

30 年后，白居易的《长恨歌》横空出世。"翠华摇摇行复止，西出都门百余里。六军不发无奈何，宛转蛾眉马前死。花钿委地无人收，翠翘金雀玉搔头。君王掩面救不得，回看血泪相和流。"每次在《长恨歌》的字里行间翻飞、挣扎，眼前总会浮现出她哀怨的眼神。杨玉环,如果心中有恨,隔着偏见,人们也是不予理会的。像李隆基那样的人中之龙,都保护不了她,更何况芸芸众生……

当年,她被选为寿王妃入皇家,年方二八,人面桃花,才情逼人。与寿王李瑁情深意笃,琴瑟和鸣。可是偏偏被万人之上的李隆基相中,从此她的命运发生翻天覆地之巨变。"天生丽质难自弃,一朝选在君王侧。"从太真法师到艳压群芳、宠冠六宫的杨贵妃,她的地位超过了有史以来所有的后宫女人。

她是李隆基最宠爱的贵妃,她在他眼里千娇百媚,艳光四射。李隆基千方百计想讨她的欢心,像对待国家大事一样,命令驿站用加急公文的方式从盛产上等荔枝的福建青田运送荔枝到长安供贵妃享用。驿马以四足离地的速度狂奔,铃声传到一公里外,下一驿站日夜都在待命的驿卒,立即上马飞驰。当后马与前马相并时,马足不停,即在马上将荔枝传递,驿马往往因狂奔过度而倒毙路旁。于是,便有了"一骑红尘妃子笑,无人知是荔枝来"的千古绝句。

不仅如此,李隆基还极尽奢侈,上千名织锦刺绣的工匠和几百名雕刻熔造的首饰工,日夜不停地为贵妃制作华衣美服和金钗步摇,不惜巨金从国外购进珍贵的脂粉和香水,只为博得美人一笑……

从此,"云鬓花颜金步摇,芙蓉帐暖度春宵。春宵苦短日高起,从此君王不早朝。承欢侍宴无闲暇,春从春游夜专夜。后宫佳丽三千人,三千宠爱在一身"。风流天子唐玄宗遗忘了曾经让他牵肠挂肚的梅妃,疏远了后宫默默不知名的三千佳丽,彻底拜倒在杨玉环的石榴裙下。她以自己的绝美容颜和聪颖滋养着皇帝丈夫以及大唐的柔情,所谓的江山其实就是美人的天地。

她是音乐大师。乍品柔情三五段,欲呼纤指弄琵琶。编排霓裳羽衣曲,调教宫娥蹁跹舞。于是,大唐后宫夜夜笙歌。声色的缠绵悱恻,姹紫嫣红,让精通音律的李隆基日日沦陷。

她是天才模特。一袭低领宽袖收腰裙,欲纵还收,性感、流动,风情万种。再配以高耸入云的发髻,步步摇曳,脉脉含情,大唐的时尚服饰由此蔓延千家万户,争相效仿。

奢华的大唐，女子多情，男子风流，不可救药地享乐着，不知今夕何夕。

很多人由此看出了杨贵妃是红颜祸水，因为她倾国倾城的美，引诱李隆基荒废朝政或者胡乱应付，最终引发了"安史之乱"。女人的美艳，简直是一种天大的罪过。

其实，深懂皇帝的杨玉环，只是以一个尘世妻子的方式深爱着自己的皇帝丈夫，享受着最平凡的人间烟火。她不懂，她的皇帝丈夫根本承受不起这样如胶似漆的爱，他的肩上担负着整个大唐百姓的安危，他们都无权选择人间平凡夫妻的你侬我侬。

杨贵妃真的错了，她用歌舞升平把李隆基拉进了女儿国。她婀娜多姿，"回眸一笑百媚生，六宫粉黛无颜色"，刻进了李隆基的骨髓里，使他无法抗拒。声色的诱惑，消磨着皇帝的意志，更让李隆基沉入醉生梦死的世界，不愿醒来。女人就是天堂，就是他的整个世界。

这么一个喜欢风花雪月的帝王，真是令人唏嘘不已。我们仰视成吉思汗开疆拓土的豪迈，侃侃而谈刘邦"大风起兮云飞扬"的气势，英雄总是舞刀弄枪，威震天下。李隆基呢？称帝初期，励精图治，创造了开元盛世，唐帝国的繁华声名远播。可是，杨玉环一出场，就像打开了潘多拉的盒子，引出了人性的贪婪。错就错在一个倾国倾城，一个惊为天人。此事若放在寻常人家，就是一个含苞欲放的文艺女生，见到风流倜傥的文艺大师，"金风玉露一相逢，更胜却人间无数"。想那二八芳龄的杨玉环，明眸皓齿，声如莺啼，又温柔妩媚，一举一动都命中一个正当中年的成功人士的死穴。所以李白也有"云想衣裳花想容，春风拂槛露华浓。若非群玉山头见，会向瑶台月下逢"之叹。

虽然一切都是以爱情的名义，但祸国殃民的罪孽却已种下：因李隆基爱屋及乌，杨贵妃的家族因此繁盛，很多人都获授官职或赏赐。其大姐封为韩国夫人，三姐封为虢国夫人，八姐封为秦国夫人，堂兄杨国忠好赌，但也封官入朝、把持朝政。就是拥兵自重的安禄山，也为自保和升官拜杨贵妃为母亲。她带来的是唐玄宗李隆基的纵情声色和杨氏家族的胡作非为。轰轰烈烈的大唐王朝，在经历唐太宗"贞观之治"、唐高宗"永徽之治"、武则天的"贞观遗风"及唐玄宗的"开元盛世"后，到唐玄宗晚年，由于他沉迷女色，腐化堕落和任人唯亲，使得官廷争斗暗流涌动，此起彼伏。

"渔阳鼙鼓动地来,惊破霓裳羽衣曲"。这场盛世繁华美梦在杨玉环38岁时戛然而止。宫廷斗争使安禄山有机可乘,以致"安史之乱"爆发。一个寂静的暗夜,唐玄宗悄悄带着部分皇子近臣、护行禁军,仓皇逃出延秋门,西行百里至马嵬驿,军士饥肠辘辘,困顿不堪。六军不发,哗然要变。鼓噪的禁军将一整天的疲惫、不满、怨恨化作万千乱刀砍向祸国殃民的杨国忠父子。

紧接着,六军又将矛头指向了玄宗的爱妃玉环,威胁李隆基必须处死杨贵妃。在北方粗粝的朔风中,已没有繁花似锦的天子贵妃,只有一对平凡夫妻,心惊胆战地相濡以沫。她唯有服从,哀怨何以说? 触目惊心,刀光剑影搅起了一场兵变的硝烟。她是如何在不甘与屈辱中赴死的,我们已无从知晓。"在天愿作比翼鸟,在地愿为连理枝",不知李隆基是否紧握那双曾吹箫弄琴的玉指,悲痛欲绝?

马嵬驿,贵妃的安息处,一抔黄土掩埋了美人的旧恨新仇。美人走得潦草凄凉,不知马嵬驿的月亮是否如风那样粗糙,但愿她能温柔,美人醒来,多少能误认他乡为故乡。"天长地久有时尽,此恨绵绵无绝期",爱恨情仇全归为尘土。

李隆基应该是悲切的吧! 大唐风雨飘摇,贵妃的死,并没有保住他的帝位,在他到达成都的第14天,太子李亨径自在灵武称帝登基。而伊人远去,琴瑟绝音,宫中再也见不到霓裳羽衣的翩跹起舞。他在绝望与孤寂中哭瞎了双眼。他与杨玉环,一对璧人,抛开彼此身份,在远离世俗的土地深处,相知相惜,可歌可泣。

"安史之乱",历史在这里荒唐了一把,戛然终结了一段令后人引以为荣的大唐盛世。大唐从此一蹶不振,渐渐走向无可挽回的衰落之路。

杨贵妃无心问政,却独享三千宠爱于一身,将泱泱大唐帝国带进了万劫不复之地。但把一切归罪于这个绝代佳人的说法,却似乎并不能令人信服。终结或开创一段历史,又岂是这个女人能够承担得了的? 毕竟她不是武媚娘。如果没有那段历史,没有马嵬驿之变,没有唐玄宗,杨玉环也许能静享太平,不会有那么多的历史诘问,平添种种关于红颜祸水的诽论。

重温李隆基与杨玉环的故事,万千感慨。虽然讲得千疮百孔,但历史对女人就是有许多误解和轻蔑。再轰轰烈烈的古代美女,当男人的天下变成战场和废墟,罪责也往往由无辜的女人承担。一句红颜祸水,让女人承受了多少不白之冤!众口铄金,真是寒冷无边啊!

民国世界里的一片云
——小记徐志摩

> 纵观古今诗坛,众多才子佳人中,其实我并不喜欢徐志摩。原因有二:其一是他为了追求林徽因,抛妻弃子,有悖社会公序良俗。其二是他将好朋友王庚之妻陆小曼据为己有,不顾道义。仅此两点,多少为读者所诟病。今日,细读韩石山先生所著《徐志摩传》,感慨良多,竟然深深被他为人率真和执着所感动,同时也对他的不幸遭遇生出些许悲悯。拙笔抒怀,与君共勉!
>
> ——题记

他用旷世才华,多情风骨,拨动了民国世界那根冷韵冰弦,在民国文坛弹奏了一曲人间绝唱,便匆匆离去。

1897年2月15日,一个飞雪的日子,徐志摩降生在浙江海宁硖石镇。幼小的生命初落凡尘,与生俱来就携着荣华富贵,被父母、祖辈、家仆恩宠呵护,锦衣玉食,养尊处优。因为他的父亲徐申如是被称为"硖石巨子"的海宁硖石商会会长,拥有发电厂、梅酱厂、丝绸庄及钱庄等产业。徐府喜得贵子,是何等的盛事,徐申如自然视他为珍宝,为他取名章垿,小字又申。

身为硖石首富家里尊贵的少爷,徐志摩的满岁宴自是热闹非凡。那日的徐府门庭若市,连草木都沾染了人间喜气。此时,门外走进一个长须冉冉的和尚,自称志恢,说自己能知晓过去,预知未来,会卜卦算命、称骨相面。徐申如见他仙风道骨,便请他为幼子卜卦。

志恢和尚抚摩了小又申的头,随后说出:"此子系麒麟再生,将来必成大器。"一语惊心,满座欣喜。徐申如更是喜不自胜,盛情款待得道高人,后为子改名徐志摩。

志摩有幸,落于婉约秀丽的江南,生在钟鸣鼎食之家。也许是江南水墨的渲染,草木灵性的滋养,他自小便聪颖早慧,擅长诗文,而且气度不凡,文采斐然,颇得众人赞许。因此,徐申如对志摩的教育更为重视,愿倾尽所有,只盼志摩在文墨中有所造诣,光耀门楣。

志摩17岁时,入杭州府中读书,在校刊《友声》上发表《论小说与社会之关系》一文,盛名远播。19岁时,遵循父母之命,与家世显赫、书香门第的张幼仪结婚。考入北京大学后,被张幼仪之兄张君劢推荐给梁启超,遂拜梁启超为师。22岁时,满腹经纶的他从上海乘南京号轮赴美留学,入克拉克大学历史学系。23岁毕业于克拉克大学,得一等荣誉学位。24岁获哥伦比亚大学硕士学位。同年,入剑桥大学研究院为研究生。从出生到24岁,他似乎处处顺心如意,仿若群星之中绝世独立的月光,百花丛中傲然绽放的寒梅。

一个人来到人间,终究是有使命的。或许为成就大业,或许为一段情缘,或许为一本词集,或许只是为了还一份债约……如果这世上有前世的约定,今生即使远渡重洋,也终会相逢。在英国剑桥留学的日子,志摩沉醉在伦敦的烟雨中柔情百转,徜徉于康桥的碧波里诗心荡漾,终于等来了那位水畔伊人——林徽因。她是国内政界的风云人物林长民的掌上明珠,此次林长民赴欧洲考察,携女同往。初次相逢,林徽因就像一朵洁白的莲花,纤尘不染,清新脱俗。他被深深迷醉,迷上她洁净的笑颜,眉间的轻愁,还有她满腹的才华。正如其父所言:"论中西文学及品貌,当世女子舍其女莫属。"

不知前世多少次的错过,今生多少年的等候,才换来这金风玉露的相逢。他为她神魂颠倒,每天都去林家喝下午茶,只为一睹佳人风采,得见她一颦一笑。她是人间的四月天,是爱,是暖,是希望。他内心的情感早已泛滥成灾,她却始终沉静温婉。他给了她诗情、浪漫及感动。她澄澈如水的内心,因他的出现,泛起了涟漪。那时,24岁的他,早已成婚,且有一个两岁的孩子。而她,16芳龄,情窦初开。他愿自由如诗,像春风一样走进她的世界,于是他和发妻张幼仪了断尘缘。可是,在美丽的伦敦,在诗意的康桥,是宿命,是错误,抑或仅仅只是一段插曲。

那个美若莲花的女子梦幻般途经了他的时光,又匆匆转身离去。一年后,他回到北京,无奈她已名花有主。多少往事,一如明日黄花,随水流去。"我将于茫茫人海中访我唯一灵魂之伴侣。得之,我幸;不得,我命,如此而已。"看似安于宿命,但他的内心早就千疮百孔、悲伤不已。

与民国才女林徽因擦肩而过后,他邂逅了生命中那场惊世骇俗的摩眉之恋。那时,他为失意才子,她是寂寞佳人,彼此相见,竟推心置腹,心心相印。她是个不折不扣的妖精,妩媚妖娆,我行我素。纯粹又热烈,坦荡亦决绝。她为有夫之妇,这段情感为良俗所不容。但他风流倜傥,率真执着。梁启超亲自写信劝他:"呜呼志摩!天下岂有圆满之宇宙?万不容以他人之苦痛,易自己之快乐……"

也许一切都是宿命安排,陆小曼就是他此生的劫。婚后,他对她千恩万宠,极尽所有。在金粉之都的上海,她打牌、跳舞、唱戏、抽大烟,挥霍无度,奢侈放纵,甚至与翁瑞午躺在一张烟榻上吞云吐雾。为了满足她千红百媚的生活,他省俭度日,几件旧衫频繁换洗,整日劳碌奔波,为银钱费尽心思。之后天南地北,迫于生计周旋两地。而她却依旧灯红酒绿,肆意挥霍,他所有的钱还不够支付她的用度。胡适劝他放弃这段尘缘,但他依然抱着幻想,幻想有一天她能悔悟。

他一生追求爱、美与自由,却因此演绎了一曲人间悲歌,匆忙谢幕。1931 年 11 月 19 日,35 岁的徐志摩乘济南号邮政飞机从南京起飞,在济南附近党家庄上空触山,葬身云海。所有的恩怨情愁,随着他的离去纷纷散场。

他是历史星空的那阵薄风,是民国世界的那片流云,轻轻地来了,又悄悄地走了,留给世人无限追思及数卷诗文。他这一生,不慕功名浮利,只恋风月情长;不求富贵安乐,唯愿长相厮守。他是那样率真执拗,但一世繁华毁于"情"字,不免令人唏嘘心酸。

杨绛先生曾说:"我们曾如此渴望命运的波澜,到最后才发现,人生最曼妙的风景,竟是内心的淡定与从容。我们曾如此期盼外界的认可,到最后才知道,世界是自己的,与他人无关。"是啊,人的一生不过是午后至黄昏的距离,月上柳梢,人散茶凉。生活没有那么多的轰轰烈烈,落花无言,人淡如菊,心素如简,不也是一种境界吗?

寂寞开无主,唯有香如故
——民国佳人张幼仪

"驿外断桥边,寂寞开无主。已是黄昏独自愁,更著风和雨。无意苦争春,一任群芳妒。零落成泥碾作尘,只有香如故。"大雪纷飞的腊月,百花凋落,只有梅花凌霜傲雪,哪怕凋落成泥,也要把芬芳留在人间。花为美人,以花喻人,预示着人的命运。

不知为何,在我心底,徐志摩的发妻张幼仪就像一树梅花,开在山道路旁,无人欣赏。黄昏里独处已够愁苦,又遭到风雪摧残而飘落四方。

其实,张幼仪乃千金小姐,其父张祖泽为上海宝山县巨富,家世显赫,书香门第,与海宁硖石首富徐府亦是门当户对。那时,张幼仪的哥哥张嘉璈为浙江都督的秘书,在杭州视察时,听闻才子徐志摩的盛名,想起正在女子师范学校读书的小妹张幼仪,品貌端淑,心想真是天赐佳缘。而徐府对张家的千金更是无可挑剔,于是这桩婚事一拍即合。

初次相见,风度翩翩的徐志摩便让张幼仪欢喜不尽。而徐志摩在看到张幼仪的照片时,却失望至极,不悦地说:"乡下土包子。"别人眼中的良缘,于他无端地生出许多惆怅。他是一个追求自由与浪漫的人,若不是父母之命,媒妁之言,是断然不会接受张幼仪的。同样,如果张幼仪嫁的不是徐志摩,或许也是郎情妾意,富贵荣华,一生平安。

可是,生活没有如果,只有后果和结果。因为这门人人艳羡的亲事，张幼仪不得已辍学，年方 16 便嫁进徐府，成了徐府的少奶奶。她孝顺公婆、善待下人，很快在徐府深得人心，徐家二老对这个儿媳更是万分满意。但是，她却得不到丈夫的爱，哪怕一个微笑都是奢侈。

造化弄人，他是她心中的良人，她却不是他的如花美眷。他渴望气质如兰的聪慧佳人，有倾城倾国之貌，清雅脱俗之美，风流灵巧之姿，与他花前月下，情意绵绵。可张幼仪是温柔贤惠、朴素淡雅、低眉恭敬的女子，让他觉得平淡乏味。洞房花烛之夜，她对他温柔体贴，尽心尽意，而他则冷言冷语，面若凝霜。

新婚不久，他便为了读书毅然远去，独留她在硖石古镇生儿育女，恪守儿媳孝道。她就是这样一个传统的女子，循规蹈矩地生活着，顺从命运。即使她的丈夫长年累月不在家，她也甘愿静静守候，幻想水滴石穿，云开月明。可是，她没想到，此生的寂寞才刚刚开始，等待她的是更加清冷的岁月和更加残酷的伤害。

就像一树在硖石古镇寂寞开放的梅花，她默默为徐志摩生下长子阿欢，无怨无悔。日夜守候于小窗下，盼望丈夫归来。纵是一把千年古琴，不遇知己，亦弹不出清音佳韵。徐家二老算是有情，安排她去和万里之外留学的丈夫团聚。只是她的到来，却成了阻碍他追求自由和爱情的累赘。

多年之后，张幼仪回忆徐志摩接她时的情景：

我斜倚着尾甲板，不耐烦地等着上岸，然后看到徐志摩站在东张西望的人群里。就在这时候，我的心凉了一大截。他穿着一件瘦长的黑色毛大衣，脖子上围着条白丝巾。虽然我从没看过他穿西装的样子，可是我晓得那是他。他的态度我一眼就看得出来，不会搞错的，因为他是那堆接船的人中唯一露出不想到那儿的表情的人。

怨只怨，无缘对面手难牵。他不但对她没有丝毫怜惜，反而冷眼嫌弃。她举目无亲，委曲求全，照顾他衣食冷暖，但他依旧对他负心薄幸。她惊慌失措，患得患失。她那时并不知道，他心里早就住着一个林徽因，那个清新脱俗的女孩早就对他勾魂摄魄。他的情全都给了康桥，眼里心里哪里还容得下她？后来，她怀有身孕，但是他居然向她提出了离婚，之后便离家而去，杳无音讯。她被彻底抛弃在异国他乡，流离无主。孤独无助的她终日以泪洗面，绝望中求助于德国的二哥，在极度抑郁中产下了次子彼得。

有人说，徐志摩不珍惜张幼仪，对家庭不负责任。其实何止一个徐志摩？现实就是如此残酷，当他不爱她时，珍惜和责任是多么空洞的字眼！女人的抱怨和眼泪又是多么惹人厌烦！唯有裹紧伤口，坚强勇敢地面对一切，除此，又能如何？

遭遇感情重创，饱尝人世炎凉的张幼仪逐渐变得坚强，他们之间再无瓜葛，她必须要照顾孩子，必须独自承担生活的风风雨雨。她心无怨念，所有的伤害让她学会更加珍爱自己。她收拾起破碎的心，入裴斯塔洛齐学院攻读幼儿教育。然而却再次遭遇命运无情的打击，三岁的爱子彼得不幸夭折。痛心疾首，欲哭无泪，对她来说，这世上还有什么不能承受的？

在德国修完学业后，张幼仪辗转回国，与长子阿欢团聚。徐家永远欢迎她，永远承认她是徐家少奶奶。甚至，徐家二老认她做义女，而她也依旧孝顺他们，最终为徐家二老养老送终。一个被丈夫抛弃的女子，还能做到如此种种，她的贤德，也算古今罕有吧。

她本来只想做徐志摩的妻子，在硖石古镇相夫教子，平淡安稳地度过一生。可是，徐志摩无法与她相守，他向往的是浪漫与自由。时过境迁，物是人非。她再也不是当年那个煮茶做饭、勤俭持家、安于现状的怯懦女子。命运让她成长和独立，撑起了一片天，她的世界风光无限。回国后，她先后在东吴大学教德语，出任上海女子商业储蓄银行副总裁，并出任云裳服装公司的总经理，事业顺风顺水。而这一切都是历经沧桑、声声血泪换来的。

徐志摩虽然没有拥有林徽因，但他也最终找到了自己心灵的归宿——一代名媛陆小曼。即便陆小曼生活奢靡，最终让他伤筋动骨，入不敷出，她依然是他手心里的宝。甚至胡适的劝说，也没能让他放弃嗜毒成瘾、挥霍无度的陆小曼。最终，一个富家少爷、一代风流才子无暇诗书,才思枯竭,生活落魄,终日为银钱奔波,可悲可叹!试想,倘若没有战争纷扰,他只守着高墙大户过富庶日子,贤妻相伴,亦为福报,岂不更好?可那样就不是徐志摩了!他追求的,他爱的不就是陆小曼的妩媚妖娆吗?换做平凡贤惠的女子,恐怕也不能入他的眼他的心吧!人生起起伏伏,所得所失,不过如此。

张幼仪早已心静如水,还不时资助徐志摩。徐志摩去世多年后,她赴香港,邂逅了一位中医医生,写信征求儿子的意见,阿欢回信说:

母孀居守节,逾三十年,生我抚我,鞠我育我……综母生平,殊少欢愉,母职已尽,母心宜慰,谁慰母氏?谁伴母氏?母如得人,儿请父事。

儿子情真意切的回信,让张幼仪甚感宽慰。她与这位医生结婚时,已经53岁了,命运终于让她过上了与爱人平淡相守的日子。她与他风雨相伴18载,之后,88岁时病逝于美国。

关于张幼仪和徐志摩之间的感情,旁观者定不能深悟。直到晚年,张幼仪说出的一段话,让人听后怅然无言,潸然泪下。

总有人问我到底爱不爱徐志摩?你晓得,我没办法回答这个问题。我对这个问题很迷惑,因为每个人总是告诉我,我为徐志摩做了这么多事,我一定是爱他的。可是,我没办法说什么叫爱,我这辈子从没跟什么人说过"我爱你"。如果照顾徐志摩和他家人叫作爱的话,那我大概爱他吧。在他一生当中遇到的几个女人里面,说不定我最爱他。

我想,张幼仪还是爱徐志摩的,她是个传统女子,她的爱内敛深沉。不管她遭遇了什么,在商界如何风生水起,徐志摩始终是她心里认定的丈夫。她始终觉得自己是徐家的儿媳,所以即便在被徐志摩抛弃之后,依然能恪守孝道。她的梦永远留在徐家,为徐家打扫庭除、侍奉公婆、执笔教子。她永远是那个素朴淡雅、端庄贤淑、沉静婉约的民国女子。她的爱无声又沉稳,她的美平凡又伟大。

"寂寞开无主,唯有香如故"。窗外跫音响起,他不是归人,只是过客。他决绝转身,将那个痴痴等候的妻子,抛掷在红尘乱世,独尝烟火。此后,民国再无张幼仪。

我们再也回不去了
——也谈《半生缘》

读完民国才女张爱玲的小说《半生缘》,迟迟无法从那种悲凉的氛围中解脱出来,甚至在梦中都是小说的故事情节。两个彼此相爱的人,突然失去联系,女主人公经历了一场常人难以想象的噩运。14年后他们终于相见,却只能用"我们再也回不去了"冷冷收场。原来,生离比死别更让人绝望和痛彻心扉。那句"我们再也回不去了",一次次在我脑海中盘旋。是啊,一转身,就是一辈子。错过了,就是永别,从此咫尺天涯,在同一个城市里过着各不相干的日子。正如小说中所写:

日子过得真快,对于中年以后的人来讲十年八年好像是指缝间的事,可是对于年轻人来说三年五年就可以是一生一世。我和世钧从认识到离别,不过几年的光景,却遭遇了太多太多的事情,仿佛经历了一场又一场的生、离、死、别。

是的,不过几年的光景,一个人一生的命运却就此改变。那对原本可以幸福地在一起的恋人,却因一次争吵、一场误会,从此各自天涯,甚至来不及说声再见,命运就此注定。想想我们的人生,总会有遗憾有错过,错得撕心裂肺,错得无法挽回。一句"回不去了"道尽人生所有的悲哀和无奈。

张爱玲说:"生命是一袭华美的袍,上面爬满了虱子。"也正因如此，她笔下呈现给读者的是冰冷而残酷的爱情悲剧。

顾曼桢，一个坚强阳光的女孩。她善良大方，善解人意。在姐姐出嫁后，连打几份工，默默地撑起了一个家。与家世较好的沈世钧从相识到相恋，一切都是那样美好，但他们的恋情却得不到家人的祝福。先是她的母亲和奶奶乱点鸳鸯谱，希望她能与小有成就的医院院长张豫瑾结合。接着沈父坚决阻止儿子与她交往，原因是她有一个做舞女的姐姐。后来被自己的姐夫祝鸿才强暴，生下一子。她的悲惨遭遇令人心痛。当她终于摆脱祝家，逃离出来时，原本以为经历了这一年的遭遇，世钧只会更心疼她，更珍惜她……可是在叔惠家，却听到了一个晴天霹雳的消息——世钧结婚了。可怜的曼桢瞬时泪如雨下。夜晚下着雨，在上海的一座桥上，她终于呐喊出了那句"世钧，你为什么负我……"只是，日子还是要过的，她剪短了发，想必是给自己一个全新的开始……工作，然后漫长的等待……

我要你知道，在这个世界上有一个人是永远等着你的，不管在什么时候，不管在什么地方。反正你知道，总有这么一个人……

等待什么？什么也没有了。正如她说的"我是抱着绝望的心情等待的……"抱着绝望的心态去等待，等来的除了绝望还会有别的吗？一直以来，支撑她活下去的力量在那一夜的泪水中轰然倒塌。他们从未分手，因为在她心里，他一直都在。但他们又分得如此彻底，他已结婚，再续前缘永远成为一场无法实现的梦。

她是新时代的女性，可不管在哪个年代，母爱的主题是永恒不变的。在姐姐病逝后，她终究还是放不下自己的孩子。为了给孩子一个完整的家，也因为得知自己心爱的人已与别人结婚，她万念俱灰，选择嫁给自己最痛恨的人，最终却不得不离婚。她原本那样阳光，可是遭遇变故后却郁郁寡欢，也许此生永远都难有笑容了。

鸿才是对她非常失望……甚至于觉得他是上了当，就像一碗素虾仁，看着是虾仁，其实是洋山芋做的，木木的一点滋味也没有。他先还想着，至少她外场还不错，有她这样一个太太是很有面子的事,所以有一个时期他常常逼着她一同出去应酬,但是她现在简直不行了,和他那些朋友的太太们比起来,一点也不见得出色。她完全无意于修饰,脸色黄黄的,老是带着几分病容,装束也不入时,见了人总是默默无言,有时候人家说话她也听不见,她眼睛里常常有一种呆笨的神情……

是啊!她的心在活着的时候已经死去了,为了唯一的亲人而活着。

岁月弥蚀,她不再美丽,但坚强如一,几度搬家,辗转奔波。14年后,他们终于再次相逢,多么希望他们消除误会,重归于好。

那时候一直想着有朝一日见到世钧,要怎么样告诉他,也曾经屡次在梦中告诉他过。做到那样的梦,每回都是哭醒了的。现在真在那儿讲给他听了,是用最平淡的口吻,因为已经是那么些年前的事了。

当局者麻木,旁观者心惊。那在梦中演练了多次的钟情相诉,言归于好,听来若天外飞声,14年的等待竟是一句颤抖的声音:"世钧,我们回不去了。"相逢,却是永别。因为她知道他的善良和懦弱,不可能放弃现世安稳。如作者所言,也许爱不是热情,也不是怀念,不过是岁月年深月久成了生活的一部分。他和妻子,虽然没有经历过轰轰烈烈的爱情,如今也是他生活中不可分割的一部分。

她一直知道的。是她说的,他们回不去了。她现在才明白为什么今天老是那么迷惘,他是跟时间在挣扎。从前最后一次见面,至少是突如其来的,没有诀别。今天从这里走出去,是永别了,清清楚楚,就跟死了的一样。

顾曼桢的遭遇,令人心痛。一次小小的斗嘴,竟然被一段噩梦般的遭遇乘虚而入,触手可及的幸福在不经意间就被彻底摧毁。再相逢,却早已物是人非,空留一声叹息罢了。14年的时光,一生中最好的年华已不再,这种怅惘,这种漫长,这其中的酸甜苦辣，又岂是一个"缘"字可以道尽的？

他们在沉默中听见那苍老的呼声渐渐远去。这一天的光阴也跟着那呼声一同消逝了。这卖豆腐干的简直就是时间老人。

在我们的生命与记忆中，是否也曾经有过一种声音，在呼唤着时间流逝，呼唤着我们渐渐老去呢？沧海桑田，明月凡心。也许，一些人、一些事，错过了就是一辈子。当初的刻骨铭心，在历经时光变迁之后，繁华落尽，终以一场烟花散尽后的苍凉态势，在心上、在眉间，凝结为一记欲语还休的落寞。

人生，总是禁不起丝毫的挥霍，一旦错过，只能用一句"我们再也回不去了"遗憾终生。

乾隆与那拉皇后

20年前看《还珠格格》，戴春荣饰演的乌拉那拉氏曾招来无数骂名，因为她总是与无法无天、不守规矩的小燕子针锋相对。电视剧中，乌拉那拉皇后性格偏激，对一切不符合宫规的事情均无法容忍，更是对皇上的子女苛刻至极，与皇帝的嫔妃关系紧张。而乾隆帝对她也是厌恶至极，最终那拉皇后剪掉头发，与皇上恩断义绝。在《延禧攻略》中，同样，佘诗曼饰演的那拉皇后依旧不得圣宠，一腔真情付水流，绝望中断发。《如懿传》中的那拉氏，与皇帝青梅竹马，两情相悦。但因皇帝的不信任和伤害，一颗火热的心渐渐冷却，最后断发，决绝而去。无论是哪种版本的那拉皇后，都遭遇了相同的命运，"断发"事件后被打入冷宫，郁郁而终。皇上对那拉皇后恨之入骨，凡提及此事者，格杀勿论。

乾隆与"断发国母"之间的恩怨纠葛，一直以来成为史学家争论的焦点。强烈的好奇心驱使我查阅清史，了解历史上的乾隆与那拉之间的恩恩怨怨。只是清史讳莫如深，滴水不漏，连这位皇后的身世都毫无记载，人们只能从留存的只字片语中猜测他们之间的蛛丝马迹。

乌拉那拉氏在乾隆尚为皇子时，雍正赐其为乾隆藩邸侧福晋。乾隆登基后，那拉氏被封为娴妃，时年20岁。在乾隆的原配孝贤皇后死后被皇太后锁定为下任皇后人选。苦熬数十载，乾隆十五年（1750年）八月初二，32岁的那拉氏终于迎来了一生中最为辉煌的日子，戴上了穷尽女人一生梦想的凤冠，正式成为大清帝国的皇后，开始了母仪天下的皇后生涯。

据史料记载，那拉氏"持重沉稳，雍容有度"，深受钮祜禄氏皇太后的喜爱。被册封为娴贵妃时，册封文中记载"性本婉顺，质赋柔嘉，秉德罔愆，协衍璜之矩度"。可见，当时的那拉氏也颇受乾隆帝的荣宠。

然而，登上了后位的乌拉那拉氏却为自己的人生埋下了悲剧收场的种子，演绎了一场前无古人后无来者的深宫悲剧。究竟是何原因导致乌拉那拉氏做出自行断发这等极端行为，并与乾隆反目成仇，甚至死后都没有谥号和牌位？我们且从断发那天说起。

乾隆三十年 (1765 年)，乾隆第四次南巡。行进途中，与那拉皇后伉俪情深，琴瑟和鸣，甚至不忘为其庆祝生日，一起进餐。下午时，却令水路秘密将那拉皇后送回，打入冷宫。侍奉的宫女也由 12 人减为俩人，相当于答应的待遇。突如其来的变故，自然引来种种猜测，但除了乾隆及当事人，无人知道其中原委。

乾隆三十一年 (1766 年) 七月十四日未时，乌拉那拉氏皇后在冷宫中撒手人寰。而那时，正值乾隆亲率千骑万乘，在木兰围场射虎猎豹，显示大清兵威与圣德之际。噩耗传来，乾隆派那拉氏之子回京料理丧事。猎毕驾临避暑山庄，乾隆突发上谕诏告天下：

皇后于本月十四日未时薨逝。皇后自册立以来尚无失德。去年春，朕恭奉皇太后巡幸江浙，正值欢幸之时，皇后性忽改常，于皇太后前不能恪尽孝道。比至杭州，则举动尤乖正理，迹类疯迷，因令先程回京，在宫调摄。经今一载余，病势日剧，遂尔奄逝。此实皇后福分浅薄，不能仰承圣母慈眷，长受朕恩礼所致。若论其行事乖违，予以废黜亦理所当然。朕仍存其名号，已为格外优容，但饰终典礼不便复循孝贤皇后大事办理，所有丧仪止可照皇贵妃例行，交内务府大臣承办。著此宣谕中外知之。钦此！

此谕中指出，皇后死亡原因是"福分浅薄"，丧仪按皇贵妃办理的原因是"一年前皇后性忽改常，不能恪尽孝道。举动尤乖正理，迹类疯迷"。既然皇后发疯，更应悉心照料，为何减少侍从，打入冷宫？堂堂大清国皇后，不管何种过失，既存名号，丧仪为何改国丧为家丧？为何降级办理？这有悖常理。显然，乾隆的一面之词并不能使众人信服。于是，便有朝中忠义之士直言进谏。御史李玉鸣的奏书飞马传至热河行宫，言称上谕中遗漏了最重要的一节，即应为大行皇后服三年国丧！乾隆读毕此折，勃然大怒，下令把李玉鸣革职锁拿，发往伊犁戍边。紧接着，进谏者阿永阿被遣戍黑龙江，钱汝诚被斥归家养，而金从善则被斩决弃市。话说明万历年间，劝谏者前赴后继，屁股被打得血肉横飞。至清，官员被整治得温驯有加，再不敢乱说乱动。四位劝谏者刚一露头，便不得善终，群臣惊悚之余，再不敢对丧仪指指点点，只得老老实实按谕旨办理。

那拉皇后为什么要断发？乾隆始终只字未提，成为千古之谜。

民间相传，乾隆南巡时，在杭州寻花问柳，身为皇后的那拉醋意大发，惹怒了高高在上的乾隆。为了阻止乾隆的荒唐行径，那拉皇后断发，以死劝谏。对此，我不敢苟同。那拉氏在皇宫多年，乾隆三宫六院，嫔妃成群，已成常态。作为国母，出身名门，熟知礼仪，绝不可能心胸如此狭隘，不顾礼仪纲常，因吃醋妒忌而做出如此鲁莽之举。

有学者说，那拉氏登上皇后之位前近 20 年未曾生育，说明乾隆并不喜欢那拉皇后。登上后位后，便生了两男1女，暂得圣宠。后乾隆宠爱魏佳氏，那拉皇后便又失宠。长期的冷落，使得那拉皇后积怨太深，最终怨恨爆发而断发，致使乾隆怒不可遏，对其恨之入骨。对此，我深表同情，但心存疑惑。身为一朝国母的那拉，敢冒皇家大忌，采取如此过激的手段结束自己的一生，恰恰证明了她对乾隆爱之深沉。如果她不在乎乾隆，看重的是后位，大可不必如此冲动，葬送一生。而作为乾隆，即使那拉犯了国之大忌，如果他压根不爱这个皇后，死者为大，皇后的郁郁而终也足以让他的怒气烟消云散，为了皇家颜面，根本没有必要刻意薄葬，引发朝廷议论。

又有学者说，一般情况下，皇室只有在皇后位置虚空时，才立皇贵妃，形同副后。而乾隆宠爱魏佳氏，那拉在位时就要立魏为皇贵妃，威胁到了那拉皇后的后位。那拉皇后生怕后位不保，激愤中断发，表达自己的不满。对此，我仍心存疑惑。如果情感早已麻木，重视的仅仅是后位，更应小心谨慎，保护好仅存的夫妻情分，讨得皇上欢心。一国之母，端庄贤惠，深明大义，绝不是凡夫俗子的胸襟和气度，怎能"以死相胁"？

不管是民间还是史学家，对断发事件，一致认为是那拉氏为了保住地位，威胁皇上。所有的推测都指向了"醋意"和"后位"，却恰恰忽略了人的情感。我的臆测是，乌拉那拉氏是一位极有尊严、极有思想的女人，绝非一般胭脂俗粉。毫无疑问，那拉皇后是深爱乾隆的。作为一个女人，尤其是一个深爱皇帝的女人，向往的是举案齐眉的夫妻生活，面对丈夫的薄情寡义，内心早已被摧残的千疮百孔，更多的是对丈夫的绝望和深深的悲哀，心如死灰，生无可恋。闻君有两意，故来相决绝。早知今日，何必当初？当爱已不再，留着徒有虚名的"后位"又有什么意义？不如断发，与君诀。

乾隆又为何对陪伴自己几十年的皇后恨之入骨呢？

史书中说，断发是满人的大忌，只有国丧才可以剪发，否则就是对国家和皇上的诅咒。因此，乾隆完全有理由对那拉氏恨之入骨。在我看来，悲痛绝望的那拉，在当时或许没有那样歹毒的心思。她的断发就是斩断情丝，与皇上恩断义绝，完全是心在流血的过激行为。这也从另一方面印证了乾隆曾经爱她，娇纵她。没有爱，就没有这样的痛，就不可能用这种方式去刺痛乾隆。作为乾隆来说，皇权神圣不可侵犯，所有的感情到了皇权面前都是微不足道的，没有人敢如此放肆地挑战他的权威。"给了你皇后的位置，足以证明朕的心，还有什么不知足的？为何要做如此决绝的事来刺痛我？"这对乾隆来说简直就是奇耻大辱，不可原谅。

那拉离世后，乾隆余怒未消。那拉皇后的丧事从制棺、出殡到下葬，仅仅花掉纹银207两，还不及孝贤皇后大丧时焚化的纸锞所值的银两，可谓冷清之极。可怜堂堂大清国母，空负一顶辉煌的凤冠，死后竟以妃礼安葬，当真是死不瞑目了。更为悲惨的是，死后连个单独的墓穴也没有，只好借宿于纯惠皇贵妃的地宫之中。而在此之前，即便是普通的妃子，死后也是给足了面子，这完全不是乾隆的风格，也有违皇家礼仪。甚至时隔10年后，有人再次旧事重提，也引得乾隆怒发冲冠。世上没有无缘无故的爱，也没有无缘无故的恨。乾隆对那拉皇后的恨终其一生，恰恰也从反面说明爱之深而恨之切，否则一切大可云淡风轻。

真是"可怜红颜总薄命，最是无情帝王家"。

人去春休，来生莫负

凄清的宫殿内，满头白发的他拄着拐杖，颤巍巍地走到柜子前，踮着脚想从里面取出什么，显然力不从心。这时，一位小太监进来："太上皇，您是要取出里面的盒子吗？"他点点头，蹒跚着走到桌子前，颤抖着青筋暴露的双手打开了盒子，那里竟珍藏着如懿当年的断发。他不由得老泪纵横，剪下了自己的一缕白发，与那缕青丝同放于盒中。看着青丝与白发终于相偎相依了，似乎得到了某种安慰，便抱着锦盒在龙椅上安详地睡去。片刻后，小太监奉上茶欣喜地告诉他："太上皇，绿梅抽芽了！"但此刻他已驾崩！公元 1799 年，清高宗乾隆皇帝驾崩，享年 89 岁，自乾隆朝后至清末，再无乌拉那拉氏女子入宫为妃！

这是《如懿传》大结局里的一幕，看到此，我泪流满面。绿梅是如懿爱的缩影，爱情枯竭了，绿梅也就枯萎了。如今，绿梅突然发芽了，"梅香一缕清清浅浅，仿佛故人梦中相见！"如懿定是原谅了弘历，我宁愿相信他们冰释前嫌，又在一起了。这一年，距离如懿薨逝已经整整 33 年了。

曾经，弘历是如懿的一切，是如懿此生最唯美的梦。他们有过少年时期的两心相许，也有封后初期一同游历名山大川、一起看西山红叶的幸福时光。但是后宫的尔虞我诈，使她终究没有逃脱被栽赃陷害的厄运，使她百口莫辩。而他的不信任，一步步将她推向万丈悬崖，成为痛彻心扉的冷。她是个骄傲、宁折不弯的女子，爱情不在了，信任不在了,后官的残喘挣扎又有什么意义?当她彻底失望时,每一次的冲突都不在乎是否激怒了他,于是,他们渐行渐远。

最后一次冲突,她毅然断发绝情,回官后便病了,整日咳嗽。只是原本该给她温暖的人,却早已变得陌生。她觉得自己被人抛弃到了荒山野外,孤独为邻,影子为伴。对他的绝望,是命运的蛊给她下的咒,没有一道符能解得开。药炉里萦绕着淡淡的烟雾,昨天温暖的墨迹还未干透,如今却要仓促地写完寒凉的一生。

永琪被害后,她知道自己不能就此倒下,她要清清白白地走。她设了大局,终于为死去的凌云彻、舒妃、永琪以及多位皇嗣报了仇,同时还保证了自己的孩子永璂的平安。在所剩不多的岁月里,她销毁了自己与他从前所有的记忆。曾经墙头马上遥相顾,一见知君即断肠。如今花开花落自有时,人来人往任由之。

最后见弘历时,她说:"兰因絮果,花开花落自有时,皇上保重啊!"人去似春休,一种烟波各自愁。他们的心,就像一面静水,被桨橹划过,再也拼凑不出完整的模样。他深知有愧于她,是他亲手摧毁了她的一片真心,他渴望人生的书可以翻回到从前,可是过往早已被岁月撕毁。

窗外的阳光就这样一天天地消失,如懿的病也愈发重了,但她却拿吊命的药一碗碗地浇花。她心静如水,注定要提前离开这纷乱的浊世,完成一段落英缤纷的凄美。

在人生的最后一个黄昏来临前,49岁的如懿再次登上城头,看到了当年潜邸时笑容明媚的青樱与弘历……这里见证了她的冷暖悲欢。从"墙头马上"到"兰因絮果",她猜中了开头,却没猜到这结局。当生命走至尽头的时候,才明白,多年的跋涉只是为了赶赴这场落寞的结局。

乾隆三十一年(1766年)七月十四日,那个月光如水的晚上,她就像一枚叶子,决然地坠落,将那个高高在上的孤家寡人,抛掷在滚滚红尘。

听到如懿的死讯,乾隆悲痛万分,在无尽的懊悔中,仍然守着他的"不可原谅",不能原谅她决绝地弃他而去,不能原谅她不愿再当他的妻子……他没有为她点上一炷心香,没有为她的亡灵送行。并拟旨昭告天下:皇后生前行迹疯迷,其丧仪不便复皇后仪制办理，只可照皇贵妃例行，且抹去其在宫中一切史书、画像。

越是需要用力抹去的，越是不敢面对的！越是想努力忘记的，越是不容易忘记的！他害怕这样的失去，怕看到自己仓皇的寂寞。他失去了什么？失去了一个在富贵锦绣林中心陪他的人，失去了一个相知相依的爱人。

他独自一人来到紫禁城城楼的一个角落里，这里是当年弘历和青樱约会的地方，是他和她最美好的开始。曾经青樱在这里用望远镜偷瞄自己，曾经自己在这里骗青樱来参选自己的福晋，那么多美好的曾经，如今一切都化为泡影。他痛彻心扉，失声痛哭！

33年过去了！这些年，他一直在爱恨中交织，在喧嚣与冷寂中纠缠，在得到与失去中取舍。这尘世的一切，他都能割舍，唯有对如懿的情，是他永远都无法偿还的债。老去的垂杨，是否还能系得住这份无望的相思？

人生就如同这场戏，从一出戏的开始，到一出戏的落幕，台上人演绎的是台下人的寂寞悲喜，台下人看到的是台上人的云散萍聚。那些欢闹的喜剧，总是容易让人看过就忘，只有悲剧刻骨铭心，永不谢幕。我们都是沿着生命一路拾荒的人，在充满迷幻的尘世找寻自己需要的风景。到头来才发现，所有精彩的过程都是浮云掠影，得失其实都不重要。

这是帝王后妃的故事，也是人间平凡夫妻的故事。许多故事，其实并无玄机，是我们自己总在疑惑真假，那是因为每个日子都在恐慌拥有和失去。有些情感，一旦失去，就是覆水难收。

人去春休，来生莫负！

活出干净的自己
——《如懿传》之如懿

如懿原名青樱，为在森森宫墙中得以自保，拜请太后为自己改名。"懿"释义为"美好安静"，改名"如懿"，是为了求得岁月静好，现世安稳。只是初入宫闱，出淤泥而不染的如懿，一切并非那么遂心如意。高墙深宫内，她的一生充满凶险。年少时倾心相付，他是她相知相伴的少年郎，他喜欢她的率性。入宫后，为了保护她，他给她皇后的位置，甚至不惜与太后相悖逆。感情的初期真可谓情真意切，只可惜，皇城中权利与富贵的中心，他需要的是温柔婉顺，是绝对的顺从，而她的坚贞刚烈让他震怒。直到最后，两个人相看生厌、相对无言。

如懿想要"执子之手，与子偕老"的普通生活，她视乾隆为丈夫，乾隆却说"皇后只不过是朕的女人，也是奴才"。一颗火热的心，就这样在一次次的伤害中渐渐冷却，最终绝望。如懿，这个名字所代表的美好是她一生的夙愿。她最爱梅花，也恰如一树梅花，清冽坚忍。如懿的结局，便是那句梅花词："零落成泥碾作尘，只有香如故！"

如懿内心干净，正直善良。纵观全剧，她多次身陷囹圄，但即便位居皇后，主动害人筹谋的情节也寥寥无几。凭她的智商和地位，是完全可以打败对手的，正是一种高贵的修养和正直善良的本性，使她不屑争斗。剧中有一个细节：烬妃为了争宠，假装生病回宫，串通太监进忠跑到木兰围场，趁皇上沐浴之时向皇上邀宠。

为了讨皇上欢心，炩妃跳舞唱曲，百般献媚。海兰向如懿说这事时，如懿淡淡地说："就算给了机会，这事我们都不会去做的。"可见，炩妃的低眉献媚让从小饱读诗书、受过良好教育的如懿嗤之以鼻。如懿的性格其实跟舒妃意欢相似，只是，一个内心干净、正直激烈的女子，当然不如炩妃的柔情蜜意讨得皇上欢心。

如懿内心干净，做人有底线。剧中在第一阶段，那些疯狂的女人们为了争宠，蓄意谋害皇嗣。如懿在金玉妍、高贵妃及阿箬的陷害下，以谋害皇嗣的罪名被打入冷宫。后来，冷宫失火，如懿幸得侍卫凌云彻相助才得以逃生。海兰为了将如懿救出冷宫，给自己下毒，引导皇上彻查当年毒药皇嗣的事件。如懿洗清冤屈，终于走出冷宫。遭遇种种陷害，死里逃生的如懿并未因此而变得阴险狠毒。海兰想报复富察皇后，谋害嫡子，如懿坚决阻止海兰，一遍遍叮嘱："这事我们做不得！"如懿的底线就是不害人，更不可伤害皇子。人生在世，君子有所为，有所不为。底线是最低的标准，是一个人立身的根本，每个人都应守住自己的良心和底线。从善如登，从恶如崩。一旦突破底线，不择手段，终会害人害己。炩妃后来身居高位却众叛亲离，自食恶果，就是内心肮脏歹毒，不守底线的下场。

如懿刚烈坚毅。被打入冷宫的三年，是她备受冷落和煎熬的三年，但她并没有在处境最糟糕的时候选择放弃，而是不断历练自己。三年里，她受尽折磨，多次被加害，先后因毒糕点、走火、毒蛇而差点丧命，又经历父亲逝亡的变故。但她凭借坚毅的信念，支撑自己走了过来，更收获了惢心、海兰、李玉、江与彬和凌云彻的忠心。如懿的坚毅品质，也是当今社会培养孩子最重要的一项品质。人生绝不会一帆风顺，懦弱的人可能一击即溃，而坚毅的人，困难往往是成长的加速器。成功的人之所以成功，是因为每次遇到挫折，能够冷静处理，吸取教训，迅速调整状态，从哪里跌倒就从哪里爬起来。这种坚毅的品质，让他们脱胎换骨，勇往无敌。如懿在冷宫的日子告诉我们：无论在何种情况下，比起智力、学习成绩或者长相，坚毅才是走向成功的基石。

如懿对皇上的情感很干净，无关后位，无关家族荣辱，无关荣华富贵。她对爱情有着美好的期许，渴望一份纯粹专一的爱情归属，相信真爱永恒。正如书中所写："只有如懿，是伴随他（乾隆）多年，深知彼此心性，又真正和自己一样，是富贵锦绣林中的依然孤寒之人。他们那时多么年轻，都真诚地相信，可以一起走到岁月苍老的那一日。"

如懿一生在乎与皇帝的真情，却也有人间男女的人性弱点。那就是，不能婉转适时地表现自己的一片真心，而是一再忤逆圣意。因为爱，所以在乎，因为在乎，所以据理力争。为了阻止皇上沾染烟花女子，君王声誉受损，她以死劝谏，不惜断发。但是皇帝不信任她，无法容忍如懿挑战他的权威。那一次次震怒，一掌掌耳光，看得人心惊胆战，寒冷彻骨。的确，如懿的内心深处对举案齐眉的夫妻情感有强烈需求，强烈呼唤"婚姻平等"。如懿的刚烈，是在向根深蒂固的男尊女卑的观念发起抗争，虽然最后这样的抗争以失败告终，但它所散发的自尊自爱的女性主义精神仍熠熠生辉。

如懿的结局，符合历史记载，死后不以皇后规格下葬，不入帝陵。乾隆说，既然她那么不想做朕的皇后，那就如了她的愿吧。到后来，逝者如斯，乾隆那颗多疑的心终于放下戒备，这才懊悔不已。只是如懿已去，万事终不可再回转，皇帝也只能"白发悲花落，青云羡鸟飞"了。

回顾全剧，如懿身处后宫，不屑宫斗，不屑争辩，不因洞察别人的弱点而咄咄逼人，不因自己身居高位而盛气凌人，一辈子的不合时宜，却也一辈子干净清醒。干净，说到底是根植于内心的修养，是你经历世事艰难后，以什么样的眼光去看待和理解这个世界。干净的人，无论命运多么不公，世界多么污秽，依然保持着内心的澄澈。

"岁月不饶人，我们亦未曾饶过岁月"。让我们在强大的时间面前，时刻修炼自己，以宽容和友善去面对他人，面对世界，活出干净的自己。

自强才能自救
——《如懿传》之海兰

珂里叶特·海兰在《后宫·如懿传》中是个举足轻重的角色，她是如懿的好姐妹，对如懿的亲近，甚至超过了自己的儿子永琪。绣娘出身的海兰偶尔被宠幸过一回，便被丢弃冷落。海兰虽然出身卑微，但才气与智慧并不逊色于人。入宫之初，她并不想争宠，只想平平淡淡地过日子。但后宫之中，焉能独善其身！

因皇上偏爱如懿，富察皇后对如懿差点当选嫡福晋之事一直耿耿于怀。知道海兰和如懿情同姐妹，便故意把她分到高贵妃处居住。在高贵妃宫殿中，海兰不但被克扣取暖用的碳，还被栽赃为小偷，惨遭搜身，身体和精神上倍受凌辱。

同样进宫的嫔妃，为什么海兰在宫中的处境如此糟糕？除了高贵妃通过海兰打压如懿外，恐怕只能从海兰"胆小怕事""太软弱"来寻找答案了。这个世界一直在耳语我们：软弱就是最大的罪过。纵然你与人为善，纵然你与世无争，软弱就只能被人伤害，还是"罪有应得"。现实就是如此残酷，谁让你是整个集体里最好欺负的人呢？

后来，海兰得到如懿的保护，才勉强在宫中立足。可是，如懿在富察皇后、高晞月、金玉妍等人的诬陷下，以毒杀皇嗣的罪名被打入了冷宫。失去了如懿的庇护，海兰在宫中再次遭受欺凌。偌大的皇宫，却无她的容身之处，只好冒着大雨到冷宫向如懿哭诉。但身在冷宫的如懿无法帮她，只能告诉她，如果护不住自己的话，就要学会借助旁人的力量。多次遭到栽赃陷害后，一直依附如懿生存的海兰终于明白：谁也不是永远的依靠，这是个弱肉强食的世界。只有自己变得强大，才能立于不败之地。

凭借才情和智慧，海兰很快得到了皇上的盛宠，不久便怀上了孩子。海兰开始迅速成长，从一个懦弱怕事、处处受欺凌的人逐渐成长为勇敢坚强，能保全自己的人。为救如懿，她不惜对自己下毒，帮助如懿翻身逆袭。五阿哥永琪在母体内生长过大，生完孩子后，海兰身体皮肤受损，皇上也对她失去了兴趣。海兰因此更加理智和清醒，看透了皇帝的薄情寡义。她再次意识到：只有自己强大了，才不会受人欺凌，才能守住自己应得的一切。

海兰的外表，清丽娇美、柔弱如兰。清冷萧索的宫苑内，她与如懿彼此取暖，守着深宫大院那份真诚而难得的姐妹情谊。她对如懿忠心耿耿，不离不弃，尽心尽力扶持她，并随时准备好帮助姐姐渡过难关。即便身处异地，她也与姐姐同甘共苦。她的极力帮助和贴身侍从的舍身护主，使如懿一次次虎口脱险。她也体会到：只有自己强大了，才有能力去帮助别人。

海兰将五阿哥永琪送给位居高位的如懿抚养，一方面是为了保护儿子，另一方面也是姐妹情深。五阿哥永琪才情出众，海兰深知皇上忌讳"太子之争"，也担心永琪遭人嫉恨。海兰教子有方，教育永琪处处低调，不可锋芒毕露。四阿哥在其母嘉贵妃的挑唆下，觊觎太子之位，激怒了皇上。一时间所有人都远离他，唯恐避之不及，就连他成婚时也门庭冷落。这种情景固然有环境的因素，但更多的是人性的多变和冷酷。为了自保，为了跟当权者保持一致，抑或为了自己某种自私的利益，所有的人都开始落井下石，人性的龌龊可见一斑。可是海兰教育永琪："以后见到你四哥，永远要恭恭敬敬，要尊重他！"对弱者保持最起码的尊重，不嘲笑，不歧视，不伤害，这是做人最基本的仁慈。有了这样识大体、深明大义的母亲，五阿哥永琪怎能不出色！

与海兰的教育形成鲜明对比的便是四阿哥的生母——嘉贵妃。为了扶四阿哥上位，不择手段。先是教唆儿子在木兰围场秋狝时，射伤皇上，假装救驾立功。又挑拨母族写信给皇上，以将四阿哥过继给已故皇后当养子为幌子，目的还是争夺太子之位。

结果惹得皇上龙颜大怒,得不偿失。"有其母必有其子",可以说,四阿哥的一生,全毁在他的母亲嘉贵妃(金玉妍)手里了。相较嘉贵妃,海兰品行端庄,对待强权不卑不亢,对待恩人情深义重,教育孩子有法有方,也算是后宫中的一股清流。只是最后,遭炩妃卫嬿婉陷害,永琪去世,如懿不再,深宫内院,庭院深深深几许,暗香凋零有谁知?

岁月像一张温柔的大网,选择性地过滤了那些黑暗冰冷的故事,放大了许多温暖的色泽。平凡之人或许无法抵抗时代的洪流,无法选择生活在深宫大院或是世外桃源,但任何时代,人性的善恶都是相同的:软弱就会被人欺,你的善良要有锋芒。海兰从一个善良软弱的女子成长为勇敢坚强的女性,给我们一个重要的人生启示:自强才能自救,才能救人。

"宝剑锋从磨砺出,梅花香自苦寒来!"做人应如海兰,兰质蕙心,不断努力,不断成长,既要保持自己正直善良的本性,也要审时度势,让自己变得强大,这样才能抵挡生活中的风风雨雨。

你向上爬的样子可真丑
——《如懿传》之炝妃

炝妃卫嬿婉是《如懿传》后期最大的阴谋家,只是这个炝妃,既没有《还珠格格》中炝妃娘娘的端庄贤淑、善良温柔,也没有《延禧攻略》中炝妃的聪明机智,坚强果敢。《如懿传》中,炝妃卫嬿婉出身不好,入宫后只是一个小小的宫女,在成为皇帝的嫔妃前,因为脸长得有几分像如懿,被嘉贵妃金玉妍百般折磨作贱。越是被踩到地狱里,越是渴望着天堂。就是在这一系列的摧残和对荣华富贵的渴盼中,曾经天真娇美的卫嬿婉慢慢判若两人。复宠之后的炝妃卫嬿婉,更是机关算尽,与太监进忠狼狈为奸,做尽恶事。回顾全剧,卫嬿婉从一个小小的宫女,一步步走向皇贵妃之位,可谓费尽心机,一波三折。

为了向上爬,卫嬿婉一次次陷害如懿,挑拨帝后离心。虽然皇帝和如懿的感情起起伏伏,但因卫嬿婉从中作梗,出现了五次重大危机,一步步把如懿引向被废弃的结局。

第一次重大危机:炝妃卫嬿婉利用田嬷嬷害死了如懿的孩子,并串通钦天监散布谣言,"如懿与孩子母子相克,母存子亡,子存母亡",皇上对此深信不疑。又因皇上之前对此子期望很大,所以深受打击,开始冷落如懿。

第二次重大危机:已经中年的乾隆对寒部女子寒香见一见倾心,失魂落魄,请求如懿去劝说香妃回心转意。卫嬿婉明知皇上偏爱香妃,故意在太后那里挑事。之后,太后让如懿给寒香见送绝育汤,皇上误以为如懿是个心胸狭隘、醋意十足的毒妇，便当众打了如懿一耳光，帝后信任不存。

第三次重大危机：卫嬿婉既想要皇上给予的荣华富贵，又贪恋和凌云彻曾经的情分。因凌云彻舍命相救如懿母子，卫嬿婉便醋意大发，诬陷如懿与凌云彻有私情。为了加重皇上疑心，还故意在十二阿哥膳食中放入野蕈菇，致使十二阿哥神情恍惚，胡言乱语，也使凌云彻受尽折磨，含冤而亡。这件事使皇室蒙羞，皇上对如懿彻底失望。

第四次重大危机：卫嬿婉勾结太监进忠，引来烟花女子为皇上解闷，使皇上名誉受损。如懿劝皇上爱惜圣誉，双方发生争执，如懿断发绝情。卫嬿婉又拉着和敬公主去火上浇油，直接导致帝后决裂。

第五次重大危机：卫嬿婉放长线钓大鱼，派田嬷嬷之女芸角深入王府，用慢毒害死了五阿哥永琪。芸角临终却将污水泼向如懿，诬陷一切都是如懿所为。这件事使皇上将如懿禁足，死生不复相见。

为了向上爬，卫嬿婉排除异己，毒害皇子。只因舒妃人美心善，得到皇上眷顾，烀妃卫嬿婉醋意十足，在舒妃怀孕期间，在御药上做文章，害的舒妃脸部长斑，孩子早产。烀妃卫嬿婉布好害人大局后，挑唆庆嫔给十二阿哥和璟兕送衣服，目的是残害十二阿哥。不料，十二阿哥与公主换了衣服，恶狗扑来时，先天不足的璟兕公主被活活吓死。卫嬿婉将此事巧妙嫁祸于嘉贵妃，使嘉贵妃罪上加罪。

除此之外，为了向上爬，烀妃卫嬿婉勾引凌云彻，想借种怀孕瞒天过海，以期皇上垂青。为了向上爬，向皇上低眉献媚，月夜献舞，浴池唱曲，以博圣心。这在当时的社会环境下，是令大家闺秀不齿的行为。同时，烀妃杀人灭口，过河拆桥，侍奉过自己的太监和宫女个个都没有好下场，可谓丧尽天良。

故事的结尾，毫无人性的烀妃卫嬿婉活成了别人眼中的成功人士：儿女成群，位高权重，皇帝盛宠，儿子十五阿哥永琰也继承了皇位。大概为了不颠覆观众的三观，编剧给她设计了一个凄惨的结局，也是对大家的一点安慰吧。

回顾她的种种恶行，我不禁感叹：烀妃，你向上爬的样子可真丑！

深宫香陨有谁怜
——《如懿传》之意欢

偌大的紫禁城，金瓦红墙围起了四方的天。被紫禁城囚住的女子有很多，金玉妍太满，卫嬿婉太狠，寒香见太傲，如懿太真……而意欢是群芳中不可多得的莲，一朵清莲。"出淤泥而不染，濯清涟而不妖"是她的真实写照。的确，叶赫那拉·意欢一出场就惊艳四座，诵诗、吟唱、起舞，一把绣花团扇后是一张清雅无双的脸。她是典型的中国大家闺秀，腹有诗书气自华，美而不自知，神色淡淡，气质清冷。皇上对她宠爱有加，封她为"舒妃"。

"只是因为在人群中多看了你一眼，便再也没能忘掉你的容颜"。她是个痴情女子，当初在寺外对乾隆遥遥一见，心里就装不下任何人了。在她的心中，皇上丰姿迢迢、玉树琳琅，是心目中最美好的存在，一颗爱皇上的心也从初见时起从未变过。只是命运跟她开了个玩笑，一腔痴情付水东流，一片真心却被辜负。只因身处皇宫，只因她是叶赫那拉氏，只因她是太后送来的眼线，便日日喝着自以为皇上恩宠所赐的坐胎药，感念着皇上对自己的恩情。皇上重病时，唯有她，日日为皇上祈福，真诚地爱着皇上。后来，意外怀孕，她欣喜万分，心心念念的还是皇上。被炩妃陷害，痛失爱子，自己痛不欲生，却还在责怪自己没有保护好孩子，对不起皇上。

"晓看天色暮看云，行也思君，坐也思君。"皇上终于看到了她的痴情，但炩妃卫嬿婉妒火中烧，决定再给舒妃来一重击，将坐胎药的真相告知了她，坐胎药其实是避孕药。舒妃心痛绝望，孩子没有了，支撑着她的感情支柱也彻底倒塌了。日日思君不见君，余以痴情付，不见君真心。

"做人若如烟花般，热闹了一时便要回归寂寥，倒不如做这天上的点点星子，虽只有微光，却能永远明亮。"看烟花的女子那么多，只有她说了这样的话。这样的女子是断不可能在宫中了却残生的，所以她烧宫自焚，结束了自己的生命，也结束了自己对皇上的一生痴恋。她喃喃自语着："而今才道当时错，心绪凄迷！"在无限悲凉中离开了人世。

喜欢舒妃的清冷孤傲，喜欢她的痴心一片，喜欢她在尔虞我诈的后宫中还能独善其身。那样美好的女子香消玉殒，实在令人扼腕叹息。可是她的死，在深宫里就如一粒尘埃，烩妃瞒天过海，皇上沉迷于温言软语，早已将她抛之脑后。真是年少绮梦，一切却是镜花水月！深宫香陨有谁怜？

人生若只如初见，在越来越理性的人生里，最初最真挚的感情，永远是我们最深切的怀念，只因我们早已改变。

年年花落无人见
——《如懿传》之群芳叹

跟大部分宫斗剧如出一辙,《后宫·如懿传》里也是佳丽无数,平分秋色。正面人物有:乌拉那拉·如懿、珂里叶特·海兰、叶赫那拉·意欢、纯贵妃苏绿筠、恪嫔、容嫔、寒香见等。反派有:高贵妃高晞月、嘉贵妃金玉妍、炩贵妃卫嬿婉等。她们或有显赫的家世,或有绝美的容颜,或有非凡的智慧,虽然个个花容月貌,但为了争夺爱情与权力,不惜钩心斗角,尔虞我诈,将青春和美好虚耗在永无止境的宫斗中。

身为女子,她们深知自己肩负家族使命,但没有话语自主权,获得生存空间的唯一方式就是取悦夫君。皇帝的赏识成为丈量她们生命高低贵贱的基础。为了服从传统观念去迎合一个"只见新人笑,不见旧人哭"的至高无上的男人喜好,她们几乎已将自我意识消磨殆尽,以践踏和残害他人达成自己的愿望,表现出人性的扭曲和病态的异化。可悲的是她们并没有意识到,正是帝王家的无情,摧毁了她们桃花玉面的容颜,葬送了她们耀如春华的灵魂。

香妃,即寒香见,是寒部敬献给乾隆的美女。她如同雪莲冷月,容颜绝世,清高孤寒,无人可近。她从不屑于对乾隆献媚讨好,却占据了乾隆内心最重要的那一方位置。初相见,已经中年的乾隆几乎为她失魂,后宫嫔妃兵荒马乱、焦灼成一片,可谁都挡不住皇帝那突发的炽热。对寒香见,皇帝有着从未有过的耐心和宽容,这也许就是爱的力量。因为如懿曾经真心的劝导,香见感恩于她的那份好意,认为她是宫里唯一真正对自己给予善意的人，便也将心底唯一的那片温暖用来回报这份好意。

我想，乾隆对香妃的感情，仅仅是想征服罢了。如果香妃一直冷下去，乾隆想必自感无趣了吧，毕竟每天对着一个冷美人，再多的热情也会消耗殆尽。

纯妃，叫苏绿筠，她是个善良、毫无心计的人物，为皇上生儿育女，却得不到圣宠。她软弱，皇帝是她的天，儿女是她所有的寄托。她也自知，所以从没有大的野心。她的身上，有着传统妇女的端庄恪守。这个几乎是为了儿女在活的女人，最勇敢的一次与皇帝相抗，也是为了自己的儿子。只是，她救不了儿子，也救不了自己，乾隆记恨了她一生。皇上痛踢纯妃那一脚，让人痛心不已，忍不住流出了眼泪，命运对她实在不公。其实，一个人只有在爱你的人面前，才有资格任性。不爱你的人，就算你知书达理，他也不会爱你。纯贵妃在宫中与如懿是一路人，如懿被打入冷宫的时候，众多嫔妃中，除了海兰，只有纯贵妃向皇上跪地求情。也许没有被善待的人，最容易识别善良。

高贵妃，即高晞月，因我平生最厌张扬跋扈之人，所以对她一出场就表现出的咄咄逼人，深恶痛绝。"红罗炭"事件，将她的刁钻刻薄表现得淋漓尽致。高晞月的一生充满了悲剧。她出身将门，依仗家族权势横行六宫，但与如懿的才貌双全不同，高晞月并未拥有与她美貌成正比的智慧。自恃家族势力极其嚣张跋扈，但缺乏足够心机和智慧，到最后才发现自己只是前朝后宫权力游戏的一枚棋子。为了打击如懿，得到皇上荣宠，她与富察皇后的宫女素心疯狂而霸道地做了很多坏事，却一直以为是富察皇后的意思。她全心全意为富察皇后做事，排除异己，最后才知富察皇后从一开始便算计了自己，致使她无法怀孕。真相像一把锐利的刀子，刺破了高晞月最后的武装，她拼尽所有临死一击，给皇上看了自己手上的翡翠手钏，也埋下了贴身宫女这柄利刃。

她是个表里不一的女人，在皇帝面前永远是娇俏可人，对情敌如懿则跋扈尖酸。比起金玉妍，高晞月其实就是纸老虎。她从来没有对如懿隐藏过自己的敌意。她所谓的"坏"，其实算得上明刀明枪。高晞月临终前唯一的愿望是皇上能来看看她，但她的深情和真爱在冷酷无情的皇帝眼中无足轻重，她只是前朝和后宫相抗衡下的牺牲品。

　　嘉贵妃，叫金玉妍。她是北国的贡女，从进宫的第一天开始，她就知道自己为的是什么。这份清醒和已经给了本国世子的一颗心，使得她从来没有对乾隆动过真心。不动则不痛，这使她看上去很淡定，极少争风吃醋。外在的骄纵和表面的真性情，掩盖了她背后的阴毒狠辣。若不是前面的人一个个倒下，只怕如懿永远不会看到她才是所有事情的主使者。她自认是母族的骄傲，一生痴情错付北国世子，却在不得宠时才明白，自己不过是一颗棋子。世子为了自保，恨不得马上与她划清界限，这给了她致命一击，曾经骄傲无比的金玉妍，最终凄惨死去。生活中，很多人把自己活成了嘉贵妃金玉妍，精明世故，既要面子，也要里子，既要锦衣玉食傲视天地的尊荣，也要一份内心深处坚定不移的真情，但现实就是现实，鱼和熊掌不可兼得。

　　观《如懿传》感受职场的血雨腥风，我觉得每个人生来都像如懿：善良、不屑置辩。但随着岁月和风尘的磨砺，有的人会变成海兰，活在当下，顾着眼前，顾着自己。而有的人则变成了卫嬿婉，抹杀本性，不择手段，平步青云。每个人生而不同，奋斗方式也无可厚非，但作为吃瓜群众，我还是希望生而为人，做任何事情都能保持职业操守。

　　《后宫·如懿传》是一群女人演绎的悲歌，令人心痛。宫苑森森冷，芳魂年年多，君不见一丝宫柳一曲断肠歌。

　　真是年年花落无人见，空逐春泉出御沟。

　　叹！叹！叹！

命中解不开的劫
——解读《茉莉花开》

电影《茉莉花开》是根据苏童的小说《妇女生活》改编的,从原著到电影,前前后后看了不止5遍。时至今日,重温经典,依旧让我心潮澎湃。可以说,从来没有一部片子让我反复去看,反复回味,《茉莉花开》做到了。这部影片彰显的多种视角、多种内涵,发人深省,令人深思。

汇隆照相馆坐落在街角上,漆成橘红色的楼壁和两扇窄小的玻璃门充分显示了30年代那些小照相馆的风格……它就像一只打开的火柴盒子,被周围密集的高大房屋挤压得近乎开裂……如果再注意后窗,还可以发现晾衣竿上挂着的女人的小物件和旗袍,没有男人的东西。

这是作家苏童在小说中的第一段描写,"没有男人的东西"暗示了这是一部男性缺失和虚化的作品,是关于女人的故事。影片反映了一家三代女性的爱情与婚姻故事,分为茉、莉、花三章,以独特的视角展现了20世纪中国的历史变迁和女人的命运,从头至尾出现的男性,都成为了女人生命中的过客。

一

影片一开头,清新脱俗的茉,宛如一朵含苞待放的茉莉花令人眼前一亮。清澈的眸子、绿色的蝴蝶结、绿色的毛衣、绿色的裙子,她是一个喜欢电影、做着电影梦的花季少女，单纯稚嫩，不谙世事。电影公司孟老板的到来，使她美梦成真，也让她以为自己遇到了此生可以依靠的好男人。那些耀眼的光环让她恍若置身天堂，幸福而满足。

他姓孟，就是她的一场梦。单纯的茉猜不透男人的心思，以为自己是他的世界。可对于孟老板来说，茉的如花容颜令他迷恋，她只是他的新品，仅此而已。怀孕后的茉不愿意做手术，她以为撒娇任性就可以让孟老板改变主意，但等来敲门的却是催款的服务员。并且，她知道了这个房间之前住的是另一位女星。惊慌失措的她赶往剧组，却早已是人去楼空，破败不堪。

一切璀璨不过如昙花一现，只是瞬间绽放。幸福突然退场，空留一曲长恨歌。影片中茉在试镜时有一段台词："多么明亮的灯，多么松软的床……你真没良心，我是不会再等你了。你是玩弄女性的恶魔，但我不恨你……"这段舞台上的表演，其实就是她一生命运的真实写照。从明星到被抛弃，她的梦骤然破碎。花季少女瞬间枯萎，她忍辱生下私生女，却变成了一个尖酸刻薄的单亲妈妈，甚至逼死了自己的母亲。

影片中没有交代茉的父亲，从茉的母亲丝毫不乱的发型及精致的妆容，我们可以推断她是个受过良好教育的大家闺秀。单身母亲一生中唯一拥有的只有女儿。当茉第一次彻夜不归时，母亲在门口守了一夜，对女儿无比担忧。但当他看到风度翩翩的孟老板时，眼神里有一丝慌乱，赶紧用手扶眼镜来掩饰自己内心的波澜。这个细节可以看出，孟老板是一个令人心动的男子，所以她默许了女儿与孟老板的交往。

茉被孟老板抛弃后再次回到照相馆的小阁楼，此时遭受残酷打击的她已经破罐子破摔，放任自流。灵魂麻木的茉把自己命运的悲惨归咎于私生子——莉。生活的起伏跌宕让她对女儿充满怨恨，任由莉在摇篮中大哭，她却充耳不闻。"娘舅"来家，她对母亲说："到底谁是贱货？"让人全身冷战，怎样的打击和绝望让她如此对待自己的母亲？当"娘舅"勾引她时，她放任自己。茉的母亲不堪忍受这种屈辱，最终投江自尽，但临走也不忘把遗产留给茉。正是因为有了她的积累，才有了茉日后的生活。

茉的惊醒来自于母亲的投江。她抱着孩子冲进"娘舅"的理发店，愤怒地甩了他两巴掌,把本属于母亲的金表和两只戒指夺了回来,这时的她才真正意识到自己必须独自面对一切。一个曾经穿着白色棉袜满眼清纯的女孩子,在活着的时候,心已经彻底地死去了。

中年的茉一直生活在过去的梦里,她怀念曾经的无限风光,那短暂的美丽永远留在了杂志封面上,留在她大红大紫的日子里,留在她同孟老板不清不楚的感情里。茉临死时手里还拿着那半瓶茉莉花香水,也许她的记忆里似乎只有那些日子是活的,此后漫长的时光都是在煎熬,熬去自己的青春和生命。茉走了,陪伴她一生的那张床轰然倒塌,那本在火盆里燃烧的电影画报,祭奠了一段昙花一现的幽深岁月。

二

莉在母亲的冷漠中长到了18岁。这18年是爱缺席的18年,一个内心已被摧残得七零八落的女子,还用什么去爱别人呢?

莉的性格成因,与她从小的生活环境息息相关。她的母亲茉把自己红颜薄命的命运归结为她的出现。从小,莉便是个缺少母爱的孩子。她目睹了"娘舅"对母亲的侵犯,那种阴影也许一生都挥之不去。单亲家庭中的她,性格乖僻,对母亲充满排斥和戒备,对母亲的种种行为嗤之以鼻。当后来母亲的情人黄医生找了个年轻护士背叛母亲时,莉表现出幸灾乐祸的神情。

长大后的莉一心只想脱离她的原生家庭。莉是个聪明的女孩,她主动争取自己的幸福,与好男人邹杰顺利成婚。由于生活习惯的不同,她无法与丈夫邹杰的家人相处。新婚之夜,婆婆说:"新娘子怎么哭了一夜?"暗示了莉的性格悲剧。

莉搬回家继续跟母亲生活在一起,邹杰也搬到了岳母家里。莉敏感多疑,她把幸福牢牢抓在手中,生怕别人抢走,竟视自己的母亲和领养的女儿为敌人。莉的内心终究是自卑的,她不相信丈夫,不相信老天会给她这样的幸福。

影片中透过那层朦胧的纱帐,莉每夜偷窥着家里的一切。她的内心是极其压抑、恐惧的,最终出现幻觉,亲手摧毁了自己的幸福。在那个特殊年代,邹杰被冤枉后百口莫辩,卧轨自杀。莉精神恍惚,踏上了不归路,一朵花就此香消玉殒。

三

花和茉、莉不同，她是领养的孩子，她的童年有父爱，所以她有着恋父情结。面对父亲的自杀、母亲的出走，她的成长过程是有缺陷的，但她的性格不偏执，而是善良、坚强和勇敢的。她从小学会独立生活，与外婆相依为命，建立了深厚的感情。她爱上了知青小杜，并瞒着外婆与他领了结婚证。之后便是长久的分别，她无怨无悔地为上大学的小杜挣学费。外婆讲的孔雀东南飞并不是传说，而她有信心等着郎君归来，可是她的付出和等待换来的却是小杜的移情别恋。当我看到花为小杜编织的一件件毛衣时，看到她怀孕时欣喜的样子时，真的很心痛。

负心汉终归是负心汉，移情别恋也就罢了，对待怀孕的妻子近乎无耻。首先是在外婆刚刚去世，就提出要跟妻子离婚，虚伪地问："赶这个时间,合适吗？"明知不合适，还要那样伪善。同样是杀人，他在斟酌千刀万剐痛快还是一枪击毙仁慈。当花告诉他，婚姻法规定，女人怀孕期间，丈夫不得提出离婚后，他突然问："怀的谁的孩子？"将薄情寡义演绎到了极致。后来，花搬煤气罐时动了胎气，小杜幸灾乐祸地说："流产了吧？"当医生告诉他孩子保住时，小杜脸上掠过失望的神情，这个细节着实让人心惊胆寒。始乱终弃，为了达到离婚的目的，没有一丝人性的良善，没有人能成为他前进路上的绊脚石。乐观坚强的花，最终向千疮百孔的爱情说了再见。

影片的高潮部分是花在倾盆大雨中产子，催人泪下。瓢泼的大雨，无人的街头，一个临盆孕妇，一边深呼吸一边使劲，还要忍受巨痛，雨水淋透了她的全身。婴孩的啼哭宣布了一个不幸的女人终于涅槃重生，花热泪盈眶，脸上却洋溢着幸福的笑容。她的自强自爱，令人敬佩！但是，我的心里却无比心酸，不被爱的女人才会如此勇敢，女人的坚强都是逼出来的。

这是一部发人深省的电影，将男人的绝情、女人的悲惨演绎到极致。时代在变，人的本性却不会变。孟老板是电影导演，在那个纸醉金迷的时代，追求金钱和美色，于是，茉成了他的猎物。小杜是知识分子，表面憨厚老实，实际心怀鬼胎，伪善至极。他移情别恋，为了达到目的不择手段。纵观影片中女子的命运，令人心痛。婆孙三代都在相信爱情，却一次次遭遇背叛，最后不得不折戟而归。

幽暗的小阁楼里，窗帘飘飘，有一种始终无法摆脱的阴影。三代单亲家庭，几个女人的悲剧轮番上演。女人一次又一次遇人不淑，带着孩子，孤独终老，就算遇到好男人也被亲手断送，这是宿命，无力逃避。这悲惨的命运，是男人的善变，还是冥冥中自有天意？是命中解不开的劫吗？是命运的复制吗？

"好一朵美丽的茉莉花，好一朵美丽的茉莉花……"茉莉花终于开了，影片结束，可我却沦陷在悲剧的命运轮回中难以释怀。忘不了单纯的茉，挥不去悲剧的莉，牵挂着勇敢的花。命中的劫能解开吗？

从三妻四妾谈起

一

某日,与同学在一家咖啡店闲聊,店家单曲循环着一首歌:"你生活在花花世界,所以可以三妻四妾。随手复制的体贴,对几位有过粘贴。我生活在痴心季节,感触升温过于热烈,灼热的伤渗透了心血,你不辞而别……"靡靡之音,让人心里很不舒服。同学随口问道"这是什么歌?能不能换一首?"《三妻四妾》,老板脱口而出,我不禁哑然失笑。

说起三妻四妾,也许是很多男士的梦想。金庸笔下的韦小宝有七位娇妻,其中有侠女、帮主夫人、郡主,还有公主,个个貌美如花,知书达理,真是羡煞旁人。所以,在不少人的心里一直有个错误认知:中国古代社会是一夫多妻制,男人三妻四妾是很平常的事情。实际上,中国古代从未有过一夫多妻现象,都是一夫一妻制,自秦汉至明清一直如此。无论男人有多少个女人,叫妻的永远只有一个,是人们将"多妾"与"多妻"混为一谈。《汇苑》中记载:"妾,接也,言得接见君子而不得伉俪也。"言下之意,妾是没有资格称为妻的,是没有地位的。妻为"娶",而妾为"纳",娶妻时要有"聘礼",而纳妾时只给予"买妾之资"。

古代婚姻一夫一妻制是受法律保护的,王公贵族和达官显贵的纳妾数量都有严格限制,普通老百姓是不允许纳妾的。汉朝规定,

"卿大夫一妻二妾，庶人一夫一妇"。唐朝律法规定："有妻再娶者徒一年，若欺妄再娶者徒一年半。"明清律法则规定："有妻再娶者杖九十。"宋代理学家朱熹一语中的，他认为"一夫一妻"是天理，而"一夫一妻多妾"乃是人欲。直到民国年间，《民法》中才将纳妾定为了违法行为。由此可见，那些做梦的男士没必要去羡慕古人，因为你的妻子，永远只能是一个。

二

近年来宫廷大剧风靡一时，大有久盛不衰的趋势。《甄嬛传》《芈月传》等宫斗大剧，也一度成为人们茶余饭后的谈资。细心的观众可能会发现，古代帝王虽有后宫佳丽三千，但真正的情感归属只有一人，很多开国皇帝对自己患难与共的结发妻子还是尊重有加。

电视剧《秀丽江山长歌行》中，汉光武帝刘秀还在一介书生时，曾经有个梦想"仕宦当作执金吾，娶妻当得阴丽华"。后来他如愿以偿，娶了阴丽华为妻。接下来虽然由于情势所逼，为了江山社稷再娶了郭圣通，但刘秀对与他生死与共的阴丽华念念不忘，最终废了郭后，还是封阴丽华为皇后。

诸如此类，历代帝王虽有三宫六院美女，但钟情于结发妻子的事例，比比皆是。隋文帝杨坚，最钟情的是他的患难之妻——独孤皇后。唐太宗李世民终其一生，只有一个长孙皇后。影片中，长孙皇后去世后，李世民一蹶不振，辍朝多日，以致引起朝臣不满。明太祖朱元璋对自己的妻子马皇后，也是情深义重，终生不负。

最令人敬佩的是元太祖成吉思汗，他一生戎马，征战四方，一生只有一个汗后勃尔贴。史书载：铁木真被其他蒙古部落侵袭，新婚妻子勃尔贴被掳走，他纵马驰骋，奋勇杀敌，将妻子抢了回来。可是，此时的勃尔贴已经怀孕了，孩子出生后，无法确定是不是亲生骨肉，于是取名"术赤"，来访者的意思。尽管如此，他还是树立了这个孩子在家里的长子地位。年轻的铁木真向族人辩白："勃尔贴被掳走不是她的错……"很多年后，儿子们对术赤不满，成吉思汗对闹事的儿子们说："你们来自同一个温暖的母腹，不要侮辱给予你们生命的母亲，这样的伤害是无法愈合的……"可见，真正的英雄，他的胸襟是多么宽广伟大！

中国有句谚语"贵易交，富易妻"，让不少女子寒心。但"贫贱之知不可忘，糟糠之妻不下堂"才是一个男子的道德写照。连皇帝都对结发妻子感恩尊重，更何况是现代社会的普通人呢？

三

张爱玲说：生命是一袭华美的袍，长满了虱子。娶了红玫瑰，久而久之，红玫瑰就变成了墙上的一抹蚊子血，白玫瑰还是床前明月光；娶了白玫瑰，白玫瑰就是衣服上的一粒饭渣子，红的还是心口上的一颗朱砂痣。如此看来，是相看两厌还是念念不忘？一念天堂，一念地狱。三生石上种因果，一花一果总关禅。

妻妾成群真不是什么好事。还记得《大红灯笼高高挂》中，老四剪掉老二的耳朵吗？还记得《双城记》中，妻子与情人联手毒死丈夫的惨剧吗？现实生活中，一个个贪官落马，大多与"小三"有关。正因为任由小三要钱要房，索取无度，最后才被要了命。倘若安稳度日，又怎会锒铛入狱，落得妻离子散的下场。就连中国汉字也暗喻着一夫一妻的传统婚恋观。如"安"字上面的宝盖头意为"房子"，房子里有一个女人，一切就安定了。"奴"字，又来一个女人，男人就为"奴"了。

婚姻，乃人生大事。《易·序卦》有云："有天地然后有万物，有万物然后有男女，有男女然后有夫妇，有夫妇然后有父子，有父子然后有君臣。"《礼记·昏义》也说："夫礼，始于冠，本于昏。"可见，婚姻是文明社会的基础和根本，人的幸福在精神安宁的基础上，才能建立起来。

一言以蔽之，"三妻四妾"只是一种理想，而"弱水三千，只取一瓢饮"不仅是一种现实，更是一种幸福。木心说："从前慢，车马邮件都慢，一生只够爱一个人。"而我们再快，能快得过时间吗？没有谁能找回昨天的脚印。守着剩下的流年，看一段岁月静好，现世安稳，除此，夫复何求？

有多少亲情，败给了金钱？

一

聚会时，朋友给我讲了一个发生在他身边的真实故事。

四月的乡村，桃红柳绿，和煦的阳光沐浴着村子，到处生机盎然。随着城镇化建设的推进，一纸政府拆迁改造的《通知》，彻底打破了这个北方乡村多年的沉寂。

在城里打工的王老大和王老二听到拆迁的消息，喜不自胜。兄弟俩在城里奋斗多年，辛辛苦苦挣的血汗钱永远赶不上房价的飞涨速度，买的房子才还清债务。眼看着家里的第三代——儿子也长高了，又要给儿子做准备了。如今好事上门，乡下父母的房子要拆迁，以旧换新，可以在城里分到两套房子，兄弟俩一人一套，解决了后顾之忧，这可是天大的喜讯呀！兄弟俩都憧憬着指日可待的美好未来。

王大爷不那么高兴。农家小院多好啊！院子里有花有草，还可以种蔬菜。邻居们在一起多少年了，每天家长里短，说说笑笑，拆迁以后，会不会还和往常一样热闹？但看到两个儿子和孙子们都兴高采烈的样子，王大爷也想通了，自己和老伴都一把年纪了，未来是儿女的天下，只要他们高兴就好。

时间过得飞快，拆迁大风转瞬席卷而来，转眼就要签字，政府限令20日之内搬走。王大爷叫来两个儿子，商量自己和老伴的住房问题，可接下来的事情却让他一筹莫展。王老大说："我单位效益不好,媳妇身体差,爸妈先住老二家吧!"王老二说:"我家房子小,爸妈住下很拥挤,儿子成绩本来就不好,人多也影响孩子学习。我看爸妈还是住老大那里比较方便。"兄弟俩说来说去,最终也没商定拆迁后父母的归宿。

眼看拆迁的日子一天天临近,王大爷心里不由得沉重起来,想起自己生活了一辈子的家园即将被毁,想起两个儿子推来阻去自己将无家可归,一气之下,居然一病不起。过了几日,便撒手人寰。

这是发生在北方乡村的真实故事。诸如此类,因拆迁而导致父子反目,亲人仇恨的事件早已屡见不鲜。但当我听到这个发生在身边的故事时,仍然痛心不已。儿子得到了房子,却不愿意赡养父母,贪婪之心昭然若揭。他忘记了父母从小照顾的艰辛,所有的恩情荡然无存。老人失去了家园,无家可归,含恨九泉。这种为了金钱利益而表现出的亲情寡淡,是多么丑陋和令人不齿,也已经严重影响到了社会的和谐和人心的安宁,贻害无穷。

二

朋友的母亲去世,我们去吊唁。到现场时,才发现孝子寥寥无几。事后,有人告诉我,他们兄妹7人,母亲曾单独居住,城中村改造时,补偿了近20万元的拆迁款,儿子拿了这笔钱便把母亲接回了自己家。不料问题来了,几个姐姐不高兴了,甩出谁拿钱谁养老的话后,便与弟弟断绝了关系,直到母亲去世,都不愿意来参加葬礼。说罢,朋友摇摇头,长叹一声。我却张大嘴巴,震惊不已。我算了一笔账,20万元,就算兄妹7人平分,每人到手不足3万元,为了3万元而闹得兄弟姐妹撕破脸皮,反目成仇,彼此伤害深深,由此而付出巨大的心灵代价,真的值吗?

因为拆迁款而导致兄妹成仇的例子,举不胜举。也有父母做主把拆迁款均分给儿女的,但由于农村多少年来儿子养老的习俗,导致了儿子对父母、对姐妹的强烈不满,最终闹得鸡飞狗跳。在我看来,所有的事件中直接的受害人还是父母。世界上没有一个父母愿意看到自己的孩子不团结,而儿女因财产不均产生的对父母的恨意,更是让天下父母寒心彻骨。

亲情是什么？亲情是比房子、金钱珍贵万倍的稀缺资源，是无价的。俗语有"兄弟如手足"，砍断了自己的手足，该是一种怎样的疼痛？用钱买断亲情，伤害从小跟自己一起长大的兄弟姐妹，值得吗？如果说原生家庭是棵大树，我们每个人都是从大树上长出的枝叶，牵一发而动全身。虽然长大后各自成家，但兄妹之间，还是应当重感情、讲厚道，彼此谦让，多付出少索求，这样大家庭才会成为爱的大熔炉。

三

随意翻开报纸，打开电脑，一则则报道令人触目惊心：《拆迁款被儿子领走，山东多名老人住殡仪馆等死》《父子因30万补偿款反目成仇，声称要解除关系》《父子反目成仇，只因46平米拆迁补偿》《争夺拆迁费四兄妹反目成仇》《儿孙满堂，六旬老人却无人赡养》……不忍目睹。为了金钱，昔日血脉相承的父子，曾经情同手足的兄妹，敌视仇恨，像个小丑一样演绎着一幕幕人间悲剧，实在令人惋惜不已。

曾在网络上看到一个反讽中国人信仰的词"金钱教"。作者说："中国人历来都是有信仰的，历史上信道教、儒教、佛教，信奉礼义廉耻，忠孝仁义，如今信仰的却是金钱，我们称之为金钱教。所有的教都使人积德行善，金钱教则使人犯罪，道德沦丧。"虽然言辞过于激烈，但也毋庸置疑。众所周知，很多信佛的农村妇女，烧香求签，除了祈求平安之外，最大的愿望还是希望神灵赐给钱财。当下，物欲横流的世界里，文明毁损，道德滑坡早已是一个不争的事实。随着贫富分化的加剧，高额房价及物价飞涨等因素，造成了人心浮躁，内心空虚，严重缺乏安全感，只有通过金钱、财富、房产来充实自己，救赎自己。太多太多的人，陷入经济利益的深渊中，欲壑难填。越来越多的人在金钱面前，变得薄情寡义、唯利是图。我不否认，我们身处的这个时代、这个社会，的确是"无钱寸步难行"，但是，当生命的价值和生活的意义与金钱画上等号时，我们需要反思：是不是自身的价值观出了问题？

有多少亲情，败给了金钱？父子反目，兄妹成仇，一个冷漠的家庭是多么可怕！一个崇拜金钱胜于一切的民族是多么可怕！多么希望随着社会文明的进步，每个家庭都更加智慧，更加有人情味，不要被金钱蒙蔽了眼睛而做出伤害亲情、伤害心灵的事情。

我们的社会需要健康、积极向上的家庭，而一个健康的家庭，则需要有情有义有智慧的家庭成员。

后记

从诗集《被淋湿的爱》到这部文集《且把时光煮成茶》相距整整20年。

20年来,我很想逃离这座城市,遗忘一些人一些事,也想做一个被世界遗忘的人,但是理想与现实之间总是隔着太多的心酸与无奈。经常,我在大街小巷会碰到一些熟悉的面孔,似曾相识又极其陌生,时空在我头脑里总是混乱不堪,以至于那些流逝的光阴再也拼凑不出一幅完整的画面。

黑暗中凝望自己曾经的屋子,那里再也不会有我的欢笑和眼泪。所有的过去,都让我有想哭的冲动,但泪已失踪。虽然谁都有心酸悲哀的时候,但这不是个表达情恸的时代,你的痛,永远是弱者的代名词。语言是把锋利的剑,它会刺得人体无完肤,我已不敢也不愿承受异样的眼光!

一天天的强撑,使我的情感一度麻木,也使我一度沉默和冰冷。直到一个寒风呼啸的冬天,萧条的大街上踉跄着一个佝偻的身影,一张布满皱纹的脸蜷缩在破旧的棉袄里,她蹲下又站起,拾捡着眼泪纷纷的生活,整条大街充斥着我们伤感的影子。那夜,我的眼泪肆无忌惮地流了下来。原来,我还未完全麻木,还有一丝清醒。也就在那夜,我不由自主提起了尘封20年的笔,只想把真诚和善良的种子播撒给生我养我的这个世界。

《且把时光煮成茶》是我第一本正式出版的文集,文稿历时3年,分为5辑。集子里大部分作品都曾首发在"西固微雨"微信公众平台,有读者留言:"这个纯文学作品淡漠的时代,你的作品是不受欢迎的。"也有同事直言:"你那些婆婆妈妈的文字,我一个字都不爱看。"我备受打击,很长一段时间内不愿提笔。后来,由于工作需要,经常查阅史料,我对地方历史兴趣渐浓。奔波在这个城市角落的人们,很多人其实对这座城市的历史茫然无知。终于想通了,我的写作不为其他,只想让更多的人知道兰州西固有很多的古迹和故事,我相信传播的力量。于是,诚惶诚恐,写了一些关于西固人文历史的文字,打开历史典籍,从李息筑城到"共和国长子"的诞生,从达氏族源到张氏传奇,从三江水韵到元峁风光,这里的每一寸土地都曾发生过一段又一段荡气回肠的故事。家乡深厚的历史文脉犹如清凉的泉水,让我枯竭的心田荡漾出汩汩生命的活力。于是,第一辑"清泉解渴"就这样诞生了。

  第二辑"晨露凝霜"书写的是血浓于水的亲情,几乎每一篇都是在泪眼婆娑中完成,里面的每一件小事都牵动着我的五脏六腑。我深爱着我的父母,他们是这个世界上给予我最多,也承受了人世间最多苦难的人,可是上天却没有给我报答他们养育之恩的机会,这是我一生中最大的遗憾。蓦然回首,那些我最牵挂的人如露亦如电,不知不觉中越来越少,越来越远。渐行渐远的我多么想把那些易逝的露珠收集起来,凝结成心头永远的温馨。在无尽的回忆里,思念他们的每一个日子最终发酵成了"晨露凝霜"。

  第三辑"松涛煮雪","江山留胜迹,我辈复登临。"大好河山,旖旎风光,属于那些光彩照人的名字,也属于我们这些籍籍无名的小人物。马蹄寺石窟、酒泉胡杨、连城鲁土司、灞桥的柳、拉萨的玛吉阿米以及丹巴美人,都让我流连忘返,念念不忘。走过的山山水水,盎然的草木都把王朝兴衰暗藏在花开花落的季节交替中,丝路的繁华驮出了一个海纳百川、吞吐万物的世界。曾和友人于盛夏登临兴隆山,在阵阵松涛声中煮茶漫话,那种隔离了尘世的喧闹与浮躁,静守自然的安宁与和谐的心境如绕梁之音,回味无穷。真可谓"松涛煮雪醒诗梦,竹海洗尘濯凡心"。

  第四辑"净水洗尘",这么多年以来,孤单的我一直用手中的键盘敲击心灵的文字,时常无法分辨是对自己说话,还是对天空低语?是在寻找心灵的寄托,还是在追寻难以释怀的情感？时光是最好的治愈师，曾经的伤已渐渐结疤，涅槃重生的我终于有勇气记录自己的喜怒哀乐，所闻所思。佛说："物随心转，境由心造，烦恼皆由心生。"岁月的淘洗和磨砺，让我摒弃了曾经的敏感多愁，一天天变得豁达从容。净水洗尘心，铅华去尽之后的我，才静下心来慢慢体悟人生百味，于是便有了"净水洗尘"。

第五辑"茗碗沉香"，是我在文学殿堂里感受到的无限遐想和理想空间，是读书观影后的感悟和思想的沉淀。人生就是不断感悟提纯自我的过程，写作不仅要言之有物，还要启迪心灵。阅读犹如品茗，于袅袅茶香中感受世事浮沉，个中滋味唯有品者自知。于旁人而言，只是隔靴搔痒，于自己而言，也许词不达意，有失偏颇，但都是真实感受。我手写我心，简单的文字里飘逸着时光的淡淡茶香，心底沉淀着片片舒展的绿叶，"茗碗沉香"，仅此而已！

感谢所有帮助过我的老师和朋友，是你们在我前进的路上注入了动力！感谢在百忙之中为这本书作序、并对文稿提出修改建议的甘肃省史志专家、民俗专家邓明先生！遇见邓先生，今生有幸！感谢瞿学景老师阅读指正！感谢为本书付出过辛劳的西固教育展览馆筹备组的同事们，感谢一路走来的相帮相扶，我心温暖，且行且珍惜！

《且把时光煮成茶》这本文集终于要出版了，亲爱的读者，希望您能静静聆听我心灵深处的音符，希望我的真诚能感染您，激起您的共鸣！同时，也希望这本书就是我敬给各位读者的一碗香茗，请您慢慢地品味，细细地斟酌，深深地感悟漫漫人生路上的清香余味！

达文梅　2020年春于兰州